中国印度之智慧：

中国的智慧

The Wisdom of China and India: The Wisdom of China

林语堂 著

杨彩霞 译

湖南文艺出版社
HUNAN LITERATURE AND ART PUBLISHING HOUSE

博集天卷
CS-BOOKY

先知
CLASSICS
体味经典的重量

目 录
Contents

第三部分　中国诗歌_203

中国诗歌 / 204

序　言

　　如今，到了东西方必须互会的时候了。如若在《晨报》上看到温德尔·威尔基[①] 星期五还在重庆，下周一已经回到了美国，说是回来度周末。这简直就像变魔术一般，真会吓人一跳！不管战后的世界采取何种合作形式，我们都能够肯定一点，就是东西方将会密切地生活在一起，彼此之间相互依赖。19 世纪世界政治解体之后，在盎格鲁—撒克逊、俄罗斯和东方文化的适宜环境里必将形成一个新世界。《中国的智慧》就是要努力去解开东方的一些神秘之处，特别是要洞悉中国人的视角——在中国本土文学和哲学中透现出来的看待事物的一些最根本的方式。

　　我们谈到中国文明时，一般的印象往往是：中国文明是人性的、理性主义的且易理解的文化类型。总体而言，中国人的特征是人文主义、非宗教和非神秘主义。这种看法只在一定程度是正确的。我完全同意其人文主义的观点，但我不赞同非神秘主义的看法，因为任何有着宽广深厚精神根基的文化在一定意义都是神秘的。如果说"非神秘主义"指的是现代对机械论和物质主义事实的奴性的、肤浅的崇拜，这些事实被人精确观察、系统罗列，似乎可以自圆其说，这是当今占上风的思维类型，那么我必须驳斥中国文明竟然降至如此低下的地步。

---

① 温德尔·威尔基（Wendell Lewis Wilkie, 1892—1944），美国共和党总统候选人（1940），曾任纽约市联邦与南方公司律师（1929—1933）、总经理（1933—1940），第二次世界大战期间鼓吹战后国际合作，著有《天下一家》。

事实是，任何知识分支，无论是研究岩石和矿物质，还是研究宇宙射线，只要一触及什么深度，都会碰到神秘主义。看一下亚历克西斯·卡雷尔博士和 A.S. 埃丁顿吧。19 世纪肤浅的理性主义天真地以为，"草叶片是什么"的问题可以把草叶片看做纯粹的机械现象给予充分的回答。当代的科学态度认为这样不可。自从沃尔特·惠特曼用他那深刻的神秘主义提出了这个问题之后，还没人能够回答它，现在没有科学家敢于回答它。我们记住，在那种神秘主义和对宇宙的机械观不信任之中，惠特曼是中国式的。我坚信，当代科学的进步正在迫使现代思想朝着深度的方向发展，朝着机械和心灵、物质和精神的新综合方向发展。

在审视中国思想时，人们为它在风格和方法、价值观和目标方面与西方的巨大差距感到震撼。因为，中国哲学是什么？中国有哲学吗？有像苏格拉底和康德的哲学那样，以逻辑为基础，推理中肯切题的知识哲学或现实哲学或宇宙哲学吗？答案是骄傲地说"没有"。这是全部要点。就任何系统化的认识论或形而上学而言，中国得从印度进口。系统哲学的气质只是不在那儿，而且只要中国人还是中国人，那就不会在那儿。他们太理性了，不会具备这样的气质。人类生活的大海永远包围着中国人思想的海岸、逻辑学家的傲慢和荒唐、"我完全对，你完全错"的假定，这些不是中国人的过错，不管他们可能有什么样其他的过错。中国哲学家的语言正是百姓的市场俚语。中国只是缺乏学术术语，那是美国社会学家和心理学家的所爱，且对构建任何无懈可击的学术理论都非常必要。西方科学家运用这种术语，在其周围建立起远离人类生活的学术堡垒，这是现代最令人惊奇的知识现象。我注意到，普及科学的科学家，用普通人看得懂的语言著述的科学家，有一种失宠于皇家学院的趋向。在中国，没有大学哪位教授会把"灯光熄灭"叫做"照明终止"，然而，要是没有这种学术术语，我们显然建立不起系统哲学来。像爱默生那样，中国学者使用像"灯光熄灭"这样的词语、谚语和类比。中国的哲学家就像一位潜入水中的游泳者，但必须很快又浮出水面。西方哲学家就像潜入水下的游泳者，对自己永远不浮出水面而颇感自豪，同时对自己的深度非常满意。

　　一般而言，读中国哲学家的作品就像读爱默生一样。埃贡·弗里德尔对于爱默生的方法和风格的描述可以作为对所有中国哲学家的完美描述。"他的命题，就在那儿，毫无准备，无可争议，像从雾蒙蒙的深处出来的水手的信号。""他是一位绝对的印象派，在风格上，在气质上，在思想上，都是如此。他从不以确定的逻辑或艺术形式提出自己的思想，而总是以一种自然——通常是偶然的顺序，这是在他脑海中存有的。他只知晓临时的观点、暂时的真理，他从不把一个词语、一个句子或一个思想牺牲给整个结构。像'内容的顺序'、'序言'、'过渡'这样的东西对他而言并不存在。他开始阐发这种那种的观点，我们认为他将把思想系统化地编织开来，从各个方面阐明之，防御它遭受到的各种可能的攻击。但是，就在他思想链的中间，某个格格不入的画面或明喻、警句或一瞥突然击中了他，然后主题便围绕一个崭新的轴心转动。他称自己的文章为顺便的思考，但他所写的东西都可能有这样的标题。"

　　因此，中国对哲学的独特贡献是不相信系统哲学。我承认这肯定会使许多大学二年级学生感到沮丧，因为他们非常急于拥有没有漏洞且特别能够防御各种可能攻击的系统。他们希望可以说，罪犯要么是天生的，不是后天形成的，要么是后天形成的，不是天生的，而且他们还希望能够证明之。中国人的回答是，地球上没有这样无懈可击的系统，而且从来没有过。这样的系统只存在于那些幻想破灭、按照逻辑推论的蠢蛋脑海里。

　　进一步而言，中国人可以反问一个问题："西方有哲学吗？"答案显然也是"没有"。我们需要一个生活的哲学，但我们显然没有这种东西。西方人有成吨的哲学是法国、德国、英国和美国教授们撰写出来的，但他们想要哲学的时候却找不到。事实上他们也很少想要。我们有哲学教授，但没有哲学家。提及当代美国哲学时，人们会想到怀特海德教授[①]。但是，怀特海德教授的哲学跟普通人又有什么关系呢？事实是，现代的巨大科学知识正在瓦解和堕落，结果哲学本身已经成为物理学或生物学或数学的一个分支。当有人在科学、哲学和宗教大会上宣读厚厚的论文，试图把现代知识连接起来时，却碰到了这样的术语："目标"、"工具"、"程序"，"决定性因素"和"过程"，这时人们对科学、哲学和宗教应该再联合起来产生一种本能的不信任。

我们的世界正飞速地来到一个世纪的末尾，现代的知识世界亦是如此。思想世界肯定正在走向碎片，因为我们的传统价值观不见了。这给我们带来了东西方哲学的第二个差异，即方法和价值观上的差异。的确，我们今天拥有的东西，看起来似乎都是精确观察、系统罗列的事实。我们的道德价值观已经消失殆尽，消失的方式非常奇怪，我将试图加以解释。中国哲学和西方哲学的方法——价值观的方法和事实的方法——之间存在确定无疑的差异。令人惊奇的是，这一差异由东西方的交往而引起。它让西方人有一种奇怪的感觉，觉得中国人没有精确感，尤其是事实和数字。也别指望让两个中国人就两个邻镇之间的英里数或人口达成一致意见。同样地，中国人不能明白为什么粗略的思想还不够。它也让中国人有一种同样奇怪纳闷的感觉，西方作家要不侃侃而谈进口到美国的鸡蛋或黄油的比例，或是阿比西尼亚棉纤维的毫米数，或是以图表形式表示损失的数以百万计的工作时间，他们就不能往杂志上投一篇文章，使之为人接受。一个更为可恶的证据是政治家的普遍看法：像第二前线这样的问题可以由"军事"领导们解决，他们拥有"所有的事实"，但对道德、心理和政治问题却没有任何判断。要是中华民族曾经遭受过这种统计上的欺骗，那他们可能永远不敢拿起武器反抗日本军队。以下表明了中国人对于事实的无知。有位中国学者认真地写道，人的心脏是长在胸腔的右边。他的方法可恶——他不可能用自己的手摸到心脏。另一方面，中国人可以回来说：

---

① 怀特海德（Alfred North Whitehead，1861—1947，一译"怀特海"），英国数学家、哲学家，与 B.Russell 合著《数学原理》，移居美国后曾任哈佛大学哲学教授（1924—1936），著有《科学与现代世界》《过程与实在》等。

"心脏在右边还是左边又有什么区别呢？如果你切开，你肯定要看到；不切开，你对它毫无办法。一般说来，即使你确实切开了，你对它也毫无办法。"西方人会回答说："噢，是的。不过我们想科学和精确些，弄清楚心脏在哪儿。"中国人又会说了："你弄清楚心脏在哪儿并不重要，重要的是把你的心放在合适的地方。"这简直是代表了事实法和价值法之间的区别。H. G. 韦尔斯认为我们可以用他的"世界大百科全书"计划来重新聚合知识，这时他在遭受现代科学的事实崇拜。他似乎认为，数据收集和系统性表述给予科学家上帝般的智慧，事实就像冷漠的数字，人的大脑犹如加减法的机器，如果你把所有的事实都放到机器中去，你会自动地抽取正确无误的答案，这样这个世界将会得到拯救。这一概念的愚蠢程度令人难以置信。我们并不缺乏事实，而是事实太多了，缺乏判断。

中国人文主义，即儒学，集中关注人类的价值观。直到意识到方法上的巨大差异之后，西方读者才会觉得令人失望。儒家排除了物理结构和形而上学，集中于人类关系的价值。有关人类关系，我们发现的东西不但不多，而且似乎很少。但儒学认为，有本质知识和外部知识。外部知识是事实世界，本质知识是人类关系和人类行为的世界。孔子曰："弟子入则孝，出则悌，谨而信……行有余力，则以学文。"从儒学观点来看，少可能是非常多，多可能是非常少。因为中国人文主义的本质是根据人类动机心理学，通过对于人类价值的正确评判，来研究人类关系，其目的是我们可以作为理性的人那样行为。这就是全部，但它可能意味着很多。儒学的观点，政治必须隶属于道德，政府是随波逐流的权宜之计，法律是秩序的肤浅工具，警察是道德不成熟的个体的愚蠢发明。孔子曰："听讼，吾犹人也。必也使无讼乎！"只有通过教育和修养，通过礼仪和音乐的熏陶而获得的道德秩序感，才可能形成行为带有尊严和自尊的道德成熟的个体。获得社会秩序和政治秩序的手段的概念与西方经济学家和政治学学者的概念南辕北辙。"道之以政，齐之以刑，民免而无耻；道之以德，齐之以礼，有耻且格。"同时出现了整个西方社会和政治哲学结构的对跖点。儒学对于任何文明的最终检验是这个文明是否产生了好儿子、好兄弟、好丈夫、好朋友和好人，他们拥有犀利的敏感性，最渴望别伤害他人的感情。也许，这可能是文明的最后结局。也许不是——我们怎么知道呢？或许，对于二十五世纪的人而言，我们今天作为个体和民族的社会行为似乎非常粗野。也许，在二十五世纪的人看来，今天的一些所谓的世界领导人可能只不过是一些带有部落思想的野蛮人，就像今天的我们看待迦太基统帅汉尼拔①一样。同时，自我欺骗不得不进行下去。

但是，如果我们告诉自己说，目前知识的分离和价值观的崩溃需要重新建立一些人类价值观，但我们不知道怎样开始才好。研究任何类型的人类价值观的方法、技巧和哲学基础不在那儿。只要机械的技巧和物质主义的方法依旧是大学教授的主导思想，那么，这样的价值观显然是重新发掘不了的。我说的"物质主义"并不是指满脑子想着物质进步，这是对西方世界的著名指控。我举双手赞成物质进步。我的本意是说科学物质主义作为一种方法、一种技巧、一种视角，已经毫无希望地使欧洲的人文学陷入了瘫痪状态，使它陷入了完全的嘈杂与混乱之中。

如果研究一下人文学教授是如何从他们的道德堡垒开始溃退，然后因为惧怕善恶的区别甚至任何的道德情感而逃遁，他们是如何生活在对立场的极度恐惧之中，从而把自己的大脑训练为客观地把任何事物都视为有待去分析、解释和比较的机械现象，他们又是如何最终成为道德蝙蝠，放弃所有的道德判断，害怕道德就像惧怕毒药那样，最终厌恶人类的自由意志，成功地消除掉自己的学术良知，这样的研究将会非常有趣。联合神学院的系主任为《财富》杂志撰写了一篇文章，讲了一件非常典型且意味深长的事情。他邀请一位从事科学研究的同事在学生早祷会上讲话。这位科学家拒绝了，他给出的理由是他的王国是精确的知识。因为善恶问题就其本性来讲不能在精确的知识框架

---

① 汉尼拔（前247—前183或前182），迦太基统帅，率大军远征意大利（前218），从而发动第二次布匿战争，曾三次重创罗马军队，终因缺乏后援而撤离意大利（前203），后多次被罗马军击败，服毒自杀。

之下进行分类，而且上帝本身也不可能降至数学公式的地步，所以善恶超出了教授的范畴。像这样的情况该怎么办？因为，不管你怎么认为，上帝和撒旦是永恒的确实存在。但是，因为没办法通过百分比或统计表的形式来解决善恶问题，所以这个问题还是解决不了，还得搁置一边。

如果研究一下科学物质主义对人文学的侵蚀以及人文学被教授的虚假直觉引入歧途而仿效自然科学的技巧和设备，这样的研究将会非常有趣。对于岩石和矿物质，甚至于我们动物朋友的客观研究，可能没有什么道德良知在里面，因为自然科学只要求客观性和非道德的学术态度。科学方法被偷用于人文学时，天真的想法是我们开始使人文学成为真正的科学，那个非道德的客观方法随之而来。但是，在自然科学中，公正性被认为是美德，而在人文学科中，它是而且一定是罪过。因为研究的对象和数据的性质不同，建立于这一基础之上的人文学一定是不真实而且不充分的。所有的人文学科都是伪学科，只有在比喻的意义上，它们才可以叫做科学。我明白，不仅有智力测试，用来处理特别主观的事情，比如"社会意识"和"个人魅力"，"男性化"和"女性化"以及"性格力量"，而且在某一体制甚至于一台机器里都有，在这样的机器里，只消把一个人的答案塞到机器里就可以得到其智力的准确百分比，机器把这一切都给做了。这只不过是教授们对本意良好的机制赋予者所开的无赖玩笑罢了。

大约19世纪中期开始，由于自然科学声望的飞速提升，人类研究的所有分支都开始自诩为"科学"。"有机物"、"自然法则"、"起源"和"进化"这样的术语应用到了文学和历史研究之中。奥古斯特·科姆特把他的新社会学叫做"社会物理学"，把社会称为"一种有机物"，开创了这一风气的先河。他说的"社会是一种有机物"是什么意思，谁也搞不清。甚至在文学和社会学研究中，也存在名副其实的"本质法则"狂欢。泰恩把它们应用到文学史，马克思应用到经济学，左拉应用到小说，甚至把他的文学和传记研究叫做"灵魂科学"。不过，没必要再回溯到历史中去谈这一现象，现代就有许多此类例子。J.B. 沃森博士[1]一天作出了惊人的发现，有可能不用思想和感觉就可对人的思维进行研究。他认为，他正要使心理学成为一门真正的科学，采用的方法是消除掉中世纪术语，如"意识"、"意志"、"情感"、"记忆"和"知觉"，把心理学局限于机械冲动和反应的衡度。他的灵感显然来自他对动物心理学的研究。一个世纪发展的结果，人们只需想想西奥多·德莱塞关于人的观点，他把人视为一种化学合成物、一个落入陷阱的动物，在盲目的机会、盲目的冲动和驱动以及无道德责任的巨大混乱中四处走动。我们已经走到了路的尽头。

可以证明，由于侵蚀我们的文学和思想的科学物质主义产生的直接后果，这个世界已经变成了碎片。人文学教授已经降低到了发现机械法则统治人类行为的地位，而且，越是证明"自然法则"的森严，就越能证明意志自由是一个假想怪兽，教授的智力愉悦就越大。因此，对于历史的经济阐释，是把历史设想为决定主义者的牢笼，把人设想为关在里面的二足动物，在笼子里朝食物的方向走去。马克思当然以他的"唯物主义"和历史机械观而自豪，因为科学唯物主义一定意味着决定论，决定论一定意味着绝望。因此，我们这个时代最受钦佩的精神——不是最伟大但是最时尚——是悲观主义，这绝非偶然。我们国际上的混乱建立在哲学绝望的基础之上：波德莱尔的绝望、于斯曼的绝望、哈代的绝望、德莱塞的绝望、T.S. 爱略特的绝望、普鲁斯特的永恒遗憾、塞缪尔·巴特勒、迪安·英奇和奥尔德斯·赫胥黎的轻度悲观主义，还有毕加索、立体派、超现实主义者、弗洛伊德的暴力绝望。只有像沃尔特·惠特曼这样的强健大脑没有受到科学精神的折磨，与生活和伟大的人性保持着密切的联系，这样的人可以在普通人身上保有巨大的爱和信任。说新英格兰文化的花朵跟中国的特别相近，这非常有趣。惠特曼的神秘主义和他对血肉人性的爱，罗素的和平主义和乡村理想，爱默生的洞察力和机敏智慧。这朵花不再盛放了，因为

---

① 沃森（1879—1958，一译"华生"），美国心理学家，行为主义心理学创始人，认为心理学是研究人类行为的科学，著有《行为：比较心理学异论》《行为主义心理学》等。

工业主义精神粉碎了它。

　　然而，因为方法和材料的差异，人文学的这种伪科学自然主义一定永远不会充分，而且令人悲哀。把母爱追溯到卵巢，从人类生活的本性上看，一定不会充分，而且事实上是这种伪科学的一个最邪恶的谎言。老母鼠在注射卵巢分泌物时确实恢复了母爱的魔力；但人类的母爱除了相当短时间的哺育之外，还必须依赖其他东西——每天的亲子交往，也许有常见的贫困挣扎、记忆力的储存、语言习惯或一些根深蒂固的怪癖，使儿子对母亲很眷恋，母亲对儿子也很亲近。老鼠的母子关系并没有这个时期。那没有卵巢腺的父亲怎么样呢？他怎样爱自己的孩子呢？科学必须永远弃绝下面的可能性，即证明在母亲孕育孩子时，父亲会产生任何特殊的分泌物。同样，男女之间的爱情价值论也被这种科学破坏了，开始是把爱情和性爱混为一谈，后来就只是以性爱来阐释爱情了。爱情已经从它的显要地位给废黜下台。这一点我们得感谢弗洛伊德们：

　　　　　心灵与身体的隐私不再；

　　　　　心理史的学生已剥开了无花果叶，

　　　　　驱散了所有的神秘，

　　　　　把赤裸颤动的灵魂送到食器洗涤处，

　　　　　洗手间成了公共画廊；

　　　　　他们已经愚钝了爱的魔力，

　　　　　把浪漫的美酒变酸，

　　　　　摘下骄傲的羽毛，

　　　　　露出赤裸的眼光，

　　　　　至高心灵的内心圣所，

　　　　　从他的坛上罢黜，

　　　　　为显贵的力比多加冕。

　　我们的人性观已被歪曲和贬低。底线已经给淘汰出了人类宇宙，结构也招架不住了，有些东西必须打碎。必须从现代知识的碎片里建立一个新世界，东西方必须构建在一起。

　　在每部分序言中，我对中国部分的不同选篇分别进行介绍。道教和佛教在本书中得到了很好的表述。我在这儿想说的是，对于这个好斗的现代世界的即时问题而言，读老子的著作要比读孔子的著作更为重要。我自己不得不作了许多新译，包括翻译老子的《道德经》。了解《尚书》和《孟子》对于理解中国民主思想非常有必要，而西方对此知之甚少。但在家书和谚语中，特别是在《浮生六记》中可以发现中国文化的真正精神，可能具有同样的启迪作用。因为"中国文明的精神是什么？"这一问题的答案要在《浮生六记》里找到，在中国人生活的画面中找到。中国人的生活不是中国思想家认为的生活应该那样度过，而是普通人所过的那种真实生活。《浮生六记》，还有《中国诗人家书》，使我们可以近距离地一窥中国人的生活。《浮生六记》很有价值，因为这是自传而非小说，是一位中国人为中国读者撰写的。中国人家庭生活的美丑在这儿，书中有好人，也有坏人。但是中国精神的根本气质，其抗争、其渴望、其屈从、其生活道路上的随意几瞥都在这儿，这是一位接受过中等教育的普通中国人真诚记录下来的，尽管他的绘画或他作为商业旅游者的小职业并不太成功。

第一部分

中国的玄学

老子《道德经》

序　言

　　我个人认为，整个东方文学中最该先读的书，应该是老子的《道德经》。如果有哪本书可以说本身为我们阐释了东方精神，或对理解中国人的行为特征非常重要，包括实际上"那些隐秘的方面"，这本书就是《道德经》。因为老子的书包含了世上第一个清晰的隐匿哲学，它的教义有大智若愚，大胜若败，弱即为强，隐匿的强处，向对手让步之益以及争权夺利之害。实际上，这本书阐释了中国社会行为和个人行为中可以看到的任何成熟内容。谁要是把这本书读透了，那么他会自动获解中国人的习惯和做法。再进一步而言，谁要是问我在东方文学和哲学中可以找到什么解毒剂，去疗治这一论争的现代世界那根深蒂固地笃信武力和斗争可以获取权力的念头，我会说出大约在 2400 年前写就的这本"五千言"小书的书名。因为老子（大约生于公元前 570 年）有能耐让希特勒和梦想统治世界的其他人显得愚蠢可笑。我认为，现代世界的混乱是因为生活节奏哲学或者任何与其相似的遥远思想的完全缺失，而这些内容可以在老子和他出众的门徒庄子那儿看到。再说，如果有哪本书提出反对现代人五花八门的活动和无用的忙碌，我又会说是老子的《道德经》。这是世界哲学中最深刻的书籍之一。

　　这本书寓意简单，其中十几个思想以洗练精辟的形式反复重复。简言之，其思想为：生活节奏，世界现象与人类现象的统一，返璞归真的重要性，过分统治和干涉人的俭朴生活的危险，无为即"不作为"教义——最好阐释为"不为"，正好等同于"放任主义"（lassez—faire）一词，灵的普遍影响，谦卑、宁静和平和的教导以及武力、傲慢和骄横的愚蠢。要是把生活节奏读懂了，那书中其他所有内容都可以读得明白。老子的思想深刻明晰，神秘实用。

本书中一些最大的悖论有："不敢为天下先（67）。""大巧若拙，大辩若讷（45）。""其出弥远，其知弥少（47）。""抗兵相加，哀者胜矣（69）。""胜而不美，而美之者，是乐杀人（31）。""战胜以丧礼处之（31）。""夫慈，以战则胜，以守则固。天将救之，以慈卫之（67）。""既以与人己愈多（81）。""报怨以德（63）。""信者吾信之，不信者吾亦信之（48）。""知者不言，言者不知（56）。"（关于放任主义）"治大国，若烹小鲜（60）。"事实上，整部书都包含这样的悖论。

自公元前二世纪以来，传统上，《道德经》分为两部分。事实上，原来的集子包含各种各样的警句，如果读者读到不同篇章的发展和关系，就可以看到甚至连篇章的划分也不是最初的。（《道德经》最近一些版本已经不分章节了。）总体而言，可以进行粗略的划分。第一章至第十章描述一般教义特征；第十一章至第二十章阐发了无为教义；第二十一章至第二十八章讲到"道的模式"，是最具神秘主义的章节；第二十九章至三十一章对于使用武力发出了有力的警告；第三十二章至三十七章讲到生活节奏。第二编，第三十八章至四十九章强调柔弱、简朴和宁静。第五十章至五十六章跟养生有关。从第五十七章起，主题更为具体。第五十七章至六十七章明确劝告对人类事件的控制和管理。第六十八章至六十九章又触及战争和隐匿。第七十二章至七十五章有老子关于罪与罚的名言。最后六章即第七十六章至八十一章，又给出一些关于弱的强处的一般原则，第七十九章是有关和解的适当建议。事实上，如果和平大会上的代表团必须阅读关于战争与和平的章节的话，那我们就会有一个完全不同的世界。"有德司契，无德司彻。"对于大国和小国（第六十一章）的建议似乎也很完美。

一般来说，每章开头是个悖论，以一些平行句式展开，以"故"字开头，采用平行句式展开。有必要解释一下为何使用"故"这个字，因为西方读者经常认为它放错了地方，看不出文中有真正的逻辑关联。然而，应该清楚的是，中国的逻辑既是不确定的，又是同步的，而不像西方逻辑那样是确定的、排他的和连续的。因此，原因可能是结果，结果可能是部分原因，这通常更为接近真理。中国人的因果并不是连续的，而是同一真理的平行方面。在中文里，"故"跟"因"几乎难以区分。老子、庄子和中国许多作家都是如此。我们对因果的区分难道不是显得有点孩子气吗？如果试图去找当今战争爆发的原因，将会发现许多关于这种原因逻辑的东西。

老子的文本已经有许多有益的批评和校订，特别是俞樾、王念孙等人的文本复原。另一方面，关于当代中国著作家所作的词语和段落的转换和章节重分，也有许多无用的争论。这些校正和替代似乎是从小学校长批改学生作文的艺术而来，为了达到似乎更好的风格效果，这儿去掉一个重复，那儿换掉一个句子。平行结构似乎必须一块儿放在一个段落里，而且一定不能在书中另外一处出现。任何一位好作家都明晓这样的事实：一篇好文章永远不会遵循校长的提纲，而且在文章思想的基本统一之处，编辑可以掉换一下句子，把它置于另一文章的适当位置，使自己感到满意。而这种校正在古代作者的文本复原上毫无地位。在这方面，我是个"保守主义者"。

　　因此，认识到这种章节划分并非原初，我还是遵循把《道德经》分为八十一章的保守划分法。这些批评家另一个有趣的缺点是假定这些分法是原始的，然后抱怨说章节缺乏"行文一致性"。当今老子文本的存在形式相当令人满意，因而这样的掉换和重分毫无必要。我并非毫不犹豫地遵循甚至最著名的王念孙复原文本，因为该本并没对悖论之处进行修改完善，而是拿掉了事。传统文本有"良器者，不祥之器"这句话，王相当好地证明了"良"是另一词的误写，就好像英语的连接副词"于是"一样。但正是因为"良的"东西就不是"不祥的"，而去问悖论大师老子怎样表达"良器者，不祥之器"，这简直愚蠢至极。

　　因为《道德经》一书很薄，在中文书中，老子是翻译得最多的。我已见到九个德文译本，包括亚历山大·乌拉尔（因瑟弗拉格）极棒的译文。英语有十二个译本，译者是 E.H. 帕克、湛约翰、M.E. 雷诺兹、保罗·卡勒斯、德怀特·戈达德和魏涛、翟林奈、伊莎贝拉·米尔斯、《智慧的圣地》的"编辑"胡策林、沃尔特·戈伦·奥尔德、约翰 C.H. 吴和阿瑟·韦利[1]。最后提到的两位译者最优秀。我翻译成英文时，从韦利和米尔斯的译文那儿得到了最大的帮助。但我发现有必要重译一下。老子的风格洗练精辟，行文简洁刚健。我试图保留其洗练精辟的风格以及句子节奏，但没有保留许多段落中的押韵。翻译是寻求确切词语的艺术，在找到确切词语时，可以避免拐弯抹角说话，风格也得以保留。翻译也要求一定程度的愚蠢，最好的翻译是愚蠢的翻译，不越出常规而寻求"出色"的阐释。老子"知其雄，守其雌"的建议一直是我的

①　韦利（Arthur Waley，1889—1966），英国汉学家、汉语和日语翻译家，译作有《汉诗170首》《日本诗歌》、日本古典文学名著《源氏物语》等，还著有《中国画研究引论》《敦煌民歌及故事集》等。

原则。因为只有蠢人才忠诚。许多译者对词源方面单个词语进行了不应有的错误强调，正如初学外语的人过分强调单个音节一样，一是因为不熟悉造成的，二是因为不流畅引起的。我给出了脚注，主要目的是使文本的意义更为确切清晰，因而没有任何附加评述。原文没有章节标题，为了方便读者阅读，我都给加上了标题。

《道德经》

林语堂　英译

第一编　道的法则

一、论常道

道可道，非常道；名可名，非常名。无名天地之始，有名万物之母。故常无，欲以观其妙；常有，欲以观其徼。此两者同出而异名，同谓之玄①。玄之又玄，众妙②之门。

二、相对概念的兴起

天下皆知美之为美，斯恶已。皆知善之为善，斯不善已。故有无相生，难易相成，长短相形，高下相倾，音声相和，前后相随。是以圣人处无为之事，行不言之教。万物作焉而不辞，生而不有，为而弗恃，功成而弗居。夫唯弗居，是以不去。

三、为无为

不尚贤③，使民不争；不贵难得之货，使民不为盗；不见可欲，

---

① 玄：该字等同于"神秘的"和"神秘主义"。道教也叫做玄教，即"神秘宗教"。

② "妙"也可译为"essence（精髓）"，意为"奇妙"、"终极"、"逻辑上不可知"、"以太"或"神秘真理"。

③ 从政不尚贤是典型的道家思想。

使民心不乱。是以圣人之治，虚其心^①，实其腹，弱其志，强其骨，常使民无知无欲。使夫智者不敢为^②也。为无为，则无不治。

四、论　道

道冲^③，而用之或不盈。渊兮，似万物之宗；挫其锐，解其纷，和其光，同其尘，湛兮，似或存。吾不知谁之子，象帝之先。

五、天　地

天地不仁，以万物为刍狗；圣人不仁，以百姓为刍狗。^④天地之间，其犹橐籥乎！虚而不屈，动而愈出。多言数穷，不如守中^⑤。

六、谷　神

谷神^⑥不死，是谓玄牝。^⑦玄牝之门，是谓天地之根。绵绵若存，用之不勤^⑧。

---

① "虚心"在中文里意为"开放的心胸"或"谦卑"，是有修养的君子的标志。在《道德经》中，"虚"与"实"分别用来指"谦卑"和"骄傲"。

② "为"在本书中通常用来指"干涉"。"无为"实际上意为"不干涉"，与"放任主义"一词对应。

③ 冲："虚"、"适度"、"无形"、"充满空间"。另译"chung"，"道为空器"。

④ 自然主义学说，圣人通常达至天地的公正和冷漠无情。

⑤ 中：人的原始本性。"守中"是道家重要的信条。

⑥ 谷犹如橐籥，是道家"虚"的一种象征。

⑦ 阴的法则，消极、接受、静止。

⑧ 用天地之法则，"不勤"而成就。

七、他　生

天长地久。天地所以能长且久者，以其不自生^①，故能长生。是以圣人后其身而身先，外其身而身存。非以其无私邪？故能成其私。

八、水

上善若水。水善利万物而不争，处众人之所恶，故几于道。居善地，心善渊，与善仁，言善信，政善治，事善能，动善时。夫唯不争，故无尤。

九、砥砺才能之害

持而盈之^②，不如其已；揣而锐之，不可长保。金玉满堂，莫之能守；富贵而骄，自遗其咎。功遂身退，天之道也。^③

十、抱　一

载营魄抱一^④，能无离乎？专气致柔，能如婴儿乎^⑤？涤除玄鉴，

---

① 通过转化而赋予他者生命。

② 在老子学说中，"盈"——"实"或"溢至边缘"——的思想与骄傲连在一起，被认为是"虚"或"谦卑"的对立面，因为成功中蕴涵着溃败的种子。

③ 整章都押韵。

④ 重要的道教用语。

⑤ 婴儿为天真之象征，在《庄子》里也常见到这一意象。有时使用"初生牛犊"的意象。

能无疵乎？爱民治国，能无为乎？天门开阖，能为雌乎^①？明白四达，能无知乎？^②生之畜之。生而不有，为而不恃，长而不宰。是谓玄德。

十一、器物致用

三十辐，共一毂，当其无，有车之用。埏埴以为器，当其无，有器之用。凿户牖以为室，当其无，有室之用。故有之以为利，无之以为用。

十二、自然之欲

五色令人目盲；五音令人耳聋；五味令人口爽；驰骋畋猎，令人心发狂；难得之货，令人行妨^③。是以圣人为腹不为目^④。故去彼取此。

十三、荣　辱

宠辱若惊，贵大患若身。何谓宠辱若惊？宠为上，辱为下，得之若惊，失之若惊，是谓宠辱若惊。何谓贵大患^⑤若身？吾所以有

---

① 阴是接受、被动、静止的。

② 本节全部押韵。

③ 字面意义，意为"使人警觉"。

④ 这儿"腹"指的是内在自我，无意识、本能；"目"指的是外部自我或感欲世界。

⑤ 阐释为"生死"。庄子的文本证实了这一阐释。

大患者，为吾有身①，及吾无身，吾有何患？故贵以身为天下者，则可寄于天下；爱以身为天下，乃可以托于天下。

十四、古 始

视之不见名曰夷，听之不闻名曰希，搏之不得名曰微。②此三者，不可致诘，故混而为一。其上不皦，其下不昧，绳绳兮不可名，复归于无物。是谓无状之状，无物之象，是谓惚恍。迎之不见其首，随之不见其后。执古之道，以御今之有，能知古始，是谓道纪③。

十五、古之善为道者

古之善为道者④，微妙玄通，深不可识。夫唯不可识，故强为之容。豫兮若冬涉川，犹兮若畏四邻，俨兮其若客，涣兮若冰之将释，敦⑤兮其若朴⑥，旷兮其若谷，混⑦兮其若浊：孰能浊以止，静之徐清，孰能安以久，动之徐生。保此道者不欲盈。夫唯不盈⑧，故能蔽而新成。

---

① 字面意思为"身体"。

② 耶稣会学者认为这三个字的发音跟希伯来词语"Jahve"的发音有着有趣的巧合。

③ "纪"一字意为"传统的主体"、"体系"，也作"纪律"解。

④ 另一古文本，"统治者"。

⑤ 敦：厚实如坚实的家具，与人最初的朴素联系在一起，反义词为"薄"，与狡猾、过于修辞和世故联系在一起。

⑥ "朴"是道家重要的概念，指人的不加修凿、不加装饰和自然的善和诚实。一般用来指心灵和生活的简朴与朴素。

⑦ 混，即为"混浊"，"容易混合"，因而"随和"、"不特别"。道家智慧：大智若愚。

⑧ 自我满足，自骄。

十六、知常道

致虚极^①，守静笃。万物并作，吾以观复。夫物芸芸，各复归其根。归根曰静，是谓复命。复命曰常^②。知常曰明。不知常，妄作，凶。知常容，容乃公，公乃全^③，全乃天^④，天乃道，道乃久，没身不殆。

十七、太　上

太上，不知有之；其次，亲而誉之；其次，畏之；其次，侮之。信不足焉，有不信焉。悠兮其贵言。功成事遂，百姓皆谓："我自然。"

十八、大道废

大道废，有仁义^⑤。智慧出，有大伪；六亲不和有孝慈，国家昏乱有忠臣。

十九、见　素

绝圣弃智，民利百倍。绝仁弃义，民复孝慈。绝巧弃利，盗

---

① 虚：空，无。但在实际使用时，这种"空"正是"谦卑"之意。"谦卑"和"宁静"都是重要的道家思想。

② 常：恒常，生衰之法则，对立之必要变化，可以阐释为"自然之普遍法则"或"人的内在法则"，性命之常，二者本质上相似。

③ 全：可能的译文是"cosmopolitan"，即把世界视为一个整体。

④ 天：上天或自然。这儿的"天"和下行的道显然是用作形容词，因此译为"乃"。"实"通常译为"自然"或"自然的"。

⑤ 儒家重要学说，通常译为"仁慈"和"正义"。

贼无有^①。此三者以为文，不足，故令有所属。见素^②抱朴。少私寡欲。^③绝学无忧。

二十、我与众人

唯之与阿^④，相去几何？善之与恶，相去若何？人之所畏，不可不畏。荒兮其未央哉！众人熙熙，如享太牢，如春登台。我独泊兮其未兆，沌沌兮，如婴儿之未孩，儽儽兮，若无所归。众人皆有余，而我独若遗。我愚人之心也哉！俗人昭昭，我独昏昏。俗人察察，我独闷闷。澹兮其若海，飂兮若无止。众人皆有以，而我独顽且鄙。我独异于人，而贵食母^⑤。

二十一、道的显现

孔德^⑥之容，惟道是从。道之为物，惟恍惟惚。惚兮恍兮，其中有象；恍兮惚兮，其中有物。窈兮冥兮，其中有精。其精甚真，其中有信。自古及今，其名不去，以阅众甫。吾何以知众甫之状哉？以此^⑦。

---

① 《庄子》第十章《胠箧》完全发展了第十八章和十九章的思想。
② 素：不加装饰，不加熏陶，天生品质，简朴本我。原意为"朴素丝绸背景"，与"重叠彩画"相对应。因而，这句话意为"揭示"、"实现"素。
③ "见素抱朴。少私寡欲。"八个字概括了务实的道家教义。
④ "阿"为不赞同的发音。
⑤ 吸乳婴儿之意象，象征着从大自然中汲取力量。
⑥ 德为道的显现。是道活跃的一面，道德准则。韦利译为"power"。
⑦ 显现的形式。

二十二、争名之害

曲则全，枉则直，洼则盈，敝则新，少则得，多则惑。是以圣人抱一①，为天下式。不自见，故明②；不自是，故彰；不自伐，故有功；不自矜，故长。夫唯不争，故天下莫能与之争。古之所谓曲则全者③，岂虚言哉！诚全而归之。

二十三、同于道

希言自然。故飘风不终朝，骤雨不终日。孰为此者？天地。天地尚不能久，而况于人乎？故从事于道者，同于道；德者，同于德；失者，同于失。同于道者，道亦乐得之；同于德者，德亦乐得之；同于失者，失亦乐得之。信不足焉，有不信焉。

二十四、余食赘行

企者不立，跨④者不行。自见者不明，自是者不彰，自伐者无功，自矜者不长。其于道也，曰：余食赘行。物或恶之，故有道者不处。

二十五、宇内四大

有物混成，先天地生。寂兮寥兮，独立而不改，周行而不殆，

---

① 绝对者，倏忽即逝的属性都归属之。
② "明"有两个意思，"明亮"和"明辨"。
③ 另一中文谚语"一生让地，不失半亩；一生让道，不落一步"。
④ 急速行进，努力奋斗，雄心勃勃。

可以为天下母。吾不知其名，强字之曰道，强为之名曰大。大曰逝，逝曰远，远曰反。故道大，天大，地大，王亦大。域中有四大，而人居其一焉。人法地，地法天，天法道，道法自然①。

二十六、持重守静

重②为轻根，静为躁君。是以君子终日行不离辎重③，虽有荣观，燕处超然。奈何万乘之主④，而以身轻天下？轻则失根，躁则失君。

二十七、袭　明

善行无辙迹，善言无瑕谪，善数不用筹策，善闭无关楗而不可开，善结无绳约而不可解。是以圣人常善救人，故无弃人；常善救物，故无弃物⑤。是谓袭⑥明。故善人者，不善人之师；不善人者，善人之资⑦。不贵其师，不爱其资，虽智大迷。是谓要妙。

---

① 自然，字面意思为"自我如此"，"自我形式"，"本身即为如此"。

② 字面意思是"重"，以地为法。中文里，"重"或"厚"意为"诚实"、"慷慨"，与稳靠的运气与忍耐力联系在一起。而"薄"和"轻"意为"轻浮"或"刻薄"，与不稳靠的运气相关。

③ 双关语，包含"重"这个字。

④ 四处奔走。

⑤ 圣人根据其才使用之。

⑥ 袭：使用侵略、夜攻、渗透等迂回办法进入或得到。这种思想是狡猾地利用自然法规的知识来获取最佳结果。参见庄子对之的完全阐发，尤见"文惠君之庖丁"的寓言。见第三章。

⑦ 资：原材料、资源、帮助，可以从中汲取益处的东西，比如一堂课。

二十八、守　雌

知其雄，守其雌，为天下溪。[1]为天下溪，常德[2]不离，复归于婴儿。知其白，守其黑，为天下式。为天下式，常德不忒，复归于无极。知其荣，守其辱，为天下谷。为天下谷，常德乃足，复归于朴。朴[3]散则为器，圣人用之，则为官长。故大制不割。

二十九、不可为

将欲取天下而为之，吾见其不得已。天下神器，不可为也，不可执也。为者败之，执者失之。夫物或行或随，或嘘或吹[4]，或强或羸，或载或隳。是以圣人去甚，去奢，去泰。

三十、不以兵强天下

以道佐人主者，不以兵强天下。[5]其事好还。师之所处，荆棘生焉。大军之后，必有凶年。[6]善有果而已，不以取强。果而勿矜，果而勿伐，果而勿骄；果而不得已，果而勿强。物壮则老，是谓不道，不道早已。

---

① 见第六章。谷或沟壑是雌性原则、接受者、被动者的象征。

② 道德。

③ 朴：一块未经铸制的木材，是未经破坏的自然的象征。

④ 字面意思为"吹出"、"吹进"。我遵循韦利的译法，其译文把意义完全表达了出来。

⑤ 中文"军事"一字由两部分组成："停止"和"武器"。中国反战主义者把它解释为反对武器，而它还意味着使用武力阻止敌人。

⑥ 这几句为韦利所译，无须再作改善。

三十一、不祥之器

夫兵①者不祥之器，物或恶之，故有道者不处。君子居则贵左，用兵则贵右②。兵者，不祥之器，非君子之器，不得已而用之，恬淡为上。胜而不美，③而美之者，是乐杀人。夫乐杀人者，则不可得志于天下矣。吉事尚左，凶事尚右。偏将军居左，上将军居右。言以丧礼处之。杀人之众，以悲哀泣之。战胜，以丧礼④处之。

三十二、道如江海

道常无名，朴，虽小，天下莫能臣。侯王若能守之，万物将自宾。天地相合，以降甘露，民莫之令而自均。始制有名⑤。名亦既有，夫亦将知止，知止所以不殆。譬道之在天下，犹川谷之与江海⑥。

三十三、自　知

知人者智，自知者明。胜人者有力，自胜者强。知足者富，强行者有志。不失其所者久，死而不亡者寿。

---

① 另可解读为"精良武器"。兵既可意为"士兵"，也可作"武器"解。

② 这些是仪式安排。左是吉兆的象征，创造者；右是凶兆的象征，破坏者。

③ 另外一种同样好的解读为"no boasting（不吹嘘）"，"and who boasts of victory（吹嘘胜利者）"。

④《周礼》的五大礼仪之一。"偏将军居左，上将军居右。言以丧礼处之。"读起来似乎是评注给误插入了文中。证据是结论性的：（1）"偏将军"和"上将军"是整部书中唯一的年代误植，因为这些词语直到汉代以后才出现。（2）王弼所作的评注中没有本节，因此这一定是抄写者误写入了文本之中。参见第六十九章。对照《孟子》类似内容，"哀者治矣。"

⑤ "名"暗示物的区分以及丧失道的最初状态。

⑥ 真正被比喻为江海或欲在江海之中寻求憩息的河流。

三十四、大道泛兮

大道泛兮，其可左右。万物恃之以生而不辞，功成而不名有，衣养万物而不为主。常无，可名于小；万物归[1]焉而不为主，可名为大。以其终不自为大，故能成其大。

三十五、道之平

执大象[2]，天下往。往而不害，安平泰。乐与饵，过客止。道之出口，淡乎其无味，视之不足见，听之不足闻，用之不足既。

三十六、生活节奏

将欲歙之，必固张之；将欲弱之，必固强之；将欲废之，必固兴之。将欲取之，必固与之。是谓微明。柔弱胜刚强。鱼不可脱于渊，国之利器不可以示人。

三十七、天下安定

道常无为而无不为，侯王若能守之，万物将自化。化而欲作，吾将镇之以无名之朴。无名之朴，夫亦将无欲。不欲以静，天下将自正。

---

[1] 字面意为"会合"。
[2] 天地之象征。本章包含三字押韵行。

第二编　道的诠释①

三十八、堕　落

上德不德，是以有德；下德不失德，是以无德。上德无为而无以为；下德为之而有以为。上仁为之而无以为；上义为之而有以为。上礼②为之而莫之应，则攘臂而扔之。故失道而后德，失德而后仁，失仁而后义，失义而后礼。夫礼者，忠信之薄，而乱之首。前识者，道之华，而愚之始。是以大丈夫处其厚，不居其薄；处其实，不居其华。故去彼取此。

三十九、互补而统一

昔之得一者：天得一以清，地得一以宁，神得一以灵，谷得一以盈，万物得一以生，侯王得一以为天下正。其致之一也。谓天无以清将恐裂，地无以宁将恐废，神无以灵将恐歇，谷无以盈将恐竭，万物无以生将恐灭，侯王无以正将恐蹶。故贵以贱为本，高以下为基。是以侯王自称孤、寡、不穀，此非以贱为本邪？非乎？故至誉无誉。③不欲琭琭如玉，珞珞如石。

---

① 《德经》是汉文帝统治时期（前179—前157）为《道德经》第二编所起的书名。

② 礼：儒家社会秩序和管理的学说，其特征为礼仪。也作"殷勤、礼貌"解。

③ 文本中另一常见的替代词解读方式："Truly, the highest prestige requires no praise.（故至誉无誉。）"除了强制性的替代词外，这一解读在上下文中没什么意义。

四十、反者原则

反者道之动；弱者道之用。天下万物生于有，有生于无。

四十一、道家品质

上士闻道，勤而行之；中士闻道，若存若亡；下士闻道，大笑之。不笑不足以为道。故建言有之：明道若昧，进道若退，夷道若纇；上德若谷，广德若不足，建德若偷，质德若渝。大白若辱，大方无隅；大器晚成，大音希声，大象无形。道隐无名。夫唯道，善贷且成。

四十二、强梁者

道生一，一生二，二生三，三生万物。万物负阴而抱阳，冲气以为和。人之所恶，唯孤、寡、不毂，而王公以为称。故物或损之而益，或益之而损。人之所教，我亦教之。强梁者，不得其死，吾将以为教父。

四十三、天下之至柔

天下之至柔，驰骋天下之至坚，无有入无间。吾是以知无为之有益。[①] 不言之教，无为之益，天下希及之。

---

① 这种精神的影响遍及各处，与自身形成障碍的肤浅活动构成对照。《庄子》
（第三章）对"无有"等概念作了进一步发挥。

四十四、知 足

名与身孰亲？身与货孰多？得与亡孰病？是故甚爱必大费，多藏必厚亡。知足不辱，知止不殆，可以长久。

四十五、清 静

大成若缺①，其用不弊。大盈若冲，其用不穷。大直若屈，大巧若拙，大辩若讷。静胜躁，寒胜热，清静为天下正。

四十六、走 马

天下有道，却走马以粪。天下无道，戎马生于郊。祸莫大于不知足，咎莫大于欲得。故知足之足，常足矣。

四十七、求 知

不出户，知天下；不窥牖，见天道。其出弥远，其知弥少。是以圣人不行而知，不见而明，不为而成。

四十八、无为取天下

为学日益，为道日损。损之又损，以至于无为。无为而无不为。

---

① 因为它根据具体情况而呈现流体状。

取天下常以无事①，及其有事②，不足以取天下。

四十九、百姓心

圣人无常心③，以百姓心为心。善者吾善之，不善者吾亦善之，德善；信者吾信之，不信者吾亦信之，德信。圣人在天下，歙歙焉；为天下，浑其心。百姓皆注其耳目，圣人皆孩之。

五十、摄　生

出生入死。生之徒十有三④，死之徒十有三，人之生，动之于死地，亦十有三。夫何故？以其生生之厚。盖闻善摄生者，陆行不遇兕虎，入军不被甲兵。兕无所措其角，虎无所用其爪，兵无所容其刃。夫何故？以其无死地⑤。

五十一、玄　德

道生之，德畜之，物形之，势成之，是以万物莫不尊道而贵德。道之尊，德之贵，夫莫之命而常自然。故道生之，德畜之，长之育之，亭之毒之，养之覆之。生而不有，为而不恃，长而不宰。是谓玄德。

---

① 凭借道的影响。
② 通过让人干这干那的方式。
③ 心：字面意为"心脏"。"思维"和"情感"均可由此词定义。
④ 根据《韩非子》，四肢和九窍。另外一种正统的解读是"十分之三"，但这意义不大。
⑤ 字面意为"不死"。

五十二、袭 常

天下有始，以为天下母。既得其母，以知其子；既知其子，复守其母，没身不殆。塞其兑，闭其门，终身不勤；开其兑，济其事，终身不救。见小曰明，守柔曰强。用其光，复归其明，无遗身殃。是谓袭常。

五十三、盗 夸

使我介然有知，行于大道，唯施是畏。大道甚夷，而民好径。朝甚除，田甚芜，仓甚虚；服文采，带利剑，厌饮食，财货有余，是谓盗夸。非道也哉。

五十四、身与邦

善建者不拔，善抱者不脱，子孙以祭祀不辍。修之于身，其德乃真；修之于家，其德乃余；修之于乡，其德乃长；修之于邦，其德乃丰；修之于天下，其德乃普。故以身观身，以家观家，以乡观乡，以邦观邦，以天下观天下。吾何以知天下然哉？以此[1]。

五十五、赤子之德

含德之厚[2]，比于赤子。毒虫不螫，猛兽不据，攫鸟不搏，骨弱

---

[1] 从吾自身内部。该意义可能在下章中得到很好的发挥，因为章节划分并非最初的。

[2] 字面意为"厚"、"重"。

筋柔而握固；未知牝牡之合而朘作，精之至也。终日号而不嗄，和
之至也。知和曰常。知常曰明。益生曰祥[1]，心[2]使气曰强。物壮则老，
谓之不道；不道早已。

五十六、贵贱之上

知者不言，言者不知。塞其兑，闭其门，挫其锐，解其纷，和
其光，同其尘。是谓玄同[3]。故不可得而亲，不可得而疏；不可得而
利，不可得而害；不可得而贵，不可得而贱。故为天下贵。

五十七、治国之术

以正治国，以奇用兵[4]，以无事取天下。吾何以知其然哉？以此：
天下多忌讳，而民弥贫；人多利器，国家滋昏；人多伎巧，奇[5]物
滋起；法令滋彰，盗贼多有。故圣人云：我无为而民自化[6]，我好静
而民自正，我无事而民自富，我无欲而民自朴。

五十八、其政闷闷

其政闷闷，其民淳淳；其政察察，其民缺缺。祸兮福之所倚，

---

[1] "ill-omen"意为"不祥"，英译有误。

[2] 心：字面意为"头脑"或"心灵"。

[3] 一切都淹没在"一"中。

[4] 正：正常、正直、正义；奇：反常、欺骗、吃惊。

[5] 奇："以奇用兵"中同一字，暗含有不赞同，认为以此法治国不妥。

[6] 化：因德的影响而被触及、转化和"开化"。这是对"无为"的最佳解释。

福兮祸之所伏。孰知其极？其无正。正复为奇，善复为妖。人之迷，其日固久。是以圣人方而不割，廉而不刿①，直而不肆，光而不耀。

五十九、节　用

治人事天，莫若啬②。夫唯啬，是谓早服，早服谓之重积德；重积德则无不克；无不克则莫知其极；莫知其极，可以有国。有国之母，可以长久。是谓深根固柢，长生久视之道。

六十、治大国

治大国，若烹小鲜③。以道莅天下，其鬼不神。非其鬼不神，其神不伤人；非其神不伤人，圣人亦不伤人。夫两不相伤，故德交归焉。

六十一、大国与小国

大国者下流，天下之交。天下之牝，牝常以静胜牡，以静为下。故大国以下小国，则取④小国；小国以下大国，则取大国。故或下以取，或下而取。大国不过欲兼畜人，小国不过欲入事人。夫两者各得其所欲，大者宜为下。

---

① 使用法律、法规"惩戒来消除腐败"。
② 俭。
③ 不要管它，否则鱼会因不停翻动而变糊。
④ 取：拿下、征服、获胜。

六十二、善人之宝

　　道者，万物之奥。善人之宝，不善人之所保。美言可以市尊，美行可以加人。人之不善，何弃之有？故立天子，置三公，虽有拱璧，以先驷马，不如坐进此道。古之所以贵此道者何？不曰：求以得，有罪以免邪？故为天下贵。

六十三、难　易

　　为无为，事无事，味无味。大小多少，报怨以德。图难于其易，为大于其细，天下难事，必作于易；天下大事，必作于细。是以圣人终不为大，故能成其大。夫轻诺必寡信，多易必多难。是以圣人犹难之，故终无难矣。

六十四、始　终

　　其安易持，其未兆易谋，其脆易泮，其微易散，为之于未有，治之于未乱。合抱之木，生于毫末；九层之台，起于累土；千里之行，始于足下。为者败之，执者失之。是以圣人无为故无败，无执故无失。民之从事，常于几成而败之。慎终如始，则无败事。是以圣人欲不欲，不贵难得之货；学不学，复众人之所过。以辅万物之自然，而不敢为。

六十五、大　顺

　　古之善为道者，非以明民，将以愚之。民之难治，以其智多。

故以智治国，国之贼；不以智治国，国之福。知此两者亦稽式。常知稽式，是谓玄德。玄德深矣远矣；与物反矣，然后乃至大顺。

六十六、百谷王

江海之所以能为百谷王者，以其善下之，故能为百谷王[①]。是以圣人欲上民，必以言下之；欲先民，必以身后之。是以圣人处上而民不重；处前而民不害。是以天下乐推而不厌。以其不争，故天下莫能与之争。

六十七、三　宝

天下皆谓我道大，似不肖。夫唯大，故似不肖。若肖，久矣其细也夫。我有三宝，持而保之：一曰慈[②]，二曰俭[③]，三曰不敢为天下先。慈故能勇，俭故能广，不敢为天下先，故能成器长。今舍慈且勇，舍俭且广，舍后且先，死矣！夫慈，以战则胜，以守则固[④]。天将救之，以慈卫之。

六十八、不争之德

善为士者不武，善战者不怒，善胜敌者不与，善用人者为之下。是谓不争之德，是谓用人之力，是谓配天古之极。

① 参见第六章。
② 慈：温柔的爱（与母亲联系在一起）。
③ 俭：字面意义为"节俭"，"节省"。参见第五十九章。
④ 参见第三十一章和六十九章。

六十九、隐　匿

用兵有言："吾不敢为主而为客①，不敢进寸而退尺。"是谓行无行，攘无臂，扔无敌，执无兵②。祸莫大于轻敌，轻敌几丧吾宝③。故抗兵相加，哀④者胜矣。

七十、不我知

吾言甚易知，甚易行。天下莫能知，莫能行。言有宗，事有君。夫唯无知，是以不我知。知我者希，则我者贵。是以圣人被褐怀玉。

七十一、病　患

知不知，上。不知知，病。夫唯病病，是以不病。圣人不病，以其病病。

七十二、惩罚论（一）⑤

民不畏威⑥，则大威至。无狎其所居，无厌其所生。夫唯不厌，是以不厌。是以圣人自知不自见，自爱不自贵。故去彼取此。

---

① 主客：字面意为"主人与客人"。可以理解为通常省去了"当……时"："吾不敢为主者，则为客。"

② 或觉得处于这种状态，即谦卑的主观状态。这与老子的隐匿哲学完全吻合，老子的这一哲学是世上最早的此类思想。对照第四十五章"大辩若讷"等。

③ 可能指的是第六十七章的三宝。

④ 憎恨屠杀之人。参见第三十一章。俞樾的校本解读为"让者胜矣"。

⑤ 第七十二、七十三、七十四和七十五章内容密切相关，结构相似。

⑥ 威：军事力量或权威。有时也与"神怒"联系在一起。另一种解释："人不畏神，则神怒至。"但这种解释与上下文内容不太吻合。参见下面两章关于惩罚的无效，尤见第七十四章第一句。

七十三、惩罚论（二）

勇于敢则杀，勇于不敢则活。此两者，或利或害，天之所恶，孰知其故？是以圣人犹难之。天之道，不争而善胜，不言而善应，不召而自来，绰然而善谋。天网恢恢①，疏而不失。

七十四、惩罚论（三）

民不畏死，奈何以死惧之？若使民常畏死，而为奇者。吾得执而杀之，孰敢？② 常有司杀者杀。夫代司杀者杀，是谓代大匠斫。夫代大匠斫者，希有不伤其手矣。

七十五、惩罚论（四）

民之饥，以其上食税之多，是以饥。民之难治，以其上之有为，是以难治。民之轻死，以其上求生之厚，是以轻死。夫唯无以生为者，是贤于贵生。

七十六、坚强与柔弱

人之生也柔弱，其死也坚强。草木之生也柔脆，其死也枯槁。故坚强者死之徒，柔弱者生之徒。是以兵强③则灭，木强则折，强

---

① 现已成为一句中文谚语"善有善终，恶有恶报"。
② 注意此处与第七十三章前几句在结构上的相似性。
③ 强，意为"坚硬"、"强壮"和"桀骜不驯"。

大处下，柔弱处上。①

七十七、张 弓

天下道，其犹张弓与！高者抑之，下者举之，有余者损之，不足者补之。天之道，损有余而补不足。人之道，则不然，损不足以奉有余。孰能有余以奉天下？唯有道者。是以圣人为而不恃，功成而不处，其不欲见贤。

七十八、莫柔弱于水

天下莫柔弱于水，而攻坚强者莫之能胜，以其无以易之。弱之胜强，柔之胜刚，天下莫能知，莫能行。是以圣人云："受国之垢，是谓社稷主；受国不祥，是为天下王。"正言若反。

七十九、和 解

和大怨，必有余怨，安可以为善？是以圣人执左契②，而不责于人。有德司契，无德司彻。③ 天道无亲，常与善人。④

八十、小国寡民

小国寡民，使有什伯之器而不用，使民重死⑤而不远徙。虽有

① 正如嫩枝和树干。
② 契约中低等的标志。
③ 王弼的评注为"司失"（for pointing out faults）。
④ 许多古本中出现的一句古代引文。
⑤ 字面意义为"死亡"。

舟舆，无所乘之；虽有甲兵，无所陈之。使民复结绳而用之。甘其食，美其服，安其居，乐其俗。邻国相望，鸡犬之声相闻。民至老死不相往来。

八十一、天之道

信言不美，美言不信。善者不辩，辩者不善。知者不博，博者不知。圣人不积，既以为人，己愈有；既以与人，己愈多。天之道，利而不害；圣人之道，为而不争。

玄学家和幽默大师庄子

序　言

追随耶稣的是圣保罗，追随苏格拉底的是柏拉图，追随孔子的是孟子，追随老子的是庄子。在以上四种情形中，前者是真正的老师，要么什么书都没写，要么著述颇少，后者则开始发展学说，并撰写了漫长深邃的论著。庄子约卒于公元前275年，跟老子的生卒年月相差不到两百年，严格意义上与孟子生活在一个时代。然而最奇怪的是，尽管这两位在著作中都提到了当时其他哲学家，但谁也没有在自己的著述中提及对方。

总体而言，庄子一定被认为是周朝最伟大的韵文作家，就像屈原被视为最伟大的诗人一样。他拥有这一地位是基于他杰出的风格和深邃的思想。这说明了这样一个事实：尽管庄子可能是孔子最大的诽谤者，对墨子而言，他又是儒家思想的最大对手，但没有哪位儒家学者不公开或私下里钦佩他。公开不赞同他思想的人却把他的著作当做文学作品来拜读。

也不能真说一位纯粹的中国人会很不赞同庄子的观点。道教并非中国的一个思想学派，它是中国思维以及中国人对人生和社会的态度的深刻本质特征。道教具有深度，而儒学只有主次观念；道教对中国诗歌和想象力的丰富简直难以衡量，并为舒适闲散、热爱自由、诗意漂泊的中国人灵魂赋予哲理性的钳制。它提供了唯一安全、浪漫的方法，把中国人从刻板压制的儒家传统约束中释放出来，使那些人文主义者人性化。因此，中国人要是成功了，他总是儒家；

要是失败了，总是道家。正因为世上之人失败者多于成功者，还因为所有成功人士都明白，尽管自己成功了，但在深夜反省自身时却总是蹩脚踌躇，所以我相信道家思想往往比儒家更为奏效。就连儒家学者只有明白自己并没有真正成功时，也就是遵循道家智慧时，他才算成功。伟大的儒家将领曾国藩在早期生涯中遭受失败了，只有在一天早上他带着真正的道家谦卑认识到自己"不善"，把权力给予手下，这时他才开始成功。

因此，庄子之所以重要，在于他是第一位完全发展了老子隽语中所包含的道家生活节奏观。中国其他哲学家主要关注政府管理和个人道德的实际问题，庄子不一样。他在佛教到来之前，为中国文学赋予了唯一的形而上学。我肯定他的神秘主义会让一些读者着迷，而把另外一些读者排斥在外。其中有些特征，譬如摒弃自我的思想、静思以及"见独"，表明中国这些本土思想是怎样成为禅教发展的后盾。人类知识的每一个分支，即便是研究地球的岩石和天空的宇宙光线，一触及任何深度，便会碰到神秘主义。而且，中国的道教似乎越过了对于自然的科学研究，仅仅是凭借洞察力也得出了同样的直觉结论。因此，毫不吃惊，阿尔伯特·爱因斯坦和庄子在所有标准的相对性上观点一致，他们的观点肯定一致。唯一的不同是，爱因斯坦承担了更为艰巨——对中国人而言——更为愚蠢的数学证明工作，而庄子则提供了这一相对论的哲学重要性。在接下来的几十年里，西方哲学家迟早一定会把这一点发展出来。

还要说几句庄子对孔子的态度。任何读者都看得出来，庄子是最伟大的历史浪漫家之一，因而接受他讲述的孔子、老子或黄帝的逸事，一定得像接受他讲述的云将与鸿蒙的谈话或河伯与北海若的对话的逸事一样。显然还须这样理解，庄子是一位幽默大师，带有异想天开且相当丰富的奇思怪想，带着美国式的夸张和矫饰的嗜好。因此，应该把庄子解读为一位幽默作家，明白他深刻时非常浅薄，浅薄时又非常深刻。

现存的庄子文本有三十三章，其中混杂着哲理探讨和逸事或寓言。对儒家攻击最厉害的那几章（这儿没有收录）已被认为是伪造，有些中国"文本批评"甚至认为除了前七章外，其余全都是伪造。这很容易理解，因为谈论伪造是现代中国的时尚。尽管可以放心，这些"文本批评"是不科学的，因为它们中很少有哲学批评，而只是包含了关于风格以及庄子是否拥有足够的修养，以温和优雅的方式抨击孔子的观点。（参见本人撰写的《尚书》长篇序言中此类"批评"的范例。）这些批评只指出了一两处年代误植，这可能是因为后来的插语造成的，其余全部是主观性的断言。就连对风格的评价也有错误，至少在插语和完全的伪造之间应该作出区分。庄子最优秀的一些文章显然不在前七章，批评家甚至还没有想到要说明一下还有哪位能撰写出这样的思想。大部分人认为关于窃贼哲学的最雄辩论述是伪造的，但没有理由肯定这不是庄子的著述，庄子与"君子"关系不大。另一方面，我认为，后人在极为松散的章节结构中，随意添加了不同的逸事。

我这里挑选了十一章，前七章写得最好的章节除了一篇外，其余都收录在内。除了一个小小的例外，这些章节全部译了出来。哲学上最重要的是有关"齐物论"和"秋水"的章节。"骈拇"、"马蹄"、"胠箧"和"在宥"这些章节属于一类，主题是对文明的抗议。最雄辩的抗议出现在"胠箧"中，而最具道家特色的是"在宥"一章。最具神秘主义并含有深刻宗教性的文章是"大宗师"，写得最优美的当属"秋水"，最奇异古怪的是"德充符"一章（典型的"浪漫主义"主题）。最令人愉悦的可能是"马蹄"，最令人着迷的是第一章"逍遥游"。在本书"古代哲学家寓言"部分，可以看到其他章节中的庄子寓言。

　　我的译文以翟理思的译本为蓝本。我翻译时很快便发现，在容易且可能译得确切之处，翟理思的译文都是意译。他的风格不假思索，爱用口语体，这可能被认为是一个瑕疵。结果，几乎没有一行不是如此，所以我只得自己动手翻译，他译文中译得好的地方，我就使用。但我还是非常感激这位前辈，在许多文章中，他非常成功地完成了这项艰巨的任务。他译得好的地方，我没作什么改动。在此意义上，这篇翻译可以视为是我本人所作。

　　还应该注意到，整个文本中，在本意为"上帝"（God）的地方，翟理思译成了"上天"（Heaven）。另一方面，"创造者"（Creator）一词是"造物"即"造万物者"的确切翻译。这儿我就不再详细说明其他哲学术语的翻译了。

《庄 子》

林语堂 英译

逍遥游

北冥有鱼，其名为鲲。鲲之大，不知其几千里也；化而为鸟，其名为鹏。鹏之背，不知其几千里也；怒而飞，其翼若垂天之云。是鸟也，海运则将徙于南冥。南冥者，天池也。

《齐谐》者，志怪者也。《谐》之言曰："鹏之徙于南冥也，水击三千里，抟扶摇而上者九万里，去以六月息者也。"野马也，尘埃也，生物之以息相吹也，天之苍苍，其正色邪？其远而无所至极邪？其视下也，亦若是则已矣。且夫水之积也不厚，则其负大舟也无力。覆杯水于坳堂之上，则芥为之舟，置杯焉则胶，水浅而舟大也。风之积也不厚，则其负大翼也无力，故九万里则风斯在下矣。而后乃今培风，背负青天而莫之夭阏者，而后乃今将图南。蜩与学鸠笑之曰："我决起而飞，抢榆枋，时则不至，而控于地而已矣；奚以之九万里而南为？"适莽苍者，三餐而反，腹犹果然；适百里者，宿舂粮；适千里者，三月聚粮，之二虫又何知！小知不及大知，小年不及大年。奚以知其然也？朝菌不知晦朔，蟪蛄不知春秋，此小年也。楚之南有冥灵者，以五百岁为春，五百岁为秋；上古有大椿者，以八千岁为春，八千岁为秋，此大年也。而彭祖[①]乃今以久特闻，众人匹之，不亦悲乎！

---

① 以活了八百岁而闻名。

汤①之问棘也是已："穷发之北，有冥海者，天池也。有鱼焉，其广数千里，未有知其修者，其名为鲲。有鸟焉，其名为鹏，背若泰山，翼若垂天之云；抟扶摇羊角而上者九万里，绝云气，负青天，然后图南，且适南冥也。斥鴳笑之曰：'彼且奚适也？我腾跃而上，不过数仞而下，翱翔蓬蒿之间，此亦飞之至也。而彼且奚适也？'"此小大之辩也。

故夫知效一官，行比一乡，德合一君，而征一国者，其自视也亦若此矣。而宋荣子犹然笑之。且举世誉之而不加劝，举世非之而不加沮。定乎内外之分，辩乎荣辱之境，斯已矣。彼其于世，未数数然也。虽然，犹有未树也。夫列子②御风而行，泠然善也，旬有五日而后反。彼于致福者，未数数然也。此虽免乎行，犹有所待者也。③若夫乘天地之正，而御六气之辩，以游无穷者，彼且恶乎待哉？故曰："至人无己，神人无功，圣人无名。"

尧④让天下于许由，曰："日月出矣，而爝火不熄；其于光也，不亦难乎！时雨降矣，而犹浸灌；其于泽也，不亦劳乎！夫子立而天下治，而我犹尸之，吾自视缺然，请致天下。"

许由曰："子治天下，天下既已治也；而我犹代子，吾将为名乎？名者，实之宾也；吾将为宾乎？鹪鹩巢于深林，不过一枝；偃鼠饮河，不过满腹。归休乎君，予无所用天下为！庖人虽不治庖，尸祝不越樽俎而代之矣！"

---

① 公元前 1783 年。

② 哲学家，其生平不为人知。《列子》一书被认为是后来的编纂集。参见"古代哲学家寓言"部分。

③ 大风。

④ 公元前 2357 年。

肩吾问于连叔曰："吾闻言于接舆：大而无当，往而不反；吾惊怖其言，犹河汉而无极也；大相径庭，不近人情焉。"

连叔曰："其言谓何哉？"曰："藐姑射之山，有神人居焉；肌肤若冰雪，绰约若处子，不食五谷，吸风饮露，乘云气，御飞龙，而游乎四海之外；其神凝，使物不疵疠而年谷熟。吾以是狂而不信也。"

连叔曰："然。瞽者无以与乎文章之观，聋者无以与乎钟鼓之声；岂唯形骸有聋盲哉！夫知亦有之。是其言也，犹时女也。之人也，之德也，将磅礴万物以为一，世蕲乎乱，孰弊弊焉以天下为事！之人也，物莫之伤；大浸稽天而不溺，大旱金石流、土山焦而不热。是其尘垢秕糠将犹陶铸尧、舜①者也，孰肯以物为事！"宋人资章甫而适诸越，越人断发文身，无所用之。尧治天下之民，平海内之政，往见四子藐姑射之山，汾水之阳，窅然丧其天下焉。

惠子②谓庄子曰："魏王贻我大瓠之种，我树之而成实五石。以盛水浆，其坚不能自举也。剖之以为瓢，则瓠落无所容。非不呺然大也，吾为其无用而掊之。"庄子曰："夫子固拙于用大矣！宋人有善为不龟手之药者，世世以洴澼絖为事。客闻之，请买其方百金。聚族而谋曰：'我世世为洴澼絖，不过数金。今一朝而鬻技百金，请与之。'客得之，以说吴王。越有难，吴王使之将，冬与越人水战，大败越人，裂地而封之。能不龟手一也；或以封，或不免于洴澼絖，则所用之异也。此得一名，彼仍为洴澼絖为事。今子有五石之瓠，何不虑以为大樽，而浮于江湖，而忧其瓠落无所容，则夫子犹有蓬之心也夫！"

---

① 圣王。

② 诡辩家，庄子之友，常与之辩论。

惠子谓庄子曰："吾有大树，人谓之樗；其大本臃肿而不中绳墨，其小枝卷曲而不中规矩。立之涂，匠者不顾。今子之言，大而无用，众所同去也。"庄子曰："子独不见狸狌乎？卑身而伏，以候敖者；东西跳梁，不辟高下，中于机辟，死于罔罟。今夫斄牛，其大若垂天之云；此能为大矣，而不能执鼠。今子有大树，患其无用，何不树之于无何有之乡，广莫之野，彷徨乎无为其侧，逍遥乎寝卧其下；不夭斤斧，物无害者。无所可用，安所困苦哉？"

齐物论

南郭子綦隐机而坐，仰天而嘘，荅焉似乎其耦。颜成子游立侍乎前，曰："何居乎？形固可使如槁木，而心固可使如死灰乎？今之隐机者非昔之隐机者也？"子綦曰："偃，不亦善乎？而问之也。今者吾丧我，汝知之乎？女闻人籁而未闻地籁，女闻地籁而未闻天籁夫？"

子游曰："敢问其方。"子綦曰："夫大块噫气，其名为风，是唯无作，作则万窍怒号，而独不闻之翏翏乎？""山林之畏隹，大木百围之窍穴，似鼻、似口、似耳、似枅、似圈、似臼、似洼者、似污者。激者、謞者、叱者、吸者、叫者、譹者、宎者、咬者。前者唱于，而随者唱喁；泠风则小和，飘风则大和，厉风济则众窍为虚。而独不见之调调之刁刁乎？"子游曰："地籁则众窍是已，人籁则比竹是已，敢问天籁？"子綦曰："夫吹万不同，而使其自已也，咸其自取，怒者其谁邪？"

"大知闲闲，小知间间；大言炎炎，小言詹詹。其寐也魂交，其觉也形开；与接为搆，日以心斗。缦者，窖者，密者。小恐惴惴，大恐缦缦。其发若机栝，其司是非之谓也；其留如诅盟，其守胜之谓也，其杀如秋冬，以言其日消也；其溺之所为之，不可使复之也；其厌也如缄，以言其老洫也；近死之心，莫使复阳也。[①] 喜怒哀乐，虑叹变热，姚佚启态，乐出虚，蒸成菌。日夜相代乎前，而莫知其所萌。已乎！已乎！旦暮得此，其所以由生乎？

"非彼无我，非我无所取。是亦近矣，而不知其所为使；若有真宰[②]，而特不得其朕；可行己信，而不见其形，有情而无形。

"百骸、九窍、六藏，赅而存焉，吾谁与为亲？汝皆说之乎？其有私焉？如是皆有为臣妾乎？其臣妾不足以相治也？其递相为君臣乎？其有真君存焉？如求得其情与不得，无益损乎其真。

"一受其成形，不亡以待尽。与物相刃相靡，其行尽如驰而莫之能止，不亦悲乎！终身役役而不见其成功，苶然疲役而不知其所归，可不哀邪！人谓之不死，奚益！其形化，其心与之然，可不谓大哀乎！人之生也，固若是芒乎？其我独芒，而人亦有不芒者乎？"

夫随其成心而师之，谁独且无师乎？奚必知代而心自取者有之，愚者与有焉。未成乎心而有是非，是今日适越而昔至也。是以无有为有。无有为有，虽有神禹且不能知，吾独且奈何哉！

夫言非吹也。言者有言，其所言者，特未定也。果有言邪？其未尝有言邪？其以为异于鷇音，亦有辩乎？其无辩乎？

道恶乎隐而有真伪？言恶乎隐而有是非[③]？道恶乎往而不存？

---

① 灵魂的颤抖（天籁）被比喻成森林的抖动（地籁）。

② 字面意为"真正的主宰"。

③ "是非"意指一般的道德判断和心理区分。"对"与"错"、"真"与"假"、"是"与"非"、"肯定"与"否定"，还有"证实"与"谴责"、"肯定"与"否认"。

言恶乎存而不可？道隐于小成，言隐于荣华。故有儒墨①之是非，以是其所非而非其所是。欲是其所非而非其所是，则莫若以明。

物无非彼，物无非是；自彼则不见，自知则知之。故曰：彼出于是，是亦因彼。彼是，方生之说也。虽然，方生方死，方死方生；方可方不可，方不可方可；因是因非，因非因是。是以圣人不由而照之于天，亦因是也。是亦彼也，彼亦是也；彼亦一是非，此亦一是非。果且有彼是乎哉？果且无彼是乎哉？彼是莫得其偶，谓之道枢。枢始得其环中，以应无穷。是亦一无穷，非亦一无穷也。故口莫若以明。

以指喻指之非指，不若以非指喻指之非指也；以马喻马之非马，不若以非马喻之非马也。② 天地一指也，万物一马也。

可乎可，不可乎不可。道行之而成，物谓之而然。恶乎然？然于然。恶乎不然，不然于不然。物固有所然，物固有所可；无物不然，无物不可。故为是举莛与楹，厉与西施，恢恑憰怪，道通为一。

其分也成也；其成也毁也。凡物无成与毁，复通为一。唯达者知通为一，为是不用而寓诸庸。庸也者用也；用也者通也；通也者得也。适得而几矣。因是已，已而不知其然，谓之道。劳神明为一而不知其同也，谓之"朝三"。何谓"朝三"？狙公赋芧曰："朝三而暮四。"众狙皆怒。曰："然则朝四而暮三。"众狙皆悦。名实未亏而喜怒为用，亦因是也。是以圣人和之以是非而休乎天钧，是之谓两行。

古之人，其知有所至矣。恶乎至？有以为未始有物者，至矣，尽矣，不可以加矣。其次以为有物矣，而未始有封也。其次以为有

---

① 在庄子的时代，墨子的追随者是儒家强有力的对手。参见《墨子》选篇。

② 可以从下一行弄明白这两句的意思。"如果把不同类别置于一体，那么类别的差异就不复存在。"

封焉，而未始有是非也。是非之彰也，道之所以亏也。道之所以亏，
爱之所以成。

果且有成与亏乎哉？[①] 果且无成与亏乎哉？有成与亏，故昭氏
之鼓琴也，无成与亏，故昭氏之不鼓琴也；昭文之鼓琴也，师旷之
枝策也，惠子之据梧也，三子之知几乎！皆其盛者也，故载之末
年。唯其好之也，以异于彼；其好之也，欲以明之。彼非其明而明
之，故以坚白之昧终；而其子又以文之纶终，终身无成。若是而可
谓成乎？虽我亦成也。若是而不可谓成乎？物与我无成也。是故滑
疑之耀，圣人之所图也。为是不用而寓诸庸，此之谓以明。

今且有言于此，不知其与是类乎，其与是不类乎？类与不类，
相与为类，则与彼无以异矣。虽然，请尝言之。有始也者，有未始
有始也者，有未始有夫未始有始也者；有有也者，有无也者，有未
始有无也者，有未始有夫未始有无也者。俄而有无矣，而未知有无
之果孰有孰无也。今我则已有谓矣，而未知吾所谓之其果有谓乎，
其果无谓乎？

天下莫大于秋毫之末，而太山为小；莫寿乎殇子，而彭祖为
夭。天地与我并生，而万物与我为一。既已为一矣，且得有言乎？
既已谓之一矣，且得无言乎？一与言为二，二与一为三；[②] 自此以往，
巧历不能得，何况其凡乎？故自无适有，以至于三，何况自有适有
乎？无适焉，因是已。

夫道未始有封，言未始有常，为是而有畛也。请言其畛：有左
有右，有伦有义，有分有辩，有竞有争，此之谓八德。六合之外，

---

① 成亏，字面意义为"全部"和"不足"。"全部"指的是未加破坏的道的统一
一体。在下文中，"成"用来指"成功"。评注者阐释为乐的"全部"只存在于
寂静，一敲响一个音符，其他音符都处于暂时停止状态。辩论亦是如此：辩
论时，我们强调事物的某些方面而切断了真理。

② 参见《道德经》第四十二章。

圣人存而不论；六合之内，圣人论而不议；《春秋》经世先王之志，圣人议而不辩。故分也者，有不分也；辩也者，有不辩也。曰何也？圣人怀之，众人辩之以相示也。故曰辩也者有不见也。

夫大道不称，大辩不言，大仁不仁[①]，大廉不嗛[②]，大勇不忮。道昭而不道，言辩而不及，仁常而不成。廉清而不信，勇忮而不成。五者园而几向方矣。故知止其所不知，至矣。孰知不言之辩，不道之道？若有能知，此之谓天府[③]。注焉而不满，酌焉而不竭，而不知其所由来，此之谓葆光。

故昔者尧问于舜曰："我欲伐宗、脍、胥敖南面而不释然，其故何也？"

舜曰："夫三子者，犹存乎蓬艾之间。若不释然，何哉？昔者十日并出，万物皆照，何况德之进乎日者乎？"

啮缺问乎王倪曰："子知物之所同是乎？"曰："吾恶乎知之！""子知子之所不知邪？"曰："吾恶乎知之！"

"然则物无知邪？"曰："吾恶乎知之！虽然，尝试言之。庸讵知吾所谓知之非不知邪？庸讵知吾所谓不知之非知邪？且吾尝试问乎女：民湿寝则腰疾偏死，鳅然乎哉？木处则惴栗恂惧，猨猴然乎哉？三者孰知正处？民食刍豢，麋鹿食荐，蝍蛆甘带，鸱鸦耆鼠，四者孰知正味？猨猵狙以为雌，麋与鹿交，鳅与鱼游。毛嫱丽姬，人之所美也；鱼见之深入，鸟见之高飞，麋鹿见之决骤，四者孰知天下之正色哉？自我观之，仁义之端，是非之涂，樊然殽乱，吾恶能知其辩！"

---

① 参见《道德经》第五章。

② 参见《道德经》第五十八章。

③ 字面意义为"天宫"。

啮缺曰："子不知利害，则至人固不知利害乎？"王倪曰："至人神矣！大泽焚而不能热，河汉冱而不能寒，疾雷破山风振海而不能惊。若然者，乘云气，骑日月，而游乎四海之外，死生无变于己，何况利害之端乎？"

瞿鹊子问乎长梧子曰："吾闻诸夫子，'圣人不从事于务，不就利，不为害，不喜求，不缘道；无谓有谓，有谓无谓，而游乎尘垢之外。'夫子以为'孟浪之言'，而我以为妙道之行也。吾子以为奚若？"

长梧子曰："是黄帝之所听荧也，而丘也何足以知之！且女亦大早计，见卵而求时夜，见弹而求鸮炙。予尝为女妄言之，女以妄听之。奚傍日月，挟宇宙，为其吻合，置其滑涽，以隶相尊，众人役役，圣人愚芚，参万岁而一成纯，万物尽然，而以是相蕴。予恶乎知说生之非惑邪！予恶乎知恶死之非弱丧而不知归者邪！丽之姬，艾封人之子也。晋国之始得之也，涕泣沾衿，及其至于王所，与王同筐床，食刍豢，而后悔其泣也。予恶乎知夫死者不悔其始之蕲生乎！梦饮酒者，旦而哭泣。梦哭泣者，旦而田猎。方其梦也，不知其梦也。梦之中又占其梦焉，觉而后知其梦也。且有大觉而后知此其大梦也。而愚者自以为觉，窃窃然知之，君乎牧乎。固哉丘也与女皆梦也，予谓女梦亦梦也。是其言也，其名为吊诡。万世之后而遇一大圣，知其解者，是旦暮遇之也。"

"既使我与若辩矣，若胜我，我不若胜，若果是也，我果非也邪？我胜若，若不吾胜，我果是也，而果非也邪？其或是也，其或非也邪？其俱是也，其俱非也邪？我与若不能相知也，则人固受其黮暗。吾谁使正之？使同乎若者正之既与若同矣，恶能正之！使同乎我者正之？既同乎我矣，恶能正之！使异乎我与若者正之？既异乎我与若矣，恶能正之！使同乎我与若者正之，既同乎我与若矣，恶能正之！然则我与若与人，俱不能相知也，而待彼也邪？何为和之以天倪？曰：是不是，然不然。是若果是也，则是之异乎不是也亦无辩。然若果然也，则然之异乎不然也亦无辩。化声之相待，若其不相待，和之以天倪，因之以蔓延，所以穷年也。忘年忘义，振于无竟，固寓诸无竟。"

罔两问景曰："曩子行，今子止；曩子坐，今子起；何其无特操与？"景曰："吾有待而然者邪？吾所待又有待而然者邪？吾待蛇蚹蜩翼邪？恶识所以然？恶识所以不然？"

昔者庄周[1]梦为蝴蝶，栩栩然蝴蝶也，自喻适志与！不知周也。俄然觉，则蘧蘧然周也。不知周之梦为蝴蝶与？蝴蝶之梦为周与！周与蝴蝶，则必有分矣。此之谓物化[2]。

养生主

吾生也有涯，而知也无涯。以有涯随无涯，殆已；已而为知者，殆而已矣。为善无近名，为恶无近刑。缘督以为经，可以保身，可以全生，可以养亲，可以尽年。

庖丁为文惠君解牛，手之所触，肩之所倚，足之所履，膝之所踦，砉然向然，奏刀騞然，莫不中音，合于《桑林》之舞，乃中《经

[1] 庄子的名，"子"等同于"先生"。
[2]《庄子》中反复出现的一个重要思想：万物都处于不断的流动和变化之中，是"一"的不同方面。

首》之会。

文惠君曰："嘻，善哉！技盖至此乎？"

庖丁释刀对曰："臣之所好者道也，进乎技矣。始臣之解牛之时，所见无非牛者。三年之后，未尝见全牛也。方今之时，臣以神遇而不以目视，官知止而神欲行。依乎天理，批大郤，导大窾，因其固然。技经肯綮之未尝，而况大軱乎！良庖岁更刀，割也；族庖月更刀，折也。今臣之刀十九年矣，所解数千牛矣，而刀刃若新发于硎。彼节者有间，而刀刃者无厚；以无厚入有间，恢恢乎其于游刃必有余地矣，是以十九年而刀刃若新发于硎。虽然，每至于族，吾见其难为，怵然为戒，视为止，行为迟。动刀甚微，謋然已解，如土委地。提刀而立，为之四顾，为之踌躇满志，善刀而藏之。"

文惠君曰："善哉！吾闻庖丁之言，得养生焉。"

公文轩见右师而惊曰："是何人也？恶乎介也？天与，其人与？"曰："天也，非人也。天之生是使独也，人之貌有与也。是以知其天也，非人也。"

泽雉十步一啄，百步一饮。不蕲畜乎樊中。神虽王，不善也。

老聃死，秦失吊之，三号而出。弟子曰："非夫子之友邪？"曰："然。""然则吊焉若此，可乎？"曰："然。始也吾以为其人也，而今非也。向吾入而吊焉，有老者哭之，如哭其子；少者哭之，如哭其母。彼其所以会之，必有不蕲言而言，不蕲哭而哭者。是遁天倍情，忘其所受，古者谓之'遁天之刑'。适来，夫子时也；适去，夫子顺也。安时而处顺，哀乐不能入也，古者谓是'帝之县解'。指不撑柴，而火已起，吾不知何时熄也。"

人间世

颜回^①见仲尼，请行。曰："奚之？"曰："将之卫。"曰："奚为焉？"曰："回闻卫君，其年壮，其行独；轻用其国，而不见其过；轻用民死，死者以国量乎泽若蕉，民其无如矣。回尝闻之夫子曰：'治国去之，乱国就之，医门多疾。'愿以所闻思其则，庶几其国有瘳乎！"

仲尼曰："譆！若殆往而刑耳！夫道不欲杂，杂则多，多则扰，扰则忧，忧而不救。古之至人，先存诸己而后存诸人。所存于己者未定，何暇至于暴人之所行！且若亦知夫德之所荡而知之所为出乎哉？德荡乎名，知出乎争。名也者，相札也；知也者，争之器也。二者凶器，非所以尽行也。且德厚信矼，未达人气，名闻不争，未达人心。而强以仁义绳墨之言术暴人之前者，是以人恶有其美也，命之曰灾人。灾人者，人必反灾之，若殆为人灾夫！且苟为悦贤而恶不肖，恶用而求有以异？若唯无诏，王公必将乘人而斗其捷。而目将荧之，而色将平之，口将营之，容将形之，心且成之。是以火救火，以水救水，名之曰益多。顺始无穷，若殆以不信厚言，必死于暴人之前矣！且昔者桀杀关龙逢，纣杀王子比干，是皆修其身以下伛拊人之民，以下拂其上者也，故其君因其修以挤之。是好名者也。昔者尧攻丛枝、胥敖，禹攻有扈。国有虚厉，身为刑戮。其用兵不止，其求实无已。是皆求名实者也，而独不闻之乎？名实者，圣人之所不能胜也，而况若乎！虽然，若必有以也，尝以语我来！"

颜回曰："端而虚，勉而一，则可乎？"曰："恶！恶可！夫以

———
① 孔子最得意的门生。

阳为充孔扬，采色不定，常人之所不违，因案人之所感，以求容与其心，名之曰日渐之德不成，而况大德乎？将执而不化，外合而内不訾，其庸讵可乎！"

"然则我内直而外曲，成而上比。内直者，与天为徒。与天为徒者，知天子之与己皆天之所子^①，而独以己言蕲乎而人善之，蕲乎而人不善之邪？若然者，人谓之童子，是之谓与天为徒。外曲者，与人之为徒也。擎跽曲拳，人臣之礼也。人皆为之，吾敢不为邪！为人之所为者，人亦无疵焉，是之谓与人为徒。成而上比者，与古为徒。其言虽教，谪之实也，古之有也，非吾有也。若然者，虽直而不病，是之谓与古为徒。若是则可乎？"仲尼曰："恶！恶可！大多政，法而不谍，虽固亦无罪。虽然，止是耳矣，夫胡可以及化！犹师心者也。"

颜回曰："吾无以进矣，敢问其方。"仲尼曰："斋，吾将语若！有而为之，其易邪？易之者，皥天不宜。"

颜回曰："回之家贫，唯不饮酒不茹荤者数月矣。如此，则可以为斋乎？"曰："是祭祀之斋，非心斋也。"

回曰："敢问心斋。"仲尼曰："若一志，无听之以耳而听之以心，无听之以心而听之以气！听止于耳，心止于符。气也者，虚而待物者也，唯道集虚，虚者，心斋也。"

颜回曰："回之未始得使，实自回也；得使之也，未始有回也，可谓虚乎？"夫子曰："尽矣。吾语若！若能入游其樊而无感其名，入则鸣，不入则止。无门无毒，一宅而寓于不得已，则几矣。绝迹易，无行地难。为人使易以伪，为天使难以伪。闻以有翼飞者矣，未闻以无翼飞者也；闻以有知知者矣，未闻以无知知者也。瞻彼阕

---

① 字面意为"被认为是上天的儿子"。

者，虚室生白，吉祥止止，夫且不止，足之谓坐驰。夫徇耳目内通而外于心知，鬼神将来舍，而况人乎？是万物之化也，禹舜之所纽也，伏戏几蘧之所行终，而况散焉者乎！"

（此处略去两节。——编者注）

匠石之齐，至于曲辕，见栎社树，其大蔽数千牛，絜之百围，其高临山十仞而后有枝，其可以为舟者旁十数。观者如市，匠伯不顾，遂行不辍。弟子厌观之，走及匠石，曰："自吾执斧斤以随夫子，未尝见材如此其美也。先生不肯视，行不辍，何邪？"曰："已矣，勿言之矣！散木也，以为舟则沉，以为棺椁则速腐，以为器则速毁，以为门户则液樠，以为柱则蠹，是不材之木也，无所可用，故能若是之寿。"

匠石归，栎社见梦曰："女将恶乎比予哉？若将比予于文木邪？夫柤梨橘柚果蓏之属，实熟则剥，剥则辱；大枝折，小枝泄。此以其能苦其生者也，故不终其天年而中道夭，自掊击于世俗者也。物莫不若是。且予求无所可用久矣，几死，乃今得之，为予大用。使予也而有用，且得有此大也邪？且也若与予也皆物也，奈何哉其相物也？而几死之散人，又恶知散木！"

匠石觉而诊其梦。弟子曰："趣取无用，则为社何耶？"曰："密！若无者，彼亦直寄焉，以为不知己者诟厉也。不为社者，且几有翦乎？且也彼其所保与众异，而以义誉之，不亦远乎！"

南伯子綦游乎商之丘，见大木焉有异，结驷千乘，隐将芘其所藾。子綦曰："此何木也哉？此必有异材夫！"仰而视其细枝，则拳曲而不可以为栋梁；俯而见其大根，则轴解而不可以为棺椁；咶其叶，则口烂而为伤；嗅之，则使人狂酲三日而不已。子綦曰："此果不材之木也，以至于此其大也。嗟夫神人，以此不材！"

宋有荆氏者，宜楸柏桑。其拱把而上者，求狙猴之杙者斩之；三围四周，求高名之丽者斩之；七围八围，贵人富商之家求樿傍者斩之。故未终其天年而中道之夭于斧斤，此材之患也。故解之以牛之白颡者与豚之亢鼻者，与人有痔病者不可以适河。此皆巫祝以知之矣，所以为不祥也。此乃神人之所以为大祥也。

支离疏者，颐隐于脐，肩高于顶，会撮指天，五管在上，两髀为胁。挫针治繲，足以糊口，鼓策播精，足以食十人。上征武士，则支离疏攘臂而游于其间；上有大役，则支离以有常疾不受功；上与病者粟，则受三钟与十束薪。夫支离其形者，犹足以养其身，终其天年，又况支离其德者乎？

孔子适楚，楚狂接舆游其门曰："凤兮凤兮，何如德之衰也？来世不可待，往世不可追也。天下有道，圣人成焉；天下无道，圣人生焉。方今之时，仅免刑焉。福轻乎羽，莫之知载；祸重乎地，莫知之避。已乎已乎。临人以德！殆乎殆乎，画地而趋！迷阳迷阳，无伤吾行！吾行郤曲，无伤吾足。"[①]

山木自寇也，膏火自煎也，桂可食，故伐之；漆可用，故割之。人皆知有用之用，而莫知无用之用也。

德充符[②]

鲁有兀者王骀，从之游者与仲尼相若。常季问于仲尼曰："王

---

① 诗歌第一部分见《论语》。

② 本章讲述的全是畸形——强调人的内部与外部对照的文学手法。

骀，兀者也，从之游者与夫子中分鲁。立不教，坐不议，虚而往，实而归。固有不言之教，无形而心成者邪？是何人有？"仲尼曰："夫子，圣人也。丘也直后而未往耳。丘将以为师，而况不若丘者乎！奚假鲁国！丘将引天下而与从之。"

常季曰："彼兀者也，而王先生，其与庸亦远矣。若然者，其用心也独若之何？"仲尼曰："死生亦大矣，而不得与之变。虽天地覆坠，亦将不与之遗。审乎无假而不与物迁，命物之化而守其宗也。"常季曰："何谓也？"仲尼曰："自其异者观之，肝胆楚越也；自其同者视之，万物皆一也。夫若然者，且不知耳目之所宜，而游心乎德之和；物视其所一而不见其所丧，视丧其足犹遗土也。"

常季曰："彼为己以其知，得其心以其心。得其常心，物何为最之哉？"仲尼曰："人莫鉴于流水而鉴于止水，唯止能止众止。受命于地，唯松柏独也在冬夏青青；受命于天，唯舜独也正，幸能正生，以正众生。夫保始之征，不惧之实。勇士一人，雄入于九军。将求名而能自要者，而犹若此，而况官天地，府万物，直寓六骸，象耳目，一知之所知，而心未尝死者乎！彼且择日而登假，人则从是也。彼且何肯以物为事乎？"

申徒嘉，兀者也，而与郑子产 [①] 同师于伯昏无人。子产谓申徒嘉曰："我先出则子止，子先出则我止。"其明日，又与合堂同席而坐。子产谓申徒嘉曰："我先出则子止，子先出则我止。今我将出，子可以止乎，其未耶？且子见执政而不违，子齐执政乎？"申徒嘉曰："先生之门，固有执政焉如此哉？子而说子之执政而后人者也？闻之曰：'鉴明则尘垢不止，止则不明也。久与贤人处则无过。'

---

① 著名历史人物，《论语》中的模范大臣。

今子之所取大者，先生也，而犹出言若是，不亦过乎？”

子产曰："子既若是矣，犹与尧争善，计子之德不足以自反邪？"申徒嘉曰："自状其过以不当亡者众，不状其过以不当存者寡。知无可奈何而安之若命，唯有德者能之。游于羿之彀中。中央者，中地也；然而不中者，命也。人以其全足笑吾不全足者多矣，我怫然而怒；而适先生之所，则废然而反。不知先生之洗我以善邪？吾与夫子游十九年矣，而未尝知吾兀者也。今子与我游于形骸之内，而子索我于形骸之外，不亦过乎？"子产蹴然改容更貌曰："子无乃称。"

鲁有兀者叔山无趾，踵见仲尼。仲尼曰："子不谨，前既犯患若是矣。虽今来，何及矣！"无趾曰："吾唯不知务而轻用吾身，吾是以亡足。今吾来也，犹有尊足者存，吾是以务全之也。夫天无不覆，地无不载；吾以夫子为天地，安知夫子之犹若是也！"孔子曰："丘则陋矣。夫子胡不入乎，请讲以所闻！"

无趾出。孔子曰："弟子勉之！夫无趾，兀者也。犹务学以复补前行之恶，而况全德之人乎？"

无趾谓老聃曰："孔丘之于至人，其未邪？彼何宾宾以学子为？彼且蕲以諔诡幻怪之名闻，不知至人之以是为己桎梏邪？"老聃曰："胡不直使彼以死生为一条，以可不可为一贯者，解其桎梏，其可乎？"无趾曰："天刑之，安可解！"

鲁哀公问于仲尼曰："卫有恶人焉，曰哀骀它。丈夫与之处者，思而不能去也。妇人见之，请于父母曰'与为人妻宁为夫子妾'者，十数而未止也。未尝有闻其唱者也，常和人而已矣。无君人之位以济乎人，无聚禄以望人之腹。又以恶骇天下。和而不唱，知不出乎四域，且而雌雄合乎前。是必有异乎人者也。寡人召而观之，果以恶骇天下。与寡人处，不至以月数，而寡人有意乎其为人也；不至乎期年，而寡人信之。国无宰，寡人传国焉。闷然而后应。氾而若辞，寡人丑乎，卒授之国。无几何也，去寡人而行，寡人恤焉若有亡也，若无与乐是国也。是何人者也？"

仲尼曰："丘也尝使于楚矣，适见㹠子食于其死母者，少焉眴若皆弃之而走。不见己焉尔，不得类焉尔。所爱其母者，非爱其形也，爱使其形者也。战而死者，其人之葬也不以翣资；刖者之屦，无为爱之；皆无其本矣。以为天子之诸御，不爪翦，不穿耳；娶妻者止于外，不得复使。形全犹足以为尔，而况全德之人乎！今哀骀它未言而信，无功而亲，使人授已国，唯恐其不受也，是必才全而德不形者也。"

哀公曰："何谓才全？"仲尼曰："死生、存亡、穷达、贫富、贤与不肖、毁誉、饥渴、寒暑，是事之变，命之行也；日夜相代乎前，而知不能规乎其始者也。故不足以滑和，不可入于灵府。使之和豫，通而不失于兑，使日夜无郤而与物为春，是接而生时于心者也。是之谓才全。"

"何谓德不形？"曰："平者，水停之盛也。其可以为法也，内保之而外不荡也。德者，成和之修也。德不形者，物不能离也。"

哀公异日以告闵子曰："始也吾以南面而君天下，执民之纪而忧其死，吾自以为至通矣。今吾闻至人之言，恐吾无其实，轻用吾身而亡其国。吾与孔丘，非君臣也，德友而已矣。"

阘跂支离无脤说卫灵公，灵公说之；而视全人，其脰肩肩。瓮㼜大瘿说齐桓公，桓公说之；而视全人，其脰肩肩。

故德有所长而形有所忘，人不忘其所忘而忘其所不忘，此谓诚忘。故圣人有所游，而知为孽，约为胶，德为接，工为商。圣人不谋，恶用知？不斫，恶用胶？无丧，恶用德？不货，恶用商？四者，天鬻也。天鬻者，天食也。既受食于天，又恶用人！有人之行，无人之情。有人之形，故群于人；无人之情，故是非不得于身。眇乎小哉，所以属于人也！謷乎大哉，独成其天！

惠子谓庄子曰："人故无情乎？"庄子曰："然。"

惠子曰："人而无情，何以谓之人？"庄子曰："道与之貌，天与之形，恶得不谓之人？"

惠子曰："既谓之人，恶得无情？"庄子曰："是非吾所谓情也。吾所谓无情者，言人之不以好恶内伤其身，常因自然而不益生也。"

惠子曰："不益生，何以有其身？"庄子曰："道与之貌，天与之形，无以好恶内伤其身。今子外乎子之神，劳乎子之精，倚树而吟，据槁梧而瞑，天选子之形，子以坚白鸣！"[1]

大宗师

知天之所为，知人之所为者，至矣。知天之所为者，天而生也；知人之所为者，以其知之所知以养其知之所不知，终其天年而不中道夭者，是知之盛也。虽然，有患。夫知有所待而后当，其所待者特未定也。庸讵知吾所谓天之非人乎？所谓人之非天乎？

且有真人而后有真知。

何谓真人？古之真人，不逆寡，不雄成，不谟士。若然者，过

---

[1] 惠子常常谈论像物体的"坚"与"白"这类属件的本质。

而弗悔，当而不自得也。若然者，登高不慄，入水不濡，入火不热，是知之能登假于道者也若此。

古之真人，其寝不梦，其觉无忧，其食不甘，其息深深。真人之息以踵，众人之息以喉。屈服者，其嗌言若哇。其耆欲深者，其天机浅。

古之真人，不知说生，不知恶死；其出不䜣，其人不距；翛然而往，翛然而来而已矣。不忘其所始，不求其所终；受而喜之，忘而复之，是之谓不以心捐道，不以人助天。是之谓真人。若然者，其心志，其容寂，其颡頯凄然似秋，暖然似春，喜怒通四时，与物有宜而莫知其极。故圣人之用兵也，亡国而不失人心；利泽施乎万世，不为爱人。故乐通物，非圣人也；有亲，非仁也；天时，非贤也；利害不通，非君子也；行名失己，非士也；亡身不真，非役人也。若狐不偕、务光、伯夷、叔齐、箕子、胥余、纪他、申徒狄，是役人之役，适人之适，而不自适其适者也。[①]

古之真人，其状义而不朋，若不足而不承；与乎其觚而不坚也，张乎其虚而不华也，邴邴乎其似喜乎？崔乎其不得已乎？滀乎进我色也，与乎止我德也；历乎其似世乎！謷乎其未可制也；连乎其似好闭也，悗乎忘其言也。以刑为体，以礼为翼，以知为时，以德为循。以刑为体者，绰乎其杀也；以礼为翼者，所以行于世也；以知为时者，不得已于事也；以德为循者，言其与有足者至于丘也[②]。而人真以为勤行者也。故其好之也一，其弗好之也一。其一也一，其不一也一。其一与天为徒，其不一与人为徒。天与人不相胜也，是之谓真人。

---

① 上述这些历史人物或半历史人物都是因反抗邪恶的世界或只是不愿意从政而失去了性命的善人，他们要么投水自戕，要么饿体而死，要么装疯卖傻。

② 对人生的一般灵活态度。

死生，命也，其有夜旦之常，天也。人之有所不得与，皆物之情也。彼特以天为父，而身犹爱之，而况其卓乎！人特以有君为愈乎己，而身犹死之，而况其真乎！

泉涸，鱼相与处于陆，相呴以湿，相濡以沫，不如相忘于江湖。与其誉尧而非桀也，不如两忘而化其道。

夫大块载我以形，劳我以生，佚我以老，息我以死。故善吾生者，乃所以善吾死也。夫藏舟于壑，藏山于泽，谓之固矣。然而夜半有力者负之而走，昧者不知也。藏小大有宜，犹有所遁。若夫藏天下于天下而不得所遁，是恒物之大情也。特犯人之形，而犹喜之，若人之形者，万化而未始有极也，其为乐可胜计邪！故圣人将游于物之所不得遁而皆存。善妖善老，善始善终，人犹效之，又况万物之所系，而一化之所待乎？

夫道，有情有信，无为无形；可传而不可受，可得而不可见；自本自根，未有天地，自古以固存，神鬼神帝，生天生地；在太极之先而不为高，在六极之下而不为深，先天地生而不为久，长于上古而不为老。狶韦氏得之，以挈天地；伏羲氏①得之，以袭气母；维斗得之，终古不忒；日月得之，终古不息；堪坏②得之，以袭昆仑；冯夷③得之，以游大川；肩吾④得之，以处大山；黄帝⑤得之，

---

① 传说中的皇帝，据说他发现了阴阳变化的原则。

② 人头兽身。

③ 河神。

④ 山神。

⑤ 半神话传说中的统治者，在位时间是公元前 2698 年—公元前 2597 年。

以登云天；颛顼①得之，以处玄宫；禺强②得之，立乎北极；西王母得之，坐乎少广，莫知其始，莫知其终；彭祖得之，上及有虞，下及五伯；傅说得之，以相武丁③，奄有天下，乘东维，骑箕尾，而比于列星。

南伯子葵问乎女偊曰："子之年长矣，而色若孺子，何也？"曰："吾闻道矣。"

南伯子葵曰："道可得学邪？"曰："恶！恶可！子非其人也。夫卜梁倚有圣人之才而无圣人之道，我有圣人之道而无圣人之才。吾欲以教之，庶几其果为圣人乎！不然，以圣人道告圣人之才，亦易矣。吾犹守而告之，参日而后能外天下；已外天下矣，吾又守之，七日而后能外物；已外物矣，吾又守之，九日而后能外生；已外生矣，而后能朝彻；朝彻，而后能见独；见独，而后能无古今；无古今，而后能入于不死不生。杀生者不死，生生者不生。其为物，无不将也，无不迎也；无不毁也，无不成也。其名为撄宁。撄宁也者，撄而后成者也。"

南伯子葵曰："子独恶乎闻之？"曰："闻诸副墨之子，副墨之子闻诸洛诵之孙，洛诵之孙闻之瞻明，瞻明闻之聂许，聂许闻之需役，需役闻之于讴，于讴闻之玄冥，玄冥闻之参寥，参寥闻之疑始。"

子祀、子舆、子犁、子来四人相与语曰："孰能以无为首，以

---

① 半神话传说中的统治者。在位时间是公元前 2514 年—公元前 2437 年，就在尧帝之前。
② 人面鸟身的水神。
③ 商朝的一位君王，公元前 1324 年—公元前 1266 年。

生为脊，以死为尻，孰知死生存亡之一体者，吾与之友矣。"四人相视而笑，莫逆于心，遂相与为友。

俄而子舆有病，子祀往问之，曰："伟哉夫造物者，将以予为此拘拘也！"曲偻发背，上有五官，颐隐于齐，肩高于顶，句赘指天。阴阳之气有沴，其心闲而无事，跰𨇤而鉴于井，曰："嗟乎！夫造物者又将以予为此拘拘也！"子祀曰："女恶之乎？"曰："亡，予何恶！浸假而化予左臂以为鸡，予因以求时夜；浸假而化予之右臂以为弹，予因以求鸮炙。浸假而化予之尻以为轮，以神为马，予因以乘之，岂更驾哉！且夫得者，时也，失者，顺也；安时而处顺，哀乐不能入也。此古之所谓悬解也，而不能自解者，物有结之。且夫物不胜天久矣，吾又何恶焉？"

俄而子来有病，喘喘然将死，其妻子环而泣之。子犁往问之，曰："叱！避！无怛化！"倚其户与之语曰："伟哉造化！又将奚以汝为，将奚以汝适？以汝为鼠肝乎？以汝为虫臂乎？"子来曰："父母于子，东西南北，唯命之从。阴阳于人，不翅于父母；彼近吾死而我不听，我则悍矣，彼何罪焉！夫大块载我以形，劳我以生，佚我以老，息我以死。故善吾生者，乃所以善吾死也。今之大冶铸金，金踊跃曰：'我且必为莫邪[①]。'大冶必以为不祥之金。今一犯人之形，而曰'人耳人耳'，夫造化者必以为不祥之人。今一以天地为大炉，以造化为大冶，恶乎往而不可哉！"成然寐，蘧然觉。

子桑户、孟子反、子琴张三人相与友，曰："孰能相与于无相与。相为于无相为？孰能登天游雾，挠挑无极；相忘以生，无所终穷？"三人相视而笑，莫逆于心，遂相与为友。

---

① 名剑。

莫然有间而子桑户死，未葬。孔子闻之，使子贡往侍事焉。或编曲，或鼓琴，相和而歌曰："嗟来桑户乎！嗟来桑户乎！而已反其真，而我犹为人猗！"子贡趋而进曰："敢问临尸而歌，礼乎？"二人相视而笑曰："是恶知礼意！"

子贡反，以告孔子，曰："彼何人者邪？修行无有，而外其形骸，临尸而歌，颜色不变，无以命之。彼何人者邪？"孔子曰："彼，游方之外者也；而丘，游方之内者也。外内不相及，而丘使女往吊之，丘则陋矣。彼方且与造物者为人，而游乎天地之一气。以生为附赘悬疣，以死为决疣溃痈，夫若然者，又恶知死生先后之所在！假于异物，托于同体；忘其肝胆，遗其耳目；反复终始，不知端倪；芒然彷徨乎尘垢之外，逍遥乎无为之业。彼又恶能愦愦然为世俗之礼，以观众人之耳目哉！"子贡曰："然则夫子何方之依？"孔子曰："丘，天之戮民也。虽然，吾与汝共之。"子贡曰："敢问其方。"孔子曰："鱼相造乎水，人相造乎道。相早乎水者，穿池而养给；相造乎道者，无事而生定。故曰，鱼相忘乎江湖，人相忘乎道术。"子贡曰："敢问畸人。"曰："畸人者，畸于人而侔于天，故曰，天之小人，人之君子；人之君子，天之小人也。"

颜回问仲尼[①]曰："孟孙才，其母死，哭泣无涕，中心不戚，居丧不哀。无是三者，以善处丧盖鲁国。固有无其实而得其名者乎？回一怪之。"

仲尼曰："夫孟孙氏尽之矣，进于知矣。唯简之而不得，夫已有所简矣。孟孙氏不知所以生；不知所以死；不知就先，不知就后；若化为物，以待其所不知之化已乎！且方将化，恶知不化哉？方将

———————

① 孔子之名。

不化，恶知已化哉？吾特与汝，其梦未始觉者邪！且彼有骇形而无
损心，有旦宅而无情死。孟孙氏特觉，人哭亦哭，是自其所以乃。
且也相与‘吾’之耳矣，庸讵知‘吾’所谓‘吾’之乎？且汝梦为
鸟而厉乎天，梦为鱼而没于渊。不识今之言者，其觉者乎，其梦者
乎？造适不及笑，献笑不及排，安排而去化，乃入于寥天一。”

意而子见许由。许由曰："尧何以资汝？"意而子曰："尧谓我：
‘汝必躬服仁义而明言是非。’"

许由曰："而奚来为轵？夫尧既已黥汝以仁义，而劓汝以是非
矣，汝将何以游夫遥荡恣睢转徙之涂乎？"意而子曰："虽然，吾愿
游于其藩。"

许由曰："不然。夫盲者无以与乎眉目颜色之好，瞽者无以与
乎青黄黼黻之观。"意而子曰："夫无庄之失其美，据梁之失其力，
黄帝之亡其知，皆在炉捶之间耳。庸讵知夫造物者之不息我黥而补
我劓，使我乘成以随先生邪？"

许由曰："噫！未可知也。我为汝言其大略。吾师乎！吾师乎！
齑万物而不为义，泽及万世而不为仁，长于上古而不为老，覆载天
地刻雕众形而不为朽，此所游已。"

颜回曰："回益矣。"仲尼曰："何谓也？"曰："回忘仁义矣。"曰：
"可矣，犹未也。"

他日，复见，曰："回益矣。"曰："何谓也？"曰："回忘礼乐
矣。"曰："可矣，犹未也。"

他日，复见，曰："回益矣。"曰："何谓也？"曰："回坐忘矣。"
仲尼蹴然曰："何谓坐忘？"颜回曰："堕肢体，黜聪明，离形去
知，同于大通，此谓坐忘。"仲尼曰："同则无好也，化则无常也，
而果其贤乎！丘也请从而后也。"

子舆与子桑友，而霖雨十日。子舆曰："子桑殆病矣！"裹饭而往食之。至子桑之门，则若歌若哭，鼓琴曰："父邪？母邪？天乎？人乎？"有不任其声而趋举其诗焉。

子舆入，曰："子之歌诗，何故若是？"曰："吾思夫使我至此极者而弗得也。父母岂欲吾贫哉？天无私覆，地无私载，天地岂私贫我哉？求其为之者而不得也。然而至此极者，命也夫！"

骈 拇

骈拇枝指，出乎性哉而侈于德。附赘悬疣，出乎形哉而侈于性。多方乎仁义而用之者，列于五藏哉，而非道德之正也。是故骈于足者，连无用之肉也；枝于手者，树无用之指也；多方骈枝于五藏之情者，淫僻于仁义之行，而多方于聪明之用也。

是故骈于明者，乱五色，淫文章，青黄黼黻之煌煌非乎？而离朱是已。多于聪者，乱五声，淫六律，金石丝竹黄钟大吕 [①] 之声非乎？而师旷是已。枝于仁者，擢德塞性以收名声，使天下簧鼓以奉不及之法非乎？而曾史 [②] 是已。骈于辩者，累瓦结绳窜句，游心于坚白同异之间，而敝跬誉无用之言非乎？而杨墨是已 [③]。故此皆多骈旁枝之道，非天下之至正也。

彼正正者，不失其性命之情。故合者不为骈而枝者不为跂；长

---

① 黄钟大吕是标准的调音器。

② 曾参和史鳍，孔子的门生。

③ 杨朱和墨子（墨翟）。

者不为有余，短者不为不足。是故凫胫虽短，续之则忧；鹤胫虽长，断之则悲。故性长非所断，性短非所续，无所去忧也。意仁义其非人情乎！彼仁人何其多忧也？

且夫骈于拇者，决之则泣；枝于手者，龁之则啼。二者，或有余于数，或不足于数，其于忧一也。今世之仁人，蒿目而忧世之患；不仁之人，决性命之情而饕贵富。故意仁义其非人情乎！自三代以下者，天下何其嚣嚣也？且夫待钩绳规矩而正者，是削其性者也，待绳约胶漆而固者，是侵其德者也；屈折礼乐，呴俞仁义，以慰天下之心者，此失其常然也。天下有常然。常然者，曲者不以钩，直者不以绳，圆者不以规，方者不以矩，附离不以胶漆，约束不以纆索。故天下诱然皆生而不知其所以生，同焉皆得而不知其所以得。故古今不二，不可亏也。则仁义又奚连连如胶漆纆索而游乎道德之间为哉，使天下惑也！

夫小惑易方，大惑易性。何以知其然邪？自虞氏招仁义以挠天下也，天下莫不奔命于仁义，是非以仁义易其性与？故尝试论之[1]，自三代以下者，天下莫不以物易其性矣。小人则以身殉利，士则以身殉名，大夫则以身殉家，圣人则以身殉天下。故此数子者，事业不同，名声异号，其于伤性以身为殉，一也。臧与谷，二人相与牧羊而俱亡其羊。问臧奚事，则挟策读书；问谷奚事，则博塞以游。二人者，事业不同，其于亡羊均也。伯夷死名于首阳之下[2]，盗跖死利于东陵之上。二人者，所死不同，其于残生伤性均也。奚必伯夷之是而盗跖之非乎！天下尽殉也。彼其所殉仁义也，则俗谓之君子；其所殉货财也。则俗谓之小人。其殉一也，则有君子焉，有小人焉；若其残生损性，则盗跖亦伯夷已，又恶取君子小人于其间哉！

---

[1] 从本句开始，本章这部分的风格和用词有明显变化。

[2] 因其不愿服侍于新王朝。

　　且夫属其性乎仁义者，虽通如曾史，非吾所谓臧也；属其性于五味，虽通如俞儿，非吾所谓臧也；属其性乎五声，虽通如师旷，非吾所谓聪也；属其性乎五色，虽通如离朱，非吾谓所明也。吾所谓臧者，非仁义之谓也，臧于其德而已矣；吾所谓臧者，非所谓仁义之谓也，任其性命之情而已矣；吾所谓聪者，非谓其闻彼也，自闻而已矣；吾所谓明者，非谓其见彼也，自见而已矣；夫不自见而见彼，不自得而得彼者，是得人之得而不自得其得者也，适人之适而不自适其适者也。夫适人之适而不自适其适，虽盗跖与伯夷，是同为淫僻也。余愧乎道德，是以上不敢为仁义之操，而下不敢为淫僻之行也。

马　蹄

　　马，蹄可从践霜雪，毛可以御风寒，龁草饮水，翘足而陆，此马之真性也。虽有义台路寝，无所用之。及至伯乐 [①]，曰："我善治马。"烧之，剔之，刻之，雒之，连之以羁馽，编之以皂栈，马之死者十二三矣；饥之，渴之，驰之，骤之，整之，齐之，前有橛饰之患，而后有鞭策之威，而马之死者已过半矣。陶者曰："我善治埴，圆者中规，方者中矩。"匠人曰："我善治木，曲者中钩，直者应绳。"夫埴木之性，岂欲中规矩钩绳哉？然且世世称之曰："伯乐善治马而陶匠善治埴木。"此亦治天下者之过也。

　　吾意善治天下者不然。彼民有常性，织而衣，耕而食。是谓同

---

① 孙阳，公元前 658 年—公元前 619 年。

德；一而不党，命曰天放。故至德之世，其行填填，其视颠颠，当是时也，山无蹊隧，泽无舟梁；万物群生，连属其乡；禽兽成群，草木遂长。是故禽兽可系羁而游，鸟鹊之巢可攀援而窥。夫至德之世，同与禽兽居，族与万物并，恶乎知君子小人哉！同乎无知，其德不离；同乎无欲，是谓素朴；素朴而民性得矣。及至圣人，蹩躠为仁，踶跂为义，而天下始疑矣；澶漫为乐，摘僻为礼，而天下始分矣。故纯朴不残，孰为牺尊！白玉不毁，孰为珪璋！道德不废，安取仁义！性情不离，安用礼乐！五色不乱，孰为文采！五声不乱，孰应六律！夫残朴以为器，工匠之罪也；毁道德以为仁义，圣人之过也！

夫马，陆居则食草饮水，喜则交颈相靡，怒则分背相踶，马知已此矣。夫加之以衡扼齐之以月题，则马知介倪、闉扼、鸷曼、诡衔、窃辔，故马之知而态至盗者，伯乐之罪也。夫赫胥氏[①]之时，民居不知所为，行不知所之，含哺而熙，鼓腹而游，民能以此矣。及至圣人，屈折礼乐以匡天下之形，悬跂仁义以慰天下之心，而民乃始踶跂好知，争归于利，不可止也。此亦圣人之过也。

胠　箧

将为胠箧、探囊、发匮之盗而为守备，则必摄缄縢、固扃鐍；此世俗之所谓知也。然而巨盗至，则负匮、揭箧、担囊而趋，唯恐缄縢、扃鐍之不固。然则向之所谓知者，不乃为大盗积者也？

故尝试论之：世俗之所谓知者，有不为大盗积者？所谓圣者，

---

① 神话传说中的统治者。

有不为大盗守者乎？何以知其然邪？昔者齐国，邻邑相望，鸡狗之音相闻，罔罟之所布，耒耨之所刺，方两千余里；阖四竟之内，所以立宗庙社稷，治邑屋州闾乡曲者，曷尝不法圣人哉？然而田成子一旦杀齐君而盗其国。所盗者，岂独其国邪？并与其圣知之法而盗之。故田成子有乎盗贼之名[1]，而身处尧舜之安，小国不敢非，大国不敢诛，十二世有齐国[2]。则是不乃窃齐国并与其圣知之法，以守其盗贼之身乎？

尝试论之：世俗之所谓至知者，有不为大盗积者乎？所谓至圣者，有不为大盗守者乎？何以知其然邪？昔者龙逢斩，比干剖，苌弘胣，子胥靡。故四子之贤，而身不免乎戮。故跖之徒问于跖曰："盗亦有道乎？"跖曰："何适而无有道邪？夫妄意室中之藏，圣也；入先，勇也；出后，义也；知可否，知也；分均，仁也。五者不备，而能成大盗者，天下未之有也。"由是观之，善人不得圣人之道不立，跖不得圣人之道不行；天下之善人少，而不善人多，则圣人之利天下也少，而害天下也多。

故曰：唇竭则齿寒，鲁酒薄而邯郸围[3]。圣人生而大盗起。掊击圣人，纵舍盗贼，而天下始治矣！夫川竭而谷虚，丘夷而渊实；圣人已死，则大盗不起，天下平而无故矣。圣人不死，大盗不止！虽重圣人而治天下，则是重利盗跖也。为之斗斛以量之，则并与斗斛而窃；为之权衡以称之，则并与权衡而窃；为之符玺以信之，则并与符玺而窃；为之仁义以矫之，则并与仁义而窃。何以知

---

[1] 公元前481年。

[2] 此处年代有误，因为庄子只活到田氏家族的第九代。后来的文牍一定至少漏掉了"12"这个数字。这一证据并不足以像有些"文本批评家"所谓的那样破坏了整章。

[3] 此处参照了一个故事。鲁国和赵国都向楚王献酒。一位侍从使计谋偷换了酒瓶，结果赵国被怪罪献上的是坏酒，邯郸因而被围。

其然邪？彼窃钩者诛，窃国者为诸侯；诸侯之门，而仁义存焉。则是非窃仁义圣知邪？故逐于大盗、揭诸侯、窃仁义并斗斛权衡符玺之利者，虽有轩冕之赏弗能劝，斧钺之威弗能禁。此重利盗跖而使不可禁者，是乃圣人之过也。

故曰："鱼不可脱于渊，国之利器不可以示人。"[1]彼圣人者，天下之利器也，非所以明天下也。故绝圣弃知[2]，大盗乃止；擿玉毁珠，小盗不起；焚符破玺，而民朴鄙；掊斗折衡，而民不争；殚残天下之圣法，而民始可与论议。擢乱六律，铄绝竽瑟，塞瞽旷之耳，而天下始人含其聪矣；灭文章，散五采，胶离朱之目，而天下始人含其明矣。毁绝钩绳，而弃规矩，攦工倕之指，而天下始人有其巧矣。故曰："大巧若拙。"[3]削曾史之行，钳杨墨之口，攘弃仁义，而天下之德始玄同[4]矣。彼人含其明，则天下不铄矣；人含其聪，则天下不累矣；人含其知，则天下不惑矣；人含其德，则天下不僻矣。彼曾、史、杨、墨、师旷、工倕、离朱，皆外立其德，而以爚乱天下者也，法之所无用也。

子独不知至德之世乎？昔者容成氏、大庭氏、伯皇氏、中央氏、栗陆氏、骊畜氏、轩辕氏、赫胥氏、尊卢氏、祝融氏、伏羲氏、神农氏[5]；当是时也，民结绳而用之，甘其食，美其服，乐其俗，安其居。邻国相望，鸡狗之音相闻，民至老死而不相往来[6]。若

---

① 参见《道德经》第三十六章。

② 参见《道德经》第十九章。

③ 参见《道德经》第四十五章。

④ 玄同：参见《道德经》第一章。

⑤ 他们都是传说中的古代统治者。

⑥ 对照《道德经》第八十章。

此之时，则至治已。今遂至使民延颈举踵，曰："某所有贤者，赢粮而趣之，则内弃其亲，而外去其主之事；足迹接乎诸侯之境，车轨结乎千里之外，则是上好知之过也。上诚好知而无道，则天下大乱矣！"

何以知其然邪？夫弓弩、毕弋、机变之知多，则鸟乱于上矣；钓饵、罔罟、罾笱之知多，则鱼乱于水矣；削格、罗落、罝罘之知多，则兽乱于泽矣；知诈渐毒、颉滑坚白、解垢同异之变多，则俗惑于辩矣。

故天下每每大乱，罪在于好知。故天下皆知求其所不知，而莫知求其所已知者；皆知非其所不善，而莫知非其所已善者，是以大乱。故上悖日月之明，下烁山川之精，中堕四时之施，惴耎之虫，肖翘之物，莫不失其性。甚矣，夫好知之乱天下也！自三代以下者是已。舍夫种种之民而悦夫役役之佞，释夫恬淡无为，而悦夫啍啍之意。啍啍已乱天下矣！

在　宥

闻在宥天下，不闻治天下也。在之也者，恐天下之淫其性也；宥之也者，恐天下之迁其德也。天下不淫其性，不迁其德，有治天下者哉！昔尧之治天下也，使天下欣欣焉人乐其性，是不恬也；桀之治天下也，使天下瘁瘁焉人苦其性，是不愉也。夫不恬不愉，非德也。非德而可长久者，天下无之。

人大喜邪，毗于阳；大怒邪，毗于阴。阴阳并毗，四时不至，寒暑之和不成，其反伤人之形乎！使人喜怒失位，居处无常，思虑不自得，中道不成章，于是乎天下始乔诘卓鸷，而后有盗跖曾史之行。故举天下以赏其善者不足，举天下以罚其恶者不给，故天下之大不足以赏罚。自三代以下者，匈匈焉终以赏罚为事，彼何暇安其性命之情哉！

而且说明邪，是淫于色也；说聪邪，是淫于声也；说仁邪，是乱于德也；说义邪，是悖于理也；说礼邪，是相于技也；说乐邪，是相于淫也；说圣邪，是相于艺也；说知邪，是相于疵也。天下将安其性命之情，之八者，存可也，亡可也；天下将不安其性命之情，之八者，乃始脔卷猭囊而乱天下也。而天下乃始尊之惜之，甚矣天下之惑也！岂直过也而去之邪！乃齐戒以言之，跪坐以进之，鼓歌以舞之，吾若是何哉！

故君子不得已而临莅天下，莫若无为。无为也而后安其性命之情。故贵以身于为天下，则可以托天下；爱以身于为天下，则可以寄天下。[①]故君子苟能无解其五藏，无擢其聪明；尸居而龙见，渊默而雷声，神动而天随，从容无为而万物炊累焉。吾又何暇治天下哉！

崔瞿问于老聃[②]曰："不治天下，安藏人心？"

老聃曰："女慎无撄人心。人心排下而进上，上下囚杀，淖约柔乎刚强。廉刿雕琢，其热焦火，其寒凝冰。其疾俯仰之间而再抚四海之外，其居也渊而静，其动也悬而天。偾骄而不可系者，其唯人心乎！昔者黄帝始以仁义撄人之心，尧舜是乎股无胈，胫无毛，以养天下之形，愁其五藏以为仁义，矜其血气以规法度。然犹有不胜也，尧于是放讙兜于崇山，投三苗于三危，流共工于幽都，此不

① 参见《道德经》第十三章。
② 老子，聃是老子的字（李聃或李耳）。"老"意为"古老"，"李"为其姓氏。

胜天下也。夫施及三王①而天下大骇矣。下有桀跖，上有曾史，而儒墨毕起。于是乎喜怒相疑，愚知相欺，善否相非，诞信相讥，而天下衰矣。大德不同，而性命烂漫矣；天下好知，而百姓求竭矣，于是乎釿锯制焉，绳墨杀焉，椎凿决焉。天下脊脊大乱，罪在撄人心。故贤者伏处大山嵁岩之下，而万乘之君忧栗乎庙堂之上。今世殊死者相枕也，桁杨者相推也，刑戮者相望也，而儒墨乃始离跂攘臂乎桎梏之间。意甚矣哉！其无愧而不知耻也甚矣！吾未知圣知之不为桁杨接槢也，仁义之不为桎梏凿枘也，焉知曾史之不为桀跖嚆矢②也！故曰：绝圣弃知而天下大治。"

黄帝立为天子十九年，令行天下，闻广成子在于空同之上，故往见之，曰："我闻吾子达于至道，敢问至道之精。吾欲取天地之精，以佐五谷，以养民人。吾又欲官阴阳，以遂群生，为之奈何？"广成子曰："而所欲问者，物之质也；而所欲官者，物之残也。自而治天下，云气不待族而雨，草木不待黄而落，日月之光益以荒矣。而佞人之心翦翦者，又奚足以语至道！"

黄帝退，捐天下，筑特室，席白茅，间居三月，复往邀之。广成子南首而卧，黄帝顺下风，膝行而进，再拜稽首而问曰："闻吾子达于至道，敢问，治身奈何而可以长久？"广成子蹶然而起，曰："善哉问乎！来，吾语汝至道。至道之精，窈窈冥冥；至道之极，昏昏默默。无视无听，抱神以静，形将自正。必静必清，无劳汝形，无摇汝精，乃可以长生。目无所见，耳无所闻，心无所知，汝神将守形，形乃长生。慎汝内，闭汝外，多知为败。我为汝遂于大明之上矣，至彼至阳之原也。为汝入于窈冥之门矣，至彼至阴之原也。

① 夏、商、周（前2205—前222）三朝的缔造者。
② 攻击的标志。

天地有官，阴阳有藏，慎守汝身，物将自壮。我守其一以处其和，故我修身千二百岁矣，吾形未尝衰。"黄帝再拜稽首曰："广成子之谓天矣！"①广成子曰："来，余语汝。彼其物无穷，而人皆以为有终；彼其物无测，而人皆以为有极。得吾道者，上为皇而下为王；失吾道者，上见光而下为土。今夫百昌皆生于土而反于土，故余将去汝，入无穷之门，以游无极之野。吾与日月参光，吾与天地为常。当我，缗乎！远我，昏乎！人其尽死，而我独存乎！"

云将东游，过扶摇之枝而适遭鸿蒙。鸿蒙方将拊髀雀跃而游。云将见之，倘然止，贽然立，曰："叟何人邪？叟何为此？"鸿蒙拊髀雀跃不辍，对云将曰："游！"云将曰："朕愿有问也。"鸿蒙仰而视云将曰："吁！"云将曰："天气不和，地气郁结，六气②不调，四时不节？今我愿合六气之精以育群生，为之奈何？"鸿蒙拊髀掉头曰："吾弗知！吾弗知！"云将不得问。

又三年，东游，过有宋之野而适遭鸿蒙。云将大喜，行趋而进曰："天③忘朕邪？天忘朕邪？"再拜稽首，愿闻于鸿蒙。鸿蒙曰："浮游，不知所求；猖狂，不知所往，游者鞅掌，以观无妄。朕又何知！"云将曰："朕也自以为猖狂，而民随予所往，朕也不得已于民，今则民之放也。愿闻一言。"鸿蒙曰："乱天之经，逆物之情，玄天弗成；解兽之群，而鸟皆夜鸣；灾及草木，祸及止虫，意，治人之过也！"云将曰："然则吾奈何？"鸿蒙曰："意，毒哉！仙仙乎归矣。"云将曰："吾遇天难，愿闻一言。"鸿蒙曰："意！心养。汝徒处无为，而物自化。堕尔形体，吐尔聪明，伦与物忘，大同乎

---

① 字面意为"天"。
② 阴、阳、风、雨、光、暗。
③ 鸿蒙在此被称为"天"。

滓溟，解心释神，莫然无魂。万物云云，各复其根，各复其次根而不知；浑浑沌沌，终身不离；若彼知之，乃是离之。无问其名，无窥其情，物固自生。"云将曰："天降朕以德，示朕以默；躬身求之，乃今也得。"再拜稽首，起辞而行。

世俗之人，皆喜人之同乎己而恶人之异于己也。同于己而欲之，异于己而不欲者，以出乎众为心也。夫以出乎众为心者，曷尝出乎众哉！因众以宁所闻，不如众技众矣。而欲为人之国者，此揽乎三王之利而不见其患者也。此以人之国侥幸也，几何侥幸而不丧人之国乎！其存人之国也，无万分之一；而丧人之国也，一不成而万有余丧矣。悲夫，有土者之不知也。

夫有土者，有大物也。有大物者不可以物物而不物，故能物物。明乎物物者之非物也，岂独治天下百姓而已哉！出入六合，游乎九州，独往独来，是谓独有。独有之人，是谓至贵。

大人之教，若形之于影，声之于响。有问而应之，尽其所怀，为天下配。处乎无响，行乎无方。挈汝适复之挠挠，以游无端，出入无旁，与日无始；颂论形躯，合乎大同，大同而无己。无己，恶乎得有有！睹有者，昔之君子；睹无者，天地之友。

贱而不可不任者，物也；卑而不可不因者，民也；匿而不可不为者，事也；粗而不可不陈者，法也；远而不可不居者，义也；亲而不可不广者，仁也；节而不可不积者，礼也；中而不可不高者，德也；一而不可不易者，道也；神而不可不为者，天也。故圣人观于天而不助，成于德而不累，出于道而不谋，会于仁而不恃，薄于义而不积，应于礼而不讳，接于事而不辞，齐于法而不乱，恃于民而不轻，因于物而不去。物者莫足为也，而不可不为。不明于天者，不纯于德；不通于道者，无自而可；不明于道者，悲夫！何谓道？有天道，有人道。无为而尊者，天道也；有为而累者，人道也。主者，天道也；臣者，人道也。天道之于人道也，相去远矣，不可不察也。

秋 水①

秋水时至，百川灌河；泾流之大，两涘渚崖之间，不辨牛马。于是焉，河伯欣然自喜，以天下之美为尽在己；顺流而东行，至于北海；东面而视，不见水端。于是焉，河伯始旋其面目，望洋向若而叹曰："野语有之曰，'闻道百。以为莫己若'者，我之谓也。且夫我尝闻少仲尼之闻而轻伯夷之义者；始吾弗信，今我睹子之难穷也，吾非至于子之门，则殆矣，吾长见笑于大方之家。"北海若曰："井蛙不可以语于海者，拘于虚也；夏虫不可以语于冰者，笃于时也；曲士不可以语于道者，束于教也。今尔出于崖涘，观于大海，乃知尔丑，尔将可与语大理矣。天下之水，莫大于海，万川归之，不知何时止而不盈；尾闾②泄之，不知何时已而不虚；春秋不变，水旱不知。此其过江河之流，不可为量数。而吾未尝以此自多者，自以比形于天地而受气于阴阳，吾在于天地之间，犹小石小木之在大山。方存乎见少，又奚以自多？计四海之在天地之间也，不似礨空之在大泽乎？计中国之在海内，不似稊米之在太仓乎？号物之数谓之万，人处一焉；人卒九州谷食之所生，舟车之所通，人处一焉；此其比万物也，不似豪末之在于马体乎？五帝③之所连，三王

---

① 本章进一步发展"齐物论"一章的思想，包含有相对论的重要哲学概念。

② 尾闾：传说中海底或海端的水洞。

③ 传说中三王之前的统治者。

之所争，仁人之所忧，任士之所劳，尽此矣！伯夷辞之以为名，仲尼语之以为博；此其自多也。不似尔向之自多于水乎？”

河伯曰："然则吾大天地而小毫末，可乎？"北海若曰："否。夫物量无穷，时无止，分无常，终始无故。是故大知观于远近，故小而不寡，大而不多，知量无穷；证向今故，故遥而不闷，掇而不跂，知时无止；察乎盈虚，故得而不喜，失而不忧，知分之无常也；明乎坦途，故生而不说，死而不祸，知终始之不可故也。计人知所知，不若其所不知；其生之时，不若未生之时；以其至小，求穷其至大之域，是故迷乱而不能自得也！由此观之，又何以知毫末之足以定至细之倪？又何以知天地之足以穷至大之域？"

河伯曰："世之议者，皆曰：'至精无形，至大不可围。'是信情乎？"北海若曰："夫自细视大者不尽，自大视细者不明。夫精，小之微也；垺，大之殷也；故异便。此势之有也。夫精粗者，期于有形者也；无形者，数之所不能分也；不可围者，数之所不能穷也。可以言论者，物之粗也；可以意致者，物之精也。言之所不能论，意之所不能察致者，不期精粗焉。是故大人之行，不出乎害人，不多仁恩；动不为利，不贱门隶；货财弗争，不多辞让；事焉不借人，不多食乎力，不贱贪污；行殊乎俗，不多辟异；为在从众，不贱佞谄；世之爵禄不足以为劝，戮耻不足以为辱；知是非之不可为分；细大之不可为倪。闻曰，'道人不闻，至德不得，大人无己。'约分之至也。"

河伯曰："若物之外，若物之内，恶至而倪贵贱？恶至而倪小大？"北海若曰："以道观之，物无贵贱。以物观之，自贵而相贱。以俗观之，贵贱不在己。以差观之，因其所大而大之，则万物莫不大；因其所小而小之则万物莫不小；知天地之为稊米也，知毫末之为丘山也，则差数睹矣①。以功观之，因其所有而有之，则万物莫不有；因其所无而无之，则万物莫不无；知东西之相反而不可以相无，则功分定矣。以趣观之，因其所然而然之，则万物莫不然；因其所非而非之，则万物莫不非；知尧、桀之自然而相非，则趣操睹矣。昔者尧、舜让而帝，之、哙让而绝，汤、武争而王，白公争而灭。由此观之，争让之礼，尧、桀之行，贵贱有时，未可以为常也。梁丽可以冲城，而不可以窒穴，言殊器也。骐骥、骅骝一日而驰千里，捕鼠不如狸狌，言殊技也。鸱鸺夜撮蚤，察毫末，昼出嗔目而不见丘山，言殊性也。故曰：盖师是而无非，师治而无乱乎？是未明天地之理，万物之情者也。是犹师天而无地，师阴而无阳，其不可行明矣。然且语而不舍，非愚则诬也！帝王殊禅，三代殊继。差其时、逆其俗者，谓之篡夫；当其时，顺其俗者，谓之义徒。默默乎河伯！汝恶知贵贱之门，小大之家！"

河伯曰："然则我何为乎？何不为乎？吾辞受趣舍，吾终奈何？"北海若曰②："以道观之，何贵何贱，是谓反衍；无拘而志，与道大蹇。何少何多，是谓谢施；无一而行，与道参差。严乎若国之有君，其无私德；繇繇乎若祭之有社，其无私福；泛泛乎其若四方之无穷，其无所畛域；兼怀万物，其孰承翼？是谓无方。万物一齐，孰短孰长？道无终始，物有死生，不恃其成。一虚一满，不位乎其形。年不可举，时不可止，消息盈虚，终则有始。是所以语大义之方，论万物之理也。物之生也，若骤若驰，无动而不变，无时而不移。何为乎？何不为乎？夫固将自化！"

河伯曰："然则何贵于道邪？"北海若曰："知道者必达于理，达于理者必明于权，明于权者不以物害己。至德者火弗能热，水弗

---

① 字面意为"级别或差的齐平"。

② 此处一直到本段结束，大部分段落都押韵。

能溺，寒暑弗能害，禽兽弗能贼；非谓其薄之也，言察乎安危，宁于祸福，谨于去就，莫之能害也。故曰：天在内，人在外，德在乎天；知天人之行，本乎天，位乎得，蹢躅而屈伸，反要而语极。"

曰："何谓天？何谓人？"北海若曰："牛马四足，是谓天；落马首，穿牛鼻，是谓人。故曰：无以人灭天，无以故灭命，无以得殉名，谨守而勿失，是谓反其真。"

夔①怜蚿，蚿怜蛇，蛇怜风，风怜目，目怜心。夔谓蚿曰："吾以一足趻踔而行，予无如矣！今子之使万足，独奈何？"蚿曰："不然。子不见夫唾者乎？喷则大者如珠，小者如雾，杂而下者不可胜数也。今予动吾天机，而不知其所以然。"

蚿谓蛇曰："吾以众足行而不及子之无足，何也？"蛇曰："夫天机之所动，何可易邪？吾安用足哉！"

蛇谓风曰："予动吾脊胁而行，则有似也；今子蓬蓬然起于北海，蓬蓬然入于南海，而似无有，何也？"风曰："然。予蓬蓬起于北海而入于南海也。然而指我则胜我，鳛我亦胜我；虽然，夫折大木，蜚大屋者，唯我能也，故以众小不胜为大胜也②。为大胜者，唯圣人能之。"

孔子游于匡，宋人围之数匝，而弦歌不惙。子路入见，曰："何夫子之娱也？"孔子曰："来，吾语汝！我讳穷久矣，而不免，命也；求通久矣，而不得，时也。当尧、舜而天下无穷人，非知得也；当桀、纣而天下无通人，非知失也。时势适然。夫水行不避蛟龙者，渔父之勇也。陆行不避兕虎者，猎夫之勇也。白刃交于前，视死若

① 夔：神话传说中的独脚兽。
② 中国抗日战争时期的一句口号。

生者，烈士之勇也。知穷之有命，知通之有时，临大难而不惧者，圣人之勇也。由，处矣！吾命有所制矣！"

无几何，将甲者进，辞曰："以为阳虎也，故围之；今非也，请辞而退。"

公孙龙①问于魏牟曰："龙少学先王之道，长而明仁义之行；合同异，离坚白；然不然，可不可；困百家之知，穷众口之辩；吾自以为至达已。今吾闻庄子之言，汒焉异之；不知论之不及与？知之弗若与？今吾无所开吾喙。敢问其方？"

公子牟隐机太息，仰天而笑曰："子独不闻夫埳井之鼃？谓东海之鳖曰：'吾乐与！出跳梁乎井干之上，入休乎缺甃之崖；赴水则接腋持颐，蹶泥则没足灭跗；还虷、蟹与科斗，莫吾能若也！且夫擅一壑之水，而跨跱埳井之乐，此亦至矣。夫子奚不时来入观乎？'东海之鳖左足未入，而右膝已絷矣。于是逡巡而却，告之海曰：'夫千里之远，不足以举其大；千仞之高，不足以极其深。禹之时十年九潦，而水弗为加益；汤之时八年七旱，而崖不为加损。夫不为顷久推移，不以多少进退者，此亦东海之大乐也。'于是埳井之鼃闻之，适适然惊，规规然自失也。且夫知不知是非之竟，而犹欲观于庄子之言，是犹使蚊负山，商蚷驰河也；必不胜任矣！且夫知不知论极妙之言，而自适一时之利者，是非埳井之鼃与？且彼方跐黄泉而登大皇，无南无北，奭然四解，沦于不测；无东无西，始于玄冥，反于大通；子乃规规然而求之以察，索之以辩，是直用管窥天，用锥指地也，不亦小乎？子往矣！且子独不闻夫寿

---

① （诡辩派）新墨派家，生于庄子之后。这一部分一定是后者的门生添加的，接下来关于庄子的三个故事中很容易看出这一点。

陵馀子之学行于邯郸^①与？未得国能，又失其故行矣，直匍匐而归耳！今子不去，将忘子之故，失子之业。”

公孙龙口呿而不合，舌举而不下，乃逸而走。

庄子钓于濮水，楚王使大夫二人往先焉，曰："愿以境内累矣！"庄子持竿不顾，曰："吾闻楚有神龟，死已三千岁矣；王巾笥而藏之庙堂之上。此龟者，宁其死为留骨而贵乎？宁其生而曳尾于涂中乎？"二大夫曰："宁生而曳尾涂中。"庄子曰："往矣，吾将曳尾于涂中。"

惠子相梁，庄子往见之。或谓惠子曰："庄子来，欲代之相。"于是惠子恐，搜于国中，三日三夜。

庄子往见之曰："南方有鸟，其名为鹓鶵，子知之乎？夫鹓鶵发于南海，而飞于北海；非梧桐不止，非练实不食，非醴泉不饮。于是鸱得腐鼠，鹓鶵过之，仰而视之曰：'吓！'今子欲以子之梁国而吓我邪？"

庄子与惠子游于濠梁之上。庄子曰："鲦鱼出游从容，是鱼之乐也。"惠子曰："子非鱼，安知鱼之乐？"庄子曰："子非我，安知我不知鱼之乐？"惠子曰："我非子，固不知子矣；子固非鱼也，子之不知鱼之乐，全矣。"庄子曰："请循其本。子曰，'汝安知鱼乐'云者，既已知吾知之而问我。我知之濠上也。"

---

① 赵国首都。

第二部分

中国民主文献

《尚书》①

序　言

一、中国民主文献

关于中国有无民主，废话已经讲得太多。民主通常指的是像美国这样的典型现代共和国里政府运行的民主机制，或者随之而来的评判标准（竞选活动、投票、国会对总统的控制等）。它指的并不是真正的平民统治。另一方面，我们把民主说成是一种生活方式或在谈论民主精神时，很容易在诸如"自由"和"个体的尊严"这样的一般性词语里寻得慰藉，在现代的美国或古代的中国，这些都是相对的东西。

我依旧认为亚伯拉罕·林肯给出的定义是最佳的。以此作为标准，我得出了这样的结论，即在古代中国，我们已经肯定地发展了为人民和经人民同意的政府这一思想，但并非是人民确立的人民的政府。另一方面，把民主视为一个广义的人类理想，而不是一种政治机制形式。我看到了下面这些奇怪的特点：中国人的气质是民主的气质；事实上，维护国家和平和秩序并不依赖于政府或士兵，而百分之九十是依赖于人民的自治；自从公元前三世纪末秦朝第一位

---

① 《尚书》又名《书经》，也可以单称做《书》。古人往往把《诗》《书》并称，指的就是《诗经》和《尚书》。他们在引用《尚书》的时候，通常只说"《书》曰"或"《书》云"，但现在已不通行，《书经》的名称是由于后人把《尚书》列入儒家经典之内而来。

皇帝实行了灾难性的独裁试验以来，理想的做法一直是：不要去管理人民；无为是重要的政策；没有找到其他灵验奏效的政策；伟大的中华帝国总是没有政策进行统治；武力统治早就被认为不实际而被摒弃，而且自秦朝以来再也没有尝试过；法律的作用总是消极的，人们认为去法庭是件丑事；没有律师；士兵受人蔑视，在混乱时期用兵与企图夺取王国的土匪斗争，但在政府正常运作中从来不指靠他们；"文""武"之间有着尖锐的区分，前者总是优于后者。

在积极的方面，我发现：（1）自汉代以来，中国社会一直是真正的无阶级社会。废除周朝的封建制度以及汉朝的长嗣继承权，使得贵族不可能作为一个阶级而存在。（2）科举制度存在了大约一千五百年，其选拔人才的方式形成了一个不断变化的学者统治阶级，确保乡下人才的崛起。谁要想参加科考，不会有人阻止他，就连乞丐的儿子都可以参加。只要有才，任何才子，无论穷富，都不会被村里视而不见，而会得到训练从而上升到学者统治阶级。结果，谁都可以为相，正如中国俗语所言，"王侯将相，宁有种乎！"（3）从很早很早的时候，反抗的权利论就得到完善，这一点从下面《尚书》和《孟子》的选篇中可以看到。这基于（4）"天命"论，即统治者接受上天的指派，为了人民的幸福去统治人民，统治者若是滥用权力，则会自动丧失其统治权。孟子被问及武王起来反抗周的独裁，推翻了商朝的原因时，他的回答是，国君滥用权力，就是天下公贼。这与忠诚顺从君王的理论恰恰相反。事实上，"天命"论构成了整部《尚书》的突出特色。这种理论的一个推论是，天命在不断变化，国君不要认为自身是稳妥的。在《尚书》和《诗经》里，"天赐不易保，上天更难靠"这些言论到处可见。革命的威胁总是存在，中文的"革命"意为"改变命令"。结果，国君的神圣权力变成非常不稳靠、指望不住的东西。（5）君主只在理论上不受任何约束，审查制度不是用来审查人民而是审查皇帝本人和大臣的，这种制度得到很好的确立和发展。在《中国新闻舆论史》（芝加哥大学）一书中，我举了一些例子，譬如皇帝不能随意去南方巡游一番，不能任命宠妃的儿子做太子，国君、审查者和学者的争斗拖拉了十六年。[①]（6）舆论重要性的思想与审查制度相关。中国文明开端之际的舜统治时期（前2255—前2198），宰相皋陶曰："天聪明，自我民聪明。天明畏，自我民明威，达于上下。"因而使人民的声音成为上帝的声音。在《泰誓》（前1122）里，武王向众士宣布说："天视自我民视，天听自我民听。"这些言论后来得到孟子的发展，成为宫廷官员和历史学家的政府哲学，因而"保持讲话渠道的畅通"总是一个重要的信条。（7）这些背后是这样的概念：人民和统治者是国家结构的补充，这一概念在《尚书》的好几个地方都可看到，并且得到孟子的进一步发挥。关于国家的不同成分，孟子曰："民为贵，社稷次之，君为轻。"因为《孟子》被设立为各个学校的必读书目，因而每个小学生打小就学了这个格言，而且必须把它铭记在心。（8）孟子进一步发挥了所有人都平等的理论。"圣人，与我同类者。""人皆可为尧舜。"中国人是怎样发现所有这些思想的呢？通过常识。

只有回溯到中国思想的最初源头，我们才可以理解中国民主的独特发展。如若对儒学进行缜密的思考，那么中国为何没有发展出来议会制、选举统治者以及民权，将会一目了然；儒学德与政（"仁政"等）融合的特点，强调道德和谐作为政治和谐的基础，以及统治者和被统治者之间或任何领域的"斗争"思想的完全缺席，也会一目了然。必须记住，议会制的哲学基础是对统治者的不信任感。总体而言，儒学暗示着对统治者的天真信任，几乎跟人民的真

---

① 参见《新闻史》等。

正政府已经成为现实的思想一样天真。事实上，我认为儒家的政治理想特点是严格的无政府主义，其中人民的道德修养使得政府的存在没有必要，这种修养成为理想。要是问起来住在纽约唐人街的中国人怎么从来不动用警察，答案就是儒学。中国四千年来没有警察，人民必须学会从社会的角度来调解自身的生活，而不依赖法律。法律应该是无赖采用的办法。

二、《尚书》

《尚书》的重要性是本质性的，它对儒学而言就像《奥义书》对印度教一样。其本质重要性不仅来自它包含最早的历史文献和最早的中文著述这样一个事实，而且还来自它包含深刻的道德智慧这样的事实，这种智慧是儒家思想的源泉。严格意义上讲，孔子是个历史学家，他从事历史研究，自称为传播者而不是改革家。他对历史情有独钟。读过《尚书》之后，我们可以明白儒家思想——包括儒家道德化的天赋——是怎样兴起的。认真研究一下孟子，也会表明他对《尚书》特别熟悉，经常引用之来论证自己的观点。"仁政"（始于孟子而非孔子）的整个思想就是从《尚书》发展而来的。随意浏览一下《泰誓》，这一点显而易见。同样，"家长制"的思想、道德范例重要性的思想、"天命"的思想以及人民的声音即为上帝的声音的思想，都在那儿。

与民主思想和原则有最直接关联的文献有：《咸有一德》《泰誓》和《召诰》。

这部作品收集了在历史场合或仪式场合所作的重要演说和誓师词，比如开战之际对众士宣布的誓师词或征服之后向民众所发表的训令，在新城落成典礼时对人民所作的演说，宰相辞职时的讲话等。从形式上讲，有"誓"、"诰"、"谟"、"命"以及记载明智君王和谋士的重要谈话。像林肯的葛底斯堡演说这样的重要演说在最早的时候就以书面的形式得以保存。有一种模糊的传统，说有一百篇。不管怎么说，像《礼记》集子一样，《尚书》通过孔子之手——因为《诗经》是孔子编纂的——成为儒家学者执教著述的一部经典，几乎成了他们的专长。因为必须记住的是，儒家学派主要是一个历史学派，跟其他学派有所区别。究竟有多少篇这样的文献，这很难说，但肯定的一点是，远远不止汉朝初年伏生的今文《尚书》里所包含的二十八篇或二十九篇。孔子之后几个世纪的哲学家著述中都可见到对该书的引用。单是《左传》就有六十八处援引，其中在今文《尚书》中仅仅查到二十五处，其余的引用都在古文《尚书》当中。

如今，标准文本有五十八篇（包括重分部分），其中三十四篇在两个文本里都有，二十四篇仅以古文《尚书》为依据。正是这一划分才引起了关于古文《尚书》真实性的巨大争议。

三、关于"古文《尚书》"的真实性

在这里，全面详尽地讨论赞成或反对古文《尚书》的证据，并不太合适。但是，说到目前文本中包含的古文《尚书》文献要比今文《尚书》和古文《尚书》中共有的文献要多，而且一些最佳的文章出现在古文《尚书》中，大多数现代学者认为这是伪造，因而有必要在这儿简单梳理一下收录古文《尚书》的原因，以嗜普通读者。

1. 古文《尚书》和今文《尚书》指的是什么？

公元前 213 年，秦朝第一位皇帝焚书坑儒，大部分儒家著作都被烧毁。四年之后，秦始皇去世，他的庞大帝国开始瓦解。又过了三年，到了公元前 206 年，帝国完全崩溃。有许多老学者尚在人世，他们脑子里记下了这些儒家文本。在秦朝统治时期，李斯下令简化中文本。这些学者开始把自己脑海当中记忆下来的内容记录在"今文《尚书》"里。每部儒家经典的版本都有一种特别的传统阐释，几乎是极为虔诚地从老师那儿传给了学生。古文《尚书》不断被人发现，最重要的是在孔子旧宅墙壁中发现的文本，显然是在受迫害时期偷藏在那儿的。当时鲁共王要把墙壁推倒，为孔子重建一个好些的寺庙。这些文本被称为"古文《尚书》"。接下来，文本和阐释的一个独立传统发展起来了。两种传统的划分不但触及了《尚书》，还触及了儒家的其他著述。必须记住，现代学者试图推翻的古文《尚书》包括像《左传》和《毛诗》这样的标准文本，这些仍是我们公认的圣本。

对于古本传统的攻击始于《尚书》。对于其真实性的第一个可怕攻击是十七世纪的阎若璩发起的。到了十八世纪和十九世纪，时兴起一个接一个地攻击不同经典的古本，一部分是针对文本，更主要是针对古代制度的阐释。今文《尚书》学派的这些学者继续这一行动，致力于对"目光短浅"的无益研究，而不研究丰富的经典《左传》；还致力于齐、韩、鲁《诗经》的研究，而不研究毛诗。《周礼》被认为是伪造。结果粗劣极了。伪造的过错通常归结于王肃或刘歆。最后，在康有为——1898年维新变革的改革家——横扫一切的言论声中达到顶点，康声称正是孔子本人"托古改制"，为了让他的学说附庸上一层古色古香而伪造了这些书。

2.《尚书》存在的时间顺序。

《尚书》两个文本存在的时间顺序如下：

公元前三世纪：

根据较晚一些的传统，在孔子时代（公元前六世纪），约有一百篇或再少一些篇章存在。公元前213年，大部分书在焚书坑儒期间都被烧毁了，但也有很多被人藏了起来。在孔子和焚书坑儒之间的期间，许多学者引用《尚书》。有些篇章此前可能已经佚失（参见《礼记》一书的混乱）。

公元前二世纪：

随着秦朝的崩溃和汉朝的建立（公元前 206 年），在焚书坑儒的七年之后，山东济南一位名叫伏胜的学者开始把自己藏在墙壁里的书拿出来，人们都称他做伏生，他专门讲授《尚书》，书中许多篇章已经佚失。这就是今文《尚书》，内有二十八篇或二十九篇。[①]汉文帝统治时期（前 179—前 157），伏胜尚在人世，年逾九旬。由于年老体衰，话已经讲不清楚了。皇帝只好命兼管文教事务的奉常派属下一个名叫晁错的到伏生家里去受教。伏生之女口授讲解，晁错笔录下来。由于口音的不同，据说这位大臣丢掉了文本中百分之二三十的内容。从汉武帝（前 140—前 87）开始，该文本的保护和教书由皇宫大臣专门负责。

公元前 140 年和公元前 128 年间，鲁共王下令拆掉孔子家宅，结果发现了几部经典的古本。孔子的一位后裔孔安国（肯定生活在公元前 156 年—公元前 74 年间）花了三个月的时间细读这些经典，把它们与伏胜的今文《尚书》加以对比研究，并呈奉给皇帝。由于一些人的干预，这些经典没有得到皇宫的保护和研究。这就是古文《尚书》，内含五十八篇。据说——但有争议——孔安国还撰写了评注（《孔传古文尚书》），编写了前言。《史记》的作者、伟大历史学家司马迁（前 145—前 86）之前曾见过孔本人及其文本，并对这些文本加以引用。

---

① 关于伏生所找到的《尚书》的篇数，过去有二十九篇、二十八篇两说，争执颇多。但自从发现东汉末年石经《书序》残文以后，就确定伏生所发现的是二十八篇而不是二十九篇了。

公元前一世纪：

古文《尚书》的书名和文本为汉朝各位学者所知。刘向（前79—前6）在他书目中可以给出五十八篇的篇名，有七百多处的变动。后来，刘向的儿子刘歆也参加了整理工作。

公元一世纪和二世纪：

贾逵（30—101）、马融（79—166）和郑康成（127—200）曾撰写了《尚书》评注，但马融认为古文《尚书》的十六篇（重分部分就是二十四篇）并不"墨守师法"。然而，郑康成援引孔安国的注解，给出了五十八篇的全部书目，与一些现有文本有所不同。公元25年—公元56年，佚失了一篇。他们还利用漆制古文《尚书》①中的一"卷"，这是生活在光武帝时期（25—57）的杜林发现的。

公元三世纪：

与郑康成同时代的王肃（159—256）——所谓的"伪造者"撰写了《尚书》评注，与郑康成的不同，与孔安国的相同。皇甫谧（215—282）和何晏（卒于249年）在著述中也引用了孔安国的评注。

公元四世纪：

在元帝统治时期（317—322），豫章内史梅赜向元帝献上了《孔传古文尚书》，这就是我们现在的官方文本，内有五十八篇。梅赜的传统追溯到长达五代的王肃时期的郑冲。梅赜被指控伪造了古文《尚书》。

公元五世纪：

王肃与郑冲的评注被同时接受，王注主要在南方，而郑注主要在北方。

公元六世纪：

唐朝，孔颖达受皇帝指派撰写五十八篇的评注（《尚书正义》），

---

① 漆书是用漆写在竹简或缣帛上的书。

把所谓的孔注融合起来，成为自那时起至今的标准《尚书》文本。

3. 真实性问题。

大多数现代学者为学者批评家表现出来的巨大渊博所胁迫，都接受了古文《尚书》是伪造的说法，认为古文《尚书》并非孔安国的那个文本，一些重分无法证明，所谓的孔注也不是真正的孔注，但他们普遍相信郑注。后面两点不如第一点重要。阎若璩[①]认为古文《尚书》在西晋时期已不复存在，梅赜是伪造者，但丁晏认为它在西晋时期确实存在，伪造者是王肃，因为他是西晋第一位皇帝的外祖父，因而能够把该书施加给当时的学者。但是，丁晏关注的是证明孔注并不真实，还有一点，孔根本没有撰写过评注。1855年，魏源又向前走了一步，他攻击郑康成和马融的评注，甚至断言孔本人就是今文《尚书》传统。事实上，在西汉时期，根本不存在古文《尚书》和今文《尚书》学派的区分。这样对立的论点表明，每人推断自己结论的证据是多么不足以信。

尽管这些"文本批评家"的学术著述冗长，但我认为，根据现代文本批评标准，他们的方法并不科学。这些批评家（包括姚际恒在内）把巨大的学术勤奋博学与松散的推理结合起来，尽管惠栋[②]是一位极其准确且有道义感的学者，是满族王朝最优秀的学者之一。还必须记住的是，当时伟大的学者毛奇龄并不接受这一理论，后来孙星衍[③]采取了折中的态度。这一案子必须重新开庭。

惠栋和阎若璩都是在兜圈子辩论。主要事实是，古代文本（《论语》《孟子》《左传》《史记》《礼记》《墨子》《荀子》等）中存在数以百计的《尚书》引文，在今文《尚书》的二十八篇（或重分部分

---

① 字百诗，别号潜丘，著《古文尚书疏证》。

② 见《古文尚书考》。

③ 见《尚书今古文注疏》。

的三十四篇）中都看不到，但大部分可以在古文《尚书》中看到。论据是"伪造者"把这些引文都收集起来，借助于其他古代思想和语句，把它们编织成大杂烩，作为《尚书》的佚失文献。惠栋费力追溯这些思想、语句和实际引文的"源头"。他说"其思想毫无问题"。阎若璩认为"（伪造本中）任何一句重要的话语都有古代出处"。就连随意运用的词语也与古代用法一致。这证明了什么呢？

　　论证类型如下。我核查过惠栋的十五点，发现没有一点能站得住脚，尽管他在每一点上只是得出谨慎怀疑的结论。如果孟子引用《尚书》，古文《尚书》中又有这个引文的话，他们会说"你瞧，有伪造的出处"。要是引文的用语不一致，就会指控古文《尚书》"败坏"之。如果孟子直接引用像"汤誓"或"泰誓"这样的名篇，今文《尚书》里没有这些引文，他们就辩论说，目前的今文《尚书》当然在这些篇章上不完整，而把"汤诰"和古文《尚书》的"泰誓"里确实存在这些引文证据搁置一边。追溯一些普遍使用的词语更加糟糕：如果《左传》中把"诚"这样的形容词用来形容人，那么古文《尚书》要是使用这个词描述同一个人，就会被指控借鉴了《左传》。《礼记》一章的一句话里，把"殷"宅说为"伊"，古文《尚书》有同样的引文。因此人们争论说古文《尚书》不应写作"伊"，却没人对《礼记》文本本身这样做的权利提出质疑。这就是兜圈子辩论。但是使用的大部分松散推理类型则纯粹是主观且不科学的。根据古文《尚书》，舜把土著人（苗）赶了出去，禹帝前去镇压他们。批评家就说了，既然舜已经把他们驱逐了出去，他的继位者怎么还要去与之征战呢？再说，作为皇帝，他该派大将出征呀！他们想忘掉"平定"的土著人不断起来反抗，这在历史上并不罕见。根据古文《尚书》，舜帝在战前发表了演说，但这些批评家说，根据今文《尚书》，开战之际战前演说始于他的继位者禹帝，因此这一风俗不应该始于善良的舜。演说的风俗突然成为禹的发明，这一推测完全是臆断，无法证明其正确性。如果今文《尚书》说尧把王位让给了蚩和稷，那么这就是尧把同一个王位让给了皋陶（古文《尚书》）的伪造证据。也就是说，尧可能把王位接连让位给两个人，但不可能连续让位给三个人。事实上，这三人当中，尧最终谁也没给他们王位，而是把王位传给了舜。根据其他古代出处，如果一首曲子只由禹帝的儿子演奏，那么古文《尚书》中提到他父亲演奏同一首曲子就被引证为与古代出处有矛盾的证据。没有哪条法律规定不许儿子跟父亲欣赏一样的音乐，而且没有证据表明这首曲子是在父亲去世之后儿子谱成的。事实上，孟子提到的许多内容只是与今文《尚书》传统相"矛盾"，或者说对其中的内容有同样多的增加，但是《孟子》的真实性并无人质疑。我对此类松散推理并不太信服。

唯一真正的三字"文本"批评似乎要好得多，但推理却不见得好。"相"（宰相）与"论"（讨论）两个字在《五典》中并没有出现，但在《论语》《孟子》和《左传》里却随处可见，论证不是结论性的。但是，要说《礼记》中可能用了"业"（最初的意思是"锯"，然后是"惧"，再往后是"事业"和"成就"之意）这个字，孔子传了下来，但在《尚书》中使用的意义却不一样，也是孔子传下来的，确实歪曲了这一点。最糟糕的是，在孔子和孟子时代不通用的词语，一个也没使用。

这一罪过的"动机"并没有得以充分确立。据说王肃伪造之来反对郑的阐释。实际上，王注所讲的几乎完全是今文《尚书》。王肃可能伪造了孔注，而非文本本身。此外，批评家的努力证明，在保护古文《尚书》方面有着传统的连续性，几乎没有哪个时期古文《尚书》不为人所知或消失不见的现象出现。

毫无疑问，所有儒家经典的几个文本同时存在（如《诗经》的四个版本），没有哪个版本可以说是确切完整、未经损坏，文本一代代抄录下来，讹误在所难免，包括《论语》在内的所有文本都有插语（通常在章节末尾），梅赜的文本也不例外。他与在孔子家宅墙壁中发现古文《尚书》的时间相隔四个多世纪。就连公元前 213 年焚书坑儒前通过使徒统绪的方法①，只传下来一本正确无误、未遭破坏、原原本本的文本，这一推断也不正确。像《墨子》《孟子》《庄子》《屈原》《荀子》《国语》和《左传》等其他书籍是怎样得以幸存下来的呢？难道说孔子时代就有 1500 年的尧典原木吗？几乎可以肯定的是，引入不同的版本，至少又重分了两篇。重分和插语是大部分古代文本历史的一部分。但是插语或再分跟伪造是两码事，也可能目前孔注被王肃或其他人伪造了。

还有个事实，如若把古文《尚书》与《尚书》断裂开来，将使对《尚书》数以百计的引文无法解释，尤其是一个引文提到某一篇名，我们根据今文《尚书》查一下的时候。孙星衍（1753—1818）试图不用古文《尚书》来恢复《泰誓》，结果内容上非常拙劣可笑，因为该篇的所有最佳引文都不见了。仍然存在的事实是，古文《尚书》包含作品中最为丰富的部分，尽管人们争论究竟我们目前的版本是在孔宅墙壁里发现的原始文本呢，还是后来发现的几个文本之一，还是只是后来的大杂烩，但通过批评家的努力，证明该本大部分文章是其他作品中引用的《尚书》部分，其真实性不容置疑。即使作为这样引文的大杂烩，它也是一个非常有用的编撰本。但还不只这些，古文《尚书》不仅包含直接的引用，还包含使用古代术语的其他材料和思想。这些篇章表现出极大的连续性，其真实性有着内在的依据，就连节奏也是古代的。这部作品非常厉害，把学者们

① 指自基督使徒以来经由历代主教的神权递传。

蒙骗了一千三百多年，它一定还关涉超人的努力。我倒真希望那些学者尝试着自己学着伪造一下；就连孔子本人对这一任务也一定会缩手缩脚。最后，关于文本的状况，我们在它以后的著述中都可看到，事实上，《论语》和《礼记》亦是如此。

因此，读者至少可以在等待案子重开庭之际，把古文《尚书》中的那些篇章视作《尚书》的一部分而存在，因为这些篇章得到像《孟子》这样的其他古代出处中的引文的支持，而且孟子也这样讲过。在注解中，我已经试图指出，论证出处只是用于那些我认为比较重要的篇章。通过这些注解，读者可以得到赞成或反对古文《尚书》论争本性的一些概念。顺便提一句，如果哪位读者希望收集到这部作品的最重要的"民主"论说，只需查查脚注即可。

我采用了理雅各的译文，他那有点狂妄别致的措辞似乎也适合这些古代文献。我只是在专有名词的拼写上做了一些变化，以便于与目前的韦氏罗马拼法相吻合，比如说，理雅各把周朝的名称拼写为"Kau"，他那奇怪的拼写是因为东方圣书的统一拼写体制以及他的粤语发音。

尚　书

理雅各　英译

尧　典[①]

1. 曰若稽古[②]，帝尧曰放勋，钦明文思安安，允恭克让，光被四表，格于上下。克明俊德，以亲九族。九族既睦，平章百姓。百姓昭明，协和万邦，黎民于变时雍。

2. 乃命羲和，钦若昊天，历象日月星辰，敬授人时。分命羲仲，宅嵎夷，曰旸谷。寅宾出日，平秩东作。日中星鸟，以殷仲春。厥民析，鸟兽孳尾。申命羲叔，宅南交，曰明都。平秩南讹，敬致。日永星火，以正仲夏。厥民因，鸟兽希革。分命和仲，宅西，曰昧谷。寅饯纳日，平秩西成。宵中星虚，以殷仲秋。厥民夷，鸟兽毛毨。申命和叔，宅朔方，曰幽都。平在朔易。日短星昴，以正仲冬。厥民隩，鸟兽氄毛。帝[③]曰：“咨！汝羲暨和。期三百有六旬有六日，以闰月定四时成岁。允厘百工，庶绩咸熙。”

3. 帝曰：“畴咨若时登庸？”放齐曰：“胤子朱启明。”帝曰：“吁！嚚讼，可乎？”帝曰：“畴咨若予采？”驩兜曰：“都！共工方鸠僝功。”帝曰：“吁！静言庸违，象恭滔天。”

帝曰：“咨！四岳，汤汤洪水方割，荡荡怀山襄陵，浩浩滔天。

---

① 尽管该典籍与民主无大关系，但本身作为最古老的中文写作却非常有趣。尧帝于公元前2357年—公元前2256年在位。尧典本身可能是几世纪后写下来的。

② 这表明尧典并非写于尧的时代，而是此后更晚些时候，可能是公元前第二个千僖年间。据说，中国文字是由黄帝的宰相仓颉发明，这是传说中汉字的传统。最近出土的甲骨文追溯到约公元前两千年，表明已经呈现出高度的发展。

③ 帝意为“皇帝”或“统治者”。

下民其咨，有能俾乂？"佥曰："於！鲧哉。"帝曰："吁！咈哉，方命圮族。"岳曰："异哉，试可乃已。"帝曰："往钦哉！"九载绩用弗成。

帝曰："咨！四岳。朕在位七十载。汝能庸命巽朕位？"岳曰："否德忝帝位。"曰："明明扬侧陋。"师锡帝曰："有鳏在下，曰虞舜①。"帝曰："俞！予闻，如何？"岳曰："瞽子，父顽，母嚣，象傲，克谐，以孝烝烝，乂不格奸。"帝曰："我其试哉！女于时，观厥刑于二女。"厘降二女于妫汭，嫔于虞。帝曰："钦哉！"②

4. 慎徽五典，五典克从，纳于百揆，百揆时叙。宾于四门，四门穆穆。纳于大麓，烈风雷雨弗迷。

帝曰："格！汝舜。询事考言，乃言厎可绩，三载。汝陟帝位。"舜让于德，弗嗣。

5. 正月上日，受终于文祖。在璇玑玉衡，以齐七政。肆类于上帝，禋于六宗，望于山川，遍于群神。辑五瑞。既月乃日，觐四岳群牧③，班瑞于群后。

岁二月，东巡守，至于岱宗，柴。望秩于山川，肆觐东后，协时月正日，同律度量衡。修五礼、五玉、三帛、二生、一死贽。如五器，卒乃复。五月南巡守，至于南岳，如岱礼。八月西巡守，至于西岳，如初。十有一月朔巡守，至于北岳，如西礼，归，格于艺祖，用特。五载一巡守。群后四朝，敷奏以言，明试以功，车服以庸。

肇十有二州，封十有二山，浚川。象以典刑，流宥五刑，鞭作官刑，扑作教刑，金作赎刑。眚灾肆赦，怙终贼刑。"钦哉，钦哉，唯刑之恤哉！"

---

① 舜帝为尧的继位者，在位时间是公元前2255—前2206年。
② 古文《尚书》在此分开，接下来是"舜典"的题名，而今文《尚书》则把整篇视为尧典。此处省去了公元497年增加的一个二十八字伪造段落。
③ 牧：字面意为"（人民的）牧羊人"。

流共工于幽州，放驩兜于崇山，窜三苗于三危，殛鲧于羽山，四罪而天下咸服。

6. 二十又八载，帝乃殂落。百姓如丧考妣，三载，四海遏密八音。

7. 月正元日，舜格于文祖。询于四岳，辟四门，明四目，达四聪。咨十有二牧，曰："食哉！唯时柔远能迩；惇德允元，而难任人，蛮夷率服。"

舜曰："咨！四岳。有能奋庸熙帝之载。使宅百揆，亮采惠畴？"佥曰："伯禹作司空。"帝曰："俞！咨禹，汝平水土，唯时懋哉！"禹拜稽首，让于稷、契暨皋陶，帝曰："俞！汝往哉！"帝曰："弃，黎民阻饥，汝后稷，播时百谷。"帝曰："契，百姓不亲，五品不逊，汝作司徒，敬敷五教，在宽。"帝曰："皋陶，蛮夷猾夏，寇贼奸宄。汝作士，五刑有服，五服三就；五流有宅，五宅三居，唯明克允。"

帝曰："畴若予工？"佥曰："垂哉！"帝曰："俞！咨垂。汝共工。"垂拜稽首，让于殳斨暨伯与。帝曰："俞！往哉！汝谐。"帝曰："畴若予上下草木鸟兽？"佥曰："益哉！"帝曰："俞！咨益，汝作朕虞。"益拜稽首，让于朱虎熊罴[①]。帝曰："俞！往哉！汝谐。"

帝曰："咨！四岳。有能典朕三礼？"佥曰："伯夷。"帝曰："俞！咨伯。汝作秩宗。夙夜唯寅，直哉唯清。"伯拜稽首，让于夔[②]、龙。帝曰："俞，往，钦哉！"

帝曰："夔！命汝典乐，教胄子，直而温，宽而栗，刚而无虐，简而无傲。诗言志，歌咏言，声依咏，律和声。八音克谐，无相夺伦，神人以和。"夔曰："於！予击石拊石，百兽率舞。"帝曰："龙！

---

① 四人姓名：（可能是）猪、虎、熊和罴。
② 长角兽。

朕堲谗说殄行，震惊朕师。命汝作纳言^①，夙夜出纳朕命，唯允。"

帝曰："咨！汝二十有二人，钦哉，唯时亮天功。三载考绩，三考，黜陟幽明，庶绩咸熙。分北三苗。"

8. 舜生三十征庸，三十在位，五十载，陟方乃死。

[《汤书》，今文《尚书》与古文《尚书》]^②

大禹谟

1. 曰若稽古，大禹^③曰文命，敷于四海，祇承于帝。曰："后克艰厥后，臣克艰厥臣，政乃乂，黎民敏德。"

帝曰："俞！允若兹，嘉言罔攸伏，野无遗贤，万邦咸宁。稽于众，舍己从人，不虐无告，不废困穷，唯帝时克。"益曰："都！帝德广运，乃圣乃神，乃武乃文；皇天眷命，奄有四海，为天下君。"禹曰："惠迪吉，从逆凶，唯影响。"益曰："吁！戒哉！儆戒无虞，罔失法度，罔游于逸，罔淫于乐。任贤勿贰，去邪勿疑，疑谋勿成，百志唯熙。罔违道以干百姓之誉，罔咈百姓以从己之欲。无怠无荒，四夷来王。"

禹曰："於！帝念哉！德唯善政，政在养民^④。水、火、金、木、

---

① 纳言：严格意义为"接受报告"。最早指统治者和人民之间沟通的官员，在以后的朝代里有不同的称呼。

② 参见序言。

③ 这个"禹"指伟大的禹帝，他继承了舜王位，是夏朝缔造者。

④ 阎若璩试图证明整个古文《尚书》都是伪造，此处他引用《左传》的一篇类似文章，以此表明伪造的出处。同样的证据可用来证明古文《尚书》是真实的，因为《左传》明确地引用《尚书》。这是典型的阎和惠栋推理法。这篇中几乎所有文章都可追溯到古文《尚书》(《左传》《易经》《老子》《墨子》《荀子》《论语》等)中的类似文章，其中大部分是《尚书》的引文。

土、谷唯修；正德、利用、厚生、唯和，九功唯叙，九叙唯歌。戒
之用休，董之用威，劝之以九歌，俾勿坏。"帝曰："俞！地平天成，
六府三事允治，万世永赖，时乃功。"

2. 帝曰："格汝禹！朕宅帝位三十有三载，耄期倦于勤，汝唯
不怠，总朕师。"① 禹曰："朕德罔克，民不依。皋陶迈种德，德乃降，
黎民怀之。帝念哉！念兹在兹，释兹在兹，名言兹在兹，允出兹在
兹。唯帝念功！"

帝曰："皋陶！唯兹臣庶，罔或干予正，汝做士，明于五刑，
以弼五教。期于予治，刑期于无刑②，民协于中。时乃功，懋哉！"
皋陶曰："帝德罔愆。临下以简，御众以宽；罚弗及嗣，赏延于世；
宥过无大，刑故无小③；罪疑唯轻，功疑唯重；与其杀无辜，宁失不
经④。好生之德，洽于民心，兹用不犯于有司。"帝曰："俾予从欲，
以治四方风动，唯乃之休。"

帝曰："来，禹！降水儆予，成允成功，唯汝贤；克勤于邦，
克俭于家，不自满假，唯汝贤。汝唯不矜，天下莫与汝争能；汝唯
不伐，天下莫与汝争功⑤。予懋乃德，嘉乃丕绩。天之历数在汝躬，
汝终陟元后。人心唯危，道心唯微⑥，唯精唯一，允执厥中⑦。无稽
之言勿听，弗询之谋毋庸。可爱非君？可畏非民？众非元后何戴？

---

① 舜跟他的前任尧一样，并没有把王位传给自己的儿子，而是传给了王国中最
　有才干之人。继位制始于大禹之子。
② 从商鞅书中引用的类似文章。
③《王充》中的类似文章。
④《左传》中的《尚书》(《夏书》)引文原文。
⑤ 参见《道德经》第二十二章和第二十四章。同样的思想在《荀子》、(一般说
　来)《易经》和《左传》中使用类似词语表述，因此老子不可能是最后的出处。
　老子本人也引用古语。
⑥《荀子》中的类似文章。
⑦《论语》中引文出自《尚书》。

后非众罔与守邦。钦哉！慎乃有位，敬修其可愿。四海困穷，天禄永终。唯口出好兴戎，朕言不再。"禹曰："枚卜功臣，唯吉之从。"帝曰："禹！官占，唯先蔽志，昆命于元龟①。朕志先定，询谋佥同，鬼神其依，龟筮协从，卜不习吉。"禹拜稽首，固辞。帝曰："毋！唯汝谐。"

正月朔旦，受命于神宗，率百官若帝之初。

3. 帝曰："咨，禹！唯时有苗弗率，汝徂征！"禹乃会群后，誓于师曰："济济有众，咸听朕命！蠢兹有苗，昏迷不恭，侮慢自贤，反道败德。君子在野，小人在位。民弃不保，天降之咎。肆予以尔众士，奉辞伐罪。尔尚一乃心力，其克有勋。"

三旬②，苗民逆命。益赞于禹曰："唯德动天，无远弗届。满招损，谦受益③，时乃天道。帝初于历山，往于田，日号泣于旻天，于父母，负罪引慝；祗载见瞽瞍④，夔夔斋慄。瞽亦允诺。至诚感神，矧兹有苗？"禹拜昌言曰："俞！"班师振旅，帝乃诞敷文德，舞干羽于两阶。七旬，有苗格⑤。

[《禹书》⑥（二），古文《尚书》]

---

① 今文《尚书》集子里也有这种理智有趣的思想。

② 另一种解释为三十天。

③《易经》中有类似句子。

④ 舜的邪恶父亲。类似故事的更多细节见《孟子》。

⑤ 用来证明古文《尚书》伪造的一个推理不好的例子。我此处引用的这个例子，惠栋和阎都不耐烦地问，要是苗被"平定"了，那为何还有后来的另一场征伐。常识可以看出，被平定的土著人定期不断反抗的情形绝非非同寻常。这类论证证明不出什么来。

⑥ 在本"书"中，"帝"或"统治者"指的是舜。

皋陶谟

1. 曰若稽古，皋陶^①曰："允迪厥德，谟明弼谐。"禹拜昌言曰："俞！如何？"皋陶曰："都！慎厥身，修思永。惇叙九族，庶明励翼，迩可远在兹。"禹拜昌言曰："俞！"

皋陶曰："都，在知人安民。"禹曰："吁！咸若时，唯帝其难之。知人则哲，能官人。安民则惠，黎民怀之^②。能哲而惠，何忧乎驩兜？何迁乎有苗？何畏乎巧言令色孔壬？"

2. 皋陶曰："都！亦行有九德。亦言其人有德，乃言曰，载采采。"禹曰："何？"皋陶曰："宽而栗，柔而立，愿而恭，乱而敬，扰而毅，直而温，简而廉，刚而塞，强而义。彰厥有常，吉哉！日宣三德，夙夜浚明有家。日严祗敬六德，亮采有邦。翕受敷施，九德咸事。俊乂在官，百僚师师，百工唯时，抚于五辰，庶绩其凝。无教逸欲有邦，兢兢业业，一日二日万几。无旷庶官，天工人其代之。"

3. "天叙有典，勑我五典五惇哉^③！天秩有礼，自我五礼有庸哉！同寅协恭和衷哉！天命有德，五服五章哉！天讨有罪，五刑五用哉！政事懋哉！懋哉！

"天聪明，自我民聪明。天明畏，自我民明威^④，达于上下，敬

---

① 舜帝手下的司相。

② 像这样的思想在《尚书》中极为常见，激发了孟子的"仁政"论。孟子对《尚书》的引用程度，不妨可以说《尚书》是他民主思想的源头。他引用的文章通常在古文《尚书》中才可以见到，今文《尚书》中没有。

③ 理雅各的译文通常遵循郑康成等唐宋评注家。这些汉代评注家以及文本本身认为这种儒家阐释毫无道理。

④ 该句英译非常糟糕，且不准确。应译为"Heaven hears and sees through（the ears and eyes）of our people. Heaven expresses its disapproval through the expressed disapproval of our people"。比较孟子引用《泰誓》的几乎类似表述。

哉有土。"

4. 皋陶曰："朕言惠可厎行？"禹曰："俞！乃言厎可绩。"皋
陶曰："予未有知，思曰赞赞襄哉！"[1]

[《禹书》（三）。今文《尚书》和古文《尚书》]

五子之歌

1. 太康[2]尸位，以逸豫灭厥德，黎民咸贰。乃盘游无度，畋于
有洛之表，十旬弗反。有穷后羿因民弗忍，距于河[3]。厥弟五人御其
母以从，徯于洛之汭。五子咸怨，述大禹[4]之戒以作歌。

2. 其一曰："皇祖有训：民可近，不可下。[5]民唯邦本，本
固邦宁。[6]予视天下，愚夫愚妇一能胜予。一人三失，怨岂在明？
不见是图。[7]予临兆民，懔乎若朽索之驭六马；为人上者，奈何
不敬？"

其二曰："训有之：内作色荒，外作禽荒，甘酒嗜音，峻宇雕
墙。有一于此，未或不亡。"[8]

---

① 根据古文《尚书》，文献在此结束。但今文《尚书》把它与另一文献放在了一起，
本卷没有重现这一部分。

② 太康帝在位期为公元前2188年—公元前2160年，他的五位兄弟起来反抗
他。"批评家"从道德观出发不赞同兄弟残杀的思想，用它作为这篇"伪造"
理论的论据。

③ 黄河。

④ 他们的祖父。

⑤ 魏超（204—273）《国语》评注的引语存于《夏书》之中，表明魏知晓这
个文本。在接下来的世纪里，梅赜突然"伪造"之前就已存在，且为人所知。

⑥《淮南子》（约前178—前122）曰："民之于国犹如城基之于城墙。"

⑦《左传》和《国语》中的引文。

⑧《战国策》中禹的言论故事。

其三曰："唯彼陶唐 ①，有此冀方。今失厥道，乱其纪纲。乃底灭亡。"

其四曰："明明我祖，万邦之君。有典有则，贻厥子孙。关石和钧，王府则有。荒坠厥绪，覆宗绝祀。"

其五曰："呜呼曷归？予怀之悲。万姓仇予，予将畴依？郁陶乎予心，颜厚有忸怩。弗慎厥德，虽悔可追？" ②

[《夏书》（三），古文《尚书》]

汤　诰

1. 王 ③归自克夏，至于亳，诞告万方。

2. 王曰："嗟！尔万方有众，明听予一人诰。唯皇上帝降衷于下民。若有恒性 ④，克绥厥猷唯后。

"夏王灭德作威，以敷虐于尔万方百姓。尔万方百姓罹其凶害，弗忍荼毒，并告无辜于上下神祇。天道福善祸淫 ⑤，降灾于夏，以彰厥罪。肆台小子将天命明威，不敢赦。敢用玄牡，敢昭告于上天神后，请罪有夏，聿求元圣，与之戮力，以与尔有众请命。上天孚佑

---

① "陶唐"为尧统治的名号。

② 阎若璩说这些歌中"押韵不够"，这一指控完全不公平。

③ 汤王（前1783—前1754在位），商朝缔造者，此时他刚刚推翻桀（夏朝最后一位王）的统治，回到京城。在本诰中，第一次发现寻求诸王和人民的支持是著名的"天命论"。"天命"即为统治者接受上天之命，为了人民的利益统治他们。反抗的权利与对国君的忠诚这一学说相互矛盾，早期曾使儒派困惑不解，这一理论即为答案。孟子对之作了充分的发挥。

④ 韩非子引用孔子的言论。

⑤ 《左传》和《国语》中有类似的话语。

下民，罪人 ① 黜伏。天命弗僭，贲若草木，兆民允殖。"

3. "俾予一人辑宁尔邦家，兹朕未知获戾于上下，栗栗危惧，若将陨于深渊。凡我造邦，无从匪彝，无即慆淫，各守尔典，以承天休。尔有善，朕弗敢蔽；罪当朕躬，弗敢自赦，唯简在上帝之心。其尔万方有罪，在予一人；予一人有罪，无以尔万方。② 呜呼！尚克时忱，乃亦有终。"

[《商书》(三)，古文《尚书》]

太 甲

太甲中

1. 唯三祀十有二月朔，伊尹 ③ 以冕服奉嗣王归于亳，作书曰："民非后，罔克胥匡以生；后非民，罔以辟四方 ④。皇天眷佑有商，俾嗣王克终厥德，实万世无疆之休！"

2. 王拜手稽首，曰："予小子不明于德，自底不类。欲败度，纵败礼，以速戾于厥躬。天作孽，犹可违；自作孽，不可逭。⑤ 既往背师保之训，弗克于厥初；尚赖匡救之德，图唯厥终。"

3. 伊尹拜手稽首，曰："修厥身，允德协于下，唯明后。先王

---

① 孟子曰，统治者滥用权力，他就是天下公贼。把 "下民" 译为 "inferior people"，为明显误译。

②《论语》《国语》《墨子》和《尚书》中援引的引文。汤诰（今文《尚书》）中没有见到这句话。这种情况，阎若璩认为汤没有讲这句话，但它仍可能是记载在佚失的文本中，不在目前的伪造本里。

③ 伊尹被嗣王的行为激怒，隐居到乡下以示抗议。嗣王悔过，前去见他。

④ 该句是《史记》中对该文献的引文。

⑤ 孟子讲的原话，《礼记》中对该文献的引文。

子惠困穷，民服厥命，罔有不悦。并其有邦，厥邻乃曰：徯我后，后来无罚。

"王懋乃德，视乃厥祖，无时豫怠。奉先思孝，接下思恭。视远唯明，听德唯聪。朕承王之休无斁。"①

太甲下

1. 伊尹申诰于王曰："呜呼！唯天无亲②，克敬唯亲；民罔常怀，怀于有仁；鬼神无常享，享于克诚。天位艰哉！德唯治，否德乱。与治同道，罔不兴；与乱同事，罔不亡。终始慎厥与，唯明明后。先王唯时懋敬厥德，克配上帝③。今王嗣有令绪，尚监兹哉！"

2. "若升高，必自下；若陟遐，必自迩。无轻民事，唯难；无安厥位，唯危。慎终于始！有言逆于汝心，必求诸道；有言逊于汝志，必求诸非道。呜呼！弗虑胡获？弗为胡成？一人元良，万邦以贞。④"

3. "君罔以辩言乱旧政，臣罔以宠利居成功。邦其永孚于休。"

[《商书》(五)，古文《尚书》，此处省略了太甲上]

---

① 中国历史的整个精神表明，只有在明智的谋士和舆论的约束之下，皇帝才不至于滥用权力。没有哪个中国人想到过使用法律的约束（宪法），那跟道德约束截然不同。因此，民主机器的发展从本质上是不同的。中国政治思想的方式已经在《尚书》中得以确立。

②《左传》对《尚书》的援引。

③ 神的常用词"上帝"。

④《礼记》中类似段落。

咸有一德

1. 伊尹既复政厥辟，将告归，乃陈戒于德。

2. 曰："呜呼！天难谌，命靡常①。常厥德，保厥位；厥德匪常，九有以亡。夏王弗克庸德，慢神虐民。皇天弗保，监于万方，启迪有命，眷求一德，俾作神主。唯尹躬暨汤咸有一德，克享天心，受天明命②，以有九有之师，爰革夏正。非天私我有商，唯天佑于一德；非商求于下民，唯民归于一德。德唯一，动罔不吉；德二三，动罔不凶。唯吉凶不僭在人；唯天降灾祥在德！"

3. "今嗣王新服厥命，唯新厥德；终始唯一，时乃日新。任官唯贤才，左右唯其人。臣为上为德，为下为民；其难其慎，唯和唯一。

"德无常师③，主善为师；善无常主，协于克一。俾万姓咸曰：'大哉，王言！'又曰：'一哉，王心！'克绥先王之禄，永底烝民之生。"

4. "呜呼！七世之庙④，可以观德；万夫之长，可以观政。后非民罔使，民非后罔事⑤。无自广以狭人，匹夫匹妇不获自尽，民主罔与成厥功。"

[《商书》（六），古文《尚书》]

①《尚书》其他地方和《诗经》的颂诗里重复了这句话，因为"指派"译为"命"。这种思想是，统治者很容易因滥用职权而失去统治的权力。

②"受天明命"应译作"received the clear mandate of Heaven"。

③《论语》中有类似的话语。

④ 古文《尚书》和今文《尚书》学者之间存在极大不同之处，（五或七个神龛）被拿出来作为王肃伪造该书的证据。

⑤《国语》中援自《夏书》的引文。

说　命

说命上

1. 王①宅忧，亮阴三祀。既免丧，其唯弗言。群臣咸谏于王曰：“呜呼！知之曰明哲，明哲实作则。天子唯君万邦，百官承式，干言唯作命，不言，臣下罔攸禀令。”王庸作书以诰曰：“以台正于四方，唯恐德弗类，兹故弗言。恭默思道，梦帝赉予良弼，其代予言。”乃审厥象，俾以形旁求于天下。说②筑傅岩之野，唯肖。

2. 爰立作相，王置诸其左右。命之曰：“朝夕纳诲，以辅台德！若金，用汝作砺；若济巨川，用汝作舟楫；若岁大旱，用汝作霖雨。启乃心，沃朕心。若药弗瞑眩，厥疾弗瘳；③若跣弗视地，厥足用伤。

“唯暨乃僚，罔不同心以匡乃辟，俾率先王，迪我高后，以康兆民。呜呼！钦予时命，其唯有终！”

3. 说复于王曰：“唯木从绳则正，后从谏则圣。后克圣，臣不命其承，畴敢不祗若王之休命？”

说命中

1. 唯说命总百官，乃进于王曰：“呜呼！明王奉若天道，建邦

---

① 武丁（前1324—前1266），商朝第二十位君王。

② 傅说：商朝最好的宰相之一，也被冠以诗人美名。

③ 被孟子引用。

设都，树后王君公，承以大夫师长，不唯逸豫，唯以乱民①。唯天聪
明，唯圣时宪，唯臣钦若，唯民从乂。唯口起羞，唯②甲胄起戎，
唯衣裳在笥，唯干戈省厥躬，王唯戒兹！允兹克明，乃罔不休。

"唯治乱在庶官。官不及私昵，唯其能；爵罔及恶德，唯其
贤③。虑善以动，动唯厥时。有其善，丧厥善；矜其能，丧厥功。④
唯事事，乃其有备，有备无患。无启宠纳侮，无耻过作非。唯厥攸
居，政事唯醇。黩于祭祀，时谓弗钦。礼烦则乱，事神则难。"

2. 王曰："旨哉，说！乃言唯服。乃不良于言，予罔闻于行。"
说拜稽首，曰："非知之艰，行之维艰⑤。王忱不艰，允协于先王成
德；唯说不言，有厥咎。"

说命下

1. 王曰："来，汝说！台小子旧学于甘盘，既乃遁与荒野，入
宅于河，自河徂亳，暨厥终罔显。尔唯训于朕志，若作酒醴，尔唯
麹糵；若作和羹，尔唯盐梅。⑥尔交修予，罔予弃；予唯克迈乃训。"

说曰："王！人求多闻，时唯建事。学于古训乃有获；事不师
古，以克永世，匪说攸闻。唯学逊志，务时敏，厥修乃来。允怀于
兹，道积于厥躬。唯教学半⑦，念终始典于学，厥德修罔觉。监于先

---

① 墨子也表述了类似的思想，但措辞不同。
② 英译应为 "It is"。
③ 后来，这成为儒家学派的经典信条。
④ 后来成为道家的重要思想，参见《道德经》。
⑤ 亦见于《左传》。现已成为成语。孙中山倡导行动，把它颠倒了过来。
⑥ 参见《说命上》国王所作的类似有趣类比。这句不是从引文来，似乎表明了
其真实性。
⑦ 关于教育的著名谚语，在《列子》关于教育的章节亦可看到。

王成宪，其用无恣。唯说式克钦承，旁招俊乂，列于庶位。"

2. 王曰："呜呼，说！四海之内咸仰朕德，时乃风。股肱唯人，良臣唯圣。昔先正保衡作我先王，乃曰：'予弗克俾厥后唯尧舜，其心愧耻，若挞于市。①'一夫不获，则曰：'时予之辜。'佑我烈祖，格于皇天。尔尚明保予，罔俾阿衡②专美有商。唯后非贤不乂，唯贤非后不食。其尔克绍乃辟于先王，永绥民。"说拜稽首，曰："敢对扬天子之休命！"

　　　　　　　　　　　　　　[《商书》（八），古文《尚书》]

泰　誓

泰誓上

唯十有三年③春，大会于孟津。王曰："嗟！我友邦冢君，越我御事庶士，明听誓。唯天地万物父母④，唯人万物之灵。亶聪明作元后，元后作民父母⑤。今商王受⑥弗敬上天，降灾下民，沉湎冒色，敢行暴虐，罪人以族，官人以世。唯宫室、台榭、陂池、侈服，以残害于尔万姓。焚炙忠良，刳剔孕妇。

---

① 孟子在另一上下文中使用的词语，表示众人面前的耻辱。
② 伊尹（见上文）的字。"专"做"monopolize"解。
③ 公元前1122年，中国历史上最长的朝代周朝（前1122—前256）建立的那年。八百位王国或部落的首领联合起来推翻了邪恶的纣——商朝最后一位王。
④ 比较庄子的文章《大宗师》，其中四位朋友的交谈中表达了同样的思想。
⑤ "家长制"理论的起源。在《尚书》里也有表述，但本书没有收录。
⑥ 纣的另一个名字，即其异体词。

"皇天震怒，命我文考肃将天威，大勋未集。肆予小子发，从尔友邦冢君观政于商，唯受罔有悛心，乃夷居，弗事上帝神祇，遗厥先宗庙弗祀，牺牲粢盛，既于凶盗。乃曰：'吾有民有命！'罔惩其侮。天佑下民，作之君，作之师，唯其克相上帝，宠绥四方。有罪无罪，予曷敢有越厥志？① 同力度德，同德度义。受有臣亿万，唯亿万心；予有臣三千，唯一心。② 商罪贯盈，天命诛之；予弗顺天，厥罪唯钧。予小子夙夜祗惧。受命文考，类于上帝，宜于冢土，以尔有众，厎天之罚。天矜于民，民之所欲，天必从之。③ 尔尚弼予一人，永清四海。时哉，弗可失！"

泰誓中

唯戊午，王次于河朔，群后以师毕会。王乃徇师而誓，曰："呜呼！西土有众，咸听朕言。我闻吉人为善，唯日不足；凶人为不善，亦唯日不足。④ 今商王受力行无度，播弃犁老，昵比罪人，淫酗肆虐。臣下化之，朋家作仇，胁权相灭。无辜吁天，秽德彰闻。唯天惠民，唯辟奉天。有夏桀 ⑤ 弗克若天，流毒下国。天乃佑命成汤，降黜夏命。唯受罪浮于桀，剥丧元良，贼虐谏辅，谓己有天命，谓敬不足行，谓祭无益，谓暴无伤。厥鉴唯不远，在彼夏王。

---

① 孟子引用时，使用几乎完全一样的话语。

②《管子》引用。

③《国语》引用两次，《左传》引用一次。本译文不够好。字面意为"民之所欲，天必从之"或"天从人志"。

④《左传》和《诗经》中有类似话语。

⑤ 夏朝最后一位王，他同样淫荡。这是在提醒商朝人民，他们的第一位统治者也起来反抗暴君。

"天其以予乂民，朕梦协朕卜，袭于休祥，戎商必克。受有亿兆夷人，离心离德；予有乱臣十人，同心同德。[1] 虽有周亲，不如仁人。[2] 天视自我民视，天听自我民听。[3] 百姓有过，在予一人，今朕必往。我武唯扬，侵于之疆，取彼凶残；我伐用张，于汤有光！勖哉夫子！罔或无畏，宁执非敌。百姓懔懔，若崩厥角。呜呼！乃一德一心，立定厥功，唯克永世。"

泰誓下

时厥明[4]，王乃大巡六师，明誓众士。王曰："呜呼！我西土君子。天有显道，厥类唯彰。今商王受狎侮五常，荒怠弗敬，自绝于天，结怨于民。斮断朝涉之胫，剖贤人之心，作威杀戮，毒痡四海。崇信奸回，放黜师保，屏弃典刑，囚奴正士。郊社不修，宗庙不享，作奇技淫巧以悦妇人。上帝弗顺，祝降时丧。尔其孜孜奉予一人，恭行天罚！古人有言曰：'抚我则后，虐我则雠。'[5]独夫受洪唯作威，乃汝世雠。树德务滋，除恶务本。[6]肆予小子诞以尔众士，殄歼乃雠。尔众士其尚迪果毅以登乃辟！功多有厚赏，不迪有显戮。

"呜呼！唯我文考若日月之照临，光于四方，显于西土。唯我

---

① 《左传》和《论语》引用。

② 《论语》和《墨子》引用。

③ 这一最重要的陈述为孟子所引。人民是上天的代表，人民的声音是上天的声音。因此公众舆论的重要性是任何真正统治的基础。参见《中国新闻舆论史》(芝加哥大学出版社)。

④ 实际上是第二个黎明。

⑤ 见《孟子》(第四卷下，第三章第一节)。

⑥ 《左传》中引用的一句谚语。

有周诞受多方。予克受，非予武，唯朕文考无罪；受克予，非朕文考有罪，唯予小子无良。"

[《周书》(一)，古文《尚书》]①

金 縢

1. 既克商二年②，王有疾，弗豫。二公③曰："我其为王穆卜？"周公④曰："未可以戚我先王。"公乃自以为功，为三坛同墠。为坛于南方，北面，周公立焉。植璧秉珪，乃告太王、王季、文王⑤。史乃册祝曰⑥："唯尔元孙某⑦，遘厉疟疾。若尔三王，是有丕子之责于天，以旦代某之身。予仁若考，能多才多艺，能事鬼神。乃元孙不若旦多才多艺，不能事鬼神，乃命于帝庭，敷佑四方。用能定尔子孙于下地，四方之民，罔不祗畏。呜呼！无坠天之降宝命，我先王亦永有依归。今我即命于元龟，尔之许我，我其以璧与

---

① 这是《尚书》中最重要的文献之一，也是最常被人引用的。还有另外一个今文《尚书》，与之完全不同。根据同样确凿的出处，不同的论述说这个文献最初是在今文《尚书》中，也说后来在汉武帝（前140—前87）时期发现，也说公元前73年一位女子在老子的家里发现。（当然存在许多文本，但一定得摈弃焚书坑儒这种奇思乱想。）今文《尚书》已由孙星衍（1753—1818）重新恢复，但质量仍很拙劣，使得对这个文献里所有重要的引用无法解释。正因如此，此处收纳包含著名引文的古文《尚书》。

② 公元前1121年或1120年。

③ 指诏公和聃公。

④ 周公，武王兄弟，孔子认为他确立了周朝的政治体制和礼仪音乐的一般形式。孔子说他经常梦见周公，这意味着孔子梦想重新恢复在他那个时代已经衰败的社会秩序。

⑤ 王的祖先。

⑥ 周公要求替兄去死。

⑦ 字面意为"某某"，代表武王的名字。

珪，归俟尔命，尔不许我，我乃屏蔽璧与珪。"乃卜三龟，一习吉。启籥见书，乃并是吉。公曰："体！王其罔害。予小子新命于三王，唯永终是图。兹攸俟，能念予一人。"公归，乃纳册于金縢之匮中。王翼日乃瘳。

2. 武王既丧，管叔及其群弟乃流言于国，曰："公将不利于孺子。"① 周公乃告二公曰："我之弗辟，我无以告我先王。"周公居东二年，则罪人斯得。于后，公乃为诗以贻王，名之曰《鸱鸮》②，王亦未敢诮公。

秋，大熟，未获，天大雷电以风，禾尽偃，大木斯拔，邦人大恐。王与大夫弁，以启金縢之书，乃得周公所自以为功代武王之说。二公及王乃问诸史与百执事。对曰："信，噫！公命我勿敢言。"王执书以泣，曰："其勿穆卜。昔公勤劳王家，唯予冲人弗及知。今天动威，以彰周公之德，唯朕小子其新逆，我国家礼亦宜之。"

王出郊，天乃雨，反风，禾则尽起。二公命邦人，凡大木所偃，尽起而筑之，岁则大熟。

[《周书》（六），今文《尚书》与古文《尚书》]

召　诰③

1. 唯二月既望，越六日乙未，王④ 朝步自周，则至于丰。唯

---

① 郑王，其叔公被怀疑打算攫取王位。
② 见《诗经》同样名称的诗（本书中"古代诗歌"部分）。
③ 这个文本包括有对"天命"以及其如何从一人之手转到另一人之手的最清晰的表述。"天命论"有许多参阅，对之感兴趣的读者可以读《书经》（东方圣书，第三卷）《周书》的第14、16、18章，也是理雅各翻译的。
④ 周朝第二个君王成王（前1115—前1079），武王之子。

太保①先周公相宅，越若来三月，唯丙午朏。越三日戊申，太保朝至于洛，卜宅。厥既得卜，则经营。越三日庚戌，太保乃以庶殷攻位于洛汭，越五日甲寅，位成。若翼日乙卯，周公朝至于洛，则达观于新邑营。越三日丁巳，用牲于郊，牛二。越翼日戊午，乃社于新邑，牛一、羊一、豕一。越七日甲子，周公乃朝用书，命庶殷②侯、甸、男邦伯。厥既命殷庶，庶殷丕作。太保乃以庶邦冢君出取币，乃复入锡周公，曰："拜手稽首，旅王若公，诰告庶殷越自乃御事。"

2. "呜呼！皇天上帝，改厥元子兹大国殷③之命。唯王受命，无疆唯休，亦无疆唯恤。呜呼！曷其奈何弗敬？天既遐终大邦殷之命，兹殷多先哲王在天，越厥后王后民，兹服厥命。厥终，智藏瘝在。夫知保抱携持厥妇子，以哀吁天，徂厥亡，出执。呜呼！天亦哀于四方民，其眷命用懋，王其疾敬德。相古先民有夏，天迪从子保，面稽天若，今时既坠厥命。④今相有殷，天迪格保，面稽天若，今时既坠厥命。今冲子嗣，则无遗寿考，曰其稽我古人之德，矧曰其有能稽谋自天。呜呼！有王虽小，元子哉，其丕能诚于小民，今休。王不敢后，用顾畏于民碞。王来绍上帝，自服于土中。旦曰：'其作大邑，其自时配皇天，毖祀于上下，其自时中乂。'王厥有成命治民。今休，王先服殷御事，比介于我有周御事，节性，唯日其迈。王敬作所，不可不敬德。

"我不可不监于有夏，亦不可不监于有殷。我不敢知曰：有夏

---

① 召公。

② 新都洛（靠近现在洛阳）非常接近被征服的殷（或商）人的地区。

③ 或商。

④ 天命的改变成为朝代变迁的约定俗成的解释。现代汉语中，"革命"一词意为"改变命令"。

服天命，唯有历年；我不敢知曰：不其延。唯不敬厥德，乃早坠厥命。我不敢知曰：有殷受天命，唯有历年；我不敢知曰：不其延。唯不敬厥德，乃早坠厥命。今王嗣受厥命，我亦唯兹二国命，嗣若功。王乃初服。

"呜呼！若生子，罔不在厥初生，自贻哲命。今天其命哲，命吉凶，命历年。知今我初服，宅新邑，肆唯王其疾敬德。王其德之用，祈天永命。其唯王勿以小民淫用非彝。亦敢殄戮用乂民，若有功。其唯王位在德元，小民乃唯刑用于天下，越王显。① 上下勤恤，其曰：'我受天命，丕若有夏历年，式勿替有殷历年。'欲王以小民，受天永命。"

3. 拜手稽首曰："予小臣敢以王之雠民百君子，越友民，保受王威命明德，王末有成命，王亦显。我非敢勤，唯恭奉币，用供王能祈天永命。"②

[《周书》(十二)，今文《尚书》与古文《尚书》]

秦 誓③

做此秦誓时，正值秦国是最强大的王国之一，已经显示出来将要发达的迹象。最后，一位王公推翻了周朝，结束了封建中国的统治。

公元前631年，秦晋联合起来围攻郑京城，还威胁说要灭

---

① 此处，我们可以看到孔子通过道德范例为政思想的来源。

② 注意到存在怀有敌意的被征服国家，看到周朝是怎样统治和团结中国几乎长达九百年，因而能够在整个中国打上其文化的烙印，这会非常有趣。

③ 这是《尚书》的最后一部文献，把该书带到了公元前628年。

亡之。但秦国国君却突然撤军，使三位大将与郑国皇宫保持友好关系，约好保护之不受侵犯。这些人充当着秦国的探子。公元前629年，他们传来口信说秦人负责一个城门，如果派兵前来奇袭，郑国可能为秦国所有。历史上的穆公就把这件事告诉了他的谋士们。其中两位最有经验的谋士反对利用这个设计好的诡计，但穆公却听从了野心勃勃之辈的怂恿。第二年，他派了一支大军，由三位最能干的大将率领，希望郑国毫无防备，不加抵抗。但这一尝试失败了。军队在返回秦国的途中遭到晋国军队的袭击，遭受了可怕的失败，几乎全军覆没，三位大将被俘。

晋国国君本来打算把这些俘虏杀掉，但最后还是把他们放回了秦国，想着穆公可能因这些人战败而把他们作为祭祀品，但穆公却没有这样做。他在京城迎接这些受辱的将士，对他们加以抚慰，说战败的罪过在于他本人，因为他不听明智谋士的忠言。据说，他又在此做秦誓，提到了好宰相和坏宰相以及听从他们的不同话题，哀叹自己如何愚蠢地拒绝了年长谋士的建议，而听了新人的话。他永远不会再做这样的事。

公曰："嗟！我士，听无哗。予誓告汝群言之首。古人有言曰：'民讫自若是多盘，责人斯无难，唯受责俾如流，是维艰哉。'我心之忧，日月逾迈，若弗云来。唯古之谋人，则曰未就予忌；唯今之谋人姑将以为亲。虽则云然，尚猷询兹黄发，则罔所愆。番番良士，旅力既愆，我尚有之。仡仡勇夫，射御不违，我尚不欲。唯截截善谝言，俾君子易辞，我皇多有。昧昧我思之，如有一介臣，断断猗无他技，其心休休焉，其如有容。人之有技，若己有之；人之彦圣，其心好之，不啻如自其口出。是能容之，以保我子孙黎民，亦职有利哉！人之有技，冒疾以恶之；人之彦圣，而违之俾不达，是不能容，以不能保我子孙黎民，亦曰殆哉！邦之杌陧，曰由一人。邦之荣怀，亦尚一人之庆。"

[《周书》（三十），今文《尚书》和古文《尚书》]

民主哲学家孟子

序　言

　　孟子生活在公元前 372 年—公元前 289 年，因而与生活在公元前 427 年—公元前 347 年的柏拉图和生活在公元前 386 年—公元前 322 年的亚里士多德是同时代人。孟子的诞辰年月与孔子的卒年（公元前 479 年）相隔 107 年，他比生活在公元前 315 年—公元前 235 年的荀子约长一代人的时间，就像柏拉图比亚里士多德年长的岁月一样。在发展唯心主义思潮方面，孟子与孔子的地位关系就像柏拉图与苏格拉底的关系一样，但在某种意义上，荀子与亚里士多德在哲学现实主义方面有着相似之处。这种类比一定不会牵强附会。孟子和荀子之间的主要区别是，孟子相信人性的内在善，而荀子则相信其恶。结果，荀子相信教养和约束，而孟子认为教养在于寻求和恢复人身上的原善，"大人者，不失赤子之心者也"。他试图证明怜悯感和做正义之事的愿望是天生就有的，就跟我们本能地冲上前去拯救一个朝水井爬的孩子一样。人类行为中的邪恶就像木匠的斧头和吃草的牛把山剥光一样，而山的本性则是郁郁葱葱。尽管这种原善可能会萌发出来，也可能会被阻碍，但跟善人一样，每个人身上都有这种善。"人皆可为尧舜"，"圣人，与我同类者"。他讲得最好一句话是，"恻隐之心，人皆有之；羞恶之心，人皆有之；恭敬之心，人皆有之；是非之心，人皆有之"。他相信人身上的人性与兽性之间的区别，人性在于怜悯感、是非感等。"无恻隐之心，非人也。"他也承认人与动物的区别"甚微"，但他说人身上有大我和小我，而且"养其小者为小人，养其大者为大人"。

因此，孟子身上带有高度的理想主义，当我们说到人身上的"浩然之气"时，他的概括非常优美，习惯早起的人都非常熟悉这种现象。如何在一天之中保有黎明时分的那种架势或精神，如何在人的一生中保持孩童时期的温暖善良心肠，这是个道德问题。

孟子的思想对于民主原则的明确贡献如下。首先，人是平等的。"圣人，与我同类者。"（第六卷上，第七章第三节）。其二，在国家的三种成分中，"民为贵……君为轻。"（第七卷下，第十四章第一节）。其三，作出升迁和惩罚决定时，不能根据诸大夫怎么说，而要根据国人怎么讲（第一卷下，第七章第四—第五节）。其四，政府必须为了人民的利益，国王必须与其臣民同乐（第一卷上）。其五，君与民的关系是相互的。"君之视臣如手足，则臣视君如腹心；君之视臣如犬马，则臣视君如国人；君之视臣如土芥，则臣视君如寇仇。"（第四卷下，第三章第一节）。其六，因此，反抗的权利是正当的。当汤反抗暴君桀的权利受到置疑时，他回应说暴君是天下公贼。（第一卷下，第八章第三节）。最后，孟子经常详细阐述《尚书》中的这一思想：帝王受"天命"治理国家，他施行暴政，就会丧失天命。最终获得统治只是因为民受之（第五卷上，第五章第一节—第八节）。

孟子从他的普遍理想主义出发，阐发了"仁政"论，这一理论成为中国政治哲学的基石。他还阐发了"王道"和"独裁道"——赢得民心的政府和动用武力的政府之间的尖锐区别。顺便提一下，日本人就声称力图在满洲建立起来"王道"。他的"家长制"思想并非独创，在中国传统中已经非常盛行，《尚书》里就可以看到这一点。孟子的重要性来自他产生的广泛影响，在中国人的心目中，他的地位仅次于孔子，他的书籍是中国小学里的必读书目，所有中国小学生都要铭记在心。因此，"仁政"理论成为中国学者奉行的理想，就像民主是西方民主派奉行的理想一样。显然，在一个衰败王朝时代，这一理想并没实现。在孟子所处的时代，高税、战争、征兵和干扰农民培育土地，太显而易见了，为他把仁政作为确定无疑的成功疗救法提供了现实背景。然而，这一理论总被尊奉为一种理想，对和平时代的中国政府的特性产生了深远的影响。事实上，中国历史哲学在下面的事实上非常明确，即一个王朝统治时间的长短与王朝开始时的"仁政"类型成正比。

这里，我采用的是理雅各 1874 年的修订译本，除了纠正他的专有名词的粤语拼写之外，其他地方没作改动。令我颇觉遗憾的是，理雅各的译文太过于直译，不太易读。他的方法是每个字都译出来，就连两个字合起来构成一个新意义时也是这样处理。我们看到难读的译文时，肯定都是学术性文章，这恐怕已成为一条普遍规律。因此，拿目前战争中中国人常引用的一个句子来说，"天时不如地利，地利不如人和。"理雅各是这样翻译的："Opportunities of time（Vouchsafed by）Heaven are not equal to advantages of situation（afforded by）the Earth，and advantages of situation（afforded by）the Earth are not equal to（the union arising from）the accord of Men."这是直译，但孟子的原话简洁多了，只用十二个中文字，"天时不如地利，地利不如人和。"这居然是直译，因为在中文里，"sky times"或更糟的翻译"Heaven opportunities of time"确定无疑的意思是"天气"，而不是别的什么东西。就连孟子这样的重要著作，到现在还没有很好的译作。我也还没机会重新翻译，但在所有这些重要段落中，我已经指明译文可能改进之处。用"As when with a commiserating mind was practiced a commiserating government"翻译"establishing a government of mercy with a heart of mercy"之意义，简直是糟蹋了原文。《孟子》一书中曾经激励中国小学生灵魂的那种铿锵有力的滔滔不绝和漂亮的理想主义不见了。我说这些话，并非贬低理雅各。理雅各一个人单枪匹马把所有重要的中文古典书籍翻译成了英文，他对中国所作的贡献难以估量。这是一份有良知的学术工作，在许多方面都做得非常称职。我这样说是要指出一个更为重要的事实，即对中文经典和文学的翻译这一重要工作刚刚开始，理雅各是在几乎一个世纪之前做了这样的工作，在把中文神圣文本介绍给西方这一方面，中国学者并不甚积极。理雅各是在他第一次译《孟子》之后的二十年才动手翻译的《尚书》，因而译得就好多了。在我的《孔子的智慧》第十一章可以看到孟子最重要的第六卷（上）的全新翻译。

　　我保留了理雅各的章节编号，以便查阅。但应该说明的是，下文只是从《孟子》一书选取的文章。

《孟子》

理雅各　英译

第一卷　上

第一章

1. 孟子见梁惠王。

2. 王曰："叟！不远千里而来，亦将有以利吾国乎？"

3. 孟子对曰："王何必曰利？亦有仁义 [①] 而已矣。

4. "王曰'何以利吾国'？大夫曰'何以利吾家'？士庶人曰'何以利吾身'？上下交征利而国危矣。万乘之国，弑其君者，必千乘之家；千乘之国，弑其君者，必百乘之家。万取千焉，千取百焉，不为不多矣。苟为后义而先利，不夺不餍。

5. "未有仁而遗其亲者也，未有义而后其君者也。

6. "王亦曰仁义而已矣，何必曰利？"

第二章

1. 孟子见梁惠王。王立于沼上，顾鸿、雁、麋、鹿，曰："贤者亦乐此乎？"

2. 孟子对曰："贤者而后乐此，不贤者虽有此，不乐也。"

---

① 译为"love"（爱）和"justice"（正义）可能更好。上面是理雅各的译文，在《庄子》里，翟理思译为"charity"（慈善）和"duty"（责任）。

3. "《诗》云：'经始灵台，经之营之；庶民攻之，不日成之。经始勿亟，庶民子来。王在灵囿，麀鹿攸伏；麀鹿濯濯，白鸟鹤鹤。王在灵沼，于牣鱼跃。'

"文王以民力为台为沼，而民欢乐之，谓其台曰'灵台'，谓其沼曰'灵沼'，乐其有麋鹿鱼鳖。古之人与民偕乐，故能乐也。

4. "《汤誓》曰：'时日害丧，予及女偕亡。'民欲与之偕亡，虽有台池鸟兽，岂能独乐哉？"

第三章

1. 梁惠王曰："寡人之于国也，尽心焉耳矣。河内凶，则移其民于河东，移其粟于河内。河东凶亦然。察邻国之政，无如寡人之用心者。邻国之民不加少，寡人之民不加多，何也？"

2. 孟子对曰："王好战，请以战喻：填然鼓之，兵刃既接，弃甲曳兵而走。或百步而后止，或五十步而后止。以五十步笑百步，则何如？"曰："不可。直不百步耳，是亦走也。"曰："王如知此，则无望民之多于邻国也。

3. "不违农时，谷不可胜食也；数罟不入洿池，鱼鳖不可胜食也；斧斤以时入山林，材木不可胜用也。谷与鱼鳖不可胜食，材木不可胜用，是使民养生丧死无憾也。养生丧死无憾，王道之始也。

4. "五亩之宅，树之以桑，五十者可以衣帛矣。鸡豚狗彘之畜，无失其时，七十者可以食肉①矣。百亩之田，勿夺其时，数口之家可以无饥矣。谨庠序之教，申之以孝悌之义，颁白者不负戴于道路矣。七十者衣帛食肉，黎民不饥不寒，然而不王者，未之有也。

---

① 英译应为"meat"（肉），而不应为"flesh"（人肉）。

5. "狗彘食人食而不知检，涂有饿莩而不知发；人死，则曰'非我也，岁也'。是何异于刺人而杀之，曰'非我也，兵也'。王无罪岁①，斯天下之民至焉。"

第四章

1. 梁惠王曰："寡人愿安承教。"

2. 孟子对曰："杀人以梃与刃，有以异乎？"曰："无以异也。"

3. "以刃与政，有以异乎？"曰："无以异也。"

4. 曰："庖有肥肉，厩有肥马；民有饥色，野有饿莩，此率兽而食人也。

5. "兽相食，且人恶之；为民父母，行政，不免于率兽而食人，恶在其为民父母也！

6. "仲尼②曰：'始作俑者，其无后乎！'为其像人而用之也。如之何其使斯民饥而死也？"

第五章

1. 梁惠王曰："晋国，天下莫强焉，叟之所知也。及寡人之身，东败于齐，长子死焉；西丧地于秦七百里；南辱于楚。寡人耻之，愿比死者壹洒之，如之何则可？"

2. 孟子对曰："地方百里而可以王。

3. "王如施仁政于民，省刑罚，薄税敛，深耕易耨；壮者以暇日修其孝悌忠信，入以事其父兄，出以事其长上，可使制梃以挞秦

---

① 收成不好的年岁。

② 孔子的字。

楚之坚甲利兵矣。

4．"彼夺其民时，使不得耕耨以养其父母。父母冻饿，兄弟妻子离散。

5．"彼陷溺其民，王往而征之，夫谁与王敌？

6．"故曰：'仁者无敌。'王请勿疑！"

第六章

1．孟子见梁襄王。

2．出，语人曰："望之不似人君，就之而不见所畏焉。卒然问曰：'天下恶乎定？'

2．"吾对曰：'定于一。'

3．"'孰能一之？'

4．"对曰：'不嗜杀人者能一之。'

5．"'孰能与之？'

6．"对曰：'天下莫不与也。王知夫苗乎？七八月之间旱，则苗槁矣。天油然作云，沛然下雨，则苗浡然兴之矣。其如是，孰能御之？今夫天下之人牧，未有不嗜杀人者也。如有不嗜杀人者，则天下之民皆引领而望之矣。诚如是也，民归之，由水之就下，沛然谁能御之？'"

第七章

1．齐宣王问曰："齐桓、晋文之事可得闻乎？"

2．孟子对曰："仲尼之徒无道桓、文之事者，是以后世无传焉，臣未之闻也。无以，则王乎？"

3. （王）曰："德何如则可以王矣?"（孟子）曰："保民而王，莫之能御也。"

4. （王）曰："若寡人者，可以保民乎哉?"曰："可。"曰："何由知吾可也?"（孟子）曰："臣闻之胡龁曰，王坐于堂上，有牵牛而过堂下者。王见之，曰:'牛何之?'对曰:'将以衅钟。'王曰:'舍之! 吾不忍其觳觫，若无罪而就死地。'对曰:'然则废衅钟与?'曰:'何可废也? 以羊易之!'不识有诸?"

5. （王）曰："有之。"（孟子）曰："是心足以王矣。百姓皆以王为爱也，臣固知王之不忍也。"

6. 王曰："然，诚有百姓者。齐国虽褊小，吾何爱一牛? 即不忍其觳觫，若无罪而就死地，故以羊易之也。"

7. 曰："王无异于百姓之以王为爱也。以小易大，彼恶知之? 王若隐其无罪而就死地，则牛羊何择焉?"王笑曰："是诚何心哉? 我非爱其财而易之以羊也。宜乎百姓之谓我爱也。"

8. （孟子）曰："无伤也，是乃仁术也，见牛未见羊也。君子之于禽兽也，见其生，不忍见其死;闻其声，不忍食其肉。是以君子远庖厨也。"

9. 王说曰："《诗》① 云:'他人有心，予忖度之。'夫之之谓也。夫我乃行之，反而求之，不得吾心。夫子言之，于我心有戚戚焉。此心之所以合于王者，何也?"

10. （孟子）曰："有复于王者曰:'吾力足以举百钧，而不足以举一羽;明足以察秋毫之末，而不见舆薪。'则王许之乎?"（王）曰："否。"（孟子）"今恩足以及禽兽，而功不至于百姓者，独何与? 然则一羽之不举，为不用力焉;舆薪之不见，为不用明焉;百

---

① 《诗经》。

姓之不见保,为不用恩焉。故王之不王,不为也,非不能也。"

11.(王)曰:"不为者与不能者之形何以异?"(孟子)曰:"挟太山以超北海,语人曰'我不能',是诚不能也;为长者折枝,语人曰'我不能',是不为也,非不能也。故王之不王,非挟太山以超北海之类也;王之不王,是折枝之类也。

12."老吾老,以及人之老;幼吾幼,以及人之幼。天下可运于掌。《诗》云:'刑于寡妻,至于兄弟,以御于家邦。'

"言举斯心加诸彼而已。故推恩足以保四海,不推恩无以保妻子。古之人所以大过人者,无他焉,善推其所为而已矣。今恩足以及禽兽,而功不至于百姓者,独何与?

13."权,然后知轻重;度,然后知长短。物皆然,心为甚。王请度之!

14."抑王兴甲兵,危士臣,构怨于诸侯,然后快于心与?"

15.王曰:"否,吾何快于是,将以求吾所大欲也。"

16.(孟子)曰:"王之所大欲可得闻与?"王笑而不言。(孟子)曰:"为肥甘不足于口与?轻暖不足于体与?抑为采色不足视于目与?声音不足听于耳与?便嬖不足使令于前与?王之诸臣皆足以供之,而王岂为是哉?"(王)曰:"否,吾不为是也。"(孟子)曰:"然则王之所大欲可知已。欲辟土地,朝秦楚,莅中国而抚四夷也。以若所为求若所欲,犹缘木而求鱼也。"

17.(王)曰:"若是其甚与?"孟子曰:"殆有甚焉。缘木求鱼,虽不得鱼,无后灾;以若所为求若所欲,尽心力而为之,后必有灾。"王曰:"可得闻与?"(孟子)曰:"邹人与楚人战,则王以为孰胜?"曰:"楚人胜。"(孟子)曰:"然则小固不可以敌大,寡固不可以敌众,弱固不可以敌强。海内之地方千里者九,齐集有其一。以一服八,何以异于邹敌楚哉?盖亦反其本矣。

18. "今王发政施仁，使天下仕者皆欲立于王之朝，耕者皆欲耕于王之野，商贾皆欲藏于王之市，行旅皆欲出于王之涂，天下之欲疾其君者皆欲赴愬于王：其若是，孰能御之？"

19. 王曰："吾惛，不能进于是矣。愿夫子辅吾志，明以教我。我虽不敏，请尝试之。"

20. （孟子）曰："无恒产^①而有恒心者，唯士为能；若民，则无恒产，因无恒心。苟无恒心，放辟邪侈，无不为已。及陷于罪，然后从而刑之，是罔民也。焉有仁人在位罔民而可为也？

21. "是故明君制民之产，必使仰足以事父母，俯足以畜妻子，乐岁终身饱，凶年免于死亡；然后驱而之善，故民之从之也轻。

22. "今也制民之产，仰不足以事父母，俯不足以畜妻子；乐岁终身苦，凶年不免于死亡。此惟救死而恐不赡，奚暇治礼义哉？

23. "王欲行之，则盍反其本矣。

24. "五亩^②之宅，树之以桑，五十者可以衣帛矣。鸡豚狗彘之畜，无失其时，七十者可以食肉矣。百亩之田，勿夺其时，八口之家可以无饥矣。谨庠序之教，申之以孝悌之义，颁白者不负戴于道路矣。老者衣帛食肉，黎民不饥不寒，然而不王者，未之有也。"

第一卷　下

第一章

1. 庄暴见孟子，曰："暴见于王，王语暴以好乐，暴未有以对

---

① 产：财产，与下文段落同。
② 实际为"畮"，现代的"亩"是英译"acre"（英亩）的六分之一。

也。"曰："好乐何如？"孟子曰："王之好乐甚，则齐国其庶几乎！"

2. 他日，见于王曰："王尝语庄子以好乐，有诸？"王变乎色，曰："寡人非能好先王之乐也，直好世俗之乐耳。"

3.（孟子）曰："王之好乐甚，则齐其庶几乎！今之乐由古之乐也。"

4.（王）曰："可得闻与？"（孟子）曰："独乐乐，与人乐乐，孰乐？"（王）曰："不若与人。"（孟子）曰："与少乐乐，与众乐乐，孰乐？"（王）曰："不若与众。"

5.（孟子）"臣请为王言乐。

6. "今王鼓乐于此，百姓闻王钟鼓之声，管籥之音，举疾首蹙頞而相告曰：'吾王之好鼓乐，夫何使我至于此极也？父子不相见，兄弟妻子离散。'今王田猎于此，百姓闻王车马之音，见羽旄之美，举疾首蹙頞而相告曰：'吾王之好田猎，夫何使我至于此极也？父子不相见，兄弟妻子离散。'此无他，不与民同乐也。

7. "今王鼓乐于此，百姓闻王钟鼓之声，管籥之音，举欣欣然有喜色而相告曰：'吾王庶几无疾病与，何以能鼓乐也？'今王田猎于此，百姓闻王车马之音，见羽旄之美，举欣欣然有喜色而相告曰：'吾王庶几无疾病与，何以能田猎也？'此无他，与民同乐也。

8. "今王与百姓同乐，则王矣。"

第二章

1. 齐宣王问曰："文王之囿方七十里，有诸？"孟子对曰："于传有之。"

2.（王）曰："若是其大乎？"（孟子）曰："民犹以为小也。"

（王）曰："寡人之囿方四十里，民犹以为大，何也？"（孟子）曰："文王之囿方七十里，刍荛者往焉，雉兔者往焉，与民同之。民以为小，不亦宜乎？

3. "臣始至于境，问国之大禁，然后敢入。臣闻郊关之内有囿方四十里，杀其麋鹿者如杀人之罪，则是方四十里为阱于国中。民以为大，不亦宜乎？"

第七章

1. 孟子见齐宣王，曰："所谓'故国者'，非谓有乔木之谓也，有世臣之谓也。王无亲臣矣，昔者所进，今日不知其亡也。"

2. 王曰："吾何以识其不才而舍之？"

3. 曰："国君进贤，如不得已，将使卑逾尊，疏逾戚，可不慎与？

4. "左右皆曰贤，未可也；诸大夫皆曰贤，未可也；国人皆曰贤，然后察之。见贤焉，然后用之。左右皆曰不可，勿听；诸大夫皆曰不可，勿听；国人皆曰不可，然后察之。见不可焉，然后去之。

5. "左右皆曰可杀，勿听；诸大夫皆曰可杀，勿听；国人皆曰可杀，然后察之。见可杀焉，然后杀之。故曰，国人杀之也。

6. "如此，然后可以为民父母。"

第八章

1. 齐宣王问曰："汤放桀，武王伐纣，有诸？"孟子对曰："于传有之。"

2. 曰："臣弑其君，可乎？"

3. 曰："贼仁者谓之'贼'①，贼义者谓之'残'。残贼之人谓之'一夫'。闻诛一夫纣②矣，未闻弑君也。"

第十章

1. 齐人伐燕，胜之。

2. 宣王问曰："或谓寡人勿取，或谓寡人取之。以万乘之国伐万乘之国，五旬而举之，人力不至于此。不取，必有天殃。取之，何如？"

3. 孟子对曰："取之而燕民悦，则取之。古之人有行之者，武王是也。取之而燕民不悦，则勿取。古之人有行之者，文王是也。

4. "以万乘之国伐万乘之国，箪食壶浆以迎王师，岂有他哉？避水火③也。如水益深，如火益热，亦运而已矣。"

第十一章

1. 齐人伐燕，取之。诸侯将谋救燕。宣王曰："诸侯多谋伐寡人者，何以待之？"孟子对曰："臣闻七十里为政于天下者，汤是也。未闻以千里畏人者也。

2. "《书》曰：'汤一征，自葛始。'天下信之，东面而征，西夷怨；南面而征，北狄怨，曰：'奚为后我？'民望之，若大旱之望云霓也。归市者不止，耕者不变，诛其君而吊其民，若时雨降。民大悦。《书》曰：'徯我后，后来其苏。'

---

① tsei 应做"贼"解。
② 商朝最后一位王。
③ "陷入深水之中"，即困境。

3. "今燕虐其民，王往而征之，民以为将拯己于水火之中也，箪食壶浆以迎王师。若杀其父兄，系累其子弟，毁其宗庙，迁其重器，如之何其可也？天下固畏齐之强也，今又倍地而不行仁政，是动天下之兵也。

4. "王速出令，反其旄倪，止其重器，谋于燕众，置君而后去之，则犹可及止也。"

第十二章

1. 邹与鲁哄。穆公问曰："吾有司死者三十三人，而民莫之死也。诛之，则不可胜诛；不诛，则疾视其长上之死而不救。如之何则可也？"

2. 孟子对曰："凶年饥岁，君之民老弱转乎沟壑，壮者散而之四方者，几千人矣；而君之仓廪实，府库充，有司莫以告：是上慢而残下也。曾子曰：'戒之戒之！出乎尔者，反乎尔者也。'夫民今而后得反之也，君无尤焉。

3. "君行仁政，斯民亲其上、死其长矣。"

第二卷　上

第六章

1. 孟子曰："人皆有不忍人之心。①

————————

① 更简洁些："有恻隐之心"。以下同。

2."先王有不忍人之心，斯有不忍人之政①矣。以不忍人之心，行不忍人之政，治天下可运之掌上。

3."所以谓人皆有不忍人之心者，今人乍见孺子将入于井，皆有怵惕恻隐之心，非所以内交于孺子之父母也，非所以要誉于乡党朋友也，非恶其声而然也。②

4."由是观之，无恻隐之心，非人也；无羞恶之心，非人也；无辞让之心，非人也；无是非之心，非人也。③

5."恻隐之心，仁之端也；羞恶之心，义之端也；辞让之心，礼之端也；是非之心，智之端也。

6."人之有是四端也，犹其有四体也。有是四端而自谓不能者，自贼④者也；谓其君不能者，贼其君者也。

7."凡有四端于我者，知皆扩而充之矣，若火之始然，泉之始达。苟能充之，足以保四海；苟不充之，不足以事父母。"

第二卷　下

第一章

1. 孟子曰："天时不如地利，地利不如人和。⑤

---

① 更简洁些："恻隐之治"。

② 基于孟子"人性善"的思想。

③ 应译为 "He who has not a heart of mercy is not a man; who has not a sense of shame is not a man; who has not a sense of courtesy and consideration for others is not a man; who is without a sense of right and wrong is not a man"。下面一段也应作类似替换。

④ 实为"伤害"。

⑤ 孟子的原话比英译更简短，接下来两段同样替换下来会更为明确。

2. "三里之城，七里之郭，环而攻之而不胜。夫环而攻之，必有得天时者也；然而不胜者，是天时不如地利也。

3. "城非不高也，池非不深也，兵革非不坚利也，米粟非不多也；委而去之，是地利不如人和也。

4. "故曰：'域民不以封疆之界，固国不以山溪之险，威天下不以兵革之利。'得道①者多助，失道者寡助。寡助之至，亲戚畔之；多助之至，天下顺之。

5. "以天下之所顺，攻亲戚之所畔；故君子有不战，战必胜矣。"

第三卷　上

第三章

13. （滕文公）使毕战问井地②。孟子曰："子之君将行仁政，选择而使子，子必勉之！夫仁政，必自经界始。经界不正，井地不均，谷禄不平，是故暴君污吏必慢其经界。经界既正，分田制禄可坐而定也。

14. "夫滕，壤地褊小，将为君子焉，将为野人焉。无君子，莫治野人；无野人，莫养君子。

15. "请野九一而助，国中什一使自赋。③

---

① 道：真正的教义。

② 古代共有土地制，把一块地分成九方，中间一块是公田。

③ 应译为"In the confines of the city（where land can not be divided into nine squares）to levy a title calculated by the tax-payers"。

16. "卿以下必有圭田①，圭田五十亩。

17. "余夫二十五亩。

18. "死徒无出乡，乡田同井，出入相友，守望相助，疾病相扶持，则百姓亲睦。

19. "方里而井，井九百亩，其中为公田。八家皆私百亩②，同养公田；公事毕，然后敢治私事，所以别野人也。

20. "此其大略也。若夫润泽之，则在君与子矣。"

第三卷　下

第八章

1. 戴盈之曰："什一，去关市之征，今兹未能，请轻之，以待来年，然后已，何如？"

2. 孟子曰："今有人日攘其邻之鸡者，或告之曰：'是非君子之道。'曰：'请损之，月攘一鸡，以待来年，然后已。'

3. "如知其非义，斯速已矣，何待来年？"

第十章

1. 匡章（谓孟子）曰："陈仲子岂不诚廉士哉？居於陵三日不食，耳无闻，目无见也。井上有李，螬食实者过半矣，匍匐往，将食之；三咽，然后耳有闻，目有见。"

---

① 为了祭祀。
② 实为"亩"，即"acre"（英亩）的六分之一。

2. 孟子曰："于齐国之士，吾必以仲子为巨擘焉。虽然，仲子恶能廉？充仲子之操，则蚓而后可者也。"

3. "夫蚓，上食槁壤，下饮黄泉。仲子所居之室，伯夷之所筑与？抑亦盗跖之所筑与？所食之粟，伯夷之所树与？抑亦盗跖之所树与？是未可知也。"

4.（章）曰："是何伤哉？彼身织屦，妻辟纑，以易之也。"

5.（孟子）曰："仲子，齐之世家也；兄戴，盖禄万钟。以兄之禄为不义之禄而不食也，以兄之室为不义之室而不居也，辟兄离母，处于於陵。他日归，则有馈其兄生鹅者，己频蹙曰：'恶用是鶃鶃者为哉？'他日，其母杀是鹅也，与之食之。其兄自外至，曰：'是鶃鶃之肉也！'出而哇之。

6. "以母则不食，以妻则食之；以史之室则弗居，以於陵则居之。是尚为能充其类也乎？若仲子者，蚓而后充其操者也。"

第四卷　上

第七章

1. 孟子曰："天下有道，小德役大德，小贤役大贤；天下无道，小役大，弱役强。[1]斯二者，天也。顺天者存，逆天者亡。"

---

[1] 更精确清楚的英译为："When the right teachings prevail, the moral inferior serve the moral superior, and the mental inferior serve the mental superior. When the right teachings do not prevail, the small serve the big and the weak serve the strong"。

第八章

4."夫人必自侮，然后人侮之；家必自毁，而后人毁之；国必自伐，而后人伐之。

5.《太甲》曰：'天作孽，犹可违；自作孽，不可活。'"

第九章

1. 孟子曰："桀纣①之失天下也，失其民也；失其民者，失其心也。得②天下有道：得其民，斯得天下矣。得其民有道：得其心，斯得民矣。得其心有道：所欲与之聚之，所恶勿施尔也。

2."民之归仁也，犹水之就下、兽之走圹也。

3."故为渊驱鱼者，獭也；为丛驱雀者，鹯也；为汤、武驱民者，桀与纣也。

4."今天下之君有好仁者，则诸侯皆为之驱也。虽欲无王，不可得已。"

第十四章

1. 孟子曰："求也为季氏宰，无能改于其德，而赋粟倍他日。孔子曰：'求非我徒也，小子鸣鼓而攻之可也！'

2."由此观之：君不行仁政而富之，皆弃于孔子者也，况于为之强战？争地以战，杀人盈野；争城以战，杀人盈城，此所谓'率

---

① 指暴君纣，而非周朝。

② 全文"赢"的替代词，读起来更顺口。

土地而食人肉'①，罪不容于死。

3．"故善战者服上刑②，连诸侯者次之，辟草莱、任土地者次之。"

第四卷　下

第三章

1．孟子告齐宣王曰："君之视臣如手足，则臣视君如腹心；君之视臣如犬马，则臣视君如国人③；君之视臣如土芥④，则臣视君如寇仇。"

第八章

孟子曰："人有不为也，而后可以有为。"⑤

第十二章

孟子曰："大人者，不失其赤子之心⑥者也。"

---

① 孟子原话比英译更简短。字面意为"为了土地而战，死者遍及乡野；为了城市而战，死者遍及城市，这是土地吞食人肉"。

② 更简单为"The best fighters should receive the supreme punishment"。

③ "普通人"。

④ "土"。

⑤ "要做大事，必先不做某些事。"

⑥ 孩童（纯真）之心。

第三十三章

1. 齐人有一妻一妾而处室者。其良人出，则必餍酒肉而后反。其妻问所与饮食者，则尽富贵也。其妻告其妾曰："良人出，则必餍酒肉而后反；问其与饮食者，尽富贵也，而未尝有显者来，吾将瞷良人之所之也。"蚤起，施从良人之所之，遍国中无与立谈者。卒之东郭墦间，之祭者，乞其余；不足，又顾而之他——此其为餍足之道也。其妻归，告其妾，曰："良人者，所仰望而终身也①，今若此。"与其妾讪其良人，而相泣于中庭，而良人未之知也，施施从外来，骄其妻妾。

2. 由君子观之，则人之所以求富贵利达者，其妻妾不羞也而不相泣者，几希矣。

第五卷 上

第五章

1. 万章曰："尧以天下与舜，有诸？"孟子曰："否。天子不能以天下与人。"

2. "然则舜有天下也，孰与之？"对曰："天与之。"

3. "天与之者，谆谆然命之乎？"

4. （孟子）曰："否。天不言，以行与事示之而已矣。"

5. 曰："以行与事示之者，如之何？"（孟子）曰："天子能荐

---

① "丈夫为妻子指靠养活之人。"

人于天，不能使天与之天下；诸侯能荐人于天子，不能使天子与之诸侯；大夫能荐人于诸侯，不能使诸侯与之大夫。昔者，尧荐舜于天，而天受之；暴之于民，而民受之。故曰：天不言，以行与事示之而已矣。"

6. （章）曰："敢问荐之于天，而天受之；暴之于民，而民受之，如何？"曰："使之主祭，而百神享之，是天受之；使之主事，而事治，百姓安之，是民受之也。天与之，人与之，故曰天子不能以天下与人。

7. "舜相尧二十有八载，非人之所能为也，天也。尧崩，三年之丧毕，舜避尧之子于南河之南，天下诸侯朝觐者，不之尧之子而之舜；讼狱者，不之尧之子而之舜；讴歌者，不讴歌尧之子而讴歌舜，故曰天也。夫然后之中国，践天子位焉。而居尧之宫，逼尧之子，是篡也，非天与也。

8. "《泰誓》曰：'天视自我民视，天听自我民听。'"

第六卷　上①

第一章

1. 告子曰："性犹杞柳也，义犹杯棬也②；以人性为仁义，犹以杞柳为杯棬。"

2. 孟子曰："子能顺杞柳之性而以为杯棬乎？将戕贼杞柳而后

———

① 读者若想看到孟子这一重要部分的更清楚的英译，应参阅《孔子的智慧》（现代图书馆）第十一章的新译文。

② 柳条篮。

以为杯棬也？如将戕贼杞柳而以为杯棬，则亦将戕贼人以为仁义与？率天下之人而祸仁义者，必子之言夫！"[1]

第二章

1. 告子曰："性犹湍水也，决诸东方则东流，决诸西方则西流。人性之无分于善不善也，犹水之无分于东西也。"

2. 孟子曰："水信无分于东西，无分于上下乎？人性之善也，犹水之就下也。人无有不善，水无有不下。

3. "今夫水，搏而跃之，可使过颡；激而行之，可使在山。是岂水之性哉？其势则然也。人之可使为不善，其性亦犹是也。"

第三章

1. 告子曰："生之谓性。"

2. 孟子曰："生之谓性也，犹白之谓白与？"对曰："然。"（孟子曰）"白羽之白也，犹白雪之白；白雪之白，犹白玉之白与？"对曰："然。"

（孟子驳之曰）"然则犬之性犹牛之性，牛之性犹人之性与？"[2]

第四章

1. 告子曰："食色，性也。仁，内也，非外也；义，外也，非

---

① 假定仁义学说与人性不符，而是迫使人性成型的外部教义，而"祸仁义"。

② 孟子谨慎地坚持认为人性与兽性不同。

内也。"①

2. 孟子曰："何以谓仁内义外也？"对曰："彼长而我长之，非有长于我也；犹彼白而我白之，从其白于外也，故谓之外也。"

3. （孟子）曰："异于白马之白也，无以异于白人之白也；不识长马之长也，无以异于长人之长与？且谓长者义乎？长之者义乎？"②

4. （告子）曰："吾弟则爱之，秦人之弟则不爱也，是以我为悦者也③，故谓之内。长楚人之长，亦长吾之长，是以长为悦者也，故谓之外也。"

5. （孟子）曰："耆秦人之炙，无以异于耆吾炙，夫物则亦有然者也，然则耆炙亦有外欤？"

第五章

1. 孟季子问公都子曰："何以谓义内也？"

2. （公都子）曰："行吾敬，故谓之内也。"

3. 曰："乡人长于伯兄一岁，则谁敬？"对曰："敬兄。""酌则谁先？"（公都子）曰："先酌乡人。"（孟季子曰）"所敬在此，所长在彼，果在外，非由内也。"

4. 公都子不能答，以告孟子。孟子曰："（子问之曰）'敬叔父乎？敬弟乎？'彼将曰：'敬叔父。'曰：'弟为尸，则谁敬？'彼将曰：'敬弟。'子曰：'恶在其敬叔父也？'彼将曰：'在位故也。'子亦曰：

① 义，即对同胞的责任，是社会生活形成的，而仁则是天生的。但孟子坚持认为二者都是天生的，包括去做正确的事（义）的仁。

② 尊长是主观的（天生的）。

③ "吾（自然）爱我同类。"

'在位故也。庸敬在兄，斯须之敬在乡人。'"

5. 季子闻之，曰："敬叔父则敬，敬弟则敬，果在外，非由内也。"公都子曰："冬日则饮汤，夏日则饮水，然则饮食亦在外也？"

第六章

1. 公都子曰："告子曰：'性无善无不善也。'

2. "或曰：'性可以为善，可以为不善；是故文武兴，则民好善；幽厉兴，则民好暴。'

3. "或曰：'有性善，有性不善；是故以尧为君而有象，以瞽瞍为父而有舜，以纣为兄之子且以为君，而有微子启、王子比干。'

4. "今曰'性善'，然则彼皆非与？"

5. 孟子曰："乃若其情，则可以为善矣①，乃所谓善也。

6. "若夫为不善，非才之罪也。

7. "恻隐之心，人皆有之；羞恶之心，人皆有之；恭敬之心，人皆有之；是非之心，人皆有之。②恻隐之心，仁也；羞恶之心，义也；恭敬之心，礼也；是非之心，智。仁义礼智，非由外铄我也，我固有之也，弗思耳矣。故曰：'求则得之，舍则失之。'（人之异即在于此）或相倍蓰而无算者，不能尽其才者也。"

8. "《诗》曰：'天生蒸民，有物有则。民之秉彝，好是懿德。'

"孔子曰：'为此诗者，其知道乎！'故有物必有则；民之秉彝也，故好是懿德。"

---

① "若允其本性，则为善。"

② 应译为 "The heart of mercy is in all men; the sense of shame is in all men; the sense of courtey and respect is in all men; the sense of right and wrong is in all men"。

第七章

1. 孟子曰："富岁，子弟多赖；凶岁，子弟多暴，非天之降才尔殊也，其所以陷溺其心者然也。

2. "今夫麰麦，播种而耰之，其地同，树之时又同，浡然而生，至于日至之时，皆熟矣；虽有不同，则地有肥硗，雨露之养、人事之不齐也。

3. "故凡同类者，举相似也，何独至于人而疑之? 圣人，与我同类者①。

4. "故龙子曰：'不知足而为屦，我知其不为蒉也。'屦之相似，天下之足同也。

5. "口之于味，有同耆也；易牙先得我口之所耆者也。如使口之于味也，其性与人殊，若犬马之与我不同类也，则天下何耆皆从易牙之于味也? 至于味，天下期于易牙，是天下之口相似也。

6. "唯耳亦然。至于声，天下期于师旷，是天下之耳相似也。

7. "唯目亦然。至于子都，天下莫不知其姣也。不知子都之姣者，无目者也。

8. "故曰：口之于味也，有同耆焉；耳之于声也，有同听焉；目之于色也，有同美焉。至于心，独无所同然乎? 心之所同然者何也? 谓理也，义也。圣人先得我心之所同然耳②。故理义之悦我心，犹刍豢之悦我口。"

---

① 或译为 "are of the same species"。

② 更精确翻译："The sages are those who discover what is common to our hearts"。

第八章

1. 孟子曰："牛山之木尝美矣，以其郊于大国也。斧刀伐之，可以为美乎？是其日夜之所息，雨露之所润，非无萌蘖之生焉，牛羊又从而牧之，是以若彼濯濯也。人见其濯濯也，以为未尝有材焉，此岂山之性也哉？

2. "虽存乎人者，岂无仁义之心哉？① 其所以放其良心者，亦犹斧斤之于木也，旦旦而伐之，可以为美乎？其日夜之所息，平旦之气，其好恶与人相近也者几希，则其旦昼之所为，有梏亡之矣。梏之反覆，则其夜气不足以存；夜气不足以存，则其违禽兽不远矣。人见其禽兽也，而以为未尝有才焉者，是岂人之情也哉？

3. "故苟得其养，无物不长；苟失其养，无物不消。

4. "孔子曰：'操则存，舍则亡；出入无时，莫知其乡。'唯心之谓与？"

第九章

1. 孟子曰："无或乎王之不智也。

2. "虽有天下易生之物也，一日暴之，十日寒之，未有能生者也。吾见亦罕矣，吾退而寒之者至矣，吾如有萌焉何哉？

3. "今夫弈之为数，小数也；不专心致志，则不得也。弈秋，通国之善弈者也。使弈秋诲二人弈，其一人专心致志，唯弈秋之为听。一人虽听之，一心以为有鸿鹄将至，思援弓缴而射之，虽与之俱学，弗若之矣。为是其智弗若与？曰：非然也。"

---

① 译为"love and justice"更好。

第十章

1. 孟子曰："鱼，我所欲也；熊掌，亦我所欲也。二者不可得兼，舍鱼而取熊掌者也。生，亦我所欲也；义，亦我所欲也。二者不可得兼，舍生而取义者也。

2. "生亦我所欲，所欲有甚于生者，故不为苟得也；死亦我所恶，所恶有甚于死者，故患有所不辟也。

3. "如使人之所欲莫甚于生，则凡可以得生者，何不用也？使人之所恶莫甚于死者，则凡可以辟患者，何不为也？

4. "由是则生而有不用也；由是则可以辟患而有不为也。

5. "是故所欲有甚于生者，所恶有甚于死者。非独贤者有是心也，人皆有之，贤者能勿丧耳。

6. "一箪食，一豆羹，得之则生，弗得则死；呼尔而与之[1]，行道之人弗受；蹴尔而与之，乞人不屑也。"

7. "万钟[2]则不辩礼义而受之。万钟于我何加焉？为宫室之美、妻妾之奉、所识穷乏者得我与？"

8. "乡为身死而不受，今为宫室之美为之；乡为身死而不受，今为妻妾之奉为之；乡为身死而不受，今为所识穷乏者得我而为之，是亦不可以已乎？此之谓失其本心。"

第十一章

1. 孟子曰："仁，人心也；义，人路也。

---

① 字面意为"发出啧啧声"。

② 官薪。

2. "舍其路而弗由，放其心①而不知求，哀哉！

3. "人有鸡犬放，则知求之；有放心而不知求。

4. "学问之道无他，求其放心而已矣。"②

第十二章

1. 孟子曰："今有无名之指屈而不信，非疾痛害事也，如有能信之者，则不远秦楚之路，为指之不若人也。

2. "指不若人，则知恶之；心不若人，则不知恶，此之谓不知类也。"

第十三章

孟子曰："拱把之桐梓，人苟欲生之，皆知所以养之者。至于身，而不知所以养之者，岂爱身不若桐梓哉？弗思甚也。"

第十四章

1. 孟子曰："人之于身也，兼所爱。兼所爱，则兼所养也。无尺寸之肤不爱焉，则无尺寸之肤不养也。所以考其善不善者，岂有他哉？于己取之而已矣。

2. "体有贵贱，有小大；无以小害大，无以贱害贵。养其小者为小人，养其大者为大人。③

---

① 中文"心"有"心脏"和"思想"之意。此处指最初的善心。

② "儿童之放心"。

③ 本段应译为 "Now in our constitution there is a higher and a lower nature, and a smaller and a greater self. One should not develop the lower nature at the expense of the higher, or develop the smaller self at the expense of the greater self. He who attends to his smaller self becomes a small man, and he who attends to his greater self becomes a great man".

3. "今有场师，舍其梧檟，养其樲棘，则为贱场师焉。

4. "养其一指而失^①其肩背，而不知也，则为狼疾人也^②。

5. "饮食之人，则人贱之矣，为其养小以失大也。

6. "饮食之人无有失也，则口腹岂适为尺寸之肤哉？"^③

第十五章

1. 公都子问曰："钧是人也，或为大人，或为小人，何也？"
孟子曰："从其大体为大人，从其小体为小人。"^④

2.（公都子）曰："钧是人也，或从其大体，或从其小体，何
也？"（孟子）曰："耳目之官不思，而蔽于物。物交物，则引之而
已矣。心之官则思，思则得之，不思则不得也。^⑤此天之所与我者。
先立乎其大者，则其小者不能夺也。^⑥此为大人而已矣。"^⑦

第十六章

1. 孟子曰："有天爵者，有人爵者。仁义忠信，乐善不倦，此
天爵也；公卿大夫，此人爵也。

2. "古之人修其天爵，而人爵从之。

3. "今之人修其天爵，以要人爵；既得人爵，而弃其天爵，则

---

① 失去。

② 应译为 "deformed"。

③ "然饮食之人忘其大人，可谓口腹岂养其身。"

④ "养大我者为大人，养小我者为小人。"

⑤ "心的功能是思考。人思考的时候，保持其心；不思考的时候，则失去其心。"

⑥ "修其大我者，小我自然而来。"

⑦ 整节非常重要。参见本人翻译的《孔子的智慧》（现代图书馆）第十一章。

惑之甚者也，终亦必亡而已矣。"

第十七章

1. 孟子曰："欲贵者，人之同心也。人人有贵于己者，弗思耳矣。
2. "人之所贵者，非良贵也。赵孟之所贵，赵孟能贱之。①
3. "《诗》云：'既醉以酒，既饱以德。'言饱乎仁义也，所以不愿人之膏粱之味也；令闻广誉施于身，所以不愿人之文绣也。"②

第十八章

1. 孟子曰："仁之胜不仁也，犹水胜火。③今之为仁者，犹以一杯水救一车薪之火也；不熄，则谓之水不胜火，此又与于不仁之甚者也。④
2. "亦终必亡而已矣。"

第十九章

孟子曰："五谷者，种之美者也；苟为不熟，不如荑稗⑤。夫仁，亦在乎熟之而已矣。"

---

① "人们通常认为的高位或极大荣耀并不是真正的荣耀，因为赵孟（晋国一个权贵家族）推崇的东西，赵孟也能使其不荣耀。"
② "人披上声誉的衣钵，便不喜欢刺绣的长袍。"
③ "善战胜恶，犹如水战胜火一样。"
④ "如今行仁义之人，就像那些拿一杯水去扑灭一满车柴薪的人一样，火不熄灭，则说'水不能胜火'。这是帮助那些不相信仁义之人。"
⑤ 田间杂草。

第二十章

1. 孟子曰："羿之教人射，必志于彀；学者亦必志于彀。

2. "大匠诲人必以规矩，学者亦必以规矩。"

第六卷　下

第二章

1. 曹交问曰："人皆可以为尧舜，有诸？"孟子曰："然。"

2. （曹交曰）"交闻文王十尺，汤九尺；今交九尺四寸以长，食粟而已，如何则可？"

3. 对曰："奚有于是？亦为之而已矣。有人于此，力不能胜一匹雏，则为无力人矣；今日举百钧，则为有力人矣。然则举乌获之任，是亦为乌获而已矣。夫人岂以不胜为患哉？弗为耳。

4. "徐行后长者谓之弟，疾行先长者谓之不弟；失徐行者，岂人所不能哉？所不为也。尧舜之道，孝弟而已矣。

5. "子服尧之服，诵尧之言，行尧之行，是尧而已矣；子服桀之服，诵桀之言，行桀之行，是桀而已矣。"

6. （曹交）曰："交得见于邹君，可以假馆，愿留而受业于门。"

7. （孟子）曰："夫道若大路然，岂难知哉？人病不求耳。子归而求之，有余师。"

第十五章

1. 孟子曰："舜发于畎亩之中，傅说举于版筑之间，胶鬲举于鱼盐之中，管夷吾举于士，孙叔敖举于海，百里奚举于市。

2. "故天将降大任于是人也，必先苦其心志，劳其筋骨，饿其体肤，空乏其身，行拂乱其所为，所以动心忍性，增益其所不能。[①]

3. "人恒过，然后能改；困于心，衡于虑，而后作。征于色，发于声，而后喻。

4. "入则无法家拂士，出则无敌国外患者，国恒亡。[②]

5. "然后知生于忧患而死于安乐也。"

第七卷　下

第十四章

1. 孟子曰："民为贵，社稷次之，君为轻。"

第三十八章

4. "由孔子而来至于今，百有余岁。去圣人之世若此其未远也，近圣人之居若此其甚也，然而无有乎尔，则亦无有乎尔。"

---

① "因此，上天欲使某人成就大事业，必将先烦扰其心志，劳动其筋骨，饿乏其身体，断乏其所有，使其欲行事而不成。这样做的目的是为了激励他的雄心壮志，坚强他的性格，增加他原先没有的才干。"

② "如果国内没有老臣忠良，国外没有天敌外患，那这个国家必亡无疑。"

宗教大师墨子

序　言

　　墨子（墨翟）是中国唯一的本土宗教大师。尽管在他早期著述中有些地方与儒家观念有相似之处，但在思维方式和思想方面，墨子似乎都特立独行，因为墨子似乎是从提出反儒家学说的教义中兴起的。在中国哲学家中，他最接近基督教教义，因为就是他一人把博爱作为社会和平的基础，表明上天同样地爱人，坚持认为神灵的存在。据说，一些传教士发现中国人已经知道了上帝的爱和博爱的教义时，深感恐惧，并非颇受鼓舞。这就像到了南极，结果发现早已有人在那儿了一样的沮丧。另一方面，心胸开阔的人应该非常高兴，因为真理可以被人类独立发现。真正让这些传教士感到沮丧的是，在形成巨大影响之后，中华民族竟然拒绝了这个教义。中国人完全拒绝了这个教义，结果到我们这一代，墨子的文本仍是中国古代文本中最完全为人所忽略，所有早期的评述都已逸失。

　　墨子从反儒学中兴起。他生活在公元前 468 年（或 441）至公元前 401 年（或 376）年间，因而比孔子大约要晚一百年。孔子于公元前 479 年去世，可以说墨子出生在孔子的影响正在传播的那一代。他最可能生于孔子的家乡鲁国，因而完全熟悉儒家经典，如《诗经》和《尚书》。在气质上，他比孔子更加民主。他那个时代对儒家的一些最直言不讳的描述就出自他的著述。淮南子曰："墨子学儒者之业，受孔子之书，以为其礼烦扰而不说，厚葬靡财而贫民，服丧生而害事，故背周道而用夏政。"针对孔子的命运论，他撰写了三篇"非命";针对孔子的奢华,他撰写了"节用"和"节葬"几篇文章;针对孔子的不可知论,他又撰写了三篇"明鬼"。除了两篇"非儒"之外,这样的思想在他所有文章中都有出现。

积极方面,墨子阐明了最清晰的"非攻"教义,甚至详细阐发了防御战争的技巧。他也阐述了一套逻辑方法,他的追随者发展了这一体制,成为中国的"诡辩派",庄子经常讲到的惠子就是其中一位。但是,墨子的学说还严格要求有为,表现出极大的福音热情,这跟其他学派很不一样。孟子称其为"摩顶放踵利天下"。他倡导并实践利他主义、节俭和艰苦生活。墨子嘲笑儒家,把他们比喻为敲时才响的钟,不敲不响。淮南子说他的"一百八十弟子赴火蹈刃,死不旋踵"。

墨子的影响越来越大,在孔子之后的两百年,墨家成为儒家的对手。孟子哀叹儒学的衰败,说他那个时代的人要么是墨子的追随者,要么是杨朱的追随者。事实上,墨学几乎成为一种约定俗成的宗教。

墨学的影响为什么会突然中止了呢?这依然是个让人思索的问题。不可能是因为迫害,没有记载什么迫害之事。一种解释是因为孟子的兴起,他强有力地战胜了墨家的影响。另一种解释是汉代皇帝把儒学几乎当做了国教。一种极为可能的解释是武士福音传道者在秦朝第一个皇帝发动的战争中消亡了。这使我们得到了最真实的解释,即堂吉诃德式的英雄主义和极端利他主义并不符合中国人的常识。

在所有古文本中,墨子从编辑中获益最大。他的文章显然是其追随者所写,里面有许多重复之处,这样同一话题的三篇文章很可能是同一学说的不同版本,而不是同一话题的连续展开。我是从梅贻宝(《墨子著述》,普罗布斯特海恩)的英译本里选取的文章。不加修饰的风格是原来的样子，符合墨子的简朴和节俭的学说。他对侵略战争的谴责径直到了天真的程度，但现在似乎需要这样一些简单说法。他有一些智慧，我从他最后几章的著述中采集的逸事，可以表现出这一点。

与墨子的兼爱学说相反，我再提一位中国的法西斯主义者商子 ① （公元前四世纪），他的学说是活生生的极权主义的翻版。商子教导战争和农业，他教导农业是因为他相信农民是最好的士兵。他赞美战争，颂扬武力统治。他的学说的直接运用，结果就是独裁的秦国上了台，统治了整个中国。但是，在西方有足够的法西斯主义。重要的是，法西斯主义和兼爱学说在中国都已坍台，而且从来再没有回来过。只有在这种精神之下，我们才能真正理解儒学。

---

① 此处，林语堂应该指的是商鞅（约前 390—前 338），战国时期卫国人。本名公孙鞅，人称卫鞅，后封于商邑，因称商鞅。公元前 361 年到秦国，受到秦孝公的重用，实行变法，对政治、经济、文化都作了较大改革。执政十九年，奠定了秦国富强的基础。公元前 338 年孝公死，被车裂。现存《商君书》（又称《商君》或《商子》）二十四篇。书中叙述了商鞅变法的主张，提出发展耕织、奖励军功的农战政策。

《墨子》

梅贻宝 英译

法 仪

子墨子曰：天下从事者，不可以无法仪；无法仪而其事能成者，无有也。虽至士之为将相者，皆有法。虽至百工从事者，亦皆有法。百工为方以矩，为圆以规，直以绳，正以县。有巧工、不巧工，皆以此五者为法。巧者能中之，不巧者虽不能中，放依以从事，犹逾已。故百工从事，皆有法所度。今大者治天下，其次治大国，而无法所度，此不若百工辩也。

然则奚以为治法而可？当皆法其父母，奚若？天下之为父母者众，而仁者寡。若皆法其父母，此法不仁也。法不仁，不可以为法。当皆法其学，奚若？天下之为学者众，而仁者寡。若皆法其学，此法不仁也。法不仁，不可以为法。当皆法其君，奚若？天下之为君者众，而仁者寡。若皆法其君，此法不仁也。法不仁，不可以为法。故父母、学、君三者，莫可以为治法。

然则奚以为治法而可？莫若法天。天之行广而无私，其施厚而不德，其明久而不衰，故圣王法之。既以天为法，动作有为，必度于天。天之所欲则为之，天所不欲则止。

然而天何欲何恶者也？天必欲人之相爱相利，而不欲人之相恶相贼也。奚以知天之欲人之相爱相利，而不欲人之相恶相贼也？以其兼而爱之、兼而利之也。奚以知天兼而爱之、兼而利之也？以其兼而有之、兼而食之也。今天下无大小国，皆天之邑也。人无幼长贵贱，皆天之臣也。此以莫不犓羊，豢犬猪，洁为酒醴粢盛，以敬事天。此不为兼而有之、兼而食之邪？天苟兼而有食之，夫奚说以不欲人之相爱相利也？故曰：爱人利人者，天必福之；恶人贼人者，天必祸之。曰：杀不辜者，得不祥焉。夫奚说人为其相杀而天与祸乎？是以知天欲人相爱相利，而不欲人相恶相贼也。

昔之圣王禹汤文武，兼爱天下之百姓，率以尊天事鬼。其利人多，故天福之，使立为天子，天下诸侯，皆宾事之。暴王桀纣幽厉，兼恶天下之百姓，率以诟天侮鬼。其贼人多，故天祸之，使遂失其国家，身死为僇于天下。后世子孙毁之，至今不息。故为不善以得祸者，桀纣幽厉是也。爱人利人以得福者，禹汤文武是也。爱人利人以得福者，有矣！恶人贼人以得祸者，亦有矣！

[《墨子》第四章]

尚同下[①]

子墨子言曰："知者之事，必计国家百姓所以治者而为之，必计国家百姓之所以乱者而辟之。"

然计国家百姓之所以治者何也？上之为政，得下之情则治，不得下之情则乱。何以知其然也？上之为政得下之情，则是明于民之善非也。若苟明于民之善非也，则得善人而赏之，得暴人而罚之也。善人赏而暴人罚，则国必治。上之为政也，不得下之情，则是不明于民之善非也。若苟不明于民之善非，则是不得善人而赏之，不得暴人而罚之。善人不赏而暴人不罚，为政若此，国众必乱。故赏不

---

① 梅贻宝先生把"尚同"译为"Identification with the Superior"，我个人认为不太有道理。参见下页的注释①。

得下之情，而不可不察者也。

然计得下之情将奈何可？故子墨子曰："唯能以尚同一义为政，然后可矣。"[1] 何以知尚同一义之可而为政于天下也？然胡不审稽古之治为政之说乎？古者天之始生民未有正长也，百姓为人。若苟百姓为人，是一人一义，十人十义，百人百义，千人千义。逮至人之众不可胜计也，则其所谓义者，亦不可胜计。此皆是其义而非人之义，是以厚者有斗而薄者有争。

是故天下之欲同一天下之义也，是故选择贤者立为天子。天子以其知力为未足独治天下，是以选择其次立为三公；三公又以其知力为未足独左右天子也，是以分国建诸侯；诸侯又以其知力为未足独治其四境之内也，是以选择其次立为卿之宰；卿之宰又以其知力为未足独左右其君也，是以选择其次立而为乡长、家君。是故古者天子之立三公、诸侯、卿之宰、乡长、家君，非特富贵游佚而择之也，将使助治乱刑政也。故古者建国设都，乃立后王君公，奉以卿士师长，此非欲用说也，唯辩而使助治天明也。

今此何为人上而不能治其下，为人下而不能事其上，则是上下相贼也。何故以然？则义不同。若苟义不同者有党，上以若人为善，将赏之。百姓不刑，将毁之。若人唯使得上之赏，而辟百姓之毁，是以为善者必未可使劝，见有赏也。上以若人为暴，将罚之，百姓姓付，将举之。若人唯使得上之罚，而怀百姓之誉，是以为暴者必未可使沮，见有罚也。故计上之赏誉，不足以劝善；计其毁罚，不足以沮暴。此何故以然？则义不同也。

然则欲同一天下之义，将奈何可？故子墨子言曰：然胡不赏使家君，试用家君发宪布令其家，曰："若见爱利家者必以告，若见

---

[1] 应译为 "It can be done only by exalting the common, unified standard of right in government"。

恶贼家者亦必以告。若见爱利家以告，亦犹爱利家者也。上得且赏之，众闻则誉之。若见恶贼家不以告，亦犹恶贼家者也。上得且罚之，众闻则非之。"是以遍若家之人，皆欲得其长上之赏誉，辟其毁罚。是以善言之，不善言之。家君得善人而赏之，得暴人而罚之。善人之赏而暴人之罚，则家必治矣。然计若家之所以治者何也？唯以尚同一义为政故也。①

家既已治，国之道尽此已邪？则未也。国之为家数也甚多，此皆是其家而非人之家，是以厚者有乱而薄者有争。故又使家君总其家之义，以尚同于国君。国君亦为发宪布令于国之众，曰："若见爱利国者必以告，若见恶贼国者亦必以告。若见爱利国以告者，亦犹爱利国者也。上得且赏之，众闻则誉之。若见恶贼国不以告者，亦犹恶贼国者也。上得且罚之，众闻则非之。"是以遍若国之人，皆欲得其长上之赏誉，避其毁罚。是以民见善者言之，见不善者言之。国君得善人而赏之，得暴人而罚之。善人赏而暴人罚，则国必治矣。然计若国之所以治者何也？唯能以尚同一义为政故也。②

国既已治矣，天下之道尽此已耶？则未也。天下之为国数也甚多，此皆是其国而非人之国，是以厚者有战而薄者有争。故又使国君选其国之义，以尚同于天子。天子亦为发宪布令于天下之众，曰："若见爱利天下者必以告，若见恶贼天下者亦以告。若见爱利天下以告者，亦犹爱利天下者也。上得则赏之，众闻则誉之。若见恶贼天下不以告者，亦犹恶贼天下者也。上得且罚之，众闻则非之。"是以遍天下之人，皆欲得其长上之赏誉，避其毁罚。是以见善、不善者告之。天子得善人而赏之，得暴人而罚之。善人

① 应译为"is based on unification of the standard of right"。
② 参见本页注释①。

赏而暴人罚，天下必治矣。然计天下之所以治者何也？唯而以尚同一义为政故也。①

天下既已治，天子又总天下之义以尚同于天。②

[选自《墨子》第十三章]

兼爱中

子墨子言曰：仁人③之所以为事者，必兴天下之利，除去天下之害，以此为事者也。然则天下之利何也？天下之害何也？子墨子言曰：今若国之与国之相攻，家之与家之相篡，人之与人之相贼，君臣不惠忠，父子不慈孝，兄弟不和调，此则天下之害也。

然则察此害亦何用生哉？以不相爱生邪？子墨子言：以不相爱生。今诸侯独知爱其国，不爱人之国，是以不惮举其国，以攻人之国。今家主独知爱其家，而不爱人之家，是以不惮举其家，以篡人之家。今人独知爱其身，不爱人之身，是以不惮举其身，以贼人之身。是故诸侯不相爱则必野战，家主不相爱则必相篡，人与人不相爱则必相贼，君臣不相爱则不惠忠，父子不相爱则不慈孝，兄弟不相爱则不和调。天下之人皆不相爱，强必执弱，富必侮贫，贵必敖贱，诈必欺愚。凡天下祸篡怨恨其所以起者，以不相爱生也。是以仁者非之。

---

① 参见上页的注释②。

② 应译为 "The emperor will again gather all the standards of right of the world and unify them with (the will of) Heaven"。参见天志上。

③ "仁"分别译为 "benevolence"（仁慈）、"charity"（慈善）、"love"（仁爱）和 "kindness"（友善）。"仁人"哲学意为儒家的"真人"，一般用法为"好、善之人"。在本篇译文中，"magnanimous" 一词指"仁"。

既以非之，何以易之？子墨子言曰：以兼相爱、交相利之法易之。然则兼相爱、交相利之法将奈何哉？子墨子言：视人之国若视其国，视人之家若视其家，视人之身若视其身。是故诸侯相爱则不野战，家主相爱则不相篡，人与人相爱则不相贼，君臣相爱则惠忠，父子相爱则慈孝，兄弟相爱则和调。天下之人皆相爱，强不执弱，众不劫寡，富不侮贫，贵不敖贱，诈不欺愚。凡天下祸篡怨恨，可使毋起者，以相爱生也，是以仁者誉之。

然而今天下之士君子曰："然，乃若兼则善矣。虽然，天下之难物于故也。"子墨子言曰：天下之士君子特不识其利、辩其害故也。今若夫攻城野战，杀身为名，此天下百姓之所皆难也。苟君说之，则士众能为之。况于兼相爱、交相利，则与此异。夫爱人者人必从而爱之，利人者人必从而利之；恶人者人必从而恶之，害人者人必从而害之。此何难之有？特上弗以为政，士不以为行故也。[①]

[选自《墨子》第十五章]

兼爱下

然而天下之士，非兼者之言，犹未止也，曰："兼即善矣，虽然，岂可用哉？"

子墨子曰：用而不可，虽我亦将非之，且焉有善而不可用者？姑尝两而进之，设以为二士，使其一士者执别，使其一士者执兼。是故别士之言曰："吾岂能为吾友之身，若为吾身；为吾友之亲，

① "兼爱"共分三部分，这是中部的一半，有重复。墨子从古代历史的实例出发，论证自己的观点，回应了对"兼爱"的"不实用"等批评。"兼爱"的思想与"天志"紧密相连，在墨子的整部著述中得到进一步的阐发。

若为吾亲。"是故退睹其友，饥即不食，寒即不衣，疾病不侍养，死丧不葬埋。别士之言若此，行若此；兼士之言不然，行亦不然。曰："吾闻为高士于天下者，必为其友之身，若为其身；为其友之亲，若为其亲，然后可以为高士于天下。"是故退睹其友，饥则食之，寒则衣之，疾病侍养之，死丧葬埋之。兼士之言若此，行若此。

若之二士者，言相非而行相反，与当使若二士者，言必言，行必果，使言行之合，犹合符节也，无言而不行也。然即敢问：今有平原广野于此，被甲婴胄将往战，死生之权，未可识也；又有君大夫之远使于巴越齐荆，往来及否，未可识也。然即敢问不识将恶也，家室奉承亲戚，提挈妻子而寄托之。不识于兼之有是乎？于别之有是乎？我以为当其于此也，天下无愚夫愚妇，虽非兼之人，必寄托之于兼之有是也。此言而非兼，择即取兼，即此言行费也。不识天下之士，所以皆闻兼而非之者，其故何也？

然而天下之非兼者之言犹未止，曰："意不忠亲之利而害为孝乎？"子墨子曰："姑尝本原之孝子之为亲度者，吾不识孝子之为亲度者，亦欲人爱利其亲与？意欲人之恶贼其亲与？以说观之，即欲人之爱利其亲也。然即吾恶先从事即得此？若我先从事乎爱利人之亲，然后人报我爱利吾亲乎？意我先从事乎恶人之亲，然后人报我以爱利吾亲乎？即必吾先从事乎爱利人之亲，然后人报我以爱利吾亲也。然即之交孝子者，果不得已乎！毋先从事爱利人之亲者与，意以天下之孝子为遇，而不足以为正乎？姑尝本原之先王之所书，《大雅》之所道，曰：'无言而不雠，无德而不报。投我以桃，报之以李。'即此言爱人者必见爱也，而恶人者必见恶也。不识天下之士，所以皆闻兼而非之者，其故何也？"

［选自《墨子》第十六章］

非攻上

今有一人，入人园圃，窃其桃李。众闻则非之；上为政者，得则罚之。此何也？以亏人自利也。至攘人犬豕鸡豚者，其不义又甚入人园圃窃桃李。是何故也？以亏人愈多[1]，其不仁兹甚，罪益厚。至入人栏厩，取人马牛者，其不仁义又甚攘人犬豕鸡豚。此何故也？以其亏人愈多。苟亏人愈多，其不仁兹甚，罪益厚。至杀不辜人也，扡其衣裘，取戈剑者，其不义又甚入人栏厩，取人马牛。此何故也？以其亏人愈多。苟亏人愈多，其不仁兹甚矣，罪益厚。当此，天下之君子皆知而非之，谓之不义。今至大为攻国，则弗知非，从而誉之谓之义。此可谓知义与不义之别乎？

杀一人谓之不义，必有一死罪矣。若以此说往，杀十人，十重不义，必有十死罪矣。杀百人，百重不义，必有百死罪矣。当此天下之君子，皆知而非之，谓之不义。今至大为不义攻国，则弗知非，从而誉之谓之义；情不知其不义也，故书其言以遗后世。若知其不义也，夫奚说书其不义，以遗后世哉？

今有人于此，少见黑曰黑，多见黑曰白，则以此人不知白黑之辨矣。少尝苦曰苦，多尝苦曰甘，则必以此人为不知甘苦之辨矣。今小为非，则知而非之；大为非攻国，则不知非，从而誉之谓之义。此可谓知义与不义之辨乎？是以知天下之君子也，辨义与不义之乱也！

[选自《墨子》第十七章]

---

[1] 英译此处似乎丢掉了一个从句，比较下文中表达同样思想的句子。这儿正确文本为 "Because others are caused to suffer more; when others are caused to suffer more, it is more inhumane and criminal"。

非攻中

今师徒唯毋兴起，冬行恐寒，夏行恐暑，此不可以冬夏为者也。春则废民耕稼树艺，秋则废民获敛。今唯毋废一时，则百姓饥寒冻馁而死者，不可胜数。今尝计军上，竹箭、羽旄、幄幕、甲盾、拨劫，往而靡弊腑冷不反者，不可胜数。又与矛、戟、戈、剑、乘车，其列住碎折靡弊而不反者，不可胜数。与其牛马肥而往，瘠而反；往死亡而不反者，不可胜数。与其涂道之修远，粮食辍绝而不继，百姓死者不可胜数也。与其居处之不安，食饭之不时，饥饱之不节，百姓之道疾病而死者，不可胜数。丧师多不可胜数，丧师尽不可胜计，则是鬼神之丧其主后，亦不可胜数。

国家发政，夺民之用，废民之利，若此甚众，然而何为为之？曰："我贪伐胜之名及得之利，故为之。"

子墨子言曰：计其所自胜，无所可用也；计其所得，反不如所丧者之多。今攻三里之城、七里之郭①，攻此有用锐且无杀而徒得此然也。杀人多必数于万，寡必数于千，然后三里之城、七里之郭，且可得也。今万乘之国，虚数于千，不胜而入；广衍数于万（亩）②，不胜而辟。然则土地者，所有余也；王民者，所不足也。今尽王民之死，严下上之患，以争虚城，则是弃所不足而重所有余也。为政若此，非国之务者也。

饰攻战者之言曰："彼不能收用彼众，是故亡；我能收用我众，以此攻战于天下，谁敢不宾服哉？"子墨子言曰：子虽能收用子之

---

① 外城。
② 一亩等于六分之一英亩。

众，子岂若古者吴阖闾哉？古者吴阖闾教七年，奉甲执兵，奔三百里而舍焉；次注林，出于冥隘之径，战于柏举，中楚国而朝宋与及鲁。至夫差①之身，北而攻齐，舍于汶上，战于艾陵，大败齐人，而葆之大山。东而攻越，济三江五湖，而葆之会稽。九夷之国，莫不宾服。于是退不能赏孤，施舍群萌。自恃其力，伐其功，誉其智，怠于教；遂筑姑苏②之台，七年不成。及若此，则吴有离罢之心。越王勾践视吴上下不相得，收其众以复其仇。入北郭，徙大内，围王宫，而吴国以亡。

[选自《墨子》第十八章]

非攻下

子墨子言曰：今天下之所誉善者，其说将何哉？为其上中天之利，而中中鬼之利，而下中人之利，故誉之与？意亡非为其上中天之利，而中中鬼之利，而下中人之利，故誉之与？虽使下愚之人，必曰：将为其上中天之利，而中中鬼之利，而下中人之利，故誉之。今天下之所同义者，圣王之法也。

夫无兼国覆军，贼虐万民，以乱圣人之绪，意将以为利天乎？夫取天之人，以攻天之邑，此刺杀天民，剥振神之位，倾覆社稷，攘杀其牺牲，则此上不中天之利矣。意将以为利鬼乎？夫杀之人，灭鬼神之主，废灭先王③，贼虐万民，百姓离散，则此中不中鬼之利

① 阖闾之子（约公元前 490 年）。
② 吴国国都，现在的苏州。
③ 指国家的祖先神灵。

矣。意将以为利人乎？夫杀之人为利人也博矣。又计其费，此为周生之本，竭天下百姓之财用，不可胜数也，则此下不中人之利矣。

今不尝观其说好攻伐之国，若使中兴师，君子，庶人也必且数千，徒倍十万，然后足以师而动矣。久者数岁，速者数月，是上不暇治其官府，农夫不暇稼穑，妇人不暇纺绩织纴，则是国家失卒，而百姓易务也。然而又与其车马之罢弊也；幔幕帷盖，三军之用，甲兵之备，五分而得其一，则犹未厚余矣。然而又与其散亡道路，道路辽远，粮食不继，食饮不时，厮役以此饥寒冻馁疾病而转死沟壑中者，不可胜计也。此其为不利于人也，天下之害厚矣！而王公大人乐而行之，则此乐贼灭天下之万民也，岂不悖哉！

［选自《墨子》第十九章］

天志上

然则天亦何欲何恶？天欲义而恶不义……然则何以知天之欲义而恶不义？曰：天下有义则生，无义则死；有义则富，无义则贫；有义则治，无义则乱。然则天欲其生而恶其死，欲其富而恶其贫，欲其治而恶其乱，此我所以知天欲义而恶不义也。

然则何以知天之爱天下之百姓？以其兼而明之。何以知其兼而明之？以其兼而有之。何以知其兼而有之？以其兼而食焉。何以知其兼而食焉？四海之内，粒食之民，莫不犓牛羊，豢犬彘，洁为粢盛酒醴，以祭祀于上帝鬼神。天有邑人，何用弗爱也？且吾言杀一不辜者，必有一不祥。杀不辜者谁也？则人也。予之不祥者谁也？则天也。若以天为不爱天下之百姓，则何故以人与人相杀而天予之不祥？此我所以知天之爱天下之百姓也。

顺天意者，义政也；反天意者，力政也。然义政将奈何哉？子墨子言曰：处大国不攻小国，处大家不篡小家，强者不劫弱，贵者不傲贱，多诈者不欺愚。此必上利于天，中利于鬼，下利于人。三利，无所不利。故举天下美名加之，谓之圣王。力政者则与此异：言非此，行反此，犹倖驰也。处大国，攻小国；处大家，篡小家；强者劫弱，贵者傲贱，多诈欺愚。此上不利于天，中不利于鬼，下不利于人。三不利，无所利。故举天下恶名加之，谓之暴王。

子墨子言曰：我有天志，譬若轮人之有规，匠人之有矩。轮匠执其规矩，以度天下之方圆，曰："中者是也；不中者非也。"今天下之士君子之书不可胜载，言语不可尽计。上说诸侯，下说列士。其于仁义，则大相远也。何以知之？曰：我得天下之明法以度之。

[选自《墨子》第二十六章]

天志中

是故子墨子曰：今天下之君子，中实将欲遵道利民，本察仁义之本，天之意不可不慎也。既以天之意以为不可不慎已，然则天之将何欲何憎？子墨子曰：天之意，不欲大国之攻小国也，大家之乱小家也；强之劫弱，众之暴寡，诈之谋愚，贵之傲贱，此天之所不欲也。不止此而已，欲人之有力相营，有道相教，有财相分也；又欲上之强听治也，下之强从事也。

且夫天子之有天下也，辟之无以异乎国君诸侯之有四境之内也。今国君诸侯之有四境之内也，夫岂欲其臣国万民之相为不利哉！今若处大国则攻小国，处大家则乱小家，欲以此求赏誉，终不可得；诛罚必至矣。夫天之有天下也，将无已异此。今若处大国则攻小国，处大都则伐小都，欲以此求福禄于天，福禄终不得；而祸祟必至矣。然有所不为天之所欲，而为天之所不欲，则夫天亦且不为人之所欲，而为人之所不欲矣。人之所不欲者何也？曰：病疾祸祟也。若已不为天之所欲而为天之所不欲，是率天下之万民以从事乎祸祟之中也。

今夫天兼天下而爱之，撽遂①万物以利之。若豪之末，非天之所为也，而民得而利之，则可谓否矣，然独无报夫天，而不知其为不仁不祥也。此吾所谓君子明细而不明大也。

且吾所以知天之爱民之厚者有矣。曰：以历为日月星辰，以昭道之；制为四时春秋冬夏，以纪纲之；雷降雪霜雨露，以长遂五谷丝麻，使民得而财利之；列为山川溪谷，播赋百事，以临司民之善否，为王公侯伯，使之赏贤而罚暴；贼金木鸟兽，从事乎五谷麻丝，以为民衣食之财。自古及今，未尝不有此也。今有人于此，欢若爱其子，竭力单务以利之。其子长而无报子求父，故天下之君子，与谓之不仁不祥。今夫天兼天下而爱之，撽遂万物以利之。若豪之末，非天之所为，而民得而利之，则可谓否矣，然独无报夫天，而不知其为不仁不祥也。此吾所谓君子明细而不明大也。

[选自《墨子》第二十七章]

---

① 此处文本所用词为"撽遂"。其确切意义不定。

天志下

　　何以知天下之士君子之去义远也？今之世大国之君宽然曰："吾处大国而不攻小国，吾何以为大哉？"是以差论蚤牙之士，比列其舟车之卒，以攻伐无罪之国。入其沟境，刈其禾稼，斩其树木，残其城郭，以御其沟池，焚烧其祖庙，攘杀其牺牲。民之格者，则劲拔之；不格者，则系操而归，丈夫以为仆圉胥靡，妇人以为舂酋。则夫好攻伐之君，不知此为不仁义，以告四邻诸侯曰："吾攻国覆军杀将若干人矣！"其邻国之君，亦不知此为不仁义也，有具其皮币，发其緫处，使人飨贺焉。则夫好攻伐之君，有重不知此为不仁不义也。有书之竹帛，藏之府库。为人后子者，必且欲顺其先君之行，曰："何不当发吾府库，视吾先君之法义？"必不曰："文武之为正者若此矣！"曰："吾攻国覆军杀将若干人矣！"则夫好攻伐之君，不知此为不仁不义也；其邻国之君，不知此为不仁不义也。是以攻伐世世而不已者。此吾所谓大物则不知也。

　　所谓小物则知之者何若？今有人于此，入人之场园，取人之桃李瓜姜者，上得且罚之，众闻则非之，是何也？曰：不与其劳，获其实，已非其有所取之故。而况有逾于人之墙垣，担格人之子女者乎！与角人之府库，窃人之金玉布帛者乎！与逾人之栏牢，窃人之牛马者乎！而况有杀一不辜人乎！今王公大人之为政也，自杀一不辜人者，逾人之墙垣，担格人之子女者；与角人之府库，窃人之金玉布帛者；与逾人之栏牢，窃人之牛马者；与入人之场园，窃人之桃李瓜姜者，今王公大人之加罚此也，虽古之尧舜禹汤文武之为政，亦无以异此矣。今天下之诸侯，将犹皆侵凌攻伐兼并，此为杀一不辜人者数千万矣；此为逾人之墙垣，格人之子女者，与角人府库，窃人金玉布帛者数千万矣；逾人之栏牢，窃人之牛马者，与入人之场园，窃人之桃李瓜姜者数千万矣；而自曰"义也"。

［选自《墨子》第二十八章］

非儒下

孔某穷于蔡陈之间，藜羹不糁。十日，子路为享豚，孔某不问肉之所由来而食；号人衣以酤酒，孔某不问酒之所由来而饮。哀公迎孔子，席不端弗坐，割不正弗食。子路进，请曰："何其与陈蔡反也？"孔某曰："来！吾语女：曩与女为苟生，今与女为苟义。"夫饥约则不辞妄取以活身，赢饱则伪行以自饰，污邪诈伪，孰大于此？

［选自《墨子》第三十九章］

耕 柱①

巫马子谓子墨子曰："子兼爱天下，未云利也；我不爱天下，未云贼也，功皆未至，子何独自是而非我哉？"子墨子曰：今有燎者于此，一人奉水将灌之，一人掺火将益之，功皆未至，子何贵于二人？巫马子曰："我是彼奉水者之意，而非夫掺火者之意。"子墨子曰：吾亦是吾意，而非子之意也。

巫马子谓子墨子曰："子之为义也，人不见而耶，鬼而不见而

---

① 墨子的众多门徒之一。

富，而子为之，有狂疾。"子墨子曰："今使子有二臣于此，其一人者，见子从事，不见子则不从事；其一人者，见子亦从事，不见子亦从事，子谁贵于此二人？"巫马子曰："我贵其见我亦从事，不见我亦从事者。"子墨子曰："然则是子亦贵有狂疾也。"

子夏之徒问于子墨子曰："君子有斗乎？"子墨子曰："君子无斗。"子夏之徒曰："狗豨犹有斗，恶有士而无斗矣？"子墨子曰："伤矣哉！言则称于汤文，行则譬于狗豨，伤矣哉！"

［选自《墨子》第四十六章］

孔子格言《论语》

序　言

　　世界历史上最让人感到奇怪的一个事实是，世界上最伟大、最具影响力的三位思想家的诞辰岁月相隔二十年。老子可能生于公元前 570 年，佛生于公元之前 563 年，孔子生于公元前 551 年。老子的生平日期特别不确定，不过在接下来几个世纪包括《史记》在内的许多文献里，有孔子去向作为长者的老子讨教的各种描述。不管怎么说，佛肯定只比孔子年长十二岁。

　　孔子似乎注定主要因为其格言而为西方所知，他的格言近乎老生常谈。有一点不能忘记，儒家主要是一个历史学派，可以说所有儒家典籍都是历史，而且，提供孔子社会学说的理想和背景的那个历史研究体制几乎不能让今天的西方产生兴趣。孔子学说具有一套非常明确和界定完美的道德和社会哲学体系，我在其他文章 ① 中曾经试图说明这个体系是什么。对中国人而言，那套道德和社会秩序的体系基于历史之上，包含在一个"礼"字之内。这个字的意义太宽泛，所以根本没法翻译。最狭义上讲，它意为"礼节"、"礼仪"，或仅仅为"礼貌"；在历史意义上讲，它意指理性化的封建秩序体制；在哲学意义上讲，它意为一种理想的社会秩序，"物在其位"；在个人意义上，它意为神圣虔诚的心理状态，非常接近"信仰"这个词，后者对我而言是一个实在统一的信仰结构，关涉上帝、自然

---

① 参见本人《孔子的智慧》（现代图书馆）一书的长篇序言。

以及人在宇宙中的地位。这种信仰被含蓄地与了解外部或偶然事件区别开来。现代世界所缺乏的，正是这个实在统一的信仰结构，关涉上帝、自然以及人在宇宙中的地位，而正是由于这种缺乏，现代世界才随波逐流。在中国学者中，儒教被认为是"礼教"，最接近的翻译是"道德秩序的宗教"。它使政治秩序隶属于道德社会秩序，使后者成为前者的基础，到了怀疑单纯政治解决方案并与唯心论无政府主义认同起来的地步（参见"为政"选篇）。在这儿，不可能对儒学思想体系进行任何完全的阐述，读者不妨读一读《孔子的智慧》，从中可以一窥孔子的生活及其长篇大论。

不管怎样，孔子说自己"述而不作"。一些现代中国学者指控孔子伪造所有中国典籍，这可以用来表明整个儒学传统与历史学问有着怎样的亲密联系。在墨子那儿，我们得知，在孔子去世后的半个世纪里，儒家学者头上戴着一顶特殊的帽子，"谈今论古"。庄子不断中伤儒家以及孔子本人对尧舜的谈论，而在孔子时代，尧和舜已是一千七百岁的圣王了。孔子特别钟情于历史研究，是当时最伟大的古籍编纂者。从这一大堆历史体系中，他识别并创建了一个清晰明确的社会道德哲学体系，并用理性的常识讲出了约翰逊式的道德行为格言。

这些道德格言和言语收集在《论语》中，就像巴特利特 [①] 的《常用妙语辞典》一样，不讲节奏，不管顺序，中国人认为这些是儒家学说的精华。它们在那儿，智慧深邃，格调成熟，是对崇拜之的民族的馈赠。《论语》格言就像成熟的老先生一样，而不像杂志的封面，它们是为鉴赏家即道德鉴赏家而作。柔和的笔触、轻缓的语调以及因精通而拥有的技巧，受到那些对人类问题进行过深思的人的

---

① 巴特利特（John Bartlett, 1820—1905），美国出版家和编辑，以编撰出版《常用妙语辞典》及《莎士比亚戏剧诗歌语词索引大全》而闻名。

欣赏。就像观赏一件古物一样，有人会欣赏某些细节和某一方面，而有人会欣赏别的方面。两千五百年来，它们一直激发着年轻探索的智者，去寻求令人兴奋的真理和杰出的知识突围，而且总是在智者越老越成熟时把他争取过来。这说明了孔子格言对历代人产生的经典永恒影响。

这一思想在《中庸》序言里得到进一步发挥。这跟亚里士多德的中庸一样，对热心学习道德操行的人而言，可是个颇为悲哀的发现。这一发现就是，除了跟其他绅士的难以区别之外，绅士做不出什么令人兴奋或不寻常的事情使自己出众。如果勇气仅仅是愚蠢和怯懦之间的中庸，那么勇气就有点难以名状，说不上耸人听闻。如果良好的资金管理仅仅是奢侈和做吝啬鬼之间的中庸，那么理性地理财也毫无英雄气概而言，也达不到精神变态的程度，从而为"现实主义"作家提供令人喜悦的材料。如果我们必须因此做绅士的话，那我们必须得满足于做绅士。但在这个平民主义中，存在有极大的满足。平民主义的满足。

以下选文是我自己翻译的，并且分了类，还按我个人的标准加上了标题，与《论语》中的排列顺序不同。我也添加了《列子》中的一些选文，这样一些观点更为明晰。《孔子的智慧》中的文章做了一些小小修正。关于《论语》性质的进一步评述以及研究方法，亦见该文本序言部分。

《论语》

林语堂　英译

一、孔子本人及他人对孔子的描述

叶公问孔子于子路，子路不对。子曰："汝奚不曰，其为人也，发愤忘食，乐以忘忧，不知老之将至云尔。"

子路宿于石门。晨门曰："奚自？"子路曰："自孔氏。"曰："是知其不可而为之者欤？"

微生亩谓孔子曰："丘何为是栖栖者欤？无乃为佞乎？"孔子曰："非敢为佞也，疾固也。"

子曰："吾十有五而志于学，三十而立，四十而不惑，五十而知天命，六十而耳顺[1]，七十而从心所欲，不逾矩。"

颜渊季路侍，子曰："盍各言尔志？"子路曰："愿车马衣裘与朋友共蔽之而无憾。"颜渊曰："愿无伐善，无施劳。"子路曰："愿闻子之志。"子曰："老者安之，朋友信之，少者怀之。"

逸民伯夷、叔齐、虞仲、夷逸、朱张、柳下惠、少连。子曰："不降其志，不辱其身，伯夷、叔齐欤？"谓柳下惠、少连，"降志辱身矣，言中伦，行中虑，其斯而已矣"。谓虞仲、夷逸"隐居放言，身中清，废中权"。"我则异于是，无可无不可[2]。"

---

[1] 此处这个例子表明，古本译者具有极大责任以及揣摩文本的空间。中文原文只有两个字"耳顺"。

[2] 字面只有五个字"无可无不可"。孟子后来对此进行了充分的评述，认为孔子是一位非常灵活之人，他根据具体情况做事。必要的话，他可以为官，也可以不为官。与文中提到的其他逸民相比。孔子性格中有一种积极的冲动以及哲学意义上的与世无争。

　　大宰问于子贡曰："夫子圣者欤？何其多能也？"子贡曰："固天纵之将圣，又多能也。"子闻之曰："大宰知我乎！吾少也贱，故多能鄙事。君子多乎哉？不多也。"牢曰："子云：'吾不试，故艺。'"

　　子曰："饭疏食饮水，曲肱而枕之，乐亦在其中矣。不义而富且贵，于我如浮云。"

　　子曰："君子道者三，我无能焉：仁者不忧，知者不惑，勇者不惧。"子贡曰："夫子自道也。"

　　子曰："文，莫吾犹人也。躬行君子，则吾未之有得。"

　　子曰："若圣与仁，则吾岂敢？抑为之不厌，诲人不倦。"

　　子曰："吾有知乎哉？无知也。有鄙夫问于我，空空如也。我叩其两端而竭焉。"

　　子曰："十室之邑，必有忠信如丘者焉，不如丘之好学也。"

　　子曰："述而不作，信而好古，窃比于我老彭。"

　　子曰："默而识之，学而不厌，诲人不倦，何有于我哉？"

　　子曰："德之不修，学之不讲，闻义不能徙，不善不能改，是吾忧也。"

　　子曰："我非生而知之者，好古，敏以求之者也。"

　　子曰："赐也，汝以予为多学而识之者欤？"对曰："然，非与？"曰："非也，予一以贯之。"

　　子曰："盖有不知而作之者，我无是也。多闻，择其善者而从之，多见而识之，知之次也。"

　　子曰："吾尝终日不食，终夜不寝，以思，无益，不如学也。"

　　子曰："三人行，必有我师焉。择其善者而从之，其不善者而改之。"

　　子曰："不愤不启，不悱不发。举一隅不以三隅反者，则不复也。"

子曰："自行束脩以上，吾未尝无诲焉。"

互乡难与言，童子见，门人惑。子曰："与其进也，不与其退也，唯何甚？人洁己以进，与其洁也，不保其往也。"

子畏于匡，曰："文王既没，文不在兹乎？天之将丧斯文也，后死者不得与于斯文也；天之未丧斯文也，匡人其如予何？"

子曰："天生德于予，桓魋其如予何？"①

子曰："加我数年，五十以学《易》，可以无大过矣。"

子所雅言，《诗》《书》、执礼，皆雅言也。

子罕言利与命与仁。②

子不语怪、力、乱、神。

子以四教：文、行、忠、信。

子钓而不纲，弋不射宿。③

子绝四：毋意，毋必，毋固，毋我。

子温而厉，威而不猛，恭而安。

颜渊喟然叹曰："仰之弥高，钻之弥坚。瞻之在前，忽焉在后。夫子循循然善诱人，博我以文，约我以礼，欲罢不能。既竭吾才，如有所立卓尔。虽欲从之，未由也已。"

叔孙武叔语大夫于朝曰："子贡贤于仲尼。"子服景伯以告子贡。子贡曰："譬之宫墙，赐之墙也及肩，窥见室家之好。夫子之墙数仞，不得其门而入，不见宗庙之美，百官之富。得其门者或寡矣。夫子之云，不亦宜乎！"

叔孙武叔毁仲尼。子贡曰："无以为也。仲尼不可毁也。他人

---

① 详细内容见《孔子的智慧》第二章第四节。

② 孔子及其门生最常谈到的话题是"仁"。参见下文第六节。因此，这里有明显的错误，除非其意为孔子不愿意承认他的门生钦佩的许多人可以叫做"仁人"。

③ 二者均为不公平。

之贤者，丘陵也，犹可逾也。仲尼，日月也，无得而逾焉。人虽欲自绝，其何伤于日月乎？多见其不知量也。"

二、孔子的情感世界与艺术世界

颜渊死，子哭之恸。从者曰："子恸矣。"曰："有恸乎？非夫人之为恸而谁为？"

子食于有丧者之侧，未尝饱也。子于是日哭，则不歌。

子之所慎，斋、战、疾。

或问禘之说。子曰："不知也。知其说者，之于天下也，其如示诸斯乎！"

祭如在，祭神如神在。子曰："吾不与祭，如不祭。"

王孙贾问曰："与其媚于奥，宁媚于灶，何谓也？"子曰："不然，获罪于天，无所祷也。"[1]

子贡欲去告朔之饩羊。子曰："赐也，尔爱其羊，我爱其礼。"

子曰："敬鬼神而远之。"

子曰："甚矣！吾衰也。久矣吾不复梦见周公[2]！"

子在齐闻韶，三月不知肉味，曰："不图为乐之至于斯也。"子与人歌而善，必使反之，而后和之。

子曰："兴于诗，立于礼，成于乐。"

子曰："吾自卫反鲁，然后乐正，《雅》《颂》各得其所。"

---

[1] 在现代中国，人们认为这些神在上天面前替人说情。

[2] 孔子力图恢复周朝的道德和政治制度。周公即为周朝道德统治者和政治制度缔造者的象征。

颜渊问为邦。子曰："行夏之时，乘殷之辂 [①]，服周之冕，乐则《韶》舞。放郑声，远佞人。郑声淫，佞人殆。"

子曰："由之瑟，奚为于丘之门？"门人不敬子路。子曰："由也升堂矣，未入于室也。" [②]

君子不以绀緅饰，红紫不以为亵服。当暑绤绤，必表而出之。缁衣羔裘，素衣麑裘，黄衣狐裘。必有寝衣，长一身有半。狐貉之厚以居。去丧，无所不佩。

食不厌精，脍不厌细。食饐而餲，鱼馁而肉败，不食。色恶不食，臭恶不食，失饪不食，不时不食，割不正不食，不得其酱不食。肉虽多，不使胜食气。唯酒无量，不及乱。沽酒市脯不食。不撤姜食，不多食。

迅雷、风烈，必变。

三、谈话风格

子路、曾皙、冉有、公西华侍坐。子曰："以吾一日长乎尔，毋吾以也。居则曰：'不吾知也。'如或知尔，则何以哉？"子路率尔而对曰："千乘之国，摄乎大国之间，加之以师旅，因之以饥馑；由也为之，比及三年，可使有勇，且知方也。"夫子哂之。"求！尔何如？"对曰："方六七十，如五六十，求也为之，以及三年，可使足民。如其礼乐，以俟君子。""赤，尔何如？"对曰："非曰能之，愿学焉。宗庙之事，如会同，端章甫，愿为小相焉。""点，尔何

---

① 指粗重而无装饰的木车。

② 正统的解释是，子路学孔子教义取得了一些进步，但并没有精通之。我倾向于认为孔子意指子路只在外厅演奏，而不在内室，因而毕竟并非不可谅解。

如？"鼓瑟希，铿尔，舍瑟而作，对曰："异乎三子者之撰。"子曰："何伤乎？亦各言其志也。"曰："暮春者，春服既成，冠者五六人，童子六七人，浴乎沂，风乎舞雩，咏而归。"夫子喟然叹曰："吾与点也。"

子曰："二三子，以我为隐乎？吾无隐乎尔。吾无行而不与二三子者，是丘也。"

子之武城，闻弦歌之声。夫子莞尔而笑，曰："割鸡焉用牛刀？"子游对曰："昔者偃也闻诸夫了曰：'君子学道则爱人，小人学道则易使也。'"子曰："二三子！偃之言是也。前言戏之耳。"

达巷党人曰："大哉孔子！博学而无所成名。"子闻之，谓门弟子曰："吾何执？执御乎？执射乎？吾执御矣。"

陈司败问昭公知礼乎，孔子曰："知礼。"孔子退，揖巫马期而进之：曰"吾闻君子不党，君子亦党乎？君取于吴为同姓，谓之吴孟子。君而知礼，孰不知礼？"巫马期以告。子曰："丘也幸，苟有过，人必知之。"

子贡曰："有美玉于斯，韫椟而藏诸？求善贾而沽诸？"子曰："沽之哉！沽之哉！我待贾者也。"

或问子产。子曰："惠人也。"问子西。曰："彼哉！彼哉！"

子问公叔文子于公明贾曰："信乎，夫子不言不笑，不取乎？"公明贾对曰："以告者过也。夫子时然后言，人不厌其言。乐然后笑，人不厌其笑；义然后取，人不厌其取。"子曰："其然？岂其然乎？"

子贡方人。子曰："赐也贤乎哉？夫我则不暇。"

子曰："饱食终日，无所用心，难矣哉！不有博弈者乎？为之，犹贤乎已。"

子曰:"群居终日,言不及义,好行小惠,难矣哉!"

子曰:"予欲无言。"子贡曰:"子如不言,则小子何述焉?"子曰:"天何言哉?四时行焉,百物生焉,天何言哉?"

子曰:"吾与回言终日,不违,如愚。退而省其私,亦足以发,回也不愚。"

四、约翰逊风格

子曰:"观过,斯知仁矣。"[①]

子贡问曰:"何如斯可谓之士矣?"子曰:"行己有耻,使于四方,不辱君命,可谓士矣。"曰:"敢问其次。"曰:"宗族称孝焉,乡党称弟焉。"曰:"敢问其次。"曰:"言必信,行必果,硁硁然,小人哉!抑亦可以为次矣。"曰:"今之从政者何如?"子曰:"噫!斗筲之人,何足算也。"

子疾病,子路使门人为臣。病间曰:"久矣哉,由之行诈也!无臣而为有臣。吾谁欺?欺天乎?"

子见南子,子路不说。夫子矢之,曰:"予所否者,天厌之!无厌之!"

宰予昼寝。子曰:"朽木不可雕也,粪土之墙不可圬也;于予与何诛?"子曰:"始吾于人也,听其言而信其行;今吾于人也,听其言而观其行。于予与改是。"

哀公问社于宰我。宰我对曰:"夏后氏以松,殷人以柏,周

---

①《礼记》第三十二章给出了更详尽的引文。这个例子也说明了孔子的一些妙语佳句包含在《论语》之中而无上下文的情况。上述格言本身非常像法国文论家圣伯夫的言论,通过考察孔子性格上的瑕疵,似乎表明更为真实的孔子性格的概念。

人以栗。"曰使民战栗。"子闻之曰:"成事不说,遂事不谏,既往不咎。"

孺悲欲见孔子,孔子辞以疾。将命者出户,取瑟而歌,使之闻之。

阳货欲见孔子,孔子不见,归孔子豚。孔子时其亡也,而往拜之。遇诸涂。谓孔子曰:"来!予与尔言。"曰:"怀其宝而迷其邦。可谓仁乎?"曰:"不可。""好从事而亟失时,可谓知乎?"曰:"不可。""日月逝矣,时不我与。"孔子曰:"诺;吾将仕矣。"(阳货是鲁国的权臣,非常腐败,孔子不愿在他手下。)

陈成子弑简公。孔子沐浴而朝,告于哀公曰:"陈恒弑其君,请讨之。"公曰:"告夫三子!"孔子曰:"以吾从大夫之后,不敢不告也。君曰:'告夫三子'者。"之三子告,不可。孔子曰:"以吾从大夫之后,不敢不告也。"

原壤夷俟。子曰:"幼而不孙弟,长而无述焉,老而不死,是为贼。"以杖叩其胫。

季康子患盗,问于孔子。孔子对曰:"苟子之不欲,虽赏之不窃。"

季氏富于周公,而求也为之聚敛而附益之。子曰:"非吾徒也。小子鸣鼓而攻之可也。"

季氏将伐颛臾。冉有、季路见于孔子,曰:"季氏将有事于颛臾。"孔子曰:"求!无乃尔是过欤?夫颛臾,昔者先王以为东蒙主,且在邦域之中矣,是社稷之臣也。何以伐为?"冉有曰:"夫子欲之,吾二臣者皆不欲也。"孔子曰:"求!周任有言曰:'陈力就列,不能者止。'危而不持,颠而不扶,则将焉用彼相矣?且尔言过矣,虎兕出于柙,龟玉毁于椟中,是谁之过欤?"冉有曰:"今夫颛臾,固而近于费。今不取,后世必为子孙忧。"孔子曰:"求!君子疾夫舍曰欲之而必为之辞。丘也闻有国有家者，不患寡而患不均，不患贫而患不安。盖均无贫，和无寡，安无倾。夫如是，故远人不服，则修文德以来之。既来之，则安之。今由与求也，相夫子，远人不服，而不能来也；邦分崩离析，而不能守也；而谋动干戈于邦内。吾恐季孙之忧，不在颛臾，而在萧墙之内也。"

五、谋略与智慧

子曰："知之为知之，不知为不知，是知也。"

子曰："不曰'如之何，如之何'者，吾未如之何也已矣。"

子曰："过而不改，是谓过矣。"

子曰："觚不觚，觚哉！觚哉！"

孔子曰："为君难，为臣不易。"

季文子三思而后行。子闻之曰："再，斯可矣。"

子曰："圣人，吾不得而见之矣；得见君子者，斯可矣。"

子曰："有德者必有言，有言者不必有德。仁者必有勇，勇者不必有仁。"

子曰："其言之不怍，则为之也难。"

子曰："知之者不如好之者，好之者不如乐之者。"

孔子曰："待于君子有三愆：言未及之而言谓之躁，言及之而不言谓之隐，未见颜色而言谓之瞽。"

子曰："可与言而不与言，失人；不可与言而与之言，失言。知者不失人，亦不失言。"

子曰："君子不以言举人，不以人废言。"

子贡问曰："乡人皆好之，何如？"子曰："未可也。""乡人皆恶之，何如？"子曰："未可也；不如乡人之善者好之，其不善者恶之。"

子曰："奢则不孙，俭则固。与其不孙也，宁固。"

子曰："贫而无怨难，富而无骄易。"

子曰："邦有道，贫且贱焉，耻也；邦无道，富且贵焉，耻也。"

子曰："鄙夫可与事君也欤哉？其未得之也，患得之。既得之，患失之。苟患失之，无所不至矣。"

子曰："不患莫己知，求为可知也。"

子曰："君子求诸己，小人求诸人。"

子曰："躬自厚而薄责于人，则远怨矣。"

子曰："人无远虑，必有近忧。"

子曰："巧言乱德。小不忍，则乱大谋。"

子曰："骥不称其力，称其德也。"

或曰："以德报怨，何如？"子曰："何以报德？以直报怨，以德报德。"

子曰："以德报怨，则宽身之仁也；以怨报德，则刑戮之民也。"（《礼记》第三十二）

子曰："苗而不秀者有矣夫！秀而不实者有矣夫！"

子曰："如有周公之才之美，使骄且吝，其余不足观也已。"

子曰："君子不重则不威，学则不固，主忠信，无友不如己者，过，则勿惮改。"

子曰："见贤思齐焉，见不贤而内自省也。"

子曰："已矣乎，吾未见能见其过而内自讼者也。"

子曰："躬自厚而薄责于人。"

子贡曰："贫而无谄，富而无骄，何如？"子曰："可也；未若贫而乐道，富而好礼者也。"

子曰："三军可夺帅也，匹夫不可夺志也。"

六、人文主义和仁

子曰："人能弘道，非道弘人。"

子曰："道不远人。人之为道而远人，不可以为道。"

季路问事鬼神。子曰："未能事人，焉能事鬼？"曰："敢问死。"曰："未知生，焉知死？"

厩焚。子退朝，曰："伤人乎？"不问马。

人之度为人

子曰："无欲而好仁者，无畏而恶不仁者，天下一人而已矣。是故君子议道自己，而罢法以民。"（《礼记》第三十二）

子曰："仁之为器重，其为道远，举者莫能胜也，行者莫能致也。取数多者，仁也。夫勉于仁者，不亦难乎？是故君子以义度人，则难为人；以人望人，则贤者可知已矣。"（《礼记》第三十二）

子曰："中心安仁者，天下一人而已矣。"（《礼记》第三十二）

子贡曰："如有博施于民而能济众，何如？可谓仁乎？"子曰："何事于仁！必也圣乎！尧舜其犹病诸！夫仁者，己欲立而立人，己欲达而达人。能近取譬，可谓仁之方也已。"

子曰："仁远乎哉？我欲仁，斯仁至矣。"

为人准则

仲弓问仁。子曰:"出门如见大宾,使民如承大祭。己所不欲,勿施于人。在邦无怨,在家无怨。"

子贡曰:"我不欲人之加诸我也,吾亦欲无加诸人。"子曰:"赐也,非尔所及也。"

子曰:"参乎,吾道一以贯之。"曾子曰:"唯。"子出,门人问曰:"何谓也?"曾子曰:"夫子之道,忠恕而已矣。"

子贡问曰:"有一言,而可以终身行之者乎?"子曰:"其恕乎!己所不欲,勿施于人。"

仁

子曰:"仁之难成久矣!从失其所好。故仁者之过易辞也。"(《礼记》第三十二)

子曰:"仁之难成久矣,唯君子能之。是故君子不以其所能者病人,不以人之所不能者愧人。"(《礼记》第三十二)

子曰:"中庸之为德也,其至矣乎!民鲜久矣。"

颜渊问仁。子曰:"克己复礼为仁。一日克己复礼,天下归仁焉。为仁由己,而由人乎哉?"

子曰:"恭近礼,俭近仁,信近情,敬让以行此。虽有过,其不甚矣。夫恭寡过,情可信,俭易容也,以此失之者,不亦鲜乎!"(《礼记》第三十二)

子曰:"回也,其心三月不违仁,其余则日月至焉而已矣。"

或曰:"克、伐、怨、欲不行焉,可以为仁矣?"子曰:"可以为难矣,仁则不知也。"

子张问曰："令尹子文，三仕为令尹，无喜色，三已之，无愠色。旧令尹之政，必以告新令尹。何如？"子曰："忠矣。"曰："仁矣乎？"曰："未知，焉得仁？"①

或曰："仲弓也仁而不佞。"子曰："焉用佞？御人以口给，屡憎于人。吾不知其仁。焉用佞？"

孟武伯问子路仁乎？子曰："不知也。"又问。子曰："由也，千乘之国，可使治其赋也，不知其仁也。""求也何如？"子曰："求也，千室之邑，百乘之家，可使为之宰也，不知其仁也。""赤也何如？"子曰："赤也，束带立于朝，可使与宾客言也，不知其仁也。"

对仁的进一步阐述

子曰："不仁者不可以久处约，不可以长处乐。仁者安仁，智者利仁。"

子曰："唯仁者能好人，能恶人。"

子曰："君子去仁，恶乎成名？君子无终食之间违仁，造次必于是，颠沛必于是。"

子曰："人而不仁，如礼何？人而不仁，如乐何？"

子曰："知者不惑，仁者不忧，勇者不惧。"

子曰："仁者，其言也讱。"曰："其言也讱，斯谓之仁已乎？"子曰："为之难，言之得无讱乎？"

---

① 像这样的句子可以表明，把中文的"仁"译为"kindness"、"benevolence"、"a kind person"或"a benevolent person"是多么的不充分。

七、君子与小人

子曰："君子喻于义，小人喻于利。"

子曰："君子怀德，小人怀土；君子怀刑，小人怀惠。"

子曰："君子和而不同，小人同而不和。"

子曰："君子矜而不争，群而不党。"

子曰："君子求诸己，小人求诸人。"

子曰："君子易事而难说也。说之不以道，不说也；及其使人也，器之。小人难事而易说也。说之虽不以道，说也；及其使人也，求备焉。"

子曰："君子不可小知而可大受也，小人不可大受而可小知也。"

子曰："君子周而不比，小人比而不周。"

（孔子）在陈绝粮，从者病，莫能兴。子路愠见曰："君子亦有穷乎？"子曰："君子固穷，小人穷斯滥矣。"

子曰："君子谋道不谋食。耕也，馁在其中矣；学也，禄在其中矣。君子忧道不忧贫。"

子曰："君子坦荡荡，小人长戚戚。"

子曰："君子泰而不骄，小人骄而不泰。"

司马牛问君子。子曰："君子不忧不惧。"曰："不忧不惧，斯谓之君子已乎？"子曰："内省不疚，夫何忧何惧？"

子曰："君子之于天下也，无适也，无莫也，义之与比。"

子曰："君子食无求饱，居无求安，敏于事而慎于言，就有道而正焉，可谓好学也已矣。"

子曰："士志于道，而耻恶衣恶食者，未足与议也。"

子曰："士而怀居，不足以为士矣。"

子曰："事君三违而不出境，则利禄也。人虽曰不要，吾弗信也。"（《礼记》第三十二）

子曰："君子耻其言而过其行。"

孔子曰："君子有三戒。少之时，血气未定，戒之在色；及其壮也，血气方刚，戒之在斗；及其老也，血气既衰，戒之在得。"

八、中庸作为理想的人格及孔子鄙夷的几种人

中庸之人

子曰："乡愿，德之贼也。"[1]

子在陈（孔子在陈国游学，决定回到鲁国编撰教书），曰："归欤！归欤！吾党之小子狂简，斐然成章。"

子贡问师与商也孰贤。子曰："师也过，商也不及。"曰："然则师愈欤？"子曰："过犹不及。"

子谓子夏曰："汝为君子儒！无为小人儒！"

子曰："先进于礼乐，野人也；后进于礼乐，君子也。如用之，则吾从先进。"

---

[1] 因此，在儒家学说中存在四类人，孟子对此进行了清晰的辨别和全面的评论。孟子认为，奉行中庸之人为理想的人才。其次，因为这种理想人才不可得，他愿意面对杰出但古怪之人。孟子把此类人描述为"具有理想主义的豪爽奔放本性，总是说'古人！古人！'而自身的行为却自由放纵，不隐藏过失"。

孔子憎恶的几类人

子曰："古者民有三疾，今也或是之亡也。古之狂也肆，今之狂也荡；古之矜也廉，今之矜也忿戾；古之愚也直，今之愚也诈而已矣。"

子贡曰："君子亦有恶乎？"子曰："有恶：恶称人之恶者，恶居下流而讪上者，恶勇而无礼者，恶果敢而窒者。"曰："赐也亦有恶乎？""恶徼以为知者，恶不孙以为勇者，恶讦以为直者。"

子曰："狂而不直，侗而不愿，悾悾而不信，吾不知之矣。"

子曰："色厉而内荏，譬诸小人，其犹穿窬之盗也欤？"

子曰："唯女子与小人为难养也，近之不孙，远之则怨。"

子曰："巧言令色，鲜矣仁。"

子曰："君子不以辞尽人，故天下有道，则行有枝叶。天下无道，则辞有枝叶。"（《礼记》第三十二）

九、为 政

子曰："道之以政，齐之以刑，民免而无耻；道之以德，齐之以礼，有耻且格。"

子曰："齐一变，至于鲁；鲁一变，至于道。"

子曰："听讼，吾犹人也。必也使无讼乎！"

或谓孔子曰："子奚不为政？"子曰："《书》云孝乎唯孝，友于兄弟，施于有政。是亦为政，奚其为为政？"

有子曰："其为人也孝弟，而好犯上者，鲜矣。"

为政的道德范例

子曰："为政以德，譬如北辰，居其所而众星共之。"

季康子问政于孔子。孔子对曰："政者，正也。子帅以正，孰敢不正？"

季康子问政于孔子曰："如杀无道以就有道，何如？"孔子对曰："子为政，焉用杀？子欲善而民善矣。君子之德风，小人之德草。草上之风必偃。"

子曰："其身正，不令而行；其身不正，虽令不从。"

子曰："苟正其身矣，于从政乎何有？不能正其身，如正人何？"

为政的因素

子贡问政。子曰："足食，足兵，民信之矣。"子贡曰："必不得已而去，于斯三者何先？"曰："去兵。"子贡曰："必不得已而去，于斯二者何先？"曰："去食。自古皆有死，民无信不立。"

十、关于教育、礼仪和诗

子曰："兴于诗，立于礼，成于乐。"

子曰："博学于文，约之以礼，亦可以弗畔矣夫！"

有子曰："礼之用，和为贵。先王之道，斯为美；小大由之。有所不行，知和而和，不以礼节之，亦不可行也。"

子曰："礼云礼云，玉帛云乎哉？乐云乐云，钟鼓云乎哉？"

子夏问曰："'巧笑倩兮，美目盼兮，素以为绚兮。'何谓也？"子曰："绘事后素。"曰："礼后乎？"子曰："起予者商也！始可与言《诗》已矣。"

林放问礼之本。子曰："大哉问！礼与其奢也，宁俭；丧，与其易也，宁戚。"

子曰："知及之，仁不能守之；虽得之，必失之。知及之，仁能守之。不庄以莅之，则民不敬。知及之，仁能守之，庄以莅之，动之不以礼，未善也。"

子曰："诗三百，一言以蔽之，曰：思无邪。"

陈亢问于伯鱼曰："子亦有异闻乎？"对曰："未也。尝独立，鲤趋而过庭。曰：'学诗乎？'对曰：'未也。''不学诗，无以言。'鲤退而学诗。他日，又独立，鲤趋而过庭。曰：'学礼乎？'对曰：'未也。''不学礼，无以立。'鲤退而学礼。闻斯二者。"陈亢退而喜曰："问一得三，闻诗，闻礼，又闻君子之远其子也。"

子曰："学而不思则罔，思而不学则殆。"

子曰："学而时习之，不亦说乎？"

子曰："温故而知新，可以为师矣。"

子曰："古之学者为己，今之学者为人。"

子曰："由也！汝闻六言六蔽矣乎？"对曰："未也。""居！吾语汝。好仁不好学，其蔽也愚；好知不好学，其蔽也荡；好信不好学，其蔽也贼；好直不好学，其蔽也绞；好勇不好学，其蔽也乱；好刚不好学，其蔽也狂。"

孔子曰："生而知之者上也，学而知之者次也；困而学之，又其次也；困而不学，民斯为下矣。"

　　子曰："弟子，入则孝，出则悌，谨而信，泛爱众，而亲仁。行有余力，则以学文。"

子思《中庸》

序　言

我想是已故的翟理思教授把孔子的性格描述为典型的英国小学校长的性格。恐怕这一描述最让孔子感到高兴了。实际上，中国绅士跟英国绅士一样，至少那些地道的绅士，难以描述，无法界定，平平常常。在大街上，你从他旁边走过，不会认出他来，就像完美的英语发音不带出任何地方口音一样。英国绅士的精华是与他的同胞难以区分，儒家文化的精华是努力寻求道德上的平庸。只有持守中庸，即中庸之道，才可以获得这种平庸。孔子曰："素隐行怪，后世有述焉，吾弗为之矣。"他曾把名人与真正伟大的人加以区分，把"名"人描述为"居内为人谈，居外为人谈"之人。儒家学者正是把这个中庸学说作为人类所有行为的基本哲学，目的是把中华民族变成一个乡村校长的国家。

中庸也许代表着儒家道德哲学的最佳哲学方法。这部书中包含如下伟大的说法："天命之谓性，率性之谓道，修道之谓教。""诚者，天之道也；诚之者，人之道也。"这里有伟大的人文名言，"道不远人。人之为道而远人，不可以为道。"这里还有重要的儒家学说：衡量人的尺度是人，人性善的标准不在天，而在人。有对内部道德法则、身份和外部宇宙法则的有些神秘的进一步认可。

《中庸》是从前所有小学必修的《四书》之一。这部书最初是《礼记》的第三十一章。跟《礼记》的某些章节一样，其作者被认为是子思，即孔子之孙，所谓的孟子之师。仔细研究一下本书的风格，可以看出它最初可能包含两个独立的部分，一部分是作者漂亮的风格和高度哲理性的思想，另一部分是引用孔子关于中庸的各式各样引文，放在了一起，其间并无太大的关联或顺序。我重新排放了一下，在每部分前面加上了标题，这样做的原因在《孔子的智慧》（现代图书馆）一书中这部分的序言里讲得非常充分。

为了方便那些希望对照原文的认真学生，我在每部分开头用括号插入了原来的"章节"数。译文是已故的杰出的辜鸿铭所作，我做了一些修订，以使译文与原文更为接近。

《中庸》

韦鸿铭 英译

一、中 和

（一）天命之谓性，率性之谓道，修道之谓教。道也者，不可须臾离也。可离非道也。是故君子戒慎乎其所不睹，恐惧乎其所不闻。莫见乎隐，莫显乎微，故君子慎其独也。

喜怒哀乐之未发，谓之中；发而皆中节，谓之和。中也者，天下之大本也；和也者，天下之达道也。致中和，天地位焉，万物育焉。

二、中 庸

（二）仲尼曰："君子中庸（"中庸"通常译为"the Mean"）[1]，小人反中庸。君子之中庸也，君子而时中；小人之中庸也，小人而无忌惮也。"

（三）子曰："中庸其至矣乎！民鲜能久矣！"

（四）子曰："道之不行也，我知之矣：知者过之，愚者不及也；

---

[1] "中"意为"中心的"，"庸"意为"恒常的"。整个思想表达了一个准则概念。第二、三、四、五、六节有可能最初是独立的书，后来跟其他节（第一、七、八、九、十节）合并在一起。这两部分的风格迥然相异，这也说明了从第一节的中和（central harmony）到第二节的中庸（Golden Mean）的突兀变化。

道之不明也，我知之矣：贤者过之，不肖者不及也。人莫不饮食也，鲜能知味也。"

（五）子曰："道其不行矣夫！"

（七）子曰："人皆曰'予知'，驱而纳诸罟擭陷阱之中，而莫之知辟也。人皆曰'予知'，择乎中庸而不能期月守也。"

（八）子曰："回之为人也，择乎中庸，得一善，则拳拳服膺而弗失之矣。"

（九）子曰："天下国家可均也，爵禄可辞也，白刃可蹈也，中庸不可能也。"

（十）子路问强。子曰："南方之强与？北方之强与？抑而强与？宽柔以教，不报无道，南方之强也，君子居之。衽金革，死而不厌，北方之强也，而强者居之。故君子和而不流，强哉矫！国有道，不变塞焉，强哉矫！国无道，至死不变，强哉矫！"

（十一）子曰："素隐行怪，后世有述焉，吾弗为之矣。君子遵道而行，半途而废，吾弗能已矣。君子依乎中庸，遁世不见知而不悔，唯圣者能之。"

三、道无处不在

（十二）君子之道费而隐。夫妇之愚，可以与知焉；及其至也，虽圣人亦有所不知焉。夫妇之不肖，可以能行焉；及其至也，虽圣人亦有所不能焉。天地之大也，人犹有所憾。故君子语大，天下莫能载焉；语小，天下莫能破焉。《诗》云："鸢飞戾天，鱼跃于渊。"言其上下察也。君子之道，造端乎夫妇；及其至也，察乎天地。

（十六）子曰："鬼神之为德，其盛矣乎！视之而弗见，听之而弗闻，体物而不可遗。使天下之人齐明盛服，以承祭祀。洋洋乎如在其上，如在其左右。

"《诗》曰：'神之格思，不可度思！矧可射思！'夫微之显，诚之不可掩如此夫！"

四、人文主义标准

（十三）子曰："道不远人。人之为道而远人，不可以为道。"《诗》云："伐柯伐柯，其则不远。"执柯以伐柯，睨而视之，犹以为远。故君子以人治人，改而止。忠恕远道不远，施诸己而不愿，亦勿施之于人。

"君子之道四，丘未能一焉：所求乎子以事父，未能也；所求乎臣以事君，未能也；所求乎弟以事兄，未能也；所求乎朋友先施之，未能也。庸德之行，庸言之谨，有所不足，不敢不勉；有余不敢尽；言顾行，行顾言，君子胡不慥慥尔！"

（十五）君子之道，譬如行远必自迩，譬如登高必自卑。《诗》曰："妻子好合，如鼓瑟琴；兄弟既翕，和乐且耽；宜尔室家，乐尔妻帑。"子曰："父母其顺矣乎！"

（十四）君子素其位而行，不愿乎其外。素富贵，行乎富贵；素贫贱，行乎贫贱；素夷狄，行乎夷狄；素患难，行乎患难。君子无入而不自得焉。

在上位，不陵下；在下位，不援上。正己而不求于人则无怨。上不怨天，下不尤人。故君子居易以俟命，小人行险以徼幸。

子曰："射有似乎君子，失诸正鹄，反求诸其身。"

五、模　式

（六）子曰："舜其大知也与！舜好问而好察迩言，隐恶而扬善，执其两端，用其中于民。其斯以为舜乎！"

（十七）子曰："舜其大孝也与！德为圣人，尊为天子，富有四海之内；宗庙飨之，子孙保之。故大德必得其位，必得其禄，必得其名，必得其寿。故天之生物，必因其材而笃焉。故栽者培之，倾者覆之。

《诗》曰：'嘉乐君子，宪宪之令德。宜民宜人，受禄于天；保佑命之，自天申之。'故大德者必受命。"

（十八）子曰："无忧者，其唯文王乎！以王季为父，以武王为子。父作之，子述之。武王缵大王、王季、文王之绪，壹戎衣而有天下；尊为天子，富有四海之内；宗庙飨之，子孙保之。

"武王末受命，周公成文武之德，追王大王、王季，上祀先公以天子之礼。"

（"其礼也，达乎诸侯、大夫，及士庶人。父为大夫，子为士，葬以大夫，祭以士；父为士，子为大夫，葬以士，祭以大夫。期之丧，达乎大夫；三年之丧，达乎天子；父母之丧，无贵贱一也。"）[①]

（十九）子曰："武王、周公，其达孝矣乎！夫孝者，善继人之志，善述人之事者也。春秋修其祖庙，陈其宗器，设其裳衣，荐其时食。

"宗庙之礼，所以序昭穆也；序爵，所以辨贵贱也；序事，所以辨贤也；旅酬下为上，所以逮贱也；燕毛，所以序齿也。

① 这段是孔子原本的一部分，但从内容上更像评注。

"践其位，行其礼，奏其乐，敬其所尊，爱其所亲。事死如事生，事亡如事存，孝之至也。

"郊社之礼，所以事上帝也。宗庙之礼，所以祀乎其先也。明乎郊社之礼、禘尝之义，治国其如示诸掌乎！"

六、伦理与政治①

（二十）哀公（孔子之国鲁国的国君）问政。子曰："文武之政，布在方策。其人存，则其政举；其人亡，则其政息。人道敏政，地道敏树。夫政也者，蒲卢也。故为政在人，取人以身，修身以道，修道以仁。

"仁者，人也，亲亲为大；义者，宜也，尊贤为大；亲亲之杀，尊贤之等，礼所生也。在下位不获乎上，民不可得而治矣！

"故君子不可以不修身；思修身，不可以不事亲；思事亲，不可以不知人；思知人，不可以不知天。

"天下之达道五，所以行之者三。曰：君臣也，父子也，夫妇也，昆弟也，朋友之交也，五者，天下之达道也。知、仁、勇②三者，天下之达德也，所以行之者人，一也。

"或生而知之，或学而知之，或困而知之，及其知之，一也；或安而行之，或利而行之，或勉强而行之，及其成功，一也。"

子曰："好学近乎知，力行近乎仁，知耻近乎勇。知斯三者，则知所以修身；知所以修身，则知所以治人；知所以治人，则知所以治天下国家矣。

---

① 本节一定是从其他"古代文献"而来。孔子与哀公有许多谈话。
② 辜把这些译为"intelligence, moral character and courage"。

"凡为天下国家有九经，曰：修身也，尊贤也，亲亲也，敬大臣也，体群臣也，子庶民也，来百工也，柔远人也，怀诸侯也。修身则道立，尊贤则不惑，亲亲则诸父昆弟不怨，敬大臣则不眩，体群臣则士之报礼重，子庶民则百姓劝，来百工则财用足，柔远人则四方归之，怀诸侯则天下畏之。

"齐明盛服，非礼不动，所以修身也；去谗远色，贱货而贵德，所以劝贤也；尊其位，重其禄，同其好恶，所以劝亲亲也；官盛任使，所以劝大臣也；忠信重禄，所以劝士也；时使薄敛，所以劝百姓也；日省月试，既禀称事，所以劝百姓也；日省月试，既禀称事，所以劝百工也；送往迎来，嘉善而矜不能，所以柔远人也；继绝世，举废国，治乱持危，朝聘以时，厚往而薄来，所以怀诸侯也。

"凡为天下国家有九经，所以行之者一也。凡事预则立，不豫则废。言前定则不跲，事前定则不困，行前定则不疚，道前定则不穷。"

七、诚　身

"在下位不获乎上，民不可得而治矣；获乎上有道，不信乎朋友，不获乎上矣；信乎朋友有道，不顺乎亲，不信乎朋友矣；顺乎亲有道，诸身不诚，不顺乎亲矣，诚身有道，不明乎善，不诚乎身矣。

"诚者，天之道也；诚之者，人之道也。诚者不勉而中，不思而得，从容中道，圣人也。诚之者，择善而固执之者也。[1]

"博学之，审问之，慎思之，明辨之，笃行之。有弗学，学之

---

[1] 从本节开头，这一部分可以在《孟子》四卷上中看到。完整的谈话也可以在《孔子家语》中看到，没有紧接下来的那节。

弗能弗措也；有弗问，问之弗知弗措也；有弗思，思之弗得弗措也；有弗辨，辨之弗明弗措也；有弗行，行之弗笃弗措也。人一能之，已百之；人十能之，已千之。果能此道矣，虽愚必明，虽柔必强。"

（二十一）自诚明，谓之性；自明诚，谓之教。诚则明矣，明则诚矣。[①]

八、至诚者

（二十二）唯天下至诚，为能尽其性；能尽其性，则能尽人之性；能尽人性，则能尽物之性；能尽物之性，则可以赞天地之化育；可以赞天地之化育，则可以与天地参矣。

（二十三）其次致曲。曲能有诚，诚则形，形则著，著则明，明则动，动则变，变则化。唯天下至诚为能化。

（二十四）至诚之道，可以前知。国家将兴，必有祯祥；国家将亡，必有妖孽。见乎蓍龟，动乎四体。祸福将至，必先知之。善，必先知之；不善，必先知之。故至诚如神。

（二十五）诚者，自成也；而道，自道也。诚者，物之终始。不诚无物。是故君子诚之为贵。诚者，非自成己而已也，所以成物也。成己，仁也；成物，知也。性之德也，合外内之道也，故时措之宜也。

（二十六）故至诚无息。不息则久，久则征，征则悠远，悠远则博厚，博厚则高明。博厚，所以载物也；高明，所以覆物也；悠

---

① 中文本中，本段自为"一章"。本段和接下来的两段全部为本人翻译，跟喜的译文不一样。

久，所以成物也。博厚配地，高明配天，悠久无疆。如此者，不见而章，不动而变，无为而成。

天地之道，可一言而尽也：其为物不贰，则其生物不测。天地之道：博也，厚也，高也，明也，悠也，久也。今夫天，斯昭昭之多；及其无穷也，日月星辰系焉，万物覆焉。今夫地，一撮土之多；及其广厚，载华岳而不重，振河海而不泄，万物载焉。今夫山，一拳石之多；及其广大，草木生之，禽兽居之，宝藏兴焉。今夫水，一勺之多；及其不测，鼋鼍蛟龙鱼鳖生焉，货财殖焉。

《诗》云："唯天之命，於穆不已！"盖曰天之所以为天也。"于乎不显！文王之德之纯！"盖曰文王之所以为文也。纯亦不已。

九、孔子颂词

（二十七）大哉，圣人之道！洋洋乎，发育万物，峻极于天。优优大哉！礼仪三百，威仪三千。待其人而后行。故曰苟不至德，至道不凝焉。

故君子尊德性而道问学，致广大而尽精微，极高明而道中庸；温故而知新，敦厚以崇礼。是故居上不骄，为下不倍；国有道，其言足以兴，国无道，其默足以容。[1]《诗》曰："既明且哲，以保其身。"其此之谓与！

（二十八）[2] 虽有其位，苟无其德，不敢作礼乐焉；虽有其德，苟无其位，亦不敢作礼乐焉。

---

[1] 此处。我们可以看到实现诚身与外在世界和谐——"诚"与"和"之间的关联。

[2] 下面两段是从"二十八章"合并而来。否则，"三重"（位、德和史证）就无法理解了。

（二十九）王天下有三重焉，其寡过矣乎！

子曰："吾说夏礼，杞不足征也；吾学殷礼，有宋存焉；吾学周礼，今用之，吾从周。"

（二十九）上焉者，虽善无征，无征不信，不信民弗从；下焉者，虽善不尊，不尊不信，不信民弗从。故君子之道，本诸身，征诸庶民，考诸三王而不缪，建诸天地而不悖，质诸鬼神而无疑，百世以俟圣人而不惑。赏诸鬼神而无疑，知天也；百世以俟圣人而不惑，知人也。

是故君子动而世为天下道，行而世为天下法，言而世为天下则。远之则有望，近之则不厌。

《诗》曰："在彼无恶，在此无射。庶几夙夜，以永终誉。"君子未有不如此而早有誉于天下者也。

（三十）仲尼祖述尧舜，宪章文武；上律天时，下袭水土。譬如天地之无不持载，无不覆帱，譬如四时之错行，如日月之代明。万物并育而不相害，道并行而不相悖。小德川流，大德敦化，此天地之所以为大也。

（三十一）唯天下至圣，为能聪明睿智，足以有临也；宽裕温柔，足以有容也；发强刚毅，足以有执也；齐庄中正，足以有敬也；文理密察，足以有别也。

故覆帱广大，其人性也。溥博渊泉，而时出之。溥博如天，渊泉如渊。见而民莫不敬，言而民莫不信，行而民莫不说。

是以声名洋溢乎中国，施及蛮貊；舟车所至，人力所通，天之所覆，地之所载，日月所照，霜露所坠，凡有血气者，莫不尊亲，故曰"配天"。

（三十二）唯天下至诚，为能经纶天下之大经，立天下之大本，知天地之化育。夫焉有所倚？肫肫其仁，渊渊其渊，浩浩其天。苟不固聪明圣知达天德者，其孰能知之？

十、后　记

《诗》曰："衣锦尚絅。"恶其文之著也。故君子之道，暗然而日章；小人之道，的然而日亡。君子之道：淡而不厌，简而文，温而理；知远之近，知风之自，知微之显，可与入德矣。

《诗》云："潜虽伏矣，亦孔之昭！"故君子内省不疚，无恶于志。君子之所不可及者，其唯人之所不见乎！

《诗》云："相在尔室，尚不愧于屋漏。"故君子不动而敬，不言而信。

《诗》曰："奏假无言，时靡有争。"是故君子不赏而民劝，不怒而民威于铁钺。

《诗》曰："不显唯德！百辟其刑之。"是故君子笃恭而天下平。

《诗》云："予怀明德，不大声以色。"子曰："声色之于以化民，末也。"

《诗》曰："德辕如毛"，毛犹有伦。"上天之载，无声无臭。"至矣！

第三部分

中国诗歌

中国诗歌

序　言

　　诗歌是最难翻译的文学形式，中国诗歌尤为如此。然而，许多天才学者的辛勤劳动，已经可以让西方欣赏到中国诗歌天才创作的些许精神。中国诗歌的发展非常重要，几乎所有杰出的中国学者都在身后留下了大量诗歌和散文。只不过唐朝比较著名罢了，唐诗的万分之一还没给翻译过来呢。李白的创作异常丰富，他的诗歌就连二十分之一还没译过来。"唐诗"是一种韵文名称，其风格传统且规定严格，后来在科举考试中使用，因而成为每位雄心勃勃的学者必修的内容。因此，尽管李白和杜甫是诗歌发展巅峰时期的代表，但诗歌创作并不局限于唐朝。而且，唐诗只是中国诗歌的一角，包括李白和杜甫在内的唐朝诗人是以所谓的"古诗"即自由体诗歌形式创作了他们最为优秀的作品。整个宋词元曲及其他戏剧性诗体实际上并不为西方所知。宋词是配乐诗歌，韵律复杂。

　　下面选取了古诗、唐诗和民间诗歌的一些实例。

古代伟大抒情诗

　　本部分的诗歌选自于孔子编纂的经典《诗经》。据史记载，孔子从三千首古诗中选取三百零五首，并根据音乐进行排列。大部分是民歌或"国歌"，有些是皇室祭祠时吟唱的圣歌。有五首圣歌是商朝（前1783—前1122）的。这本集子的背景是古代官员每年一次采风的习俗，目的是体察民意，了解民情。下面将会看到，许多诗歌是讽刺政府的作品，因为中国人从最早的时候就表现出了非同寻常的批评政府的倾向。

唐诗与《诗经》之间的区别是花瓶里精心摆放的嫩枝——每个角度和弧线都经过精心考虑——与野生花园的郁郁葱葱的区别。这些诗歌向我们奏响了古代人民的声音，新鲜率直，毫无矫揉造作，有的时候一点儿也不害臊。调情者发出了调情的声音，这在唐朝文人的诗歌里是不可能出现的。我们也听到了特别多样的主题：私奔、少女的渴望、弃妇、离婚女子、富人的奢侈、捕猎、战争、服役的士兵以及对富有阶层的嘲讽。

我这里采用了两位译者的译作，一位是中国通，另一位则不是，这样做的目的是希望给出一些具有代表性的作品。在中国诗歌的译文中，我认为海伦·沃德尔译得最好（《中国抒情诗》，霍尔特）。她翻译的蓝本是理雅各的译本及其注释，其译文绝非字面翻译。她采用的方法是捕捉诗歌的精髓或精神，然后运用诗歌中她需要的任何材料，把诗歌编织成一件精美的艺术品，从而达到这一目的。她完全成功了。人们不禁会产生这种印象，就是有人会在不懂汉语的情况下，竟然能用英语重新捕捉到大约三千年前有位中国农妇一闪而逝的思绪，突如其来的内心呐喊。翟理思的两首译诗也很迷人。理雅各博士的译文在措词、韵律和总体效果上往往达不到真正的诗意水平，但他没有什么误译之处，其译作使我们得以窥见《诗经》的宽广度和多样化。他把《诗经》全部译了出来，其中一些韵文相当成功。其实《诗经》要比唐诗更好译一些，因为不存在把诗人选词的深奥微妙之处翻译出来的问题。古诗可能非常微妙，但这种微妙总是非常新鲜率直，而且毫不矫揉造作。

屈　原

　　屈原（前343—约前290）无疑是中国三四位具有强烈感情、能够表现丰富神话细节及清醒想象力的中国伟大诗人之一。屈诗属于跟儒家时代的中国或后来唐朝的诗歌完全不同的类型。同时，在中文诗中，他的诗最难读懂。

李　白

　　把李白（701—762）收录在这儿代表唐朝诗人。他是中国诗歌王子，被誉为"诗仙"。杜甫被誉为"诗圣"。这两个称谓充分表明了两位朋友的特征。李诗的主要特点是活力锐气、浪漫、狂放不羁以及神仙般的才艺，通过他的语言，他面前的世界被转化了。不要希望读者理解他的魅力和旋律，因为李白真正拥有音乐的灵魂。他的诗自己在鸣响，极其令人信服且无须费气力。每个音节、每声语调以及每个意象共同令中文读者沉醉入迷。他使用的语言想简单就简单，想华丽就华丽，但他想到一个逼真的词语时，使我们感到自己好像对汉语一无所知，要么就是个哑巴，否则我们可能就说出来这样的话。有关李白生平的可靠记载以及中国作家对诗人传记注释的译文，可以在奥巴塔的《中国诗人李白》（达顿）序言部分中看到。关于中国诗歌概况的清晰叙述并带有一些技巧方面的细节，可以在威特·宾纳的《玉山》（诺普夫）的序言"中国诗歌"一文中看到。我认为，总体而言，威特·宾纳译的李白是最出色的。我提供了一些必要的脚注。

孟姜女的传说

孟姜女的传说是中国儿童最熟悉的故事之一。本书选自吉纳维夫·温莎特的中文"鼓词"译本（《孟姜女哭长城》，哥伦比亚大学出版社）。在中国，"鼓词"依旧是最为流行的一种说书形式，这种素材可以被认为代表着中国民间诗歌。一般来说，这种鼓词的作者不为人所知，但职业说书人手中都有许多产生于戏剧的文学词语。他们一代代把这些传下来，并进行改动，从而适合自己的目的。他们的语言并非完全没有文化，但具有总让普通人听得懂的伟大长处。孟姜女的传说讲述的是在公元前三世纪，一位新妇去寻找被征召修筑长城的丈夫。看到丈夫的尸骨时，她痛哭流涕，结果把一大段长城给冲断开来。这是一个真实故事，后来进行了修改，在汉代立刻受到欢迎，两千年来从来没有失去其独到的魅力。

把"鼓词"描述为独白最为合适，说书时，说书人打着手鼓，和着节拍，带有独白吟诵者的抑扬顿挫和手势。有时候，说书人会突然唱起来。温莎特小姐令人钦佩的韵文翻译使读者感受到原文那变化的节奏和戏剧性的强度。

尼姑思凡

这是一出非常流行的中文戏剧选段，深为中国观众所喜爱，是本选集中收纳的唯一戏剧诗。顺便说一下，这一戏剧诗表现了典型的中国式幽默、常识以及非宗教态度。

古代伟大抒情诗

一、海伦·沃德尔译作

匏有苦叶①

匏有苦叶，济有深涉。深则厉，浅则揭。
有弥济盈，有鹭雉鸣。济盈不濡轨，雉鸣求其牡。
雝雝鸣雁，旭日始旦。士如归妻，迨冰未泮。
招招舟子，人涉卬否。人涉卬否，卬须我友。

柏　舟②

泛彼柏舟，在彼中河。髧彼两髦，实维我仪。之死矢靡它。母
也天只，不谅人只！
泛彼柏舟，在彼河侧。髧彼两髦，实维我特。之死矢靡慝。母
也天只，不谅人只！

湛　露③

湛湛露斯，匪阳不晞。厌厌夜饮，不醉无归。

---

① 写于公元前 718 年，是中国人对于"已失世界"的艺术表达。也许，其"目
的是表明放荡淫乱关系的不贞行为"。
② 写于公元前 826 年。中国女子应冲破永远守寡状态，这与贞洁的最佳理想不符。
③ 写于公元前十二世纪。可能是世界上最古老的饮酒歌。

湛湛露斯，在彼丰草。厌厌夜饮，在宗载考。

出其东门①

出其东门，有女如云。虽则如云，匪我思存。缟衣綦巾，聊乐我员。

出其闉阇，有女如荼。虽则如荼，匪我思且。缟衣茹藘，聊可与娱。

终 风②

终风且暴，顾我则笑。谑浪笑敖，中心是悼。

终风且霾，惠然肯来。莫往莫来，悠悠我思。

终风且曀，不日有曀。寤言不寐，愿言则嚏。

曀曀其阴，虺虺其雷。寤言不寐，愿言则怀。

东门之杨③

东门之杨，其叶牂牂。昏以为期，明星煌煌。

东门之杨，其叶肺肺。昏以为期，明星晢晢。

---

① 写于公元前 680 年。"小序言"："男子赞颂拙妻。"

② 写于公元前 718 年，出自魏国王官的后宫。

③ 写于公元前 826 年。作者抱怨一次失约的幽会。

二、翟理思翻译的诗歌①

将仲子

将仲子兮，无逾我里，无折我树杞。岂敢爱之？畏我父母。仲可怀也，父母之言亦可畏也。

将仲子兮，无逾我墙，无折我树桑。岂敢爱之？畏我诸兄。仲可怀也，诸兄之言，亦可畏也。

将仲子兮，无逾我园，无折我树檀。岂敢爱之？畏人之多言。仲可怀也，人之多言，亦可畏也。

氓

氓之蚩蚩，抱布贸丝。匪来贸丝，来即我谋。送子涉淇，至于顿丘。匪我愆期，子无良媒。将子无怒，秋以为期。

乘彼垝垣，以望复关。不见复关，泣涕涟涟。既见复关，载笑载言。尔卜尔筮，体无咎言。以尔车来，以我贿迁。

桑之未落，其叶沃若。于嗟鸠兮，无食桑葚。于嗟女兮，无与士耽。士之耽兮，犹可说也；女之耽兮，不可说也。

桑之落矣，其黄而陨。自我徂尔，三岁食贫。淇水汤汤，渐车帷裳。女也不爽，士贰其行。士也罔极，二三其德。

三岁为妇，靡室劳矣。夙兴夜寐，靡有朝矣。言既遂矣，至于暴矣。兄弟不知，咥其笑矣。静言思之，躬自悼矣。

---

① 摘自《中国诗歌——英语韵文》，伯纳德·夸里奇，伦敦，1898。

及尔偕老，老使我怨。淇则有岸，隰则有泮。总角之宴，
言笑晏晏。信誓旦旦，不思其反。反是不思，亦已焉哉。

三、理雅各翻译的诗歌

新　台[①]

新台有泚，河水浼浼。燕婉之求，蘧篨不鲜。
新台有洒。河水浼浼，燕婉之求，蘧篨不殄。
渔网之设，鸿则离之。燕婉之求，得此戚施。

君子于役[②]

　　君子于役，不知其期，曷至哉？鸡栖于埘，日之夕矣，羊牛下
来。君子于役，如之何勿思！

　　君子于役，不日不月，曷其有佸？鸡栖于桀，日之夕矣，羊牛
下括。君子于役，苟无饥渴！

女曰鸡鸣[③]

　　女曰："鸡鸣。"士曰："昧旦。""子兴视夜，明星有烂。将翱
将翔，弋凫与雁。"

---

① 讽刺宣公和他的王后的婚姻，后者本来是与其子有着婚约的。
② 写于公元前 769 年。
③ 理雅各博士的侄子把该诗译成了苏格兰英语。

"弌言加之，与子宜之。宜言饮酒，与子偕老。琴瑟在御，莫不静好！"

"知子之来之，杂佩以赠之。知子之顺之，杂佩以问之。知子之好之，杂佩以报之。"

狡　童

彼狡童兮，不与我言兮。维子之故，使我不能餐兮。
彼狡童兮，不与我食兮。维子之故，使我不能息兮。

东门之墠

东门之墠，茹藘在阪。其室则迩，其人甚远。
东门之栗，有践家室。岂不尔思？予不我即！

子　衿

青青子衿，悠悠我心。纵我不往，子宁不嗣音？
青青子佩，悠悠我思。纵我不往，子宁不来？
挑兮达兮，在城阙兮。一日不见，如三月兮。

野有蔓草

野有蔓草，零露溥兮。有美一人，清扬婉兮。邂逅相遇，适我愿兮。
野有蔓草，零露瀼瀼。有美一人，婉如清扬。邂逅相遇，与子偕臧。

载　驱①

载驱薄薄，簟茀朱鞹。鲁道有荡，齐子发夕。
四骊济济，垂辔沵沵。鲁道有荡，齐子岂弟。
汶水汤汤，行人彭彭。鲁道有荡，齐子翱翔。
汶水滔滔，行人儦儦。鲁道有荡，齐子游敖。

陟　岵

陟彼岵兮，瞻望父兮。父曰："嗟！予子行役，夙夜无已。上慎旃哉，犹来无止！"

陟彼屺兮，瞻望母兮。母曰："嗟！予季行役，夙夜无寐。上慎旃哉，犹来无弃！"

陟彼岗兮，瞻望兄兮。兄曰："嗟！予弟行役，夙夜必偕。上慎旃哉，犹来无死！"

伐　檀②

坎坎伐檀兮，寘之河之干兮。河水清且涟猗。不稼不穑，胡取禾三百廛兮？不狩不猎，胡瞻尔庭有县貆兮？彼君子兮，不素餐兮！

坎坎伐辐兮，寘之河之侧兮。河水清且直猗。不稼不穑，胡

---

① 讽刺一位女王公开的厚颜无耻。
② 最出色、最直接的讽刺诗之一。我冒昧换下了每节结尾的两行译文。理雅各博士改译了此处。

取禾三百亿兮？不狩不猎，胡瞻尔庭有县特兮？彼君子兮，不素食兮！

坎坎伐轮兮，寘之河之漘兮。河水清且沦猗。不稼不穑，胡取禾三百囷兮？不狩不猎，胡瞻尔庭有县鹑兮？彼君子兮，不素飧兮！

硕　鼠[1]

硕鼠硕鼠，无食我黍！三岁贯女，莫我肯顾。逝将去女，适彼乐土。乐土乐土，爰得我所。

硕鼠硕鼠，无食我麦！三岁贯女，莫我肯德。逝将去女，适彼乐国。乐国乐国，爰得我直。

硕鼠硕鼠，无食我苗！三岁贯女，莫我肯劳。逝将去女，适彼乐郊。乐郊乐郊，谁之永号？

鸱　鸮[2]

鸱鸮鸱鸮，既取我子，无毁我室。恩斯勤斯，鬻子之闵斯。
迨天之未阴雨，彻彼桑土，绸缪牖户。今女下民，或敢侮予！
予手拮据，予所捋荼。予所蓄租，予口卒瘏，曰予未有室家！
予羽谯谯，予尾翛翛。予室翘翘，风雨所漂摇，予维音哓哓。

---

① 诗人打算离开他的国家魏国。
② 写于公元前1113年，武王的兄弟周公所作。武王去世，他的小儿子继位。他的两位兄弟谋反。周公帮助他与叛乱者作战三年。周公这首诗把试图破坏王国的反叛者比做猫头鹰。

四、理雅各译的颂诗

载 芟[①]

载芟载柞，其耕泽泽。千耦其耘，徂隰徂畛。

侯主侯伯，侯亚侯旅。侯疆侯以，有嗿其馌。思媚其妇，有依其士。

有略其耜，俶载南亩。播厥百谷，实函斯活。

驿驿其达，有厌其杰。厌厌其苗，绵绵其麃。

载获济济，有实其积。万亿及秭，为酒为醴。烝畀祖妣，以洽百礼。

有飶其香，邦家之光。有椒其馨，胡考之宁。

匪且有且，匪今斯今，振古如兹。

楚 茨[②]

楚楚者茨，言抽其棘。自昔何为？我艺黍稷。我黍与与，我稷翼翼。我仓既盈，我庾维亿。以为酒食，以享以祀。以妥以侑，以介景福。

济济跄跄，絜尔牛羊，以往烝尝。或剥或亨，或肆或将，祝祭于祊。祀事孔明，先祖是皇，神保是飨。孝孙有庆，报以介福，万寿无疆！

---

① 《诗序》："春籍田而祈社稷。"这首颂诗描述的是春天国王举行亲犁仪式，在祭坛上祭祀社（土地神）和稷（五谷之神），祈祷富足丰年。

② 这首诗对宗庙里的祭祀和节日仪式及其与农事关系进行了诗意描述。

执爨踖踖，为俎孔硕。或燔或炙，君妇莫莫。为豆孔庶。为宾为客，献酬交错。礼仪卒度，笑语卒获。神保是格，报以介福，万寿攸酢。

我孔熯矣，式礼莫愆。工祝致告：徂赉孝孙，苾芬孝祀，神嗜饮食，卜尔百福。如几如式，既齐既稷，既匡既敕。永锡尔极，时万时亿。

礼仪既备，钟鼓既戒，孝孙徂位。工祝致告："神具醉止。"皇尸载起，鼓钟送尸，神保聿归。诸宰君妇，废彻不迟。诸父兄弟，备言燕私。

乐具入奏，以绥后禄。尔殽既将，莫怨具庆。既醉既饱，大小稽首。"神嗜饮食，使君寿考。孔惠孔时，维其尽之。子子孙孙，勿替引之。"

屈　原

阿瑟·韦利　英译

《大招》①

青春受谢，白日昭只。春气奋发，万物遽只。冥凌浃行，魂无逃只。魂魄归来，无远遥只。

魂乎归来！无东无西，无南无北只。东有大海，逆水湲湲只。螭龙并流，上下悠悠只。雾雨淫淫，白皓胶只。魂乎无东，汤谷寂寥只。魂乎无南，南有炎火千里，蝮蛇蜒只。山林险隘，虎豹蜿只。鰅鳙短狐，王虺骞只。魂乎无南，蜮伤躬只。

魂乎无西！西方流沙，漭洋洋只。豕首纵目，被发鬤只。长爪踞牙，诶笑狂只。魂乎无西！多害伤只。

魂乎无北！北有寒山，趠龙赩只。代水不可涉，深不可测只。天白颢颢，寒凝凝只。魂乎无往！盈北极只。

魂魄归来，闲以静只。自恣荆楚，安以定只。逞志究欲，心意安只。穷身永乐，年寿延只。魂乎归来！乐不可言只。

五谷六仞，设菰粱只。鼎臑盈望，和致芳只。内鸧鸽鹄，味豺羹只。魂乎归来，恣所尝只。

鲜蠵甘鸡，和楚酪只。醢豚苦狗，脍苴莼只。吴酸蒿蒌，不沾薄只。魂兮归来，恣所择只。

炙鸹烝凫，煔鹑陈只。煎鰿臛雀，遽爽存只。魂乎归来！丽以

---

① 屈原已被王宫放逐了九年。这时，他非常绝望，恐魂离体，性命将终。诗歌《大招》就是在这个时期创作的，诗人呼吁灵魂不要离开他。

先只。四酎并孰，不涩嗌只。清馨冻饮，不歠役只。吴醴白蘖，和楚沥只。魂乎归来！不遽惕只。

代秦郑卫，鸣竽张只。伏羲驾辩，楚劳商只。讴和扬阿，赵箫倡只。魂乎归来，定空桑①只。

二八接武，投诗赋只。叩钟调磬，娱人乱只。四上竞气，极声变只。魂乎归来，听歌譔只。

朱唇皓齿，嫭以姱只。比德好闲，习以都只。丰肉微骨，调以娱只。魂乎归来，安以舒只。嫭目宜笑，娥眉曼只。容则秀雅，稚朱颜只。姱魂乎归来，静以安只。修滂浩，丽以佳只。曾颊倚耳，曲眉规只。滂心绰态，姣丽施只。小腰秀颈，若鲜卑只。魂乎归来！思怨移只。

易中利心，以动作只。粉白黛黑，施芳泽只。长袂拂面，善留客只。魂乎归来，以娱昔只。

夏屋广大，沙堂秀只。南房小坛，观绝霤只。曲屋步壖，宜扰畜只。腾驾步游，猎春囿只。琼毂错衡，英华假只。茝兰桂树，郁弥路只。魂乎归来，恣志虑只。

孔雀盈园，畜鸾皇只。鹍鸿群晨，杂鹙鸧只。鸿鹄代游，曼鹔鹴只。魂乎归来，凤凰翔只。

曼泽怡面，血气盛只。永宜厥身，保寿命只。室家盈廷，爵禄盛只。魂乎归来，居堂定只。

接径千里，出若云只。三圭重侯，听类神只。察笃夭隐，孤寡存只。魂兮归来，正始昆只。

田邑千畛，人阜昌只。美冒众流，德泽章只。先威后文，善美明只。魂乎归来，赏罚当只。

———————————

① 竖琴。

　　名声若日，照四海只。德誉配天，万民理只。北至幽陵，南交阯只。西薄羊肠，东穷海只。魂乎归来！尚贤士只。

　　雄雄赫赫，天德明只。三公穆穆，登降堂只。诸侯毕极，立九卿只。昭质既设，大侯张只。执弓挟矢，揖辞让只。魂乎归来！尚三王①只。

---

① 禹、汤王和文王，古代三大公正的统治者。

李 白

威特·宾纳 英译

静夜思

床前明月光，疑是地上霜。
举头望明月，低头思故乡。

怨 情

美人卷珠帘，深坐蹙蛾眉。
但见泪痕湿，不知心恨谁。

玉阶怨

玉阶生白露，夜久侵罗袜。
却下水晶帘，玲珑望秋月。

黄鹤楼送孟浩然之广陵

故人西辞黄鹤楼，烟花三月下扬州。
孤帆远影碧空尽，唯见长江天际流。

早发白帝城

朝辞白帝彩云间，千里江陵一日还[①]。
两岸猿声啼不住，轻舟已过万重山。

清平调词三首

其一

云想衣裳花想容，春风拂槛露华浓。
若非群玉山头见，会向瑶台月下逢。

其二

一枝红艳露凝香，云雨巫山枉断肠。
借问汉宫谁得似，可怜飞燕倚新妆。

其三

名花倾国两相欢，长得君王带笑看。
解释春风无限恨，沉香亭北倚阑干。

赠孟浩然

吾爱孟夫子，风流天下闻。
红颜弃轩冕，白首卧松云。
醉月频中圣，迷花不事君。
高山安可仰，徒此揖清芬。

---

① 表明江流和船只的速度。

送友人

青山横北郭，白水绕东城。

此地一为别，孤蓬万里征。

浮云游子意，落日故人情。①

挥手自兹去，萧萧斑马鸣。

听蜀僧濬弹琴

蜀僧抱绿绮，西下峨眉峰。

为我一挥手，如听万壑松。

客心洗流水，余响入霜钟。

不觉②碧山暮，秋云暗几重。

登金陵凤凰台

凤凰台上凤凰遊，凤去台空江自流。

吴宫花草埋幽径，晋代衣冠③成古丘。

三山半落青天外，一水中分白鹭洲。

总为浮云能蔽日，长安不见使人愁。

---

① 更为表面的意思是：飘动的白云明晓游者的思绪，落日就像分别的朋友那样
必须下山了。

② 不知不觉。

③ 学者阶层。

下终南山过斛斯山人宿置酒

暮从碧山下，山月随人归。

却顾所来径，苍苍横翠微。

相携及田家，童稚开荆扉。

绿竹入幽径，青萝拂行衣。

欢言得所憩，美酒聊共挥。

长歌吟松风，曲尽河星稀。

我醉君复乐，陶然共忘机①。

月下独酌

花间一壶酒，独酌无相亲。

举杯邀明月，对影成三人。

月既不解饮，影徒随我身。

暂伴月将影，行乐须及春。

我歌月徘徊②，我舞影零乱。

醒时同交欢，醉后各分散。

永结无情游，相期邈云汉。

春　思

燕草如碧丝，秦桑低绿枝。

---

① 此处运用了道家语言，几乎不可译，即"forgetting the cycle or wheel of life"（忘记人世间的轮回）。

② 来回走动。

当君怀归日，是妾断肠时。

春风不相识，何事入罗帏。

关山月

明月出天山，苍茫云海间。

长风几万里，吹度玉门关。

汉下白登道，胡窥青海湾①。

由来征战地，不见有人还。

戍客望边邑，思归多苦颜。

高楼当此夜，叹息未应闲。

子夜吴歌

长安一片月，万户捣衣声。

秋风吹不尽，总是玉关情。

何日平胡虏，良人罢远征?

长干行

妾②发初覆额，折花门前剧，

郎骑竹马来，绕床弄青梅。

同居长干里，两小无嫌猜。

十四为君妇，羞颜未尝开。

---

① 实指青海（Blue Waters）湾。

② 女主人公在述情。

低头向暗壁，千唤不一回。

十五始展眉，愿同尘与灰，

常存抱柱信，岂上望夫台！^①

十六君远行，瞿塘滟滪堆，

五月不可触，猿声天上哀。

门前迟行迹，一一生绿苔，

苔深不能扫，落叶秋风早。

八月蝴蝶黄，双飞西园草。

感此伤妾心，坐愁红颜老。

早晚下三巴，预将书报家，

相迎不道远，直至长风沙。

梦游天姥吟留别

海客谈瀛洲，烟涛微茫信难求。越人语天姥，云霞明灭或可睹。天姥连天向天横，势拔五岳掩赤城。天台四万八千丈，对此欲倒东南倾。我欲因之梦吴越，一夜飞渡镜湖月。湖月照我影，送我至剡溪。谢公宿处今尚在，绿水荡漾清猿啼。脚着谢公屐，身登青云梯。半壁见海日，空中闻天鸡。千岩万转路不定，迷花倚石忽已暝。熊咆龙吟殷岩泉，栗深林兮惊层巅。云青青兮欲雨，水澹澹兮生烟。列缺霹雳，丘峦崩摧。洞天石扉，訇然中开。青冥浩荡不见底，日月照耀金银台。霓为衣兮风为马，云之君兮纷纷而来下。虎鼓瑟兮

---

① 暗指一位情人与心上人在桥下幽会，大水将至而他的心上人未来。他不愿离开约会地点而被大水吞没（微生高，姓微生，名高，鲁人，以直爽著称。古籍记载，此人与一女子相约于桥下，女子未来，他却苦等。水涨也不走，终于淹死）。又暗指一位女子在一处望夫归，最终她化成了石头。

鸾回车，仙之人兮列如麻。忽魂悸以魄动，恍惊起而长嗟。惟觉时之枕席，失向来之烟霞。世间行乐亦如此，古来万事东流水。别君去兮何时还，且放白鹿青崖间，须行即骑访名山。安能摧眉折腰事权贵，使我不得开心颜！

金陵酒肆留别

风吹柳花满店香，吴姬压酒唤客尝。金陵子弟来相送，欲行不行各尽觞。请君试问东流水，别意与之谁短长。

蜀道难

噫吁嚱，危乎高哉！蜀道之难，难于上青天。蚕丛及鱼凫，开国何茫然！尔来四万八千岁，不与秦塞通人烟。西当太白有鸟道①，可以横绝峨眉巅。地崩山摧壮士死，然后天梯石栈相钩连②。上有六龙回日之高标，下有冲波逆折之回川；黄鹤之飞尚不得过，猿猱欲度愁攀援。青泥何盘盘，百步九折萦岩峦。扪参历井仰胁息，以手抚膺坐长叹。问君西游何时还，畏途巉岩不可攀。但见悲鸟号古木，雄飞雌从绕林间。又闻子规啼夜月，愁空山。蜀道之难，难于上青天。使人听此凋朱颜。连峰去天不盈尺，枯松倒挂倚绝壁。飞湍瀑流争喧豗，砯崖转石万壑雷。其险也若此，嗟尔远道之人胡为乎来哉！剑阁峥嵘而崔嵬，一夫当关，万夫莫开。所守或匪亲，化为狼与豺。朝避猛虎，夕避长蛇，磨牙吮血，杀人如麻。锦城虽云乐，

① 山中小道。
② "体格健全的人死于山崩之后，才架起了木板路。"（三峡的悬崖峭壁上架设了木板路，是进入四川的入口。这情景令人想起了缅甸之路。）

不如早还家。蜀道之难，难于上青天，侧身西望长咨嗟！

长相思

　　长相思，在长安。络纬秋啼金井阑，微霜凄凄簟色寒。孤灯不明思欲绝，卷帷望月空长叹。美人如花隔云端。上有青冥之高天，下有绿水之波澜。天长路远魂飞苦，梦魂不到关山难。长相思，摧心肝。

将进酒

　　君不见黄河之水天上来，奔流到海不复回。君不见高堂明镜悲白发，朝如青丝暮成雪。人生得意须尽欢，莫使金樽空对月①。天生我材必有用，千金散尽还复来。烹羊宰牛且为乐，会须一饮三百杯。岑夫子、丹邱生，将进酒，杯莫停。与君歌一曲，请君为我倾耳听。钟鼓馔玉不足贵，但愿长醉不愿醒。古来圣贤皆寂寞，惟有饮者留其名。陈王昔时宴平乐，斗酒十千恣欢谑。主人何为言少钱，径须沽取对君酌。五花马，千金裘，呼儿将出换美酒，与尔同销万古愁。

---

　　① 不要高举着金杯，对着明月白白等待。

孟姜女的传说
（五回鼓词）

吉纳维夫·温莎特　英译

序　言
（和着鼓乐）

万古羞名吕不韦①，为贪富贵献蛾眉。

贪心罪犯春秋笔，乱种讯喧无字碑。殃及池鱼留后患，祸胎坑穴作余煨。吕不韦妻怀贪种贪秦业②，贪根子生出贪种做贪贼。孟子③说："固国不以山谷为险。"秦始皇修筑长城白骨成堆。

害尽苍生天下惨，毒流四海鬼神悲。傅缺经残凌夷教化，邦分国乱灭裂维。

第一回　离乡

独有那范杞梁的妻儿孟姜女，是一团乾坤正气造化的蛾眉。自从那夫筑长城离别后，叹佳人恹恹瘦损小腰围。东楼梦冷把镰钩儿挂，北塞魂迷到日影儿微。胭脂有意辞愁脸，翠黛无心画恨眉。泪痕落尽浑身满。为写思夫的苦句，一个笔头儿培。暗想道："夫今受苦于何处？免不了老大的砖头在身上背；肩头儿瘦弱谁怜念？力

―――――――――

① 秦始皇之父，长城建造者。

② 秦朝统治者之业。

③ Mêng Tzu 即为 Mengtse（孟子）。

气儿单薄自痛悲；书生懦弱焉惜苦，官长强悍必作威；打骂难挨君怎受?

"令妻儿连心万里怎么追随? 抛的奴独自在灯影儿里，每夜常随到月轮儿垂。目对天涯白云片片，秋风古道红叶飞飞。似这等断肠景况何时了? 叹我这苦命儿夫何日归? 奴不免一身万里寻夫主，便死他乡也落得魂魄随①。"

这佳人一片冰心应铁胆，顾不得鞋弓②袜小皓齿蛾眉。布裙荆钗含娇欲艳，风吹淋雨淡月斜晖；独寻夫主心中怯，亲送寒衣身上背。但见些落叶霜林风乍冷，江枫秋影雁行飞。茫茫天地夫何处?

但凭奴一胆烈性两道英眉。叹佳人莲步儿难移，脚掌儿痛，柳腰儿娇怯，眼睛儿黑；袖梢儿③难挡风沙遮杏脸，裙边儿愁拖泥水皱蛾眉；行囊儿雨盖堪堪重，力气儿单薄渐渐微，泪珠儿痛洒西风空自苦。

（孟姜女）说："天哪! 何日和儿夫把故里回?"曾向奴说："归期万里应难晓，王命钦差谁敢违? 夫也，只但愿一死抛白骨，再休想重归与你画蛾眉。奉劝贤妻休固执，莫思破镜④再光辉；你就着我不小的家私能养赡，妻呀! 你莫负青春，料我也难回。"

"夫啊! 你言虽至此深怜妾，也想想你那妻儿素日怎样个行为? 不念我同心恩爱如鱼水⑤，怎看我结发妻儿似土灰? 哪知我满腔血热怀烈胆，一片冰心作白圭。但凭奴力至诚感，便是天心也挽回。况孟姜幼蒙老父垂庭训，今尚一心在女规；又蒙夫婿教调

---

① 到坟墓。
② 显然为过时现象，一般中文读者可理解。
③ 绣有翠鸟羽毛。
④ 夫妻分离的象征。
⑤ 婚姻幸福的象征。

我，奴怎肯背父忘夫把礼义亏！所以不远千里寻夫去，少不得远向边庭走一回。"

第二回　梦境

"树叶儿刷拉拉的，小胆儿慌。"

"呀！秋风儿又要送斜阳，今夜谁家藏妾体？他乡何处有爹娘！茫茫衰草迷天地，冷冷寒烟裹孟姜。归鸦点点屯林噪，叫奴一个儿，古道黄昏怎不忙？忽听得何处钟声儿不住的响，前边大概有村庄。奴不免顺着声音寻下处，那树林子里隐隐透出一点灯光。"

这佳人走至林中擦眼泪，是个小庙儿，门前有井，还供着龙王[①]。"待奴家供桌儿底下安歇了罢，饿得我一片前腔贴后腔。我且喝些凉水压一压心火，哎！又无个吊桶儿叫我怎么充肠？"

无奈的佳人流痛泪，神前叩拜[②]叫声："龙王，孟姜女亵渎神明休见怪，也是出于无奈避避风霜。"

放下行囊，拜罢，把灰尘掸掸，蜷卧在那神座前边地冰凉。强咬着牙儿蒙眬杏眼。

秋风阵阵透衣裳。佳人坐起见一钩儿斜月，清光儿照向酥胸似雪霜。孟姜女目对蟾宫长叹气："说嫦娥呀，怎不怜弟子？我的娘娘，普照乾坤临万物，天涯何处有范杞梁？三寸脚儿天地阔，一条身子儿路途荒。求圣意警我愚人一个梦，送寒衣遮遮他野寒九秋霜。但念他一身落难的孤子根，须怜我万里投荒的小孟姜；虽小妾乍历风尘，继十九岁，凭着我心窝儿一点，泪道儿千行。"

佳人身倦方合眼，一片迷离入梦乡；见个人形儿，双蹙着眉头

---

① 海王。
② 磕头。

儿，一汪儿眼泪，浑身褴褛满面凄惶。对佳人点点头儿，叹了一口气，说："妻呀，莫非不认得我范杞梁？难为你风尘万里来寻我，夫也只粉身碎骨报姜娘！"梦里的佳人说："夫来也！"悲喜交加慢叫郎，走向夫前说："君万福。"秋声儿在树，月影儿横窗。

佳人惊醒睁开眼，满天星斗遍地秋霜。孟姜追想方才梦，说："好叫我疑心大不祥。他说，粉身碎骨将奴报！不由人节节痛断我九回肠。万一儿夫有个山高水远，三千云水何益地久天长？"

自解道："从来梦是心头想，大概魂念随主张。叹孟姜唯恐儿夫身有恙，所以梦魂颠倒有这恶思量。罢了吗，天哪！只当是寻夫于地下，倘然合该是命，唯求葬妾与夫傍。但只是令妾儿茫茫何处寻尸骨？还愁过妾休早早中途死孟姜。可怜我浑身似水浇皮肉，半夜无粮塞肚肠。天也该亮出出暖日，地是精湿化化寒霜。呀！乌鸦乱起松梢上，黄土飞空古道傍。"

这佳人立起身来辞小鬼[1]，复又向上拜龙王。玉指轻轻儿地携雨盖，香肩慢慢儿地带行囊，暗伤心说："小妾方知行路的苦，也是出于无奈夫妇的情肠。"

第三回　村店过夜

落叶萧萧天地秋，风尘滚滚路途愁。

飘零翠黛眉头儿苦，冷落胭脂模样儿羞。露透胸脯儿娇怯怯，风吹身子儿荡悠悠。

"又不知存亡未卜夫何处？哎！不知何处掩埋我这臭骨头？曾记得笔画眉头山黛冷[2]，弹琴花下月明秋。到而今城长万里人何处，

---

① 地上的神灵。

② 暗指书生为新娘画眉。

路人三秋岁未休。怎能够有日归来重举案，大略着从今未必再登楼。罢了吗，夫啊！也是你我前生造来的罪孽，须得今世夫妻磨去这忧愁！叹奴今下磨脚掌黄花儿瘦，上打肩头红叶儿秋。忧心处，独行古道人烟儿少，深入苍烟树行子幽。断魂时，人寂板桥霜，鸡声茅店月，犬吠时，门外归鸦柳梢头。这些苦处奴岂无思过？各样的凄凉，挨着次儿愁。"

日头儿已经傍午无吃饭，村店上早晚寻常也卖粥。这佳人见另有一间堂客座，急行几步板桥头。店婆儿见女子的行装虽苦淡，女子动作自温柔。说："问娘子要甚吃食随意用。"佳人说："现成的就好不过大锅粥。"佳人饭饱身活动，手帕儿擦干满面汗珠儿流。透真了两朵桃花一双柳叶，千般婀娜万种风流。店婆儿说："好个娘子身儿秀，一团正气脸皮儿愁。问娘子今自何来，还朝哪去？"

孟姜女一声长叹两泪交流，说："只因我夫筑长城离故土，致使我心系万里泪洒清秋。边风塞雪寒天地，凉雨荒烟冷日头，寒衣远送遮夫体，徒步前来自解忧。到长城水落石出心也死，强如愁肠寸结血泪儿空流。"

店婆儿说："罢呀！罢呀！不可，不可！一个千万里的程途，八九月里的秋。一点点的脚儿，一条条的身子，满山的贼盗，遍地的魔头。西南的风儿，东北的女子，出门子是残夏，行路儿是深秋。最能够动客的伤心，招人的痛胆，况有拴娘儿的线索，岂无打杠子的咽喉？"

佳人说："夫妇好似鸳鸯同游，生生死死也不能分手！蒙指教那些儿利害我全思过，奈牵连这点子痴心总不休！谁情愿一个人影儿在残照里，忘思量两魂灵儿绕素秋。此一去便是相逢于地下，自有那情丝儿系在鸳鸯^①冢上连理枝^②头。"

店婆儿见佳人说到伤心处，不由得嘴唇儿一撇，泪道儿双流。眼看着佳人怀揣着热胆，说："话叫你一阵丝丝拉拉把我心系儿揪。事今至此如何好？去你是怎去？留啊是难留！若不然我拼这条老命，随你一同去，虽也孤单强如一女流。"

佳人感叹说："奴焉敢！无故的劳动你老人家理不通。婆婆厚爱奴家深领。他日归来把此意酬。"

店婆儿无奈，收拾佳人歇宿，他二人挑灯对坐话难休。呀！谁声儿又早催人更鼓尽，这佳人打点行囊奔路头。

第四回　路叹

秋风儿阵阵吹人，晓气儿清，树叶儿萧萧乱落，露珠儿凝。残星儿隐隐迷离，形影儿淡，日头儿淡淡掩映，树梢儿横。弱体儿迢迢，古道人踪儿少，瘦影儿冷冷，西风泪道儿红。绣鞋儿窄窄难行，途路儿苦，力气儿单单，怎奈骨头儿疼。叹佳人香躯已似黄花瘦，怎当得扑面的严霜，透骨的风？

两脚儿踏尽寒烟如泛梗，一身儿磨残秋色似飘蓬。愁怀怕向程千里，望眼惊看山万重。"说奴家这断肠苦恼凭谁诉？哎，天哪！不知何处是长城？"少不得强撑着精神登古道，模糊着泪眼任西风。沿途访问儿夫的信。闻听说，"山海关^③前正动工。"佳人得信心稍定，说幸喜前途有路通。但能够前途得见儿夫面，不枉奴受这跋涉的苦楚，迢遥路程。

---

① 通常译为成双成对在水里嬉戏的鸳鸯（mandarin ducks），象征着幸福婚姻。
② 两棵树枝节交织，也是情人结合的象征。
③ 长城的东段，位于天津东北部地区，长城在此接海。

且说那秦始皇因防国难把长城修，差遣那蒙恬修城要不日成。耗尽民财劳伤人力，淘干骨血累死生灵。

众民夫运水搬石，爬山越顶，真是披星戴月，那个敢稍停？将那些累死的民夫，随溜儿砌，真成了积骨如山沿路儿横。怨气漫天冲碧落①，哀声震地动苍生。

那范杞梁自从充役离乡土，也入作场学做工。怎奈那书生气质何曾惯，只落得工尚未完病已成。瘦弱书生禁不起折磨，可怜他魂随月落气随风。有几个伙伴怜他孤又苦，把尸骸埋在城根瓦砾中。这一日节届重阳应挂队，钦差传话命歇工。恰值这佳人方自临边地。

只见那风景人烟果不同。一带长城连峻岭，雄关高耸入云峰。佳人观罢心中叹："说必真是倒海移山力竟能。若非我不远千里怀诚意，怎能够匆步独登万里程！但只是夫君下落难寻问，又无个门路儿，我和哪个去究情？"

佳人正自心犹豫，忽然见三四个工人结伴行。一个个憔悴形容衣衫褴褛，手携钱纸②面带忧容。一直竟向关前走。"说呀，何不问一个消息，他们定知情。"孟姜女走近前来忙万福，说：

"小妇人有一言求教，请爷们且暂停。"众人止步连忙还礼，见佳人和容之内带愁容。虽然是布裙荆钗一身尘垢，暗含着超群的体度出类的丰楞，举止安详温柔的气象，一团和气满面和平。说："问爷们此处与工民夫之内，有个范杞梁是奴的夫主充役在长城。"众人见问齐伤感，说："大嫂原来为找范兄。我等是各处的民夫，充差到此，与范兄同行同伴同做工。只因他不惯动劳身已故，怎忍得尸骸暴露，所以葬在长城。今日节正重阳停工犒赏，约会着烧几张钱纸，尽尽朋情。"众工人正诉愁肠还未毕，见佳人香躯一仰杏眼双瞑。

---

① 银河。

② 为埋在地下的死者焚烧的纸钱。

第五回　认骨

人生最苦是离群，况这夫妻的恩爱分外的磨人。

孟姜女一闻夫主身亡故，这佳人魂飞已赴九霄云。好一似花经雨打从头儿受，月被云遮挨次儿昏。

（孟姜女）说："夫啊！"声气儿难出，脖项儿堵，弱体儿瘫软在地，顾不得眼下多人。这佳人半晌昏迷睁杏眼，桃腮裂破绽朱唇。

哭了声："夫啊！你坑死了我，苍天何意苦良民！我儿夫守礼读书明大义，修身俟命晓经纶。实指望有日归来挥姓字，谁知竟成了石沉大海无影无闻？

"曾记得夫婿长亭别小妾，叮咛的言语动人心。你道是：'夫妻本是同林鸟，大限来时各自分。我岂不顾夫荣妻贵偕相守，奈我这冤枉怎么由得人？料着我此去修城难回故里，妻呀！你再想相逢，只除非是梦魂！'

"到而今果中夫言，遭了异变，叫妻儿天涯何处觅孤魂？只落得茫茫天地难回首，落落谁家可寄身？叹奴家进退无门唯一死，怕不成一堆白骨任风尘。"

众人见孟姜哭的肝肠断，忙向前说："娘子休悲，且定一定神！"

这佳人强撑着伤心深下拜，说："蒙众位葬夫的情义，刻骨铭心。一言难尽奴心苦，望爷们指教我去看看夫坟。"众人落泪齐伤感，说："请娘子我等相陪去兄坟。"

孟姜女肩负行囊揣雨盖，泪凝秋水气贯苍穹。不多时越过关城临海岸，滔滔碧水冷冷秋林。长城一道临东海，垛口千出倚北辰。瓦砾成堆灰尘满地，风烟满目寒气逼人。佳人说："野地荒凉人怎受？叹我夫一堆黄土卧秋云！"孟姜女眼望工人呼列位，说："这荒凉的敞地哪有我夫坟？"众人叹息呼娘子，说："此乃是朝廷的重地，谁敢埋坟？范兄尸骨埋在城根下，是我等物类攸关一点心。埋了条三尺白石为记认，上边有令夫的名字，权作是碑文。"佳人听罢心中惨，莲步轻移杏眼分。众人指道石碣下，佳人见石条一块埋在城根。只见那字迹模糊难识认，半为风雨半为尘。

这佳人扑到城根伏弱体，好一似满腹干柴烈火焚。说："夫啊！你一点孤魂归何处？你妻儿一场辛苦为何人？念奴家投荒万里来寻你，痴心儿还指望相逢得见君。谁知你珠沉玉碎埋荒草，叫妻儿月缺花残付断云。从今后茫茫天地如蓬梗，要相逢总然有梦也难寻！"

孟姜之爱动天地，佳人之贞感鬼神[①]。这佳人为求夫骨把城哭倒，惊动了奉旨钦差奏上闻。秦天子召见佳人，佳人不允，怀夫骨身投大海表清贞。秦始皇怜念孤贞嘉节义，关城外大修祠庙姜女成神。

---

① 神：天上的神灵；鬼：地上的神灵。

尼姑思凡

林语堂译自一出流行戏剧

小尼姑年方二八，正青春被师父削去了头发。

只因俺父好看经，俺娘亲爱念佛。

暮礼朝参，每日里在佛殿上烧香供佛。

生下我来疾病多，因此上把奴家舍入在空门为尼寄活。

与人家追荐亡灵，不住口地念着弥陀。只听得钟声法号，不住手的击磬摇铃，击磬摇铃，擂鼓吹螺。

念几声南无佛，萨嘛诃的般若波罗。念几声弥陀，恨一声媒婆。念几声娑婆诃，叫一声没奈何。念几声哆旦哆，怎知我感叹还多。

（她来到五百罗汉厅。罗汉是佛圣，以独特的面部表情闻名。）又只见那两旁罗汉，塑得来有些傻角，每个都留着胡须，他把眼儿瞧着咱。

一个儿抱膝舒怀，口儿里念着我。一个儿手托香腮，心儿里想着我。一个儿眼倦开，蒙胧的觑着我。

唯有布袋罗汉笑呵呵，他笑我时光挫，光阴过，有谁人，有谁人肯娶我这年老婆婆。

降龙的恼着我，伏虎的恨着我，那长眉大仙愁着我，愁我老来时有什么结果。

夜深沉，独自卧；起来时，独自坐。有谁人孤凄似我？

学不得罗刹女去降魔，学不得南海水月观音座。似这等削发缘何？奴把袈裟扯破，埋了藏经，弃了木鱼，丢了铙钹。

　　从今去把钟楼佛殿远离却，下山去，寻一个年少哥哥。凭他打我骂我，说我笑我，一心不愿成佛，不念弥陀般若波罗！

第四部分

中国人生活随笔

中国故事

序　言

　　中国与我们称之为西方的现代世界之间的区别是，西方儿童相信仙人，中国成人相信之。拥有信仰的能力，这是现代世界总体而言所缺失的东西，这对我们是利还是弊，谁也说不清。莎士比亚相信许多我们后来这些明智的预言家所不相信的东西。但是我们在阐述可证实的真理时，却作出了极大的错误判断，把它与诗意真理或想象真理混为一谈。我们对真理的总体态度已被我们的科学训练所破坏，不会再对推动不了机车或运行不了蒸汽机的真理产生兴趣了。我们失去的是想象，即真理和虚构之间那条令人愉悦的界线，二者在此融合，谁是谁已经不再重要。这就是我们再也产生不了与宗教关联的伟大神话的原因。现代人自我意识很强的大脑失去了其淳朴的天真。但是这一差异已不再是东西方之间的差异，而是所有国家科学时代与所有从前时代的差异。如若没有像伏尔泰和王充这样几个沉着稳健的理性主义灵魂，那么，十九世纪前，人类的确从仙人那儿得到不少愉悦。

　　结果，中国文学充满了鬼魂、妖怪、狐狸精、魔仆和双面人的故事。在翟理思的《中国艺廊的奇异故事》（博奈和利夫莱特）中可以看到此类故事。中国最优秀短篇故事集是《今古传奇》，其中有 11 篇已被 E. 巴茨·豪厄尔出色地翻译过来了。还有篇幅更长一些的故事，表明了说书艺术的更高发展。不用说，还有大量中国故事几乎没有触及。

　　我挑选了几篇较短的故事放在此书中。这些故事要么非常典型，要么有些特别意义。前两篇审判故事特别有趣，跟圣经故事有着相似之处。"中国的灰姑娘"对学习民间故事的学生应该非常有意思。"倩娘的故事"是典型的鬼怪故事，其中人的灵魂可以离开身体。接下来的两篇故事是四世纪早期的故事，带有特别的滑稽幽默，这是那一时期的典型做法。"两孝子千里寻父"和"汉宫秘史"是真实故事，是历史，并非文人的虚构杜撰。我之所以选取这些故事，是因为从西方人的视角来看，它们非常"离奇古怪"，但特别确凿。跟《浮生六记》一样，这些故事可被视为从中可以一窥中国人生活的文献。这些故事中，除了《吾国与吾民》中收有"倩娘的故事"之外，其余的以前都没译成英文。我没有收录中国笑话和幽默故事，它们本身就是一片沙漠。

中国故事

林语堂　英译

二母争子

　　这个故事与接下来的故事均摘自《风俗通》，两故事出于同一写作动机。《风俗通》即《风俗通义》，作者应劭，东汉后期人，生活在公元178年—公元197年间①。这个故事与《圣经·列王传》中的所罗门审判故事有着惊人的相似之处。在"佛的诞生故事"评注中也可看到类似主题，也许是于公元五世纪在印度写就。②目前版本的《风俗通》中看不到这两个故事，但唐朝马总撰写的《意林》里却收录了这两个故事。《意林》是古代哲学家集，非常受推崇，因为它收录的许多选篇（《老子》《庄子》《孟子》等）与现代文本不同，而且保留了现已佚失的古代文本的一些文章。应劭的这部著作非常著名，据约公元600年的隋史官方书目中记载，这部书有三十一卷，但目前的文本只剩下十卷。中国的佛经翻译始于公元一世纪。与所罗门故事的相似很可能是一个巧合。

　　颍川③有富室，兄弟同居，两妇皆怀妊，数月，长妇胎伤，因

---

① 据《后汉书》卷四十八本传："撰《风俗通》，以辩物类名号，释时俗嫌疑。文虽不典，后世服其恰闻。"
② 里斯·戴维斯，《佛的诞生故事》（上），13、44。
③ 应劭的家乡，位于现在的河南。

闭匿之。产期至，同到乳舍。弟妇生男，夜因盗取之，争讼三年，州郡不能决。丞相黄霸[①]出坐殿前，令卒抱儿，去两妇各十余步，叱妇曰："自往取之。"长妇抱持甚急，儿大啼叫。弟妇恐伤害之，因乃放与，而心甚自凄怆，长妇甚喜。霸曰："此弟子也。"责问大妇，乃伏。

[《风俗通》，二世纪]

缣之讼

临淮有一人，持一匹缣到市卖之，道遇雨而披戴，后人求共庇荫，因与一头之地；雨霁，当别，因共争斗，各云："我缣。"诣府自言，太守丞相薛宣劾实，两人莫肯首服，宣曰："缣直数百钱耳，何足纷纷，自致县。"呼骑吏中断缣，各与半；使追听之。后人曰："受恩。"前撮之。缣主称怨不已。宣曰："然，固知当尔也。"因结责之，具服，俾悉还本主。

[《风俗通》，二世纪]

中国的灰姑娘

　　这是世上最早为人所知的灰姑娘的故事。灰姑娘是世界最为流传的民间故事之一，学者们收集了数百个版本，并进行了

---

① 三国时期的著名人物。

研究和对比。[1]但是，R.D. 杰姆逊教授——远东地区这一话题的权威，关于这一话题，他友善地与我进行了通信——认为，"它（指这儿的版本）把德佩勒斯的西方最早版本[2]提前了约七百年。"原文出自《酉阳杂俎》，该书是一本志怪小说，作者段成式卒于公元 863 年。故事是他家中的老仆人讲给他听的，老仆人老家在广西的邕州（现在的南宁），是那个地区的穴居人。作者身为宰相之子，又是学者。书中有好几处，他把中国民间故事追溯到佛经经典中，因为九世纪时，佛教超自然故事在中国已经非常著名和流行。但是，据说这个故事最早来自口头传说。有非常有名的暹罗版灰姑娘故事，南宁与东南亚距离非常近。询问杰姆逊教授这本书是否来自印度时，他说："就我手头的证据而言，最古老的印刷版本是中文版。我们对于人类想象的过程知之太少了，在亚洲民间故事地图上尚有太多地方完全是尚未开垦的处女地。因此，在我看来，还需要太多的思考。"这个中文版本最令人注目之处是，其中既有斯拉夫传统的内容，也有德国传统的内容，前者中动物朋友是一个重要特点，而后者在舞会上丢掉水晶鞋是一个重要特点。凶狠的继母和异父母妹妹在两个传统中都是一样的。

南人祖传，秦[3]汉前有洞主吴氏，土人呼为吴洞。娶两妻，一妻卒，有女名叶限。少慧，善淘金，父爱之。末岁父卒，为后母所苦，常令樵险汲深。

---

[1] 马里恩·罗尔夫·考克斯，《灰姑娘——三百四十五种变体》（伦敦，民间故事社团，1893）。

[2] 书名为 Nouvelles Rècreations et Iojeux Devis。

[3] 公元前 221 年—公元前 206 年。

　　时尝得一鳞，二寸余，赤鳍金目，遂潜养于盆水。日日长，易数器，大不能受，乃投于后池中。女所得余食，辄沉以食之。女至池，鱼必露首枕岸。他人至，不复出。

　　其母知之，每伺之，鱼未尝见也。因诈女曰："尔无劳乎？吾为尔新其褕。"乃易其弊衣。后令汲于他泉，计里数里也。母徐衣其女衣，袖利刃，行向池呼鱼，鱼即出首，因斫杀之。鱼已长丈余，膳其肉，味倍常鱼，藏其骨于郁栖之下。

　　逾日，女至向池，不复见鱼矣，乃哭于野。忽有人被发粗衣，自天而降，慰女曰："尔无哭，尔母杀尔鱼矣！骨在粪下。尔归，可取鱼骨藏于室，所须，第祈之，当随尔也。"女用其言，金玑衣食，随欲而具。

　　及洞节，母往，令女守庭果。女伺母行远，亦往，衣翠纺上衣，蹑金履。母所生女认之，谓母曰："此甚似姊也。"母亦疑之。女觉，遽反，遂遗一只履，为洞人所得。

　　母归，但见女抱庭树眠，亦不之虑。

　　其洞邻海岛，岛中有国名陀汗，兵强，王数十岛，水界数千里。洞人遂货其履于陀汗国。国主得之，命其左右履之，足小者履减一寸。乃令一国妇人履之，竟无一称者。其轻如毛，履石无声。

　　陀汗王意其洞人以非道得之，遂禁锢而拷掠之，竟不知所从来。乃以是履弃之于道旁，即遍历人家捕之，若有女履者，捕之以告。陀汗王怪之。乃搜其室，得叶限，令履之而信。叶限因衣翠纺衣，蹑履而进，色若天人也。始具事于王，载鱼骨与叶限俱还国。

　　其母及女即为飞石击死。洞人哀之，埋于石坑，名曰"懊女冢"。

[《酉阳杂俎》，九世纪]

倩娘的故事

天授三年，清河张镒，因官家于衡州，性简静，寡知友，无子，其女二人，其长早亡，幼女倩娘，端妍绝伦。镒外甥太原王宙，幼聪悟，美容范，镒常器重。每曰："他时当以倩娘妻之。"后各长成，与倩娘常私，感想于寤寐，家人莫知其状。后有宾察之选者求之，镒许焉。女闻而抑郁，宙亦深恚恨，诧以当调请赴京，止之不可，遂后遣之。

宙阴恨悲痛，诀别上船。日暮至山郭数里，夜方半，宙不寐，忽闻岸上有人行声甚速，须臾至船；问之，乃倩娘步行跣足而至。宙惊喜发狂，执手问其从来，泣曰："君厚意如此，寝食相感，今将夺我此志，又知君深情不易，思将杀身奉报，是以亡命来奔。"宙非意所望，欣跃特甚，遂匿倩娘于船，连夜遁去，倍道兼行，数月至蜀。

凡五年，生两子，与镒绝信。其妻常思父母，涕泣言曰："吾曩日不能相负，弃大义而来奔君，今向五年，恩慈间阻，覆载之下，无颜独存也！"宙哀之曰："将归，无苦！"遂俱归衡州。

既至，宙独身先至镒家，首谢其事。镒大惊曰："倩娘疾在闺中数年，何其诡说也？"宙曰："见在舟中。"

镒大惊，促使人验之，果见倩娘在舟中，颜色怡畅，讯使者曰："大人安否？"家人异之，疾赴报镒。室中女闻喜而起，饰装更衣，笑而不语，出与相迎，翕然而合为一体，其衣裳皆重。

其家以事不常，秘之，唯亲戚间有潜知之者。

后四十年间，夫妻偕老，二男并孝廉第，至丞尉。①

[《离魂记》，唐代传奇]

卖鬼者

南阳宋定伯，年少时，夜行逢鬼。问之，鬼言："我是鬼。"鬼问："汝复谁？"定伯诳之，言："我亦鬼。"鬼问："欲至何所？"答曰："欲至宛市。"鬼言："我亦欲至宛市。"遂行数里。鬼言："步行太迟，可共递相担，何如？"定伯曰："大善。"鬼便先担定伯数里。鬼言："卿太重，将非鬼也？"定伯言："我新鬼，故身重耳。"定伯因复担鬼，鬼略无重。如是再三。定伯复言："我是新鬼，不知有何所畏忌？"鬼答言："唯不喜人唾。"于是共行。道遇水，定伯令鬼先渡，听之，了然无声音。定伯自渡，漕漼作声。鬼复言："何以有声？"定伯曰："新死，不习渡水故耳。勿怪吾也。"行欲至宛市，定伯便担鬼著肩上，急执之。鬼大呼，声咋咋然，索下。不复听之，径至宛市中，下着地。化为一羊，便卖之。恐其变化，唾之，得钱千五百乃去。当时石崇有言："定伯卖鬼，得钱千五。"

[选自《搜神记》，四世纪]

醉酒快哉

狄希，中山人也。能造千日酒，饮之千日醉。时有州人姓刘，

---

① 此故事应发生在大约公元 690 年。

名玄石，好饮酒，往求之。希曰："我酒发来未定，不敢饮君。"石曰："纵未熟，且与一杯，得否？"希闻此语，不免饮之。复索曰："美哉！可更与之。"希曰："且归，别日当来。只此一杯，可眠千日也。"石别，似有怍色，至家，醉死。家人不之疑，哭而葬之。

经三年，希曰："玄石必应酒醒，宜往问之。"既往石家，语曰："石在家否？"家人皆怪之，曰："玄石亡来，服以阕矣。"希惊曰："酒之美矣，而致醉眠千日。今合醒矣。"乃命其家人凿冢破棺看之。冢上汗气彻天，遂命发冢，方见开目张口，引声而言曰："快哉，醉我也。"因问希曰："尔作何物也，令我一杯大醉，今日方醒？日高几许？"墓上人皆笑之，被石酒气冲入鼻中，亦各醉卧三月。

[选自《搜神记》，四世纪]

无头好看

汉武帝时，贾勇乃余昌都尉。一日出征与匪战，受伤而失头。策马返营，众人皆观之。乃曰："吾战败而匪砍吾头。汝觉有头好看，亦无头好看？"众士泣曰："有头好看。"他曰："无头一样好看。"

[九世纪]

两孝子千里寻父

"余姚两孝子千里寻父"是吴江闻广平创作的真实故事，附在浙江余姚闻氏家谱中。风格采用的是通常的祖先传记风格，中国文学中此类内容非常丰富，尽管很少会有像这个故事那样富有戏剧性的故事。把这个故事收录在此，是想表明家庭在中国社会中发挥的作用。它可能使一些有思想的基督教传教士犹豫是否要打破中国的祖宗崇拜，是否要打碎中国社会制度的基石以及中国人与过去的那种活生生的具体联系感。儒家学说认为，孝为德之基础。在这篇作品中可以看到，良好的道德习惯首先从童年时期在家庭里形成。

两孝子千里寻父，讲述的是我们闻氏家族的曾叔公季山和路业寻找其父的故事。季山名运怀，字纪山。路业名运彪，字进孔。他们祖辈居住在浙东的余姚，有好多代了。其父为老祖先大桓，名英，为儒家学人，专注于书，性情恬淡。他常常整日坐而不语，每每路过青山美景，思绪便飘到了诗意超凡的地方。老祖先大桓撰写的东西都是阐发宋朝儒家理学，并不涉及佛教或道家的思想。他被村里人尊奉为纯粹的儒家学者。

老祖先大桓妻兄姓吴，为广西孔城的都尉。赴任之际，把土地抵押给了老祖先大桓的家族亲戚。但受押之人却嫌其地贫瘠，而索要老祖先大桓之地。老祖先大桓非常慷慨，与之交换了地契，把自己的土地抵押给了那人，一年的抵押利息为1500担。1690年至1691年间，闹了旱灾，那个亲戚逼要本钱和利息，逼得非常厉害。老祖先大桓不知如何是好，那人便逼迫他前去广西。他要是不去呢，好像是不想尽力还账的样子。最后，没办法，他还是上路了。在途中，他一路还敲打着小舟吟唱。1692年11月5日，行船到了湖南永州的齐阳县，他人却突然不见了。当时，其妻兄之子跟他待在同一艘船上，把此事告诉了父亲。接连五天，都尉派人四处寻找，然而，老祖先大桓却踪影全无。于是，派人赶快前往他家送信，吴夫

人 ① 闻信咬破手指，流血不止，昏厥过去。苏醒过来后，她抬头长叹说，"唉！夫君唤我矣。他起初未走。要走时，还要了一盏灯，掀起床帘看看两个儿子。两小儿睡得正香甜，他又转过身来，瞅了瞅，嘴里叹着气，眼里含着泪，离开了房子。我看着他走到门口，对我说：'别管我了。你把孩子拉扯大吧。'现在想起这些话，都是些不祥的征兆。"

闻夫人派一位老仆人去了广西。1693 年，都尉去世，其子扶柩归乡，顺便把老仆人也带回来了。途中路过老祖先大桓失踪之地，到处张贴布告，详细描述他的长相、家乡、姓名和失踪日期。连找了好几天，无果而还。老仆人回来，把消息告之闻夫人，她又哭得昏厥过去。醒过来，她说："没指望了。"于是，她把丈夫的衣冠放在祭坛上，亲戚也都穿上孝服，从早到晚在祭坛前痛哭，抛洒祭酒。在关公庙里作了预卜，下面是神谕：

> 一叶小舟风雨中停泊在河岸。
>
> 兄弟梦中瞅着对方。
>
> 已被生死分离，
>
> 却传来了生还的消息。

做了三次预卜，每次神谕都是一样，这让一家人吃惊不小。父亲失踪时，季山八岁，路业才三岁。因为这个神谕确证了三次，他们的母亲常常在院子里抱着路业，哭着说，"儿子，你长大了去找父亲吗？"路业点点头，母亲就心满意足了。

三年后，母亲带着这一遗憾去世了。去世前，她把两个女儿叫

---

① 即闻夫人，失踪之人的妻子。中文作品中以妻子娘家姓称呼之。

到跟前，指着两个儿子对她们说，"那年，我听到那个消息后，还能活下去，是因为我希望等兄弟俩长大后，我带着他们去永州和衡州，四处去打探你们父亲的消息。即使我找不到他的活人，我也要跟他葬在一起。如今没有这个指望了。"四个孩子趴在她的床边大哭，聆听了她的遗嘱。此后，两兄弟常常抱在一起哭泣，好像活不下去的样子。他们还向人打听谁跟父亲一起去了广西，却无人透出一丝半星的线索。他们的堂姐还记得老祖先大桓在船停泊时写的诗句，最后两行是这样的：

> 此处可以看到冷霜中的古寺钟，
>
> 佛寺灯里闪出忽明忽暗的灯光。

全家人因而揣测，既然他晚上还在船上作诗，那就不可能是在岸上失踪的。他们又向人打听谁又去了孔城，但是这些人连发生不幸的地名都记不得了。两个儿子非常悲哀，说："难道我们兄弟俩还不如曹娥①吗？"

1697 年，季山已经 13 岁了，他带着那位老仆去了广西。在柳州，主仆二人都染上了疾病，不久老仆人撒手归西。季山自己扛着行李，过了湘江，到了湖南，差点在这场颠沛流离之中丧命。他心里感到孤单，在途中常常流泪不已。碰巧家乡的一位商贾遇见了他，把他带回了老家。他堂姐在家里迎着他，眼里含着泪说："我晓得你去广西是为了你母亲的愿望。但你想想，这是你母亲对你兄弟俩的期望吗？你忘了你母亲讲的你父亲离去时说的话了吗？你忘了你

---

① 曹娥是位姑娘，她去寻找溺水的父亲，自己也溺水身亡。据说，五天后发现她的尸体，跟父亲的尸体紧紧连在一起。这个故事被很好地保存在一块著名的石碑上，如今这个石刻被推崇为书法经典。

母亲活着的时候说的话了吗? 你父母希望你俩长大成人。现在你们长大了吗? 你这小小年纪却行了千里路程, 也不想想你父母的真正愿望。你是要一事无成, 将来不在祖庙里祭祀他们吗? 不在他们的坟前哭他们吗?" 两兄弟抱头痛哭, 把堂姐的话记在了心头, 不再想着去外寻父了。

此时, 老祖先大桓的家业已耗尽, 兄弟俩不能靠此为生了。季山就到一家药堂做学徒, 路业被一个叔父收养。然而, 这个叔父后来自己生了两个儿子, 就嫌路业多余, 于是季山就把弟弟带回了家。季山问弟弟想做什么, 路业说他想读书。"很好," 哥哥说, "我和姐夫负担你读书的花销。" 路业从师一位先生, 刻苦攻读, 熏陶性情。村里的人便说, "大桓生了个好儿子。孤儿要起来了, 大桓的后裔要兴旺。"路业十九岁时, 在村里读书, 准备乡试。发了洪水, 季山自己做了个木筏, 把他送回家。乡试结果出来, 路业中了头名, 因而成为解元。

三年后, 路业带着一位仆人, 前去湖南寻找失踪的父亲, 但踪迹全无。接着, 他跋山涉水前往广西。在途中, 那位仆人却突然变了脸, 拿着刀子向路业扑来。路业一闪身, 仆人坠落悬崖而亡。于是, 路业扛着行李, 一路乞讨。经过许多磨难之后, 仍然一无所获, 之后他回到家里。此时, 哥哥凭着省吃俭用和辛勤劳作, 已经攒足了银子, 买了一百亩 (十六英亩) 地, 继续供养弟弟求学。

1723 年, 路业在科举考试中一举成为进士①, 回到家乡。此时, 季山已经娶妻生子。兄弟相见, 悲喜交加, 两人便商量如何才能寻觅到父亲的踪迹。兄弟二人用银针扎破胳膊, 蘸着血写下了几百字的祷词, 又去关公庙祈祷神谕。神谕再次提到"生还"二字, 两兄

---

① 经过三级考试的学者, 要连续通过乡试、会试和殿试。

弟说："难道神会向我们说谎吗？"他们发誓一定要找到父亲，找不到就不回来。因此，两人决定把家业留给两个姐姐照管。但是，当时海水涨潮，田地被淹，考虑到这个时候不能再让姐姐承担如此重负，两兄弟最终还是放弃了这个念头。

第二年的冬天，两兄弟悄悄准备好了行李，背着家人，关上房门，习练长途背负行囊。1725年2月，路业也得一子，孩子生下的第三天，两兄弟谁也没说，就离开了家。两年的时间，他们在湖南和广西四处走动，甚至到了庐山和南昌的荒凉巷子，在狼嚎虎啸的密林里漫游流浪。两兄弟不顾任何危险，走遍了千山万水。每每碰到佛寺，他们都会停下来拜祭一番。南昌人对两孝子的行为非常感动，对他们也非常同情。

他们的姐姐想到弟弟这么长时间不回，便派仆人前去永州找寻。路业的朋友邵鸿杰当时也在永州逗留，见到了这个仆人，便向他询问详情。但仆人说他一无所知，只听飞云渡的一个和尚说闻先生的两个孝子一个去了洞庭湖，一个去了衡山。1726年11月，依照先前的约定，两兄弟在广西川州的香山寺会面。鸿杰立刻动身去找他们，看到两兄弟肤色黝黑，瘦骨嶙峋。他们脚穿草鞋，背负着干粮，好像打算还要动身去别的地方。鸿杰试图说服两人打消这个念头："你们弟兄俩搞错了。我读过先父的文章，他纯粹是儒家思想，没有丝毫的佛教或道家的内容。仅仅因为他留下的那几行佛寺灯光的诗文，你们就去佛寺或道庙找他，我想你们误解了父亲。此外，他只不过是碰巧写下了那几行诗。你们得把事情追溯到源头，而不能再像这样到处寻找。你们把自己弄得筋疲力尽，却毫无用处。为何不造个小舟，把它作为你们的家呢？寻访永州和衡州各地，小岛啦、岩石海岸啦、小溪流啦、村庄、河谷、小镇或大路啦，见到什么就停下。先熟悉一下这些地方的地貌和道路河流，再到农人、渔夫和伐木人中间打听一下。然后，在黎明时分静谧的时刻，或月亮落下、渡鸦啼鸣时，吟唱他失踪之前写的那几行诗。我知道天上地下的神灵会听到你们的祈祷，为你们指路。"

两兄弟觉得这个主意不错，因而就找了木匠准备木材造船。1727 年 1 月，船造好了，船桅上挂了一条旗幡，上面写着"余姚闻氏兄弟寻父之舟"几个字。就这样，他们在永州和衡州之间往返，半年有余。

8 月底，船停泊在了江赣的白沙岛。两兄弟面江而泣。一位老人拄着手杖，来到江赣。他名叫程海还。老人走近两兄弟，对他们说："你们要是寻找一位尚在人世的父亲，我就不敢说了。要不是的话，他就葬在这个岛上。"两兄弟惊愕不已，追问详情。海还说："我的家乡在鸟窝塘，离江赣大约七英里的路。我兄弟叫海生，嫂子于 1692 年 11 月 7 日产下一子。海生前去通知嫂子娘家人，结果过河时被水淹没。水里有些杂草，他才没沉下去，得以活命。回来后，他告诉我说他看到杂草堆里有具尸体。我跟他一起去看了，把尸体拖上了岸。那人身穿丝绸，身材很瘦，肤色很白。我们找了一个地方，把他埋掉了．想着这人一定是跟我兄弟一样的受难者。都尉一家返乡寻找你父时，我看到了布告，觉得细节都对得上，打算把此事报告给官方。就在这时，村里的一位老年人拦住我说：'布告里并没说淹死一事。他们在找活人，你却来报一个死人。你怎能让一个死人从坟墓里起来说自己是谁呢？恐怕你兄弟很难回答他们的问题。'于是，我放弃了这个念头。海生听说这件事后，去追寻信人，但那人已经走远了。三十多年来，谁也没再提这件事。我兄弟海生已经死了，我也老了。我听说你们两孝子在外寻父，路人听到这事都流了泪。我怎么能忍心不把我知道的事情讲出来呢。我把你父的尸体从水里捞出来时，是在他落水的两天之后。海生的儿子那时刚刚生下来，他叫举生，还活着。不然，我可记不准这个日子。"

两兄弟跟着老人来到他家，想弄明白这究竟是怎么一回事。海生的妻子尚在人世，他们说埋葬时，他们拾起了尸体上的几样东西，如今只剩下了一把钥匙和钥匙袋。两兄弟立刻要了钥匙和钥匙袋，派了一个善行之人把这些东西送回老家堂姐那儿。堂姐看到这些东西，非常动情。她说："这个钥匙袋是我亲手绣的，送给了叔公。他的箱子送回家时，上面有锁头，但钥匙不见了。我们还是想法把箱子打开了，结果在里面看到了他写的那首诗。"

三个月后，那个善行之人回来，把箱子上的锁带来了，那把钥匙正配这把锁。两兄弟此时肯定父亲确实是淹死的，埋在了白沙岛。要不是海还提供的消息，他们永远不会澄清生活中这个永远的遗憾。神谕提到"生还"，刚好与海生和海还的名字相符。神的口谕真是应验了。

兄弟俩就向官府请求把父亲的尸骨运回老家浙江埋葬。都尉体谅兄弟俩对父亲的感情，准许了他们的请求。但这个岛上的村民听说之后，都来到了官府，说这个小岛从前无人居住，但如今已经变成了一个大村庄，这都是因为这个坟墓的保佑，他们因而请求两人不要把尸骨运走。都尉尊重众人的意见，就对两兄弟说："你们父亲的魂灵在这块土地上安息了，我想你们最好不要挪动他的尸骨。还有，这个村庄因为你们父亲的坟墓而兴旺起来。每年的春秋，村民都会像祭祀神灵一样，祭祀你们的父亲。我想你们的父亲对这个地方肯定也感到非常中意。"

于是，兄弟俩就在父亲坟墓旁搭了一个小棚，在里面住了三个月。然后，他们祈求神灵保佑，带了一个小骨灰匣子回家了。几年后，季山去世了，路业被任命为河南桐柏的都尉，他把兄长的家人接到官邸，像照顾自己家人一样照顾他们。不久，他又调到了芜宁，离齐阳县只有三十英里的路程。他就在靠近父亲坟墓的地方立了一个寺庙纪念父亲。他还买了土地，其收成作为祭祀的花销，派一些当地人和程海还的后代照看寺庙，一代代传了下来。

　　齐阳的都尉觉霍楚尔溥①让人立了一块石碑，把这个故事记录下来。路业最后任职永州都尉，留下了为官的好名声，在《湖南地方名官记载》中都有记录。关于两兄弟的生平有以下记载：邵鸿杰和吴希文②的"寻父故事"、丘尹宇的"白沙岛历史"、常参济的"找父故事"（只是故事的梗概而已）、石玉辉的记载、李促辉和常铿寄的自传性文章。他们的叙述在细节上有所不同，还有些省略。本人闻广平利用这些资料写下了这个故事，目的是为了表明两兄弟的孝行足以感天地，泣鬼神。因此，在他们经历了波涛汹涌、野兽横行之后，而得以幸存，从而找到了父亲葬身之地。因而，我斗胆编写了他们的故事，附在了闻氏家谱的后面。不仅把兄弟俩作为我们闻氏家族的榜样，也把这个故事讲给天下所有即将为人之子者聆听。

[十八世纪]

汉宫秘史

　　"汉宫秘史"，即"汉宫飞燕"，作者为汉朝伶玄，字子于，潞水人，官至江东都尉。这个故事属于对当前或历史事件的秘密记载，在官方记载中找不到，中国文学中有很多此类内容。故事显然是宫中某个老姬所讲，可能是本故事中的繁漪。故事

---

① 满族人，从满族名字可以看出。

② 上文提到的亲戚朋友。

含有老妪闲言碎语的所有长短之处，属于无意识现实主义学派。这个故事带着受过一星半点教育的人的写作风格，内中有"拼写错误"和"语法不当"的段落，完全没有行文感。但是，这个故事可以让我们近距离地一窥中国宫廷的淫荡生活。最近两千年来，这种情形也许并无甚大变化。在现实主义中，无意识现实主义者击败了意识现实主义者，因而我不得不删掉了根据西方文学标准认为的彻头彻尾下流的段落。这非常遗憾，因为要不是对性那么限制，也不会有那么多的精神错乱。另一方面，我不想让本书在波士顿给禁了。除了本故事偶尔描述宫廷生活和古代美之外，它的兴趣还在于两姐妹之间的妒忌。毫无疑问，故事中的真正女主人公并不是飞燕，而是她妹妹。

赵飞燕[①]原姓冯，她的父亲冯万金，对音乐颇有造诣，为江东府乐师。万金不满于世代相传的乐曲，自己创作了一种音乐，没有固定旋律，但有许多渲染和悲伤的调子。他称之为辛酸悲哀的曲子，听起来特别能打动人心。江都王孙女姑苏郡主，曾嫁中尉赵曼，爱上了冯万金。就餐时，冯万金要是不在场，她就觉得索然无味。她暗地里与冯万金私通。赵曼爱妒忌人，但他染上了见不得人的病，不能与夫人同床。因而，姑苏郡主怀孕时，吓得要命。于是，她借口生病，回到自己的宫府。生下两女，长女名宜生，次女名合德，宜生即为赵飞燕。她把两女都送给冯万金抚养，但取其夫的赵姓。

宜生非常聪慧，研究了"彭祖分脉"之书，掌握了调脉之术。长大后，身材窈窕，体态极其轻盈，举步翩然若飞，人称"飞燕"。

[①] 赵飞燕（？—前1年），汉成帝皇后。能歌善舞，体态纤美，轻盈如燕，相传其能在掌中起舞，故称"飞燕"。成帝时入宫，为婕妤，后立为皇后。平帝即位后，被废为庶人，自杀而亡。

合德丰若有余，柔若无骨，肌骨清滑，出浴时水不沾身。她声音轻柔细腻，能歌善舞。两姊妹都是绝代佳人。

冯万金去世后，家道中落。二女无家可依，便一同流落长安，人称赵氏姊妹。两人与赵林住同一胡同，此人为阳阿公主府侍官。二女受到赵林的庇护，于是经常把自己的绣活送给赵林，很快她们便住进了赵家，做了赵林的女儿。赵林的大女儿本在府内服侍，但因病返家，后去世。这样，飞燕和妹妹就常去阳阿公主府中服侍，有机会学习歌舞。有时，姐妹俩学歌舞到了废寝忘食的地步。她们薪俸极少，常常缺资，但在胭脂粉妆方面却毫不吝啬金钱，为此经常受到人们的嘲笑。

飞燕与一位邻居私通，此人为皇宫弓箭手。飞燕当时家贫，与合德两人同睡一床。下雪时，她就站在自己家旁，在外面等着情人。她懂得调节气息，在雪地站着。仍然浑身温暖，一点不会冻得发抖，弓箭手觉得她是位仙子。由于阳阿公主的权势，她被送入宫中。她表妹樊嬥在宫里管理幔帷，知晓飞燕与弓箭手有染，心中甚怕。

飞燕受到恩宠之后，便不再理他。她闭上眼睛，哭得眼泪淌到脸颊，双腿颤抖。接连三晚，她也不理睬成帝，但后者一点也不生气。宫中有些宠妃询问此事，成帝说："她丰若有余，柔若无骨，且实在羞怯，不像你们这些荡妇。她是一位贤淑女子。"……从那时起，飞燕待在后宫，被册封为赵妃。

成帝在万阳宫里查看名单，樊嬥在旁边，借机对成帝说飞燕还有个妹妹，名叫合德，也是个美人，性情比姐姐要温和得多。成帝就派人带了一车珠宝，前去迎接。合德婉言谢绝了："除非妾姊叫妾，妾是不敢去的。你可以把妾头拿回皇宫。"听到这话，樊嬥便拿上赵妃的令册去叫合德。皇上打算在云光宫接待她。合德粉妆淡抹，装扮一新，身穿"懒装"，绣花短裙，窄窄的袖子，桃花袜子。

她说："妾姊妒忌得厉害，她可以很容易屈辱妾。妾不惧死，但若妾姊不同意，妾宁死不愿受辱。"说完，她头也没抬，就退了出去。她讲话声音柔和干脆，在场人都大为敬佩。成帝于是派人送她回家。

有位赵妇人，宣帝时负责燃香，如今已是白发苍苍的老夫人，负责教导皇宫的女仆。她说王妃"是红颜祸水，要把我们湮灭"。[1]成帝听从繁漪的建议，特地为王妃大兴土木之工，筑起一座华丽的远眺宫让她居住。繁漪对王妃说："皇上无后，王妃该想着为皇上延续香火。为何不让皇上召幸能生子的妃子呢？"于是，把赵合德献给了成帝，成帝对她迷恋如醉。他称赵合德的乳胸为"温柔乡"，对繁漪说："我当终老是乡，不愿效武帝求白云乡了。"繁漪高呼"万岁"，向成帝道喜，说："陛下遇见了仙子。"成帝赏赐她二十四块金条。合德因而得到皇上恩宠。

合德常常去见姐姐，行礼就像孩子对父母一样。有一次，姐妹俩坐在一起，姐姐不小心吐在妹妹的袖子上。"你瞧，姊姊，"妹妹说，"你在我的紫袖子上画的印记，就连皇宫御裁[2]也做不出来呀。"因赵飞燕连年不育，害怕将来色衰时失去成帝的欢心，欲求子，为自固久远计，便暗查子嗣多的侍郎宫奴，几乎每天都偷欢。合德尽力保护她，对成帝说："妾姊素性好刚，容易招怨，保不住有他人谗构，诬陷妾姊。倘或陛下过听，赵氏将无遗种了！"说至此，泫然泣下。成帝慌忙替合德拭泪，并用好言劝慰，并发誓不至于误信飞言。后来有人得知飞燕奸情，出来告讦，都被成帝处斩。因此，仆人侍从身着五颜六色的服饰，随意出入远眺宫，毫无拘束，而飞燕仍未生下一男半女。

飞燕通常用五味七香洗浴，坐在散发香味的椅子里，用百种药

---

① 据说，汉王朝是借助于火势而兴起的。

② 严格意义讲，负责皇室的家具、帷帐织物及服装的人。

香浸泡。合德只用一般香料沐浴，涂抹花粉而已。但成帝对繁漪说："尽管王妃散发奇香，但与昭仪身上的自然香味没法比。"两姊妹祖父的侄女曾在江东府服侍，年老时和两姊妹家人住在一起。她非常懂得如何保持女性美，曾建议飞燕服用一种用雄麝肚脐制作的药物防止皮肤变松。合德后来也服用这一药物。但女人服用此药时，月经会非常的稀薄。一天，飞燕对御医讲了此事，后者说："要是这样的话，王妃如何生子呢？"她教飞燕用一种蕨类植物冲洗，但不奏效。

赵合德越发得到成帝的宠爱，被立为昭仪，居昭阳宫。她想跟姐姐住得近些，成帝就为她建造宫殿，涂以丹朱，黄金为门槛，白玉做台阶，壁间的横木嵌入蓝田璧玉，以明珠翠羽做装饰。所陈列的几案帷幔等类，都是世间罕有的珍奇，最奢丽的是百宝床、九龙帐、象牙簟、绿熊席，床幔熏染了异香，沾到身上几月都不散。过了一个叫做"通仙子处"的大门，她的住处与姐姐的相通。

飞燕与一个叫燕赤凤的宫奴私通。趁着成帝不在时，与燕赤凤欢会。燕赤凤身体雄壮，并能够飞檐走壁。他还与昭仪有染。从此，燕赤凤轮流光顾飞燕与合德的内室。他刚刚离开昭仪的房间，飞燕就进来了。每年的十月五日，依照风俗，皇上要去灵安庙参拜。这一天，人们敲锣打鼓，手拉着手，脚踩着地，又唱又跳。燕赤凤过来帮忙，飞燕问合德："燕赤凤为何来此？"合德说："他是为姊姊而来，他还能为别人而来吗？"飞燕大为恼火，抓起杯子就朝合德扔去，嘴里骂着："耗子能咬人吗？"合德回应说："他穿着你的衣服，见过你的内衣。这就够了，不需再咬什么人。"只因合德对姐姐一直非常谦恭，所以听到合德这样说，飞燕惊愕得半天讲不出话来。繁漪趴在地上磕头，直到头碰出了血，让合德向姐姐道歉。合德鞠了一躬，抽泣着说："妹曾忆家贫，寒馁无聊赖，饥寒甚，不能成寐，使我拥姊背而泣。此事姊岂不忆也？如日幸富贵无他人次我，而自毁如此。再说，亦也无外人与你我争宠，咱们怎能争吵不休？"乃泣而不已。飞燕亦泣焉，拉住妹妹的手，把一束镶嵌九只雏鸟的头饰戴在妹妹头上。两姊妹和好如初。成帝听说此事，但因惧怕飞燕的脾气，没敢问她，而是问了合德。合德说："她只是在嫉妒我。汉王朝借助于火势而兴起，她因而把陛下称做赤龙凤。"成帝闻此言，高兴不已。

一次，成帝雪天一大早出去打猎，结果染上了病。他变得非常无能，只有靠抱住合德的双腿才成。……但合德却老在动，这样成帝不能长时间抱住她的腿。繁漪对合德说："皇上陛下服用各种药物无效，只有您的腿才行。真是神仙保佑啊！您为何不让陛下抱住呢？"合德回答说："只有不让他老抱住，才能仍旧让他宠爱。我要是像姊姊那样，他早就厌倦我了。那我再怎样令他兴奋呢？"合德被宠坏了。她生病时，只有成帝用调羹或筷子喂她，她才吃饭；她服用苦药时，只有成帝嘴对嘴喂她她才下咽。

合德晚上沐浴时，身体在烛光下闪耀。成帝私观，一侍者报合德。于是，她用毛巾裹住身子，急趋烛后避。有一天，成帝答应给侍者金子①，让她们保密。有个侍者从帘外进来，刚好碰到成帝，就进去告诉了合德，后者躲了起来。他日，合德浴，成帝自屏偷看，还随身带了很多金子。每每有侍者来，帝默赐侍者金钱，特令不言。侍者都贪婪金子，于是一个接一个不断出来。甚至一个晚上，成帝就给侍从一百块金子。

成帝痴迷放纵，毫不节制，身体逐渐垮了下来，就连御医也毫无办法。他遍寻罕药，得到"神速胶"，给了合德。成帝日服

---

① 金子也可指的是银子。

一粒，颇能幸昭仪。一夕，在大庆殿，昭仪醉，连进七粒，是夜绛帐中拥昭仪……帝笑声哧哧不止。及中夜，帝昏昏，却不可起，或仰或卧。抵明……须臾帝崩。[①] 侍从报与飞燕，她想让合德尝一下。合德说："我对陛下，犹如母亲对孩子般慈爱。在这个世上，我是他最钟爱的女人。我怎能像囚犯那样，站在这儿，双拢二臂，述说隐情呢？"然后，她拍打着胸脯大叫一声，"您在哪儿啊？陛下！"说罢吐血身亡。

[公元前一世纪]

---

① 成帝之死与汉史王妃传记中的记载相符。

《浮生六记》

序　言

芸，我想，是中国文学中最可爱的女人。她并非最美丽，因为这书的作者，她的丈夫，并没有这样推崇，但是谁能否认她是　个最可爱的女人？她只是在我们朋友家中有时遇见有风韵的丽人，因与其夫伉俪情笃，令人尽绝倾慕之念。我们只觉得世上有这样的女人是一件可喜的事，只愿认她是朋友之妻，可以出入其家，可以不邀自来和她夫妇吃中饭；或者当她与她丈夫促膝畅谈书画文学乳腐卤瓜之时，你打瞌睡，她可以来放一条毛毯把你的脚腿盖上？也许古今各代都有这种女人，不过在芸身上，我们似乎看见这样贤达的美德特别齐全，一生中不可多得。你想谁不愿意和她夫妇，背着翁姑，偷往太湖，看她观玩洋洋万顷的湖水，而叹天地之宽，或者同她到万年桥去赏月？而且假使她生在英国，谁不愿意陪她去参观伦敦博物院，看她狂喜坠泪玩摩中世纪的彩金抄本？因此，我说她是中国文学及中国历史上（因为确有其人）一个最可爱的女人，并非故甚其辞。

她的一生，"事如春梦了无痕"，如东坡所云。要不是这书得偶然保存，我们今日还不知有这样一个女人生在世上，饱尝过闺房之乐与坎坷之愁。我现在把她的故事翻译出来，不过因为这故事应该叫世界知道；一方面以流传她的芳名，又一方面，因为我在这对两小无猜的夫妇的简朴的生活中，看他们追求美丽，看他们穷困潦倒，遭不如意事的折磨，受狡佞小人的欺负，同时一意求享浮生半日闲的清福，却又怕遭神明的忌恨。在这故事中，我仿佛看到中国处世哲学的精华，在两位恰巧成为夫妇的人的生平上表现出来。两位平常的雅人，在世上并没有特殊的建树，只是欣爱宇宙间的良辰美景，山林泉石，同几位知心友过他们恬淡自适的生活——蹭蹬不遂，而仍不改其乐。他们太驯良了，所以不会成功，因为他们两位胸怀旷达、淡泊名利、与世无争。而他们的遭父母放逐，也不能算他们的错，反而值得我们同情。这悲剧之原因，不过因为芸知书识字，因为她太爱美，以至于不懂得爱美有什么罪过。因她是识字的媳妇，所以她得替她的婆婆写信给在外想要娶妾的公公。而且她见了一位歌伎简直发痴，暗中替她的丈夫撮合娶为篷室，后来为强者所夺，因而生起大病。在这地方，我们看见她的爱美的天性与这现实的冲突——一种根本的，虽然是出于天真的冲突。这冲突在她于神诞之夜装扮男装，赴会观"花照"，也可看出。一个女人打扮男装或是倾心于一个歌伎是不道德吗？如果是，她全不晓得。她只思慕要看见、要知道人生世上的美丽景物，那些中国古代守礼的妇人向来所看不到的景物。也是由于这艺术上本无罪而道德上犯礼的衷怀，使她想要游遍天下名山——那些年轻守礼妇女不便访游，而她愿意留待"鬓斑"之时去访游的名山。但是这些山她没看到，因为她已经看见一位风流蕴藉的歌伎，而这已十分犯礼，足使她的公公认为她是情痴少妇，把她驱出家庭，而她从此半生须颠倒于穷困之中，没有清闲也没有钱可以享游山之乐了。

是否沈复，她的丈夫，把她描写过实？我觉得不然，读者读本书后必与我同意。他不曾存意粉饰芸或他自己的缺点。我们看见这书的作者自身也表示那种爱美、爱真的精神和那中国文化最特色的知足常乐、恬淡自适的天性。我不免暗想，这位平常的寒士是怎样一个人，能引起他太太这样纯洁的爱，而且能不负此爱，把它写成古今中外文学中最温柔细腻闺房之乐的记载。三白，三白，魂无恙否？他的祖坟在苏州郊外福寿山；倘使我们有幸，或者尚可找到。果能如愿，我想备点香花鲜果，供奉跪拜祷祝于这两位清魂之前，也没什么罪过。在他们坟前，我要低吟莫里斯·拉威尔（Maurice Ravel）的《帕凡舞曲》（*Pavane*），哀思凄楚，缠绵悱恻，而归于和美静娴；或是长啸马斯奈（Massenet）的《旋律》（*Melodie*）如怨如慕，如泣如诉，悠扬而不流于激越。因为在他们之前，我们的心气也谦和了，不是对伟大者，是对卑弱者起谦恭的敬畏。因为我相信淳朴恬适自甘的生活，是宇宙最美丽的东西。在我翻阅重读这本小册之时，每每不期然想到这安乐的问题。在未得安乐的人，求之而不可得，在已得安乐之人，又不知其来之所自。读了沈复的书每使我感到这安乐的奥妙，远超乎尘俗之压迫与人身之苦痛——这安乐，我想，很像一个无罪下狱的人心地之泰然，也就是托尔斯泰在《复活》所微妙表现出的一种，是心灵已战胜肉身了。因为这个缘故，我想这对伉俪的生活是最悲惨而同时是最活泼快乐的生活——那种善处忧患的活泼快乐。

这本书的原名是《浮生六记》（英译 *Six Chapters of a Floating Life*），其中只存四记（典出李白"浮生若梦，为欢几何"之句）。其体裁特别，以一自传的故事，兼谈生活艺术，闲情逸趣，山水景色，文评艺评等。现存的四记本系杨引传在冷摊上所发现，于 1877 年首先刊行。依书中自述，作者生于 1763 年，而第四记之写作必在 1808 年之后。杨的妹婿王韬（弢园）[①]，颇具文名，曾于幼时看见这书，所以这书在 1810 至 1830 年间当流行于姑苏。由管贻萼的诗

---

① 王韬是中国学者，他曾在香港帮助理雅各翻译中国古典书籍。

及现存回目，我们知道第五章是记他在台湾的经历，而第六章是记作者对养生之道的感想。我在猜想，在苏州家藏或旧书铺一定还有一本全本，倘然有这福分，或可给我们发现。

《浮生六记》

林语堂　英译

闺房记乐

余生乾隆癸未冬十一月二十有二日，正值太平盛世，且在衣冠之家，居苏州沧浪亭畔，天之厚我，可谓至矣。东坡云："事如春梦了无痕"，苟不记之笔墨，未免有辜彼苍之厚。因思《关雎》冠三百篇之首，故列夫妇于首卷，余以次递及焉。所愧少年失学，稍识之无，不过记其实情实事而已。若必考订其文法，是责明于垢鉴矣。

余幼聘金沙于氏，八龄而夭。娶陈氏，陈名芸，字淑珍，舅氏心余先生女也。生而颖慧，学语时，口授《琵琶行》，即能成诵。四龄失怙，母金氏，弟克昌，家徒壁立。芸既长，娴女红，三口仰其十指供给，克昌从师，脩脯无缺。一日，于书簏中得《琵琶行》，挨字而认，始识字。刺绣之暇，渐通吟咏，有"秋侵人影瘦，霜染菊花肥"之句。余年十三，随母归宁，两小无嫌，得见所作，虽叹其才思隽秀，窃恐其福泽不深，然心注不能释，告母曰："若为儿择妇，非淑姊不娶。"母亦爱其柔和，即脱金约指缔姻焉。此乾隆乙未七月十六日也。

是年冬，值其堂姊出阁，余又随母往。芸与余同齿而长余十月，自幼姊弟相呼，故仍呼之曰淑姊。时但见满室鲜衣，芸独通体素淡，仅新其鞋而已。见其绣制精巧，询为己作，始知其慧心不仅在笔墨也。其形削肩长项，瘦不露骨，眉弯目秀，顾盼神飞；唯两齿微露似非佳相。一种缠绵之态，令人之意也消。索观诗稿，有仅一联，或三四句，多未成篇者，询其故，笑曰："无师之作，愿得知己堪师者敲成之耳。"余戏题其签曰"锦囊佳句"。不知夭寿之机此已伏矣。

是夜送亲城外，返已漏三下，腹饥索饵，婢妪以枣脯进，余嫌其甜，芸暗牵余袖，随至其室，见藏有暖粥并小菜焉，余欣然举箸，忽闻芸堂兄玉衡呼曰："淑妹速来！"芸急闭门曰："已疲乏，将卧矣。"玉衡挤身而入，见余将吃粥，乃笑睨芸曰："顷我索粥，汝曰'尽矣'，乃藏此专待汝婿耶？"芸大窘避去，上下哗笑之。余亦负气，挈老仆先归。

自吃粥被嘲，再往，芸即避匿，余知其恐贻人笑也。至乾隆庚子正月二十二日花烛之夕，见瘦怯身材依然如昔，头巾既揭，相视嫣然。合卺后，并肩夜膳，余暗于案下握其腕，暖尖滑腻，胸中不觉怦怦作跳。让之食，适逢斋期，已数年矣。暗计吃斋之初，正余出痘之期，因笑谓曰："今我光鲜无恙，姊可从此开戒否？"芸笑之以目，点之以首。

廿四日为余姊于归，廿三国忌不能作乐，故廿二之夜即为余姊款嫁，芸出堂陪宴。余在洞房与伴娘对酌，拇战辄北，大醉而卧；醒则芸正晓妆未竟也。是日亲朋络绎，上灯后始作乐。廿四子正，余作新舅送嫁，丑末归来，业已灯残人静，悄然入室，伴妪盹于床下，芸卸妆尚未卧，高烧银烛，低垂粉颈，不知观何书而出神若此，因抚其肩曰："姊连日辛苦，何犹孜孜不倦耶？"芸忙回首，起立曰："顷正欲卧，开橱得此书，不觉阅之忘倦。《西厢》之名闻之熟矣，今始得见，真不愧才子之名，但未免形容尖薄耳。"余笑曰："唯其才子，笔墨方能尖薄。"伴妪在旁促卧，令其闭门先去。遂与比肩调笑，恍同密友重逢。戏探其怀，亦怦怦作跳，因俯其耳曰："姊何心春乃尔耶？"芸回眸微笑，便觉一缕情丝摇人魂魄，拥之入帐，不知东方之既白。

芸作新妇，初甚缄默，终日无怒容，与之言，微笑而已。事上以敬，处下以和，井井然未尝稍失。每见朝暾上窗，即披衣急起，如有人呼促者然。余笑曰："今非吃粥比矣，何尚畏人嘲耶？"芸曰："曩之藏粥待君，传为话柄。今非畏嘲，恐堂上道新娘懒惰耳。"余虽恋其卧而德其正，因亦随之早起。自此耳鬓相磨，亲同形影，爱恋之情有不可以言语形容者。而欢娱易过，转瞬弥月。

时吾父稼夫公在会稽幕府，专役相迓，受业于武林赵省斋先生门下。先生循循善诱，余今日之尚能握管，先生力也。归来完姻时，原订随侍到馆。闻信之余，心甚怅然，恐芸之对人堕泪。而芸反强颜劝勉，代整行装，是晚但觉神色稍异而已。临行，向余小语曰："无人调护，自去经心！"及登舟解缆，正当桃李争妍之候，而余则恍同林鸟失群，天地异色。

到馆后，吾父即渡江东去。居三月，如十年之隔。芸虽时有书来，必两问一答，半多勉励词，余皆浮套语，心殊怏怏。每当风生竹院，月上蕉窗，对景怀人，梦魂颠倒。先生知其情，即致书吾父，出十题而遣余暂归，喜同戍人得赦。登舟后，反觉一刻如年。及抵家，吾母处问安毕，入房，芸起相迎，握手未通片语，而两人魂魄恍恍然化烟成雾，觉耳中惺然一响，不知更有此身矣。

时当六月，内室炎蒸，幸居沧浪亭爱莲居西间壁，板桥内一轩临流，名曰"我取"，取"清斯濯缨，浊斯濯足"意也。檐前老树一株，浓阴覆窗，人面俱绿。隔岸游人往来不绝，此吾父稼夫公垂帘宴客处也。禀命吾母，携芸消夏于此。因暑罢绣，终日伴余课书论古、品月评花而已。芸不善饮，强之可三杯，教以射覆为令。自以为人间之乐，无过于此矣。

一日，芸问曰："各种古文，宗何为是？"余曰："《国策》《南华》取其灵快，匡衡、刘向取其雅健，史迁、班固取其博大，昌黎取其浑，柳州取其峭，庐陵取其宕，三苏取其辩，他若贾、董策对，庾、徐骈体，陆贽奏议，取资者不能尽举，在人之慧心领会耳。"芸曰："古文全在识高气雄，女子学之恐难入彀；唯诗之一道，妾稍有领悟耳。"余曰："唐以诗取士，而诗之宗匠必推李、杜，卿爱宗何人？"芸发议曰："杜诗锤炼精纯，李诗潇洒落拓。与其学杜之森严，不如学李之活泼。"余曰："工部为诗家之大成，学者多宗之，卿独取李，何也？"芸曰："格律谨严，词旨老当，诚杜所独擅。但李诗宛如姑射仙子，有一种落花流水之趣，令人可爱。非杜亚于李，不过妾之私心宗杜心浅，爱李心深。"余笑曰："初不料陈淑珍乃李青莲知己。"芸笑曰："妾尚有启蒙师白乐天先生，时感于怀，未尝稍释。"余曰："何谓也？"芸曰："彼非作《琵琶行》者耶？"余笑曰："异哉！李太白是知己，白乐天是启蒙师，余适字'三白'，为卿婿，卿与'白'字何其有缘耶？"芸笑曰："白字有缘，将来恐白字连篇耳。"（吴音呼别字为白字）相与大笑。余曰："卿既知诗，亦当知赋之弃取。"芸曰："《楚辞》为赋之祖，妾学浅费解。就汉、晋人中调高语炼，似觉相如为最。"余戏曰："当日文君之从长卿，或不在琴而在此乎？"复相与大笑而罢。

余性爽直，落拓不羁；芸若腐儒，迂拘多礼。偶为披衣整袖，必连声道"得罪"；或递巾授扇，必起身来接。余始厌之，曰："卿欲以礼缚我耶？语曰：'礼多必诈。'"芸两颊发赤，曰："恭而有礼，何反言诈？"余曰："恭敬在心，不在虚文。"芸曰："至亲莫如父母，可内敬在心而外肆狂放耶？"余曰："前言戏之耳。"芸曰："世间反目多由戏起，后勿冤妾，令人郁死！"余乃挽之入怀，抚慰之，始解颜为笑。自此"岂敢"、"得罪"竟成语助词矣。鸿案相庄廿有三年，年愈久而情愈密。家庭之内，或暗室相逢，窄途邂逅，必握手问曰

"何处去?"私心忐忑,如恐旁人见之者。实则同行并坐,初犹避人,久则不以为意。芸或与人坐谈,见余至,必起立偏挪其身,余就而并焉。彼此皆不觉其所以然者,始以为惭,继成不期然而然。独怪老年夫妇相视如仇者,不知何意?或曰:"非如是,焉得白头偕老哉?"斯言诚然欤?

是年七夕,芸设香烛瓜果,同拜天孙[①]于我取轩中。余镌"愿生生世世为夫妇"图章二方,余执朱文,芸执白文,以为往来书信之用。是夜月色颇佳,俯视河中,波光如练,轻罗小扇,并坐水窗,仰见飞云过天,变态万状。芸曰:"宇宙之大,同此一月,不知今日世间,亦有如我两人之情兴否?"余曰:"纳凉玩月,到处有之。若品论云霞,或求之幽闺绣闼,慧心默证者固亦不少;若夫妻同观,所品论者恐不在此云霞耳。"未几烛烬月沉,撤果归卧。

七月望,俗谓之鬼节,芸备小酌,拟邀月畅饮。夜忽阴云如晦,芸愀然曰:"妾能与君白头偕老,月轮当出。"余亦索然。但见隔岸萤光明灭万点,梳织于柳堤蓼渚间。余与芸联句以遣闷怀,而两韵之后,逾联逾纵,想入非夷,随口乱道。芸已漱涎涕泪,笑倒余怀,不能成声矣,觉其鬓边茉莉浓香扑鼻,因拍其背,以他词解之曰:"想古人以茉莉形色如珠,故供助妆压鬓,不知此花必沾油头粉面之气,其香更可爱,所供佛手当退三舍矣。"芸乃止笑曰:"佛手乃香中君子,只在有意无意间;茉莉是香中小人,故须借人之势,其香也如胁肩谄笑。"余曰:"卿何远君子而近小人?"芸曰:"我笑君子爱小人耳。"正话间,漏已三滴,渐见风扫云开,一轮涌出,乃大喜,倚窗对酌,酒未三杯,忽闻桥下哄然一声,如有人堕。就窗细瞩,波明如镜,不见一物,惟闻河滩有只鸭急奔声。余知沧浪亭

---

① 一年之中,牛郎织女这对天上情人在七月七日过银河相见。

畔素有溺鬼，恐芸胆怯，未敢即言，芸曰："噫！此声也，胡为乎来哉？"不禁毛骨皆栗。急闭窗，携酒归房。一灯如豆，罗帐低垂，弓影杯蛇，惊魂未定。剔灯入帐，芸已寒热大作。余亦继之，困顿两旬。真所谓乐极灾生，亦是白头不终之兆。

中秋日，余病初愈。以芸半年新妇，未尝一至间壁之沧浪亭，先令老仆约守者勿放闲人，于将晚时，偕芸及余幼妹，一妪一婢扶焉。老仆前导，过石桥，进门，折东，曲径而入。叠石成山，林木葱翠，亭在土山之巅。循级至亭心，周望极目可数里，炊烟四起，晚霞灿然。隔岸名"近山林"，为大宪行台宴集之地，时正谊书院犹未启也。携一毯设亭中，席地环坐，守着烹茶以进。少焉，一轮明月已上林梢，渐觉风生袖底，月到波心，俗虑尘怀，爽然顿释。芸曰："今日之游乐矣！若驾一叶扁舟，往来亭下，不更快哉！"时已上灯，忆及七月十五夜之惊，相扶下亭而归。吴俗，妇女是晚不拘大家小户皆出，结队而游，名曰"走月亮"。沧浪亭幽雅清旷，反无一人至者。

吾父稼夫公喜认义子，以故余异姓弟兄有二十六人。吾母亦有义女九人。九人中王二姑、俞六姑与芸最和好。王痴憨善饮，俞豪爽善谈。每集，必逐余居外，而得三女同榻，此俞六姑一人计也。余笑曰："俟妹于归后，我当邀妹丈来，一住必十日。"俞曰："我亦来此，与嫂同榻，不大妙耶？"芸与王微笑而已。

时为吾弟启堂娶妇，迁居饮马桥之仓米巷，屋虽宏畅，非复沧浪亭之幽雅矣。吾母诞辰演剧，芸初以为奇观。吾父素无忌讳，点演《惨别》等剧，老伶刻画，见者情动，余窥帘，见芸忽起去，良久不出，入内探之，俞与王亦继至。见芸一人支颐独坐镜奁之侧。余曰："何不快乃尔？"芸曰："观剧原以陶情，今日之戏，徒令人断肠耳。"俞与王皆笑之。余曰："此深于情者也。"俞曰："嫂将竟日独坐于此耶？"芸曰："俟有可观者再往耳。"王闻言先出，请吾母点《刺梁》《后索》等剧，劝芸出观，始称快。

余堂伯父素存公早亡，无后，吾父以余嗣焉。墓在西跨塘福寿山祖茔之侧，每年春日，必挈芸拜扫。王二姑闻其地有戈园之胜，请同往。芸见地下小乱石有苔纹，斑驳可观，指示余曰："以此叠盆山，较宣州白石为古致。"余曰："若此者恐难多得。"王曰："嫂果爱此，我为拾之。"即向守坟者借麻袋一，鹤步而拾之。每得一块，余曰"善"，即收之；余曰"否"，即去之。未几，粉汗盈盈，拽袋返曰："再拾则力不胜矣。"芸且拣且言曰："我闻山果收获，必借猴力，果然。"王愤撮十指作哈痒状，余横阻之，责芸曰："人劳汝逸犹作此语，无怪妹之动愤也。"归途游戈园，稚绿娇红，争妍竞媚。王素憨，逢花必折，芸叱曰："既无瓶养，又不簪戴，多折何为！"王曰："不知痛痒者何害？"余笑曰："将来罚嫁麻面多须郎，多花泄忿。"王怒余以目，掷花于地，以莲钩拨入池中，曰："何欺侮我之甚也！"芸笑解之而罢。

芸初缄嘿，喜听余议论。余调其言，如蟋蟀之用纤草，渐能发议。其每日饭必用茶泡，喜用茶泡食芥卤乳腐，吴俗呼为臭乳腐，又喜食虾卤瓜。此二物余生平所最恶者，因戏之曰："狗无胃而食粪，以其不知臭秽；蜣螂团粪而化蝉，以其欲修高举也。卿其狗耶？蝉耶？"芸曰："腐取其价廉而可粥可饭，幼时食惯，今至君家，已如蜣螂化蝉，犹喜食之者，不忘本也。至卤瓜之味，到此初尝耳。"余曰："然则我家系狗窦耶？"芸窘而强解曰："夫粪，人家皆有之，要在食与不食之别耳。然君喜食蒜，妾亦强啖之。腐不敢强，瓜可掩鼻略尝，入咽当知其美，此犹无盐貌丑而德美也。"余笑曰："卿陷我作狗耶？"芸曰："妾作狗久矣，屈君试尝之。"以箸强塞余口。余掩鼻咀嚼之，似觉脆美，开鼻再嚼，竟成异味，从此亦喜食。芸以麻油加白糖少许拌卤腐，亦鲜美。以卤瓜捣烂拌卤腐，名之曰双鲜酱，有异味。余曰："始恶而终好之，理之不可解也。"芸曰："情之所钟，虽丑不嫌。"

余启堂弟妇，王虚舟先生孙女也，催妆时偶缺珠花，芸出其纳采所受者呈吾母，婢妪旁惜之，芸曰："凡为妇人，已属纯阴，珠乃纯阴之精，用为首饰，阳气全克矣，何贵焉？"而于破书残画反极珍惜。书之残缺不全者，必搜集分门，汇订成帙，统名之曰"断简残编"；字画之破损者，必觅故纸粘补成幅，有破缺处，倩予全好而卷之[①]，名曰"弃余集赏"。于女红、中馈之暇，终日琐琐，不惮烦倦。芸于破笥烂卷中，偶获片纸可观者，如得异宝。旧邻冯妪每收乱卷卖之。其癖好与余同，且能察眼意，懂眉语，一举一动，示之以色，无不头头是道。

余尝曰："惜卿雌而伏，苟能化女为男，相与访名山，搜胜迹，遨游天下，不亦快哉。"芸曰："此何难，俟妾鬓斑之后，虽不能远游五岳，而近地之虎阜、灵岩，南至西湖，北至平山，尽可偕游。"余曰："恐卿鬓斑之后，步履已艰。"芸曰："今世不能，期以来世。"余曰："来世卿当作男，我为女子相从。"芸曰："必得不昧今生，方觉有情趣。"余笑曰："幼时一粥犹谈不了，若来世不昧今生，合卺之夕，细谈隔世，更无合眼时矣。"芸曰："世传月下老人专司人间婚姻事，今生夫妇已承牵合，来世姻缘亦须仰借神力，盍绘一像祀之？"时有苕溪戚柳堤名遵，善写人物。倩绘一像：一手挽红丝，一手携杖，悬姻缘簿，童颜鹤发，奔驰于非烟非雾中。此戚君得意笔也。友人石琢堂为题赞语于首。悬之内室，每逢朔望，余夫妇必焚香拜祷。后因家庭多故，此画竟失所在，不知落在谁家矣。"他

① 作者是画家，一度曾以绘画为生。他的一些绘画至今尚存。

生未卜此生休"，两人痴情，果邀神鉴耶？

迁仓米巷，余颜其卧楼曰"宾香阁"，盖以芸名①而取如宾意也。院窄墙高，一无可取。后有厢楼，通藏书处，开窗对陆氏废园，但有荒凉之象。沧浪风景，时切芸怀。有老妪居金母桥之东、埂巷之北，绕屋皆菜圃，编篱为门。门外有池约亩许，花光树影，错杂篱边。其地即元末张士诚王府废基也。屋西数武，瓦砾堆成土山，登其巅可远眺，地旷人稀，颇饶野趣。妪偶言及，芸神往不置，谓余曰："自别沧浪，梦魂常绕，今不得已而思其次，其老妪之居乎？"余曰："连朝秋暑灼人，正思得一清凉地以消长昼，卿若愿往，我先观其家可居，即袱被而往，作一月盘桓何如？"芸曰："恐堂上不许。"余曰："我自请之。"越日至其地，屋仅二间，前后隔而为四，纸窗竹榻，颇有幽趣。老妪知余意，欣然出其卧室为赁，四壁糊以白纸，顿觉改观。于是禀知吾母，挈芸居焉。邻仅老夫妇二人，灌园为业，知余夫妇避暑于此，先来通殷勤，并钓池鱼、摘园蔬为馈。偿其价，不受，芸作鞋报之，始谢而受。时方七月，绿树阴浓，水面风来，蝉鸣聒耳。邻老又为制鱼竿，与芸垂钓于柳阴深处。日落时登土山观晚霞夕照，随意联吟，有"兽云吞落日，弓月弹流星"之句。少焉，月印池中，虫声四起，设竹榻于篱下，老妪报酒温饭熟，遂就月光对酌，微醺而饭。浴罢则凉鞋蕉扇，或坐或卧，听邻老谈因果报应事。三鼓归卧，周体清凉，几不知身居城市矣。篱边倩邻老购菊，遍植之。九月花开，又与芸居十日。吾母亦欣然来观，持螯对菊，赏玩竟日。芸喜曰："他年当与君卜筑于此，买绕屋菜园十亩，课仆妪，植瓜蔬，以供薪水。君画我绣，以为诗酒之需。布衣菜饭可乐终身，不必作远游计也。"余深然之。今即得有境地，

---

① 中文里，"芸"意为"香草"。

而知己沧亡，可胜浩叹！

离余家半里许，醋库巷有洞庭君祠，俗呼水仙庙，回廊曲折，小有园亭。每逢神诞，众姓各认一落，密悬一式之玻璃灯，中设宝座，旁列瓶几，插花陈设以较胜负。日惟演戏，夜则参差高下插烛于瓶花间，名曰"花照"。花光灯影，宝鼎香浮，若龙宫夜宴。司事者或笙箫歌唱，或煮茗清谈，观者如蚁集，檐下皆设栏为限。余为众友邀去插花布置，因得躬逢其盛。归家向芸艳称之，芸曰："惜妾非男子，不能往。"余曰："冠我冠，衣我衣，亦化女为男之法也。"于是易髻为辫，添扫蛾眉，加余冠，微露两鬓，尚可掩饰，服余衣，长一寸又半，于腰间折而缝之，外加马褂。芸曰："脚下将奈何？"余曰："坊间有蝴蝶履，小大由之，购亦极易，且早晚可代撒鞋之用，不亦善乎？"芸欣然，及晚餐后，装束既毕，效男子拱手阔步者良久，忽变卦曰："妾不去矣，为人识出既不便，堂上闻之又不可。"余怂恿曰："庙中司事者谁不知我，即识出亦不过付之一笑耳。吾母现在九妹丈家，密去密来，焉得知之。"芸揽镜自照，狂笑不已。余强挽之，悄然径去。遍游庙中，无识出为女子者。或问何人，以表弟对，拱手而已。最后至一处，有少妇、幼女坐于所设宝座后，乃杨姓司事者之眷属也。芸忽趋彼通款曲，身一侧，而不觉一按少妇之肩，旁有婢媪怒而起曰："何物狂生，不法乃尔！"余欲为措词掩饰，芸见势恶，即脱帽翘足示之曰："我亦女子耳。"相与愕然，转怒为欢，留茶点，唤肩舆送归。

吴江钱师竹病故，吾父信归，命余往吊。芸私谓余曰："吴江必经太湖，妾欲偕往，一宽眼界。"余曰："正虑独行踽踽，得卿同行固妙，但无可托词耳。"芸曰："托言归宁。君先登舟，妾当继至。"余曰："若然，归途当泊舟万年桥下，与卿待月乘凉，以续沧浪韵事。"时六月十八日也。是日早凉，携一仆先至胥江渡口，登舟而待。芸果肩舆至。解维出虎啸桥，渐见风帆沙鸟，水天一色。芸曰："此即所谓太湖耶？今得见天地之宽，不虚此生矣！想闺中人有终身不能见此者！"闲话未几，风摇岸柳，已抵江城。

余登岸拜奠毕，归视舟中洞然，急询舟子。舟子指曰："不见长桥柳阴下，观鱼鹰捕鱼者乎？"盖芸已与船家女登岸矣。余至其后，芸犹粉汗盈盈，倚女而出神焉。余拍其肩曰："罗衫汗透矣！"芸回首曰："恐钱家有人到舟，故暂避之。君何回来之速也？"余笑曰："欲捕逃耳。"于是相挽登舟，返棹至万年桥下，阳乌犹未落也。舟窗尽落，清风徐来，纨扇罗衫，剖瓜解暑。少焉，霞映桥红，烟笼柳暗，银蟾欲上，渔火满江矣。命仆至船梢与舟子同饮。船家女名素云，与余有杯酒交，人颇不俗，招之与芸同坐。船头不张灯火，待月快酌，射覆为令。素云双目闪闪，听良久，曰："觞政侬颇娴习，从未闻有斯令，愿受教。"芸即譬其言而开导之，终茫然。余笑曰："女先生且罢论，我有一言作譬，即了然矣。"芸曰："君若何譬之？"余曰："鹤善舞而不能耕，牛善耕而不能舞，物性然也，先生欲反而教之，无乃劳乎？"素云笑捶余肩曰："汝骂我耶！"芸出令曰："后许动口，不许动手。违者罚大觥。"素云量豪，满斟一觥，一吸而尽。余曰："动手但准摸索，不准捶人。"芸笑挽素云置余怀，曰："请君摸索畅怀。"余笑曰："卿非解人，摸索在有意无意间耳。拥而狂探，田舍郎之所为也。"时四鬟所簪茉莉，为酒气所蒸，杂以粉汗油香，芳馨透鼻。余戏曰："小人臭味充满船头，令人作恶。"素云不禁握拳连捶曰："谁教汝狂嗅耶？"芸呼曰："违令，罚两大觥！"素云曰："彼又以小人骂我，不应捶耶？"芸曰："彼之所谓小人，盖有故也。请干此，当告汝。"素云乃连尽两觥。芸乃告以沧浪旧居乘凉事。素云曰："若然，真错怪矣，当再罚。"又干一觥。芸曰："久闻素娘善歌，可一聆妙音否？"素即以象箸击小碟而歌。芸欣然畅饮，不觉酩酊，乃乘舆先归。余又与素云茶话片刻，步月而回。时余寄居友人鲁半舫家萧爽楼中，越数日，鲁夫人误有所闻，私告芸曰："前日闻若婿挟两妓饮于万年桥舟中，子知之否？"芸曰："有之，其一即我也。"因以偕游始末详告之，鲁大笑，释然而去。

乾隆甲寅七月，余自粤东归。有同伴携妾回者，曰徐秀峰，余之表妹婿也，艳称新人之美，邀芸往观。芸他日谓秀峰曰："美则美矣，韵犹未也。"秀峰曰："然则若郎纳妾，必美而韵者乎？"芸曰："然。"从此痴心物色，而短于资。时有浙妓温冷香者，寓于吴，有《咏柳絮》四律，沸传吴下，好事者多和之。余友吴江张闲憨素赏冷香，携柳絮诗索和。芸微其人而置之，余技痒而和其韵，中有"触我春愁偏婉转，撩他离绪更缠绵"之句，芸甚击节。

明年乙卯秋八月五日，吾母将挈芸游虎邱。闲憨忽至曰："余亦有虎邱之游，今日特邀君作探花使者。"因请吾母先行，期于虎邱半塘相晤。拉余至冷香寓，见冷香已半老。有女名憨园，瓜期未破，亭亭玉立，真"一泓秋水照人寒"者也，款接间，颇知文墨。有妹文园尚雏。余此时初无痴想，且念一杯之叙，非寒士所能酬，而既入个中，私心忐忑，强为酬答。因私谓闲憨曰："余贫士也，子以尤物玩我乎？"闲憨笑曰："非也，今日有友人邀憨园答我，席主为尊客拉去，我代客转邀客，毋烦他虑也。"余始释然。

至半塘，两舟相遇，令憨园过舟叩见吾母。芸、憨相见，欢同旧识，携手登山，备览名胜。芸独爱千顷云高旷，坐赏良久。返至野芳滨，畅饮甚欢，并舟而泊。及解维，芸谓余曰："子陪张君，留憨陪妾可乎？"余诺之。返棹至都亭桥，始过船分袂。归家已三鼓，芸曰："今日得见美而韵者矣。顷已约憨园明日过我，当为子图之。"余骇曰："此非金屋不能贮，穷措大岂敢生此妄想哉？况我两人伉俪正笃，何必外求？"芸笑曰："我自爱之，子姑待之。"

明午憨果至。芸殷勤款接，筵中以猜枚赢吟输饮为令，终席无一罗致语。及憨园归，芸曰："顷又与密约，十八日来此结为姊妹，子宜备牲牢以待。"笑指臂上翡翠钏曰："若见此钏属于憨，事必谐矣，顷已吐意，未深结其心也。"余姑听之。十八日大雨，憨竟冒雨至。入室良久，始挽手出，见余有羞色，盖翡翠钏已在憨臂矣。焚香结盟后，拟再续前饮，适憨有石湖之游，即别去。芸欣然告余曰："丽人已得，君何以谢媒耶？"余询其详，芸曰："向之秘言，恐憨意另有所属也，顷探之无他，语之曰：'妹知今日之意否？'憨曰：'蒙夫人抬举，真蓬蒿倚玉树也，但吾母望我奢，恐难自主耳，愿彼此缓图之。'脱钏上臂时，又语之曰：'玉取其坚，且有团圞不断之意，妹试笼之以为先兆。'憨曰：'聚合之权总在夫人也。'即此观之，憨心已得，所难必者冷香耳，当再图之。"余笑曰："卿将效笠翁之《怜香伴》耶？"芸曰："然。"自此无日不谈憨园矣。

后憨为有力者夺去，不果。芸竟以之死。

闲情记趣

余忆童稚时，能张目对日，明察秋毫，见藐小微物，必细察其纹理，故时有物外之趣。夏蚊成雷，私拟作群鹤舞空，心之所向，则或千或百果然鹤也。昂首观之，项为之强。又留蚊于素帐中，徐喷以烟，使其冲烟飞鸣，作青云白鹤观，果如鹤唳云端，怡然称快。于土墙凹凸处、花台小草丛杂处，常蹲其身，使与台齐，定神细视，以丛草为林，以虫蚁为兽，以土砾凸者为丘，凹者为壑，神游其中，怡然自得。

　　一日，见二虫斗草间，观之正浓，忽有庞然大物拔山倒树而来，盖一癞蛤蟆也，舌一吐而二虫尽为所吞。余年幼，方出神，不觉呀然惊恐。神定，捉蛤蟆，鞭数十，驱之别院。年长思之，二虫之斗，盖图奸不从也。古语云"奸近杀"，虫亦然耶？贪此生涯，卵为蚯蚓所哈（吴俗呼"阳"曰"卵"），肿不能便，捉鸭开口哈之，婢妪偶释手，鸭颠其颈，作吞噬状，惊而大哭，传为语柄。此皆幼时闲情也。

　　及长，爱花成癖，喜剪盆树。识张兰坡，始精剪枝养节之法，继悟接花叠石之法。花以兰为最，取其幽香韵致也，而瓣品之稍堪入谱者不可多得。兰坡临终时，赠余荷瓣素心春兰一盆，皆肩平心阔，茎细瓣净，可以入谱者，余珍如拱璧。值余幕游于外，芸能亲为灌溉，花叶颇茂。不二年，一旦忽萎死，起根视之，皆白如玉，且兰芽勃然。初不可解，以为无福消受，浩叹而已。事后始悉有人欲分不允，故用滚汤灌杀也。从此誓不植兰。

　　次取杜鹃，虽无香而色可久玩，且易剪裁。以芸惜枝怜叶，不忍畅剪，故难成树。其他盆玩皆然。惟每年篱东菊绽，秋兴成癖，喜摘插瓶，不爱盆玩。非盆玩不足观，以家无园圃，不能自植，货于市者，俱丛杂无致，故不取耳。其插花朵，数宜单，不宜双。每瓶取一种，不取二色。瓶口取阔大，不取窄小，阔大者舒展不拘。自五七花至三四十花，必于瓶口中一丛怒起，以不散漫、不挤轧、不靠瓶口为妙，所谓"起把宜紧"也。或亭亭玉立，或飞舞横斜。花取参差，间以花蕊，以免飞钹耍盘之病。叶取不乱，梗取不强。用针宜藏，针长宁断之，毋令针针露梗，所谓"瓶口宜清"也。视桌之大小，一桌三瓶至七瓶而止，多则眉目不分，即同市井之菊屏矣。几之高低，自三四寸至二尺五六寸而止，必须参差高下互相照应，以气势联络为上。若中高两低、后高前低、成排对列，又犯俗所谓"锦灰堆"矣。或密或疏，或进或出，全在会心者得画意乃可。

若盆碗盘洗，用漂青松香榆皮面和油，先熬以稻灰收成胶，以铜片按钉向上，将膏火化，粘铜片于盘碗盆洗中。俟冷，将花用铁丝扎把，插于钉上。宜偏斜取势，不可居中，更宜枝疏叶清，不可拥挤。然后加水，用碗沙少许掩铜片，使观者疑丛花生于碗底方妙。

若以木本花果插瓶，剪裁之法（不能色色自觅，倩人攀折者每不合意），必先执在手中，横斜以观其势，反侧以取其态。相定之后，剪去杂枝，以疏瘦古怪为佳。再思其梗如何入瓶，或折或曲，插入瓶口，方免背叶侧花之患。若一枝到手，先拘定其梗之直者插瓶中，势必枝乱梗强，花侧叶背，既难取态，更无韵致矣。折梗打曲之法，锯其梗之半而嵌以砖石，则直者曲矣。如患梗倒，敲一二钉以筦之。即枫叶竹枝，乱草荆棘，均堪入选。或绿竹一竿配以枸杞数粒，几茎细草伴以荆棘两枝，苟位置得宜，另有世外之趣。若新栽花木，不妨歪斜取势，听其叶侧，一年后枝叶自能向上，如树树直栽，即难取势矣。

至剪裁盆树，先取根露鸡爪者，左右剪成三节，然后起枝。一枝一节，七枝到顶，或九枝到顶。枝忌对节如肩臂，节忌臃肿如鹤膝。须盘旋出枝，不可光留左右，以避赤胸露背之病；又不可前后直出。有名双起三起者，一根而起两三树也。如根无爪形，便成插树，故不取。然一树剪成，至少得三四十年。余生平仅见吾乡万翁名彩章者，一生剪成数树。又在扬州商家见有虞山游客携送黄杨、翠柏各一盆，惜乎明珠暗投，余未见其可也。若留枝盘如宝塔、扎枝曲如蚯蚓者，便成匠气矣。

点缀盆中花石，小景可以入画，大景可以入神。一瓯清茗，神能趋入其中，方可供幽斋之玩。种水仙无灵璧石，余尝以炭之有石意者代之。黄芽菜心其白如玉，取大小五七枝，用沙土植长方盆内，以炭代石，黑白分明，颇有意思。以此类推，幽趣无穷，难以枚举。如石菖蒲结子，用冷米汤同嚼喷炭上，置阴湿地，能长细菖蒲，随意移养盆碗中，茸茸可爱。以老莲子磨薄两头，入蛋壳使鸡翼之，俟雏成取出，用久年燕巢泥加天门冬十分之二，捣烂拌匀，植于小器中，灌以河水，晒以朝阳，花发大如酒杯，叶缩如碗口，亭亭可爱。

　　若夫园亭楼阁，套室回廊，叠石成山，栽花取势，又在大中见小，小中见大，虚中有实，实中有虚，或藏或露，或浅或深。不仅在"周回曲折"四字，又不在地广石多徒烦工费。或掘地堆土成山，间以块石，杂以花草，篱用梅编，墙以藤引，则无山而成山矣。大中见小者，散漫处植易长之竹，编易茂之梅以屏之。小中见大者，窄院之墙宜凹凸其形，饰以绿色，引以藤蔓，嵌大石，凿字作碑记形。推窗如临石壁，便觉峻峭无穷。虚中有实者，或山穷水尽处，一折而豁然开朗；或轩阁设厨处，一开而可通别院。实中有虚者，开门于不通之院，映以竹石，如有实无也；设矮栏杆墙头，如上有月台而实虚也。贫士屋少人多，当仿吾乡太平船后梢之位置，再加转移其间。台级为床，前后借凑，可作三榻，间以板而裱以纸，则前后上下皆越绝，譬之如行长路，即不觉其窄矣。余夫妇乔寓扬州时，曾仿此法，屋仅两椽，上下卧房、厨灶、客座皆越绝，而绰然有余。芸曾笑曰："位置虽精，终非富贵家气象也。"是诚然欤！

　　余扫墓山中，检有峦纹可观之石。归与芸商曰："用油灰叠宣州石于白石盆，取色匀也。本山黄石虽古朴，亦用油灰，则黄白相间，凿痕毕露，将奈何？"芸曰："择石之顽劣者，捣末于灰痕处，乘湿糁之，干或色同也。"乃如其言，用宜兴窑长方盆叠起一峰，偏于左而凸于右，背作横方纹，如云林石法，巉岩凹凸，若临江石矶状。虚一角，用河泥种千瓣白萍。石上植茑萝，俗呼云松。经营数日乃成。至深秋，茑萝蔓延满山，如藤萝之悬石壁。花开正红色，白萍亦透水大放，红白相间。神游其中，如登蓬岛。置之檐下，与芸品题：此处宜设水阁，此处宜立茅亭，此处宜凿六字曰"落花流水之间"，此可以居，此可以钓，此可以眺。胸中丘壑若将移居者然。一夕，猫奴争食，自檐而堕，连盆与架顷刻碎之。余叹曰："即此小经营，尚干造物忌耶！"两人不禁泪落。

静室焚香，闲中雅趣。芸尝以沉速等香，于饭镬蒸透，在炉上设一铜丝架，离火半寸许，徐徐烘之，其香幽韵而无烟。佛手忌醉鼻嗅，嗅则易烂；木瓜忌出汗，汗出，用水洗之；惟香圆无忌。佛手、木瓜亦有供法，不能笔宣。每有人将供妥者随手取嗅，随手置之，即不知供法者也。

余闲居，案头瓶花不绝。芸曰："子之插花能备风晴雨露，可谓精妙入神。而画中有草虫一法，盍仿而效之。"余曰："虫踯躅不受制，焉能仿效？"芸曰："有一法，恐作俑罪过耳。"余曰："试言之。"曰："虫死色不变，觅螳螂蝉蝶之属，以针刺死，用细丝扣虫项系花草间，整其足，或抱梗，或踏叶，宛然如生，不亦善乎？"余喜，如其法行之，见者无不称绝。求之闺中，今恐未必有此会心者矣。

余与芸寄居锡山华氏，时华夫人以两女从芸识字。乡居院旷，夏日逼人。芸教其家，作活花屏法甚妙。每屏一扇，用木梢二枝，约长四五寸，作矮条凳式，虚其中，横四挡，宽一尺许，四角凿圆眼，插竹编方眼。屏约高六七尺，用砂盆种扁豆置屏中，盘延屏上，两人可移动。多编数屏，随意遮拦，恍如绿阴满窗，透风蔽日，迂回曲折，随时可更，故曰活花屏，有此一法，即一切藤本香草随地可用。此真乡居之良法也。

友人鲁半舫名璋，字春山，善写松柏或梅菊，工隶书，兼工铁笔。余寄居其家之萧爽楼一年有半。楼共五椽，东向，余居其三。晦明风雨，可以远眺。庭中有木犀一株，清香撩人。有廊有厢，地极幽静。移居时，有一仆一妪，并挈其小女来。仆能成衣，妪能纺绩，于是芸绣、妪绩、仆则成衣，以供薪水。余素爱客，小酌必行令。芸善不费之烹庖，瓜蔬鱼虾，一经芸手，便有意外味。同人知余贫，每出杖头钱，作竟日叙。余又好洁，地无纤尘，且无拘束，不嫌放纵。时有杨补凡名昌绪，善人物写真；袁少迂名沛，工山水；王星澜名岩，工花卉翎毛，爱萧爽楼幽雅，皆携画具来。余则从之学画，写草篆，镌图章，加以润笔，交芸备茶酒供客，终日品诗论画而已。更有夏淡安、揖山两昆季，并缪山音、知白两昆季，及蒋韵香、陆橘香、周啸霞、郭小愚、华杏帆、张闲酣诸君子，如梁上之燕，自去自来。芸则拔钗沽酒，不动声色。良辰美景，不放轻过。今则天各一方，风流云散，兼之玉碎香埋，不堪回首矣！

萧爽楼有四忌：谈官宦升迁、公廨时事、八股时文、看牌掷色，有犯必罚酒五斤。有四取：慷慨豪爽、风流蕴藉、落拓不羁、澄静缄默。长夏无事，考对为会。每会八人，每人各携青蚨二百。先拈阄，得第一者为主考，关防别座，第二者为誊录，亦就座。余作举子，各于誊录处取纸一条，盖用印章。主考出五七言各一句，刻香为限，行立构思，不准交头私语。对就后投入一匣，方许就座。各人交卷毕，誊录启匣，并录一册，转呈主考，以杜徇私。十六对中取七言三联，五言三联。六联中取第一者即为后任主考，第二者为誊录。每人有两联不取者罚钱二十文，取一联者免罚十文，过限者倍罚。一场，主考得香钱百文。一日可十场，积钱千文，酒资大畅矣。惟芸议为官卷，准坐而构思。

杨补凡为余夫妇写栽花小影，神情确肖。是夜月色颇佳，兰影上粉墙，别有幽致。星澜醉后兴发曰："补凡能为君写真，我能为花图影。"余笑曰:"花影能如人影否?"星澜取素纸铺于墙,即就兰影,用墨浓淡图之。日间取视,虽不成画,而花叶萧疏,自有月下之趣。芸甚宝之,各有题咏。

苏城有南园、北园二处,菜花黄时,苦无酒家小饮,携盒而往,对花冷饮,殊无意味。或议就近觅饮者,或议看花归饮者,终不如对花热饮为快。众议未定。芸笑曰:"明日但各出杖头钱,我自担炉火来。"众笑曰:"诺。"众去,余问曰:"卿果自往乎?"芸曰:"非也。妾见市中卖馄饨者,其担锅灶无不备,盍雇之而往?妾先烹调端整,到彼处再一下锅,茶酒两便。"余曰:"酒菜固便矣。茶乏烹具。"芸曰:"携一砂罐去,以铁叉串罐柄,去其锅,悬于行灶中,加柴火煎茶,不亦便乎?"余鼓掌称善。街头有鲍姓者,卖馄饨为业,以百钱雇其担,约以明日午后。鲍欣然允议。明日看花者至,余告以故,众咸叹服。

饭后同往,并带席垫,至南园,择柳阴下团坐。先烹茗,饮毕,然后暖酒烹肴。是时风和日丽,遍地黄金,青衫红袖,越阡度陌,蝶蜂乱飞,令人不饮自醉。既而酒肴俱熟,坐地大嚼。担者颇不俗,拉与同饮。游人见之,莫不羡为奇想。杯盘狼藉,各已陶然,或坐或卧,或歌或啸。红日将颓,余思粥,担者即为买米煮之,果腹而归。芸问曰:"今日之游乐乎?"众曰:"非夫人之力不及此。"大笑而散。

贫士起居服食以及器皿房舍,宜省俭而雅洁,省俭之法曰:"就事论事"。余爱小饮,不喜多菜。芸为置一梅花盒,用二寸白磁深碟六只,中置一只,外置五只,用灰漆就,其形如梅花,底盖均起凹楞,盖之上有柄如花蒂。置之案头,如一朵墨梅覆桌;启盖视之,如菜装于花瓣中。一盒六色,二三知己可以随意取食,食完再添。另做矮边圆盘一只,以便放杯箸酒壶之类,随处可摆,移掇亦便。即食物省俭之一端也。余之小帽领袜皆芸自做，衣之破者移东补西，必整必洁，色取暗淡以免垢迹，既可出客，又可家常。此又服饰省俭之一端也。初至萧爽楼中，嫌其暗，以白纸糊壁，遂亮。夏月楼下去窗，无阑杆，觉空洞无遮拦。芸曰："有旧竹帘在，何不以帘代栏？"余曰："如何？"芸曰："用竹数根黝黑色，一竖一横，留出走路。截半帘搭在横竹上，垂至地，高与桌齐。中竖短竹四根，用麻线扎定，然后于横竹搭帘处，寻旧黑布条，连横竹裹缝之。既可遮拦饰观，又不费钱。"此"就事论事"之一法也。以此推之，古人所谓竹头木屑皆有用，良有以也。

夏月荷花初开时，晚含而晓放，芸用小纱囊撮茶叶少许，置花心，明早取出，烹天泉水泡之，香韵尤绝。

坎坷记愁

人生坎坷何为乎来哉？往往皆自作孽耳。余则非也。多情重诺，爽直不羁，转因之为累。况吾父稼夫公慷慨豪侠，急人之难，成人之事，嫁人之女，抚人之儿，指不胜屈，挥金如土，多为他人。余夫妇居家，偶有需用，不免典质。始则移东补西，继则左支右绌。谚云："处家人情，非钱不行。"先起小人之议，渐招同室之讥。"女子无才便是德"，真千古至言也！

余虽居长而行三，故上下呼芸为"三娘"。后忽呼为"三太太"，始而戏呼，继成习惯，甚至尊卑长幼，皆以"三太太"呼之。此家庭之变机欤？①

---

① "三"指"数字三"。在地方上，"娘"和"太太"的用法不同，但一般而言，"娘"指大家庭中的已婚年轻女子，而"太太"则是小家庭的女主人。

乾隆乙巳，随侍吾父于海宁官舍。芸于吾家书中附寄小函。吾父曰："媳妇既能笔墨，汝母家信付彼司之。"后家庭偶有闲言，吾母疑其述事不当，仍不令代笔。吾父见信非芸手笔，询余曰："汝妇病耶？"余即作札问之，亦不答。久之，吾父怒曰："想汝妇不屑代笔耳！"迨余归，探知委曲，欲为婉剖，芸急止之曰："宁受责于翁，勿失欢于姑也。"竟不自白。

庚戌之春，予又随侍吾父于邗江幕中，有同事俞孚亭者挈眷居焉。吾父谓孚亭曰："一生辛苦，常在客中，欲觅一起居服役之人而不可得。儿辈果能仰体亲意，当于家乡觅一人来，庶语音相合。"孚亭转述于余，密札致芸，倩媒物色，得姚氏女。芸以成否未定，未即禀知吾母。其来也，托言邻女之嬉游者，及吾父命余接取至署，芸又听旁人意见，托言吾父素所合意者。吾母见之曰："此邻女之嬉游者也，何娶之乎？"芸遂并失爱于姑矣。

壬子春，余馆真州。吾父病于邗江，余往省，亦病焉。余弟启堂时亦随侍。芸来书曰："启堂弟曾向邻妇借贷，倩芸作保，现追索甚急。"余询启堂，启堂转以嫂氏为多事，余遂批纸尾曰："父子皆病，无钱可偿，俟启弟归时，自行打算可也。"未几病皆愈，余仍往真州。芸覆书来，吾父拆视之，中述启弟邻项事，且云："令堂以老人之病，皆由姚姬而起。翁病稍痊，宜密嘱姚托言思家，妾当令其家父母到扬接取，实彼此卸责之计也。"吾父见书怒甚，询启堂以邻项事，答言不知。遂札饬余曰："汝妇背夫借债，谗谤小叔，且称姑曰令堂，翁曰老人，悖谬之甚！我已专人持札回苏斥逐，汝若稍有人心，亦当知过！"余接此札，如闻晴天霹雳，即肃书认罪，觅骑遄归，恐芸之短见也。到家述其本末，而家人乃持逐书至，历斥多过，言甚决绝。芸泣曰："妾固不合妄言，但阿翁当恕妇女无知耳。"越数日，吾父又有手谕至，曰："我不为已甚，汝携妇别居，勿使我见，免我生气足矣。"乃寄芸于外家。而芸以母亡弟出，不愿往依族中。幸友人鲁半舫闻而怜之，招余夫妇往居其家萧爽楼。

越两载，吾父渐知始末，适余自岭南归，吾父自至萧爽楼，谓芸曰："前事我已尽知，汝盍归乎？"余夫妇欣然，仍归故宅，骨肉重圆。岂料又有憨园之孽障耶！

芸素有血疾，以其弟克昌出亡不返，母金氏复念子病没，悲伤过甚所致。自识憨园，年余未发，余方幸其得良药。而憨为有力者夺去，以千金作聘，且许养其母。佳人已属沙叱利矣。余知之而未敢言也，及芸往探始知之，归而呜咽，谓余曰："初不料憨之薄情乃尔也！"余曰："卿自情痴耳，此中人何情之有哉？况锦衣玉食者，未必能安于荆钗布裙也，与其后悔，莫若无成。"

因抚慰之再三。而芸终以受愚为恨，血疾大发，床席支离，刀圭无效，时发时止，骨瘦形销。不数年而逋负日增，物议日起。老亲又以盟妓一端，憎恶日甚，余则调停中立。已非生人之境矣。

芸生一女名青君，时年十四，颇知书，且极贤能，质钗典服，幸赖辛劳。子名逢森，时年十二，从师读书。余连年无馆，设一书画铺于家门之内。三日所进，不敷一日所出，焦劳困苦，竭蹶时形。隆冬无裘，挺身而过。青君亦衣单股栗，犹强曰"不寒"。因是芸誓不医药。偶能起床，适余有友人周春煦自福郡王幕中归，倩人绣《心经》一部。芸念绣经可以消灾降福，且利其绣价之丰，竟绣焉。而春煦行色匆匆，不能久待，十日告成。弱者骤劳，致增腰酸头晕之疾。岂知命薄者，佛亦不能发慈悲也！

绣经之后，芸病转增，唤水索汤，上下厌之。有西人赁屋于余画铺之左，放利债为业，时倩余作画，因识之。友人某向渠借五十金，乞余作保，余以情有难却，允焉。而某竟挟资远遁。西人惟保是问，时来饶舌，初以笔墨为抵，渐至无物可偿。岁底吾父家居，西人索债，咆哮于门。吾父闻之，召余诃责曰："我辈衣冠之家，何得负此小人之债！"正剖诉间，适芸有自幼同盟姊适锡山华氏，知其病，遣人问讯。堂上误以为憨园之使，因愈怒曰："汝妇不守闺训，结盟娼妓；汝亦不思习上，滥伍小人。若置汝死地，情有不忍。姑宽三日限，速自为计，迟必首汝逆矣！"

芸闻而泣曰："亲怒如此，皆我罪孽。妾死君行，君必不忍；妾留君去，君必不舍。姑密唤华家人来，我强起问之。"因令青君扶至房外，呼华使问曰："汝主母特遣来耶？抑便道来耶？"曰："主母久闻夫人卧病，本欲亲来探望，因从未登门，不敢造次，临行嘱咐，倘夫人不嫌乡居简亵，不妨到乡调养，践幼时灯下之言。"盖芸与同绣日，曾有疾病相扶之誓也。因嘱之曰："烦汝速归，禀知主母，于两日后放舟密来。"其人既退，谓余曰："华家盟姊情逾骨肉，君若肯至其家，不妨同行，但儿女携之同往既不便，留之累亲又不可，必于两日内安顿之。"

时余有表兄王荩臣一子名韫石，愿得青君为媳妇。芸曰："闻王郎懦弱无能，不过守成之子，而王又无成可守。幸诗礼之家，且又独子，许之可也。"余谓荩臣曰："吾父与君有渭阳之谊，欲媳青君，谅无不允。但待长而嫁，势所不能。余夫妇往锡山后，君即禀知堂上，先为童媳，何如？"荩臣喜曰："谨如命。"逢森亦托友人夏揖山转荐学贸易。

安顿已定，华舟适至，时庚申之腊二十五日也。芸曰："子然出门，不惟招邻里笑，且西人之项无著，恐亦不放，必于明日五鼓悄然而去。"余曰："卿病中能冒晓寒耶？"芸曰："死生有命，无多虑也。"密禀吾父，亦以为然。

是夜，先将半肩行李挑下船，令逢森先卧。青君泣于母侧，芸嘱曰："汝母命苦，兼亦情痴，故遭此颠沛，幸汝父待我厚，此去可无他虑。两三年内，必当布置重圆。汝至汝家须尽妇道，勿似汝母。汝之翁姑以得汝为幸，必善视汝。所留箱笼什物，尽付汝带去。汝弟年幼，故未令知，临行时托言就医，数日即归，俟我去远，告知其故，禀闻祖父可也。"旁有旧妪，即前卷中曾赁其家消暑者，愿送至乡，故是时陪侍在侧，拭泪不已。将交五鼓，暖粥共啜之。芸强颜笑曰："昔一粥而聚，今一粥而散，若作传奇，可名《吃粥记》矣。"逢森闻声亦起，呻曰："母何为？"芸曰："将出门就医耳。"逢森曰："起何早？"曰："路远耳。汝与姊相安在家，毋讨祖母嫌。我与汝父同往，数日即归。"鸡声三唱，芸含泪扶妪，启后门将出，逢森忽大哭，曰："噫，我母不归矣！"青君恐惊人，急掩其口而慰之。当是时，余两人寸肠已断，不能复作一语，但止以"勿哭"而已。青君闭门后，芸出巷十数步，已疲不能行，使妪提灯，余背负之而行。将至舟次，几为逻者所执，幸老妪认芸为病女，余为婿，且得舟子皆华氏工人，闻声接应，相扶下船。解维后，芸始放声痛哭。是行也，其母子已成永诀矣！

华名大成，居无锡之东高山，面山而居，躬耕为业，人极朴诚，其妻夏氏，即芸之盟姊也。是日午未之交，始抵其家。华夫人已倚门而待，率两小女至舟，相见甚欢。扶芸登岸，款待殷勤。四邻妇人孺子哄然入室，将芸环视，有相问讯者，有相怜惜者，交头接耳，满屋啾啾。芸谓华夫人曰："今日真如渔父入桃源矣。"华曰："妹莫笑，乡人少所见多所怪耳。"自此相安度岁。

至元宵，仅隔两旬而芸渐能起步。是夜，观龙灯于打麦场中，神情态度渐可复元。余乃心安，与之私议曰："我居此非计。欲他适，而短于资，奈何？"

芸曰："妾亦筹之矣。君姊丈范惠来现于靖江盐公堂司会计，十年前曾借君十金，适数不敷，妾典钗凑之，君忆之耶？"余曰：
"忘之矣。"芸曰："闻靖江去此不远，君盍一往？"余如其言。

　　时天颇暖，织绒袍哔叽短褂，犹觉其热，此辛酉正月十六日
也。是夜宿锡山客旅，赁被而卧。晨起趁江阴航船，一路逆风，继
以微雨。夜至江阴江口，春寒彻骨，沽酒御寒，囊为之罄。踌躇终
夜，拟卸衬衣质钱而渡①。

　　十九日北风更烈，雪势犹浓，不禁惨然泪落，暗计房资渡费，
不敢再饮。正心寒股栗间，忽见一老翁，草鞋毡笠负黄包，入店，
以目视余，似相识者。余曰："翁非泰州曹姓耶？"答曰："然。我
非公，死填沟壑矣！今小女无恙，时诵公德。不意今日相逢。何逗
留于此？"盖余幕泰州时有曹姓，本微贱，一女有姿色，已许婚家，
有势力者放债谋其女，致涉讼，余从中调护，仍归所许。曹即投入
公门为隶，叩首作谢，故识之。余告以投亲遇雪之由，曹曰："明
日天晴，我当顺途相送。"出钱沽酒，备极款洽。二十日晓钟初动，
即闻江口唤渡声，余惊起，呼曹同济。曹曰："勿急，宜饱食登舟。"
乃代偿房饭钱，拉余出沽。余以连日逗留，急欲赶渡，食不下咽，
强啖麻饼两枚。及登舟，江风如箭，四肢发战。曹曰："闻江阴有
人缢于靖，其妻雇是舟而往，必俟雇者来始渡耳。"枵腹忍寒，午
始解缆。至靖，暮烟四合矣。曹曰："靖有公堂两处，所访者城内
耶？城外耶？"余踉跄随其后，且行且对曰："实不知其内外也。"
曹曰："然则且止宿，明日往访耳。"进旅店，鞋袜已为泥淖湿透，
索火烘之，草草饮食，疲极酣睡。晨起，袜烧其半，曹又代偿房饭
钱。访至城中，惠来尚未起，闻余至，披衣出，见余状，惊曰："舅
何狼狈至此？"余曰："姑勿问，有银乞借二金，先遣送我者。"惠

_____

① 江阴位于长江南岸。

来以番饼二圆授余，即以赠曹。曹力却，受一圆而去。余乃历述所遭，并言来意。惠来曰："郎舅至戚，即无宿逋，亦应竭尽绵力，无如航海盐船新被盗，正当盘账之时，不能挪移丰赠，当勉措番银二十圆，以偿旧欠，何如？"余本无奢望，遂诺之。留住两日，天已晴暖，即作归计。

二十五日仍回华宅。芸曰："君遇雪乎？"余告以所苦。因惨然曰："雪时，妾以君为抵靖，乃尚逗留江口。辛遇曹老，绝处逢生，亦可谓吉人天相矣。"越数日，得青君信，知逢森已为揖山荐引入店。芝臣请命于吾父，择正月二十四日将伊接去。儿女之事粗能了了，但分离至此，令人终觉惨伤耳。

二月初，日暖风和，以靖江之项薄备行装，访故人胡肯堂于邗江盐署。有贡局众司事公延入局，代司笔墨，身心稍定。至明年壬戌八月，接芸书曰："病体全瘳。惟寄食于非亲非友之家，终觉非久长之策，愿亦来邗，一睹平山之胜。"余乃赁屋于邗江先春门外，临河两椽，自至华氏接芸同行。华夫人赠一小奚奴曰阿双，帮司炊爨，并订他年结邻之约。

时已十月，平山凄冷，期以春游。满望散心调摄，徐图骨肉重圆。不满月，而贡局司事忽裁十有五人，余系友中之友，遂亦散闲。芸始犹百计代余筹划，强颜慰藉，未尝稍涉怨尤。至癸亥仲春，血疾大发。余欲再至靖江，作"将伯"之呼。芸曰："求亲不如求友。"余曰："此言虽是，奈友虽关切，现皆闲处，自顾不遑。"芸曰："幸天时已暖，前途可无阻雪之虑。愿君速去速回，勿以病人为念。君或体有不安，妾罪更重矣。"时已薪水不继，余佯为雇骡以安其心，实则囊饼徒步，且食且行。向东南，两渡汊河，约八九十里，四望无村落。至更许，但见黄沙漠漠，明星闪闪，得一土地祠，高约五尺许，环以矮墙，植以双柏，因向神叩首，祝曰："苏州沈某投亲失路至此，欲假神祠一宿，幸神怜佑。"于是移小石香炉于旁，以身探之，仅容半体。以风帽反戴掩面，坐半身于中，出膝于外，闭目静听，微风萧萧而已。足疲神倦，昏然睡去。及醒，东方已白，短墙外忽有步语声，急出探视，盖土人赶集经此也。问以途，曰："南行十里即泰兴县城，穿城向东南十里一土墩，过八墩即靖江，皆康庄也。"余乃反身，移炉于原位，叩首作谢而行。过泰兴，即有小车可附。申刻抵靖。投刺焉。良久，司阍者曰："范爷因公往常州去矣。"察其辞色，似有推托，余诘之曰："何日可归？"曰："不知也。"余曰："虽一年亦将待之。"阍者会余意，私问曰："公与范爷嫡郎舅耶？"余曰："苟非嫡者，不待其归矣。"阍者曰："公姑待之。"越三日，乃以回靖告，共挪二十五金。

雇骡急返。芸正形容惨变，咻咻涕泣。见余归，卒然曰："君知昨午阿双卷逃乎？倩人大索，今犹不得。失物小事；人系伊母临行再三交托，今若逃归，中有大江之阻，已觉堪虞。倘其父母匿子图诈，将奈之何？且有何颜见我盟姊！"余曰："请勿急。卿虑过深矣。匿子图诈，诈其富有也；我夫妇两肩担一口耳。况携来半载，授衣分食，从未稍加扑责，邻里咸知。此实小奴丧良，乘危窃逃。华家盟姊赠以匪人，彼无颜见卿；卿何反谓无颜见彼耶？今当一面呈县立案，以杜后患可也。"芸闻余言，意似稍释；然自此梦中呓语，时呼："阿双逃矣！"或呼："憨何负我！"病势日以增矣。

余欲延医诊治。芸阻曰："妾病始因弟亡母丧，悲痛过甚；继为情感，后由忿激。而平素又多过虑，满望努力做一好媳妇，而不能得，以至头眩、怔忡诸症毕备；所谓病入膏肓，良医束手，请勿为无益之费。忆妾唱随二十三年，蒙君错爱，百凡体恤，不以顽劣见弃。知己如君，得婿如此，妾已此生无憾。若布衣暖，菜饭饱，一室雍雍，优游泉石，如沧浪亭、萧爽楼之处境，真成烟火神仙矣。神仙几世才能修到，我辈何人敢望神仙耶！强而求之，致干造物之忌，即有情魔之扰。总因君太多情，妾生薄命耳！"因又呜咽而言曰："人生百年，终归一死。今中道相离，忽焉长别，不能终奉箕帚，目睹逢森娶妇；此心实觉耿耿。"言已，泪落如豆。余勉强慰之曰："卿病八年，恹恹欲绝者屡矣，今何忽作断肠语耶？"芸曰："连日梦我父母放舟来接，闭目即飘然上下，如行云雾中，殆魂离而躯壳存乎？"余曰："此神不守舍，服以补剂，静心调养，自能安痊。"芸又欷歔曰："妾若稍有生机一线，断不敢惊君听闻。今冥路已近，苟再不言，言无日矣。君之不得亲心，流离颠沛，皆由妾故，妾死则亲心自可挽回，君亦可免牵挂。堂上春秋高矣，妾死，君宜早归。如无力携妾骸骨归，不妨暂厝于此，待君将来可耳。愿君另续德容兼备者，以奉双亲，抚我遗子，妾亦瞑目矣！"言至此，痛肠欲裂，不觉惨然大恸。余曰："卿果中道相舍，断无再续之理。况'曾经沧海难为水，除却巫山不是云'耳。"芸乃执余手而更欲有言，仅断续叠言"来世"二字。忽发喘，口噤，两目瞪视，千呼万唤已不能言。痛泪两行，涔涔流溢。既而喘渐微，泪渐干，一灵缥缈竟尔长逝。时嘉庆癸亥三月三十日也。当是时，孤灯一盏，举目无亲，两手空拳，寸心欲碎。绵绵此恨，曷其有极！承吾友胡肯堂以十金为助，余尽室中所有，变卖一空，亲为成殓。

呜呼！芸一女流，具男子之襟怀才识。归吾门后，余日奔走衣食，中馈缺乏，芸能纤悉不介意。及余家居，惟以文字相辨析而已。卒之疾病颠连，赍恨以没，谁致之耶？余有负闺中良友，又何可胜道哉！奉劝世间夫妇，固不可彼此相仇，亦不可过于情笃。语云："恩爱夫妻不到头"，如余者，可作前车之鉴也。

回煞之期，欲传是日魂必随煞而归，故房中铺设一如生前，且须铺生前旧衣于床上，置旧鞋于床下，以待魂归瞻顾。吴下相传谓之"收眼光";延羽士作法,先召于床而后遣之,谓之"接眚"。邗江俗例,设酒肴于死者之室,一家尽出,谓之"避眚";以故有因避被窃者。芸娘眚期,房东因同居而出避,邻家嘱余亦设肴远避。余冀魂归一见,姑漫应之。同乡张禹门谏余曰:"因邪入邪,宜信其有,勿尝试也。"余曰:"所以不避而待之者,正信其有也。"张曰:"回煞犯煞,不利生人,夫人即或魂归,业已阴阳有间,窃恐欲见者无形可接,应避者反犯其锋耳。"时余痴心不昧,强对曰:"死生有命。君果关切,伴我何如?"张曰:"我当丁门外守之,君有异见,一呼即入可也。"

余乃张灯入室,见铺设宛然而音容已杳,不禁心伤泪涌。又恐泪眼模糊失所欲见,忍泪睁目,坐床而待。抚其所遗旧服,香泽犹存,不觉柔肠寸断,冥然昏去。转念待魂而来,何遽睡耶?开目四视,见席上双烛青焰荧荧,光缩如豆,毛骨悚然,通体寒栗。因摩两手擦额,细瞩之,双焰渐起,高至尺许,纸裱顶格几被所焚。余正得借光四顾间,光忽又缩如前。此时心春股栗,欲呼守者进观,而转念柔魂弱魄,恐为盛阳所逼,悄呼芸名而祝之,满室寂然,一无所见,既而烛焰复明,不复腾起矣。出告禹门,服余胆壮,不知余实一时情痴耳。

芸没后,忆和靖"妻梅子鹤"语,自号梅逸。权葬芸于扬州西门外之金桂山,俗呼郝家宝塔。买一棺之地,从遗言寄于此。携木主还乡,吾母亦为悲悼,青君、逢森归来,痛哭成服。启堂进言曰:"严君怒犹未息,兄宜仍往扬州,俟严君归里,婉言劝解,再当专札相招。"余遂拜母别子女,痛哭一场,复至扬州,卖画度日。因得常哭于芸娘之墓,影单形只,备极凄凉,且偶经故居,伤心惨目。重阳日,邻冢皆黄,芸墓独青,守坟者曰:"此好穴场,故地气旺也。"余暗祝曰:"秋风已紧,身尚衣单,卿若有灵,佑我图得一馆，度此残年，以待家乡信息。"未几，江都幕客章驭庵先生欲回浙江葬亲，倩余代庖三月，得备御寒之具。封篆出署，张禹门招寓其家。张亦失馆，度岁艰难，商于余，即以余赀二十金倾囊借之，且告曰："此本留为亡荆扶柩之费，一俟得有乡音，偿我可也。"是年即寓张度岁，晨占夕卜，乡音殊杳。

至甲子三月，接青君信，知吾父有病。即欲归苏，又恐触旧忿。正趑趄观望间，复接青君信，始痛悉吾父业已辞世。刺骨痛心，呼天莫及。无暇他计，即星夜驰归，触首灵前，哀号流血。呜呼！吾父一生辛苦，奔走于外。生余不肖，既少承欢膝下，又未侍药床前，不孝之罪何可逭哉！吾母见余哭，曰："汝何此日始归耶？"余曰："儿之归，幸得青君孙女信也。"吾母目余弟妇，遂嘿然。余入幕守灵，至七终，无一人以家事告，以丧事商者。余自问人子之道已缺，故亦无颜询问。

一日，忽有向余索逋者登门饶舌，余出应曰："欠债不还，固应催索，然吾父骨肉未寒，乘凶追呼，未免太甚。"中有一人私谓余曰："我等皆有人招之使来，公且避出，当向招我者索偿也。"余曰："我欠我偿，公等速退！"皆唯唯而去。余因呼启堂谕之曰："兄虽不肖，并未作恶不端，若言出嗣降服，从未得过纤毫嗣产，此次奔丧归来，本人子之道，岂为争产故耶？大丈夫贵乎自立，我既一身归，仍以一身去耳！"言已，返身入幕，不觉大恸。叩辞吾母，走告青君，行将出走深山，求赤松子于世外矣。

青君正劝阻间，友人夏南薰字淡安、夏逢泰字揖山两昆季寻踪而至，抗声谏余曰："家庭若此，固堪动忿，但足下父死而母尚存，妻丧而子未立，乃竟飘然出世，于心安乎？"余曰："然则如之何？"淡安曰："奉屈暂居寒舍，闻石琢堂殿撰有告假回籍之信，盍俟其归而往谒之？其必有以位置君也。"余曰："凶丧未满百日，兄等有老亲在堂，恐多未便。"揖山曰："愚兄弟之相邀，亦家君意也。足下如执以为不便，西邻有禅寺，方丈僧与余交最善，足下设榻于寺中，何如？"余诺之。青君曰："祖父所遗房产，不下三四千金，既已分毫不取，岂自己行囊亦舍去耶？我往取之，径送禅寺父亲处可也。"因是于行囊之外，转得吾父所遗图书、砚台、笔筒数件。

寺僧安置予于大悲阁。阁南向，向东设神像。隔西首一间，设月窗，紧对佛龛，本为作佛事者斋食之地。余即设榻其中。临门有关圣提刀立像，极威武。院中有银杏一株，大三抱，荫覆满阁，夜静风声如吼。揖山常携酒果来对酌，曰："足下一人独处，夜深不寐，得无畏怖耶？"余曰："仆一生坦直，胸无秽念，何怖之有？"居未几，大雨倾盆，连宵达旦三十余天，时虑银杏折枝，压梁倾屋，赖神默佑，竟得无恙。而外之墙坍屋倒者不可胜计，近处田禾俱被漂没。余则日与僧人作画，不见不闻。七月初，天始霁，揖山尊人号蒓芗有交易赴崇明，偕余往，代笔书券得二十金。归，值吾父将安葬，启堂命逢森向余曰："叔因葬事乏用，欲助一二十金。"余拟倾囊与之，揖山不允，分帮其半。余即携青君先至墓所。葬既毕，仍返大悲阁。九月杪，揖山有田在东海永泰沙，又偕余往收其息。盘桓两月，归已残冬，移寓其家雪鸿草堂度岁。真异姓骨肉也！

乙丑七月，琢堂始自都门回籍。琢堂名韫玉，字执如，琢堂其号也，与余为总角交。乾隆庚戌殿元，出为四川重庆守。白莲教之乱，三年戎马，极著劳绩。及归，相见甚欢，旋于重九日，挈眷重赴四川重庆之任，邀余同往。余即叩别吾母于九妹倩陆尚吾家，盖先君故居已属他人矣。吾母嘱曰："汝弟不足恃，汝行须努力，重振家声，全望汝也！"逢森送余至半途，忽泪落不已，因嘱勿送而返。

舟出京口，琢堂有旧交王惕夫孝廉在淮扬盐署，绕道往晤，余与偕往，又得一顾芸娘之墓。返舟由长江溯流而上，一路游览名胜。至湖北之荆州，得升潼关观察之信，遂留余与其嗣君敦夫眷属等，暂寓荆州，琢堂轻骑简从至重庆度岁，遂由成都历栈道之任。丙寅二月，川眷始由水路往，至樊城登陆，途长费巨，车重人多，毙马折轮，备尝辛苦。抵潼关甫三月，琢堂又升山左廉访，清风两袖，眷属不能偕行，暂借潼川书院作寓。十月杪，始支山左廉俸，专人接眷。附有青君之书，骇悉逢森于四月间夭亡。始忆前之送余堕泪者，盖父子永诀也。呜呼！芸仅一子，不得延其嗣续耶！琢堂闻之，亦为之浩叹，赠余一妾，重入春梦。从此扰扰攘攘，又不知梦醒何时耳。

浪游记快

余游幕三十年来，天下所未到者，蜀中、黔中与滇南耳。惜乎轮蹄征逐，处处随人，山水怡情，云烟过眼，不过领略其大概，不能探僻寻幽也。余凡事喜独出己见，不屑随人是非，即论诗品画，莫不存人珍我弃、人弃我取之意，故名胜所在，贵乎心得，有名胜而不觉其佳者，有非名胜而自以为妙者，聊以平生所历者记之。

余年十五时，吾父稼夫公馆于山阴赵明府幕中。有赵省斋先生名传者，杭之宿儒也，赵明府延教其子，吾父命余亦拜投门下。暇日出游，得至吼山，离城约十余里，不通陆路。近山见一石洞，上有片石横裂欲堕，即从其下荡舟入，豁然空其中，四面皆峭壁，俗名之曰"水园"。临流建石阁五椽，对面石壁有"观鱼跃"三字。水深不测，相传有巨鳞潜伏，余投饵试之，仅见不盈尺者出而唼食焉。阁后有道通旱园，拳石乱叠，有横阔如掌者，有柱石平其顶而上加大石者，凿痕犹在，一无可取。游览既毕，宴于水阁，命从者放爆竹，轰然一响，万山齐应，如闻霹雳声。此幼时快游之始。惜乎兰亭^①、禹陵未能一到，至今以为憾。

　　辛丑秋八月，吾父病疟返里，寒索火，热索冰，余谏不听，竟转伤寒，病势日重。余侍奉汤药，昼夜不交睫者几一月。吾妇芸娘亦大病，恹恹在床。心境恶劣，莫可名状。吾父呼余嘱之曰："我病恐不起，汝守数本书，终非糊口计，我托汝于盟弟蒋思斋，仍继吾业可耳。"越日，思斋来，即于榻前命拜为师。未几，得名医徐观莲先生诊治，父病渐痊。芸亦得徐力起床。而余则从此习幕矣。此非快事，何记于此？曰：此抛书浪游之始，故记之。

　　思斋先生名襄。是年冬，即相随习幕于奉贤官舍。有同习幕者，顾姓名金鉴，字鸿干，号紫霞，亦苏州人也，为人慷慨刚毅，直谅不阿，长余一岁，呼之为兄。鸿干即毅然呼余为弟，倾心相友。此余第一知己交也，惜以二十二岁卒，余即落落寡交，今年且四十有六矣，茫茫沧海，不知此生再遇知己如鸿干者否？

　　忆与鸿干订交，襟怀高旷，时兴山居之想。

　　癸卯春，余从思斋先生就维扬之聘，始见金、焦面目。金山宜远观，焦山宜近视，惜余往来其间未尝登眺。渡江而北，渔洋所谓"绿杨城郭是扬州"一语，已活现矣！平山堂离城约三四里，行其途有八九里，虽全是人工，而奇思幻想，点缀天然，即阆苑瑶池、琼楼玉宇，谅不过此。其妙处在十余家之园亭合而为一，联络至山，气势俱贯。其最难位置处，出城入景，有一里许紧沿城郭。夫城缀

---

① 因王羲之之文而闻名。

于旷远重山间，方可入画。园林有此，蠢笨绝伦。而观其或亭或台、或墙或石、或竹或树，半隐半露间，使游人不觉其触目，此非胸有丘壑者，断难下手。城尽以虹园为首，折而向北，有石梁，曰"虹桥"，不知园以桥名乎？桥以园名乎？荡舟过，曰"长堤春柳"。此景不缀城脚而缀于此，更见布置之妙。再折而西，垒土立庙，曰"小金山"①。有此一挡，便觉气势紧凑，亦非俗笔。闻此地本沙土，屡筑不成，用木排若干，层叠加土，费数万金乃成，若非商家，乌能如是？过此有胜概楼，年年观竞渡于此。河面较宽，南北跨一莲花桥，桥门通八面，桥面设五亭，扬人呼为"四盘一暖锅"，此思穷力竭之为，不甚可取。桥南有莲心寺，寺中突起喇嘛白塔，金顶缨络，高矗云霄，殿角红墙松柏掩映，钟磬时闻，此天下园亭所未有者。过桥见三层高阁，画栋飞檐，五彩绚烂，叠以太湖石，围以白石栏，名曰"五云多处"，如作文中间之大结构也。过此名"蜀冈朝旭"，平坦无奇，且属附会。将及山，河面渐束，堆土植竹树，作四五曲。似已山穷水尽，而忽豁然开朗，平山之万松林已列于前矣。"平山堂"为欧阳文忠②所书。所谓淮东第五泉，真者在假山石洞中，不过一井耳，味与天泉同。其荷亭中之六孔铁井栏者，乃系假设，水不堪饮。九峰园另在南门幽静处，别饶天趣，余以为诸园之冠。康山未到，不识如何。此皆言其大概，其工巧处、精美处，不能尽述，大约宜以艳妆美人目之，不可作浣纱溪上观也。余适恭逢南巡盛典，各工告竣，敬演接驾点缀，因得畅其大观，亦人生难遇者也。

甲辰之春，余随侍吾父于吴江何明府幕中，与山阴章苹江、武林章映牧、苕溪顾霭泉诸公同事，恭办南斗圩行宫，得第二次瞻仰

---

① 或译为"Little Gold Hill"，以靖江的金山命名。
② 此为这位宋朝学者所待之处，现已建寺庙纪念他。

天颜。一日，天将晚矣，忽动归兴。有办差小快船，双橹两桨，于
太湖飞棹疾驰，吴俗呼为"出水鹞头"，转瞬已至吴门桥。即跨鹤
腾空，无此神爽。抵家，晚餐未熟也。吾乡素尚繁华，至此日之争
奇夺胜，较昔尤奢。灯彩眩眸，笙歌聒耳，古人所谓"画栋雕甍"、
"珠帘绣幕"、"玉栏干"、"锦步障"，不啻过之。余为友人东拉西扯，
助其插花结彩，闲则呼朋引类，剧饮狂歌，畅怀游览。少年豪兴，
不倦不疲。苟生于盛世而仍居僻壤，安得此游观哉？

是年，何明府因事被议，吾父即就海宁王明府之聘。嘉兴有刘
蕙阶者，长斋佞佛，来拜吾父。其家在烟雨楼侧，一阁临河，曰"水
月居"，其诵经处也，洁净如僧舍。烟雨楼在镜湖之中，四岸皆绿
杨，惜无多竹。有平台可远眺，渔舟星列，漠漠平波，似宜月夜。
衲子备素斋甚佳。至海宁，与白门史心月、山阴俞午桥同事。心月
一子名烛衡，澄静缄默，彬彬儒雅，与余莫逆，此生平第二知心交
也。惜萍水相逢，聚首无多日耳。游陈氏安澜园，地占百亩，重楼
复阁，夹道回廊。池甚广，桥作六曲形，石满藤萝，凿痕全掩；古
木千章，皆有参天之势；鸟啼花落，如入深山。此人工而归于天然
者。余所历平地之假石园亭，此为第一。曾于桂花楼中张宴，诸味
尽为花气所夺，维酱姜味不变。姜桂之性老而愈辣，以喻忠节之臣，
洵不虚也。出南门即大海，一日两潮，如万丈银堤破海而过。船有
迎潮者，潮至，反棹相向，于船头设一木招，状如长柄大刀，招一
捺，潮即分破，船即随招而入，俄顷始浮起，拨转船头随潮而去，
顷刻百里。塘上有塔院，中秋夜曾随吾父观潮于此。循塘东约三十
里，名尖山，一峰突起，扑入海中，山顶有阁，匾曰"海阔天空"，
一望无际，但见怒涛接天而已。

余年二十有五，应徽州绩溪克明府之招，由武林下"江山船"，
过富春山，登子陵钓台。台在山腰，一峰突起，离水十余丈。岂汉

时之水竟与峰齐耶？月夜泊界口，有巡检署，"山高月小，水落石出"，此景宛然。黄山仅见其脚，惜未一瞻面目。绩溪城处于万山之中，弹丸小邑，民情淳朴。

又去城三十里，名曰仁里，有花果会，十二年一举，每举各出盆花为赛。余在绩溪适逢其会，欣然欲往，苦无轿马，乃教以断竹为杠，缚椅为轿，雇人肩之而去，同游者惟同事许策廷，见者无不讶笑。至其地，有庙，不知供何神。庙前旷处高搭戏台，画梁方柱极其巍焕，近视则纸扎彩画，抹以油漆者。锣声忽至，四人抬对烛大如断柱，八人抬一猪大若牯牛，盖公养十二年始宰以献神。策廷笑曰："猪固寿长，神亦齿利。我若为神，乌能享此。"余曰："亦足见其愚诚也。"入庙，殿廊轩院所设花果盆玩，并不剪枝拗节，尽以苍老古怪为佳，大半皆黄山松。既而开场演剧，人如潮涌而至，余与策廷遂避去。未两载，余与同事不合，拂衣归里。

余自绩溪之游，见热闹场中卑鄙之状不堪入目，因易儒为贾。余有姑丈袁万九，在盘溪之仙人塘作酿酒生涯，余与施心耕附资合伙。袁酒本海贩。不一载，值台湾林爽文之乱，海道阻隔，货积本折，不得已，仍为冯妇。馆江北四年，一无快游可记。迨居萧爽楼，正作烟火神仙，有表妹倩徐秀峰自粤东归，见余闲居，慨然曰："足下待露而爨，笔耕而炊，终非久计，盍偕我作岭南游？当不仅获蝇头利也。"芸亦劝余曰："乘此老亲尚健，子尚壮年，与其商柴计米而寻欢，不如一劳而永逸。"余乃商诸交游者，集资作本。芸亦自办绣货及岭南所无之苏酒醉蟹等物。禀知堂上，于小春十日，偕秀峰由东坝出芜湖口。

长江初历，大畅襟怀。每晚舟泊后，必小酌船头。见捕鱼者罾幂不满三尺，孔大约有四寸，铁箍四角，似取易沉。余笑曰："圣人之教虽曰'罟不用数'，而如此之大孔小罾，焉能有获？"秀峰曰：

"此专为网鳊鱼设也。"见其系以长绠，忽起忽落，似探鱼之有无。未几，急挽出水，已有鳊鱼枷罾孔而起矣。余始喟然曰："可知一己之见，未可测其奥妙。"一日，见江心中一峰突起，四无依倚。秀峰曰："此小孤山也。"霜林中，殿阁参差。乘风径过，惜未一游。至滕王阁，犹吾苏府学之尊经阁移于胥门之大马头，王子安序中所云不足信也。即于阁下换高尾昂首船，名"三板子"，由赣关至南安登陆。值余三十诞辰，秀峰备面为寿。越日，过大庾岭，山巅一亭，扁曰"举头日近"，言其高也。山头分为二，两边峭壁，中留一道如石巷。[①] 口列两碑，一曰"急流勇退"，一曰"得意不可再往"。山顶有梅将军祠[②]，未考为何朝人。所谓岭上梅花，并无一树，意者以梅将军得名梅岭耶？余所带送礼盆梅，至此将交腊月，已花落而叶黄矣。过岭出口，山川风物便觉顿殊。岭西一山，石窍玲珑，已忘其名，舆夫曰："中有仙人床榻。"匆匆竟过，以未得游为怅。至南雄，雇老龙船。过佛山镇，见人家墙顶多列盆花，叶如冬青，花如牡丹，有大红、粉白、粉红三种，盖山茶花也。腊月望，始抵省城，寓靖海门内，赁王姓临街楼屋三椽。秀峰货物皆销与当道，余亦随其开单拜客，即有配礼者络绎取货，不旬日而余物已尽。除夕蚊声如雷。岁朝贺节，有棉袍纱套者。不维气候迥别，即土著人物，同一五官而神情迥异。

　　正月既望，有署中同乡三友拉余游河观妓，名曰"打水围"。妓名"老举"。于是同出靖海门，下小艇，如剖分之半蛋而加篷焉。先至沙面，妓船名"花艇"，皆对头分排，中留水巷，以通小艇往来。每帮约一二十号，横木绑定，以防海风。两船之间钉以木桩，套以藤圈，以便随潮涨落。鸨儿呼为"梳头婆"，头用银丝为

① 这是江西和广东边界的山岭。
② 梅将军，他是汉朝初年广东的第一位中国殖民者。

架，高约四寸许，空其中而蟠发于外，以长耳挖插一朵花于鬓，身披元青短袄，着元青长裤，管拖脚背，腰束汗巾，或红或绿，赤足撒鞋，式如梨园旦角。登其艇，即躬身笑迎，搴帏入舱。旁列椅杌，中设大炕，一门通艄后。妇呼有客，即闻履声杂沓而出。有挽髻者，有盘辫者；傅粉如粉墙，搽脂如榴火，或红袄绿裤，或绿袄红裤，有着短袜而撮绣花蝴蝶履者，有赤足而套银脚镯者，或蹲于炕，或倚于门，双瞳闪闪，一言不发。余顾秀峰曰："此何为者也？"秀峰曰："目成之后，招之始相就耳。"余试招之，果即欢容至前，袖出槟榔为敬。入口大嚼，涩不可耐，急吐之，以纸擦唇，其吐如血。合艇皆大笑。又至军工厂，装束亦相等，惟长幼皆能琵琶而已。与之言，对曰："咪？"，"咪"者，"何"也。余曰："'少不入广'者，以其销魂耳，若此野妆蛮语，谁为动心哉？"一友曰："潮帮妆束如仙，可往一游。"至其帮，排舟亦如沙面。有著名鸨儿素娘者，妆束如花鼓妇。其粉头衣皆长领，颈套项锁，前发齐眉，后发垂肩，中挽一髻似丫鬟，裹足者着裙，不裹足者短袜，亦着蝴蝶履，长拖裤管，语音可辨。而余终嫌为异服，兴趣索然。秀峰曰："靖海门对渡有扬帮，皆吴妆，君往，必有合意者。"一友曰："所谓扬帮者，仅一鸨儿，呼曰邵寡妇，携一媳曰大姑，系来自扬州，余皆湖广、江西人也。"因至扬帮。对面两排仅十余艇，其中人物皆云鬟雾鬓，脂粉薄施，阔袖长裙，语音了了，所谓邵寡妇者殷勤相接。遂有一友另唤酒船，大者曰"恒艕"，小者曰"沙姑艇"，作东道相邀，请余择妓。余择一雏年者，身材状貌有类余妇芸娘，而足极尖细，名喜儿。秀峰唤一妓名翠姑。余皆各有旧交。放艇中流，开怀畅饮。至更许，余恐不能自持，坚欲回寓，而城已下钥久矣。盖海疆之城，日落即闭，余不知也。及终席，有卧而吃鸦片烟者，有拥妓而调笑者，伴头各送衾枕至，行将连床开铺。余暗询喜儿："汝本艇可卧否？"对曰："有寮可居，未知有客否也。"（寮者，船顶之楼。）余曰："姑往探之。"招小艇渡至邵船，但见合帮灯火相对如长廊，寮适无客。鸨儿笑迎，曰："我知今日贵客来，故留寮以相待也。"余笑曰："姥真荷叶下仙人哉！"遂有伻头移烛相引，由舱后梯而登。宛如斗室，旁一长榻，几案俱备。揭帘再进，即在头舱之顶，床亦旁设，中间方窗嵌以玻璃，不火而光满一室，盖对船之灯光也。衾帐镜奁，颇极华美。喜儿曰："从台可以望月。"即在梯门之上叠开一窗，蛇行而出，即后梢之顶也。三面皆设短栏，一轮明月，水阔天空。纵横如乱叶浮水者，酒船也；闪烁如繁星列天者，酒船之灯也。更有小艇梳织往来，笙歌弦索之声杂以长潮之沸，令人情为之移。余曰："'少不入广'，当在斯矣！"惜余妇芸娘不能偕游至此。[①]回顾喜儿，月下依稀相似，因挽之下台，息烛而卧。天将晓，秀峰等已哄然至，余披衣起迎，皆责以昨晚之逃。余曰："无他，恐公等掀衾揭帐耳！"遂同归寓。

越数日，偕秀峰游海珠寺。寺在水中，围墙若城四周。离水五尺许有洞，设大炮以防海寇，潮涨潮落，随水浮沉，不觉炮门之或高或下，亦物理之不可测者。十三洋行在幽兰门之西，结构与洋画同。对渡名花地，花木甚繁，广州卖花处也。余自以为无花不识，至此仅识十之六七，询其名，有《群芳谱》所未载者，或土音之不同欤？海幢寺规模极大，山门内植榕树，大可十余抱，阴浓如盖，秋冬不凋。柱槛窗栏皆以铁梨木为之。有菩提树，其叶似柿，浸水去皮，肉筋细如蝉翼纱，可裱小册写经。

归途访喜儿于花艇，适翠、喜二妓俱无客。茶罢欲行，挽留再三。余所属意在寮，而其媳大姑已有酒客在上，因谓邵鸨儿曰："若

[①] 芸当时尚在人世。故事的叙述并不是像读者认为的那样按章回的时间顺序展开。

可同往寓中，则不妨一叙。"邵曰："可。"秀峰先归，嘱从者整理酒肴。余携翠、喜至寓。正谈笑间，适郡署王懋老不期而来，挽之同饮。酒将沾唇，忽闻楼下人声嘈杂，似有上楼之势，盖房东一佤素无赖，知余召妓，故引人图诈耳。秀峰怨曰："此皆三白[1]一时高兴，不合我亦从之。"余曰："事已至此，应速思退兵之计，非斗口时也。"懋老曰："我当先下说之。"余即唤仆速雇两轿，先脱两妓，再图出城之策。闻懋老说之不退，亦不上楼。两轿已备，余仆手足颇捷，令其向前开路，秀挽翠姑继之，余挽喜儿于后，一哄而下。秀峰、翠姑得仆力已出门去，喜儿为横手所拿，余急起腿，中其臂，手一松而喜儿脱去，余亦乘势脱身出。余仆犹守于门，以防追抢。急问之曰："见喜儿否？"仆曰："翠姑已乘轿去，喜娘但见其出，未见其乘轿也。"余急燃炬，见空轿犹在路旁。急追至靖海门，见秀峰侍翠轿而立，又问之，对曰："或应投东，而反奔西矣。"急反身，过寓十余家，闻暗处有唤余者，烛之，喜儿也，遂纳之轿，肩而行。秀峰亦奔至，曰："幽兰门有水窦可出，已托人贿之启钥，翠姑去矣，喜儿速往！"余曰："君速回寓退兵，翠、喜交我！"至水窦边，果已启钥，翠先在。余遂左挟喜，右挽翠，折腰鹤步，跟跄出窦。天适微雨，路滑如油，至河干沙面，笙歌正盛。小艇有识翠姑者，招呼登舟。始见喜儿"首如飞蓬"，钗环俱无有。余曰："被抢去耶？"喜儿笑曰："闻此皆赤金，阿母物也，妾于下楼时已除去，藏于囊中。若被抢去，累君赔偿耶。"余闻言，心甚德之，令其重整钗环，勿告阿母，托言寓所人杂，故仍归舟耳。翠姑如言告母，并曰："酒菜已饱，备粥可也。"时寮上酒客已去，邵鸨儿命翠亦陪余登寮。见两对绣鞋泥污已透。三人共粥，聊以充饥。剪烛絮谈，始悉

---

[1] 作者的名。

翠籍湖南，喜亦豫产，本姓欧阳，父亡母醮，为恶叔所卖。翠姑告以迎新送旧之苦，心不欢必强笑，酒不胜必强饮，身不快必强陪，喉不爽必强歌。更有乖张其性者，稍不合意，即掷酒翻案，大声辱骂，假母不察，反言接待不周，又有恶客彻夜蹂躏，不堪其扰。喜儿年轻初到，母犹惜之。不觉泪随言落。喜儿亦嘿然涕泣。余乃挽喜入怀，抚慰之。嘱翠姑卧于外榻，盖因秀峰交也。

自此或十日或五日，必遣人来招，喜或自放小艇，亲至河干迎接。余每去必偕秀峰，不邀他客，不另放艇。一夕之欢，番银四圆而已。秀峰今翠明红，俗谓之跳槽，甚至一招两妓。余则惟喜儿一人。偶独往，或小酌于平台，或清谈于寮内，不令唱歌，不强多饮，温存体恤，一艇怡然，邻妓皆羡之。有空闲无客者，知余在寮，必来相访，合帮之妓无一不识，每上其艇，呼余声不绝，余亦左顾右盼，应接不暇，此虽挥霍万金所不能致者。余四月在彼处，共费百余金，得尝荔枝鲜果，亦生平快事。后鸨儿欲索五百金强余纳喜。余患其扰，遂图归计。秀峰迷恋于此，因劝其购一妾，仍由原路返吴。明年，秀峰再往，吾父不准偕游，遂就青浦杨明府之聘。及秀峰归，述及喜儿因余不往，几寻短见。噫！"半年一觉扬帮梦，赢得花船薄幸名"① 矣！

余自粤东归来，馆青浦两载，无快游可述。未几，芸、憨相遇，物议沸腾，芸以愤激致病。余与程墨安设一书画铺于家门之侧，聊佐汤药之需。

中秋后二日，有吴云客偕毛忆香、王星烂邀余游西山小静室，余适腕底无闲，嘱其先往。吴曰："子能出城，明午当在山前水踏桥之来鹤庵相候。"余诺之。

---

① 这是从杜牧诗中化用的两句。

越日，留程守铺，余独小出阊门，至山前，过水踏桥，循田塍而西。见一庵南向，门带清流，剥啄问之。应曰："客何来？"余告之。笑曰："此得云也，客不见匾额乎？来鹤已过矣！"余曰："自桥至此，未见有庵。"其人回指曰："客不见土墙中森森多竹者，即是也。"余乃返，至墙下，小门深闭。门隙窥之，短篱曲径，绿竹猗猗，寂不闻人语声，叩之，亦无应者。一人过，曰："墙穴有石，敲门具也。"余试连击，果有小沙弥出应。余即循径入，过小石桥，向西一折，始见山门，悬黑漆额，粉书"来鹤"二字，后有长跋，不暇细观。入门经韦陀殿，上下光洁，纤尘不染，知为好静室。忽见左廊又一小沙弥奉壶出。余大声呼问，即闻室内星烂笑曰："何如？我谓三白决不失信也！"旋见云客出迎，曰："候君早膳，何来之迟？"一僧继其后，向余稽首，问知为竹逸和尚。入其室，仅小屋三椽，额曰"桂轩"，庭中双桂盛开。星烂、忆香群起嚷曰："来迟罚三杯！"席上荤素精洁，酒则黄白俱备。余问曰："公等游几处矣？"云客曰："昨来已晚，今晨仅到得云、河亭耳。"欢饮良久。饭毕，仍自得云、河亭共游八九处，至华山而止。各有佳处，不能尽述。华山之顶有莲花峰，以时欲暮，期以后游。桂花之盛至此为最，就花下饮清茗一瓯，即乘山舆，径回来鹤。

桂轩之东，另有临洁小阁，已杯盘罗列。竹逸寡言静坐，而好客善饮。始则折桂催花①，继则每人一令，二鼓始罢。余曰："今夜月色甚佳，即此酣卧，未免有负清光。何处得高旷地，一玩月色，庶不虚此良夜也？"竹逸曰："放鹤亭可登也。"云客曰："星烂抱得琴来，未闻绝调，到彼一弹何如？"乃偕往。但见木犀香里，一路霜林，月下长空，万籁俱寂。星烂弹《梅花三弄》，飘飘欲仙。忆

---

① 酒令，鼓响时，桂花枝从一人手中传递给另一个人。鼓声停下来时，花枝落在谁手中，谁就喝酒。

香亦兴发，袖出铁笛，呜呜而吹之。云客曰："今夜石湖看月者，谁能如吾辈之乐哉？"盖吾苏八月十八日石湖行春桥下，有看串月胜会，游船排挤，彻夜笙歌，名虽看月，实则挟妓哄饮而已。未几，月落霜寒，兴阑归卧。

明晨，云客谓众曰："此地有无隐庵，极幽僻，君等有到过者否？"咸对曰："无论未到，并未尝闻也。"竹逸曰："无隐四面皆山，其地甚僻，僧不能久居。向年曾一至，已坍废，自尺木彭居士重修后，未尝往焉。今犹依稀识之。如欲往游，请为前导。"忆香曰："枵腹去耶？"竹逸笑曰："已备素面矣，再令道人携酒盒相从也。"

面毕，步行而往。过高义园，云客欲往白云精舍，入门就座，一僧徐步出，向云客拱手，曰："违教两月城中有何新闻？抚军在辕否？"忆香忽起，曰："秃！"拂袖径出。余与星烂忍笑随之。云客、竹逸酬答数语，亦辞出。

嘉庆甲子春，痛遭先君之变，行将弃家远遁，友人夏揖山挽留其家。秋八月，邀余同往东海永泰沙勘收花息。沙隶崇明。出刘河口，航海百余里。新涨初辟，尚无街市，茫茫芦荻，绝少人烟，仅有同业丁氏仓库数十椽，四面掘沟河，筑堤栽柳绕于外。丁字实初，家于崇，为一沙之首户，司会计者姓王，俱豪爽好客，不拘礼节，与余乍见即同故交。宰猪为饷，倾瓮为饮。令则拇战，不知诗文；歌则号呶，不讲音律。酒酣，挥工人舞拳相扑为戏。蓄牡牛百余头，皆露宿堤上。养鹅为号，以防海贼。日则驱鹰犬猎于芦丛沙渚间，所获多飞禽。余亦从之驰逐，倦则卧。引至园田成熟处，每一字号圈筑高堤，以防潮汛。堤中通有水窦，用闸启闭。旱则涨潮时启闸灌之，潦则落潮时开闸泄之。佃人皆散处如列星，一呼俱集，称业户曰"产主"，唯唯听命，朴诚可爱；而激之非义，则野横过于狼虎，幸一言公平，率然拜服。风雨晦明，恍同太古。卧床外瞩即睹洪涛，枕畔潮声如鸣金鼓。一夜，忽见数十里外有红灯大如栲栳，浮于海中，又见红光烛天，势同失火。宝初曰："此处起现神灯神火，不久又将涨出沙田矣。"揖山兴致素豪，至此益放。余更肆无忌惮，牛背狂歌，沙头醉舞，随其兴之所至，真生平无拘之快游也！事竣，十月始归。

吾苏虎邱之胜，余取后山之千顷云一处，次则剑池而已，余皆半借人工，且为脂粉所污，已失山林本相。即新起之白公祠、塔影桥，不过留名雅耳。其冶坊滨，余戏改为"野芳滨"，更不过脂乡粉队，徒形其妖冶而已。其在城中最著名之狮子林，虽曰云林手笔，且石质玲珑，中多古木，然以大势观之，竟同乱堆煤渣，积以苔藓，穿以蚁穴，全无山林气势。以余管窥所及，不知其妙。灵岩山①为吴王馆娃宫故址，上有西施洞、响屧廊、采香径诸胜，而其势散漫，旷无收束，不及天平、支硎之别饶幽趣。邓尉山，一名元墓，西背太湖，东对锦峰，丹崖翠阁，望如图画，居人种梅为业，花开数十里，一望如积雪，故名"香雪海"。山之左有古柏四树，名之曰"清、奇、古、怪"。清者，一株挺直，茂如翠盖；奇者，卧地三曲，形同"之"字；古者，秃顶扁阔，半朽如掌；怪者，体似旋螺，枝干皆然。相传汉以前物也。

乙丑孟春，揖山尊人莼芗先生偕其弟介石，率子侄四人，往蟆山家祠春祭，兼扫祖墓，招余同往。顺道先至灵岩山，出虎山桥，由费家河进香雪海观梅。蟆山祠宇即藏于香雪海中，时花正盛，咳吐俱香，余曾为介石画《蟆山风木图》十二册。

是年九月，余从石琢堂殿撰赴四川重庆府之任。溯长江而上，

---

① 这座山以及下文提到的山都位于苏州不远处。

舟抵皖城。皖山之麓，有元季忠臣余公之墓，墓侧有堂三楹，名曰"大观亭"，面临南湖，背倚潜山。亭在山脊，眺远颇畅。旁有深廊，北窗洞开，时值霜叶初红，烂如桃李。同游者为蒋寿朋、蔡子琴。南城外又有王氏园，其地长于东西，短于南北，盖北紧背城、南则临湖故也。既限于地，颇难位置，而观其结构作重台叠馆之法。重台者，屋上作月台为庭院，叠石栽花于上，使游人不知脚下有屋。盖上叠石者则下实，上庭院者则下虚，故花木仍得地气而生也。叠馆者，楼上作轩，轩上再作平台，上下盘折，重叠四层，且有小池，水不漏泄，竟莫测其何虚何实。其立脚全用砖石为之，承重处仿照西洋立柱法。幸面对南湖，目无所阻，骋怀游览，胜于平园。真人工之奇绝者也。

武昌黄鹤楼在黄鹄矶上，后拖黄鹄山，俗呼为蛇山。楼有三层，画栋飞檐，倚城屹峙，面临汉江，与汉阳晴川阁相对。余与琢堂冒雪登焉。仰视长空，琼花飞舞，遥指银山玉树，恍如身在瑶台。江中往来小艇，纵横掀播，如浪卷残叶，名利之心至此一冷。壁间题咏甚多，不能记忆，但记楹对[1]有云："何时黄鹤重来，且共倒金樽，浇洲渚千年芳草；但见白云飞去，更谁吹玉笛，落江城五月梅花。"

是年仲冬抵荆州。琢堂得升潼关观察之信，留余住荆州，余以未得见蜀中山水为怅。时琢堂入川，而哲嗣敦夫眷属及蔡子琴、席芝堂俱留于荆州。

---

[1] 中国楹对可以在门厅、过廊和寺庙中到处看到。楹对中一条幅的每个字都得跟另一条幅对应位置的字具有相同的词性和相反的语调，除了介词之外。这种对应可以在下面的译文中看到。

是年大除，雪后极寒。献岁发春，无贺年之扰，日惟燃纸炮、放纸鸢、扎纸灯以为乐。既而风传花信，雨濯春尘。琢堂诸姬携其少女幼子顺川流而下。敦夫乃重整行装，合帮而走。由樊城登陆，直赴潼关。

由河南阌乡县西出函谷关，有"紫气东来"四字，即老子乘青牛所过之地。两山夹道，仅容二马并行。约十里即潼关，左背峭壁，右临黄河。关在山河之间，扼喉而起。重楼垒堞，极其雄峻，而车马寂然，人烟亦稀。昌黎诗曰："日照潼关四扇开"，殆亦言其冷落耶？

余居园南，屋如舟式，庭有土山，上有小亭，登之可览园中之概，绿荫四合，夏无暑气。琢堂为余颜其斋曰"不系之舟"。此余幕游以来第一好居室也。土山之间，艺菊数十种，惜未及含葩，而琢堂调山左廉访矣。眷属移寓潼川书院，余亦随往院中居焉。

琢堂先赴任，余与子琴、芝堂等无事，辄出游。乘骑至华阴庙。过华封里，即尧时三祝处。庙内多秦槐汉柏，大皆三、四抱，有槐中抱柏而生者。柏中抱槐而生者，殿廷古碑甚多，内有陈希夷书福寿字。华山之脚有玉泉院，即希夷先生化形骨蜕处。有石洞如斗室，塑先生卧像于石床。其地水净沙明，草多绛色，泉流甚急，修竹绕之。洞外一方亭，额曰"无忧亭"。旁有古树三株，纹如裂炭，叶似槐而色深，不知其名，土人即呼曰"无忧树"。太华之高不知几千仞，惜未能裹粮往登焉。归途见林柿正黄，就马上摘食之。土人呼止弗听，嚼之涩甚，急吐去，下骑觅泉漱口，始能言，土人大笑。盖柿须摘下煮一沸，始去其涩，余不知也。

十月初，琢堂自山东专人来接眷属，遂出潼关，由河南入鲁。山东济南府城内，西有大明湖，其中有历下亭、水香亭诸胜。夏月柳阴浓处，菡萏香来，载酒泛舟，极有幽趣。余冬日往视，但见衰柳寒烟，一水茫茫而已。趵突泉为济南七十二泉之冠，泉分三眼，从地底怒涌突起，势如腾沸。凡泉皆从上而下，此独从下而上，亦一奇也。池上有楼，供吕祖像，游者多于此品茶焉。明年二月，余就馆莱阳。至丁卯秋，琢堂降官翰林，余亦入都。所谓登州海市，竟无从一见。

第五部分

中国睿智与智慧

古代哲学家寓言

序　言

　　所有的中国古代哲学家都讲过寓言，他们要么从现实生活中汲取故事，要么杜撰故事来阐述自己的观点。从庄子选篇中的寓言可以看出，寓言是公元前四世纪、前三世纪早期哲学家采用的典型习惯性表述方式，叙述者可以完全自由地杜撰孔子、老子、长吾子和黄帝的对话。这一部分，我收录了古代文本中一些最优秀、最流行的寓言。前两则寓言为庄子所讲，在这位哲学家前面的选文中没有收录。大部分寓言出自《列子》。对列子其人其事知之甚少，据称他生活在庄子（卒于公元前 275 年）或庄子之前的时代。他名下的书籍一般被认为写于更早的时期，但具有同样的道家观。韩非（韩非子）卒于公元前 234 年，是法家伟大的哲学家之一，带有道家影响的痕迹。刘向是汉朝著名的重要作家和编纂者，生活在公元前 77 年—公元前 6 年。《战国策》是一部著名的书籍，内有战国时期（公元前四世纪和公元前三世纪）学者的妙语和策略。这部书充满睿智，充满战争时期周游列国，游说国王结盟或反结盟的学者所讲的深邃妙语。最后，我收录了伟大、和蔼、可爱的宋朝诗人苏东坡的一个寓言（"眇者不识日"）。艾尔伯特·爱因斯坦曾用这则寓言阐释一般人的相对论的概念。

古代哲学家寓言

林语堂　英译

唾弃械者

子贡南游于楚，反于晋，过汉阴，见一丈人方将为圃畦，凿隧而入井，抱瓮而出灌，搰搰然用力甚多而见功寡。子贡曰："有械于此，一日浸百畦，用力甚寡而见功多，夫子不欲乎？"为圃者仰而视之曰："奈何？"曰："凿木为机，后重前轻，挈水若抽；数如泆汤，其名为槔。"为圃者忿然作色而笑曰："吾闻之吾师，有机械者必有机事，有机事者必有机心，机心存于胸中，则纯白不备；纯白不备，则神生不定，神生不定者，道之所不载也。吾非不知，羞而不为也。"子贡瞒然惭，俯而不对。

子贡卑陬失色，顼顼然不自得，行三十里而后愈。其弟子曰："向之人何为者邪？夫子何故见之变容失色，终日不自反邪？"曰："始吾以为天下一人耳，不知复有夫人也。吾闻之夫子，事求可，功求成。用力少，见功多者，圣人之道。今徒不然。执道者德全，德全者形全，形全者神全。神全者，圣人之道也。托生与民并行而不知其所之，汒乎淳备哉！功利机巧必忘夫人之心。若夫人者，非其志不之，非其心不为。虽以天下誉之，得其所谓，警然不顾；以天下非之，失其所谓，傥然不受。天下之非誉，无益损焉，是谓全德之人哉！"

[《庄子》]

无为谓

　　知北游于玄水之上，登隐弅之丘，而适遭无为谓焉。知问无为谓道，而无为谓不答也。非不答，不知答也。

　　知不得问，反于白水之南，登狐阕之上，而睹狂屈焉。知以之言也问乎狂屈。狂屈曰："唉！予知之，将语若。中欲言而忘其所欲言。"知不得问。

　　知反于帝宫，见黄帝而问焉。黄帝曰："……人之生，气之聚也；聚则为生，散则为死。若死生为徒，吾又何患！故万物一也，是其所美者为神奇，其所恶者为臭腐；臭腐复化为神奇，神奇复化为臭腐。故曰：'通天下一气耳。'圣人故贵一。"

　　知问黄帝曰："我与若知之，彼与彼不知也，其孰是邪？"黄帝曰："彼无为谓真是也，狂屈似之；我与汝终不近也。夫知者不言，言者不知。"

　　知谓黄帝曰："吾问无为谓，无为谓不应我，非不我应，不知应我也。吾问狂屈，狂屈中欲告我而不我告，非不我告，中欲告而忘之也。今予问乎若，若知之，奚故不近？"黄帝曰："彼其真是也，以其不知也；此其似之也，以其忘之也；予与若终不近也，以其知也。"

　　狂屈闻之，以黄帝为知言。

[《庄子》]

蕉鹿之讼

郑人有薪于野者，遇骇鹿，御而击之，毙之。恐人见之也，遽而藏诸隍中，覆之以蕉。不胜其喜。俄而遗其所藏之处，遂以为梦焉。顺途而咏其事。傍人有闻者，用其言而取之。既归，告其室人曰："向薪者梦得鹿而不知其处；吾今得之，彼直真梦矣。"

室人曰："若将是梦见薪者之得鹿邪？讵有薪者邪？今真得鹿，是若之梦真邪？"

夫曰："吾据得鹿，何用知彼梦我梦邪？"

薪者之归，不厌失鹿。其夜真梦藏之之处，又梦得之之主。爽旦，案所梦而寻得之。遂讼而争之，归之士师。

士师曰："若初真得鹿，妄谓之梦；真梦得鹿，妄谓之实。彼真取若，而与若争鹿。室人又谓梦认人鹿，无人得鹿。今据有此鹿，请二分之。"

以闻郑君。郑君曰："嘻！士师将复梦分人鹿乎？"

[《列子》]

忘 者

宋阳里华子，中年病忘，朝取而夕忘，夕与而朝忘；在途则忘行，在室则忘坐；今不识先，后不识今。阖家毒之。谒史而卜之，弗占；谒巫而祷之，弗禁；谒医而攻之，弗已。鲁有儒生，自媒能治之，华子之妻子，以居产之半请其方。儒生曰："此固非卦兆之所占，非祈请之所祷，非药石之所攻。吾试化其心，变其虑，庶几其瘳乎！"

于是试露之，而求衣；饥之，而求食；幽之，而求明。试屏左右，独与居室七日。莫知其所施为也，而积年之疾一朝都除。

华子既悟，乃大怒，黜妻罚子，操戈逐儒生。宋人执而问其以。华子曰："曩吾忘也，荡荡然不觉天地之有无。今顿识既往，数十年来存亡、得失、哀乐、好恶，扰扰万绪起矣。吾恐将来之存亡、得失、哀乐、好恶之乱吾心如此也，须臾之忘，可复得乎？"

[《列子》]

季梁之医

杨朱之友曰季梁。季梁得病，七日大渐。其子环而泣之，请医。

季梁谓杨朱曰："吾子不肖如此之甚，汝奚不为我歌以晓之？"

杨朱歌曰："天其弗识，人胡能觉？匪祐自天，弗孽由人。我乎汝乎！其弗知乎！医乎巫乎！其知之乎！"

其子弗晓，终谒三医。一曰矫氏，二曰俞氏，三曰卢氏，诊其所疾。矫氏谓季梁曰："汝寒温不节，虚实失度，病由饥饱色欲。精虑烦散，非天非鬼，虽渐，可攻也。"季梁曰："众医也。亟屏之！"

俞氏曰："女始则胎气不足，乳湩有余。病非一朝一夕之故，其所由来渐矣，弗可已也。"季梁曰："良医也。且食之！"

卢氏曰："汝疾不由天，亦不由人，亦不由鬼。禀生受形，既有制之者矣，亦有知之者矣。药石其如汝何？"季梁曰："神医也，重贶遣之！"

俄而季梁之疾自瘳。

[《列子》]

诚实的商丘开

范氏[①]有子曰子华，善养私名，举国服之；有宠于晋君，不仕而居三卿之右。目所偏视，晋国爵之；口所偏肥，晋国黜之。游其庭者侔于朝。子华使其侠客，以智鄙相攻，强弱相凌。虽伤破于前，不用介意。终日夜以此为戏乐，国殆成俗。

禾生、子伯，范氏之上客，出行，经坰外，宿於田更商丘开之舍。中夜，禾生、子伯二人相与言子华之名势，能使存者亡，亡者存；富者贫，贫者富。商丘开先窭于饥寒，潜于牖北听之。因假粮荷畚之子华之门。

子华之门徒皆世族也，缟衣乘轩，缓步阔视。顾见商丘开年老力弱，面目犁黑，衣冠不检，莫不眲之。既而狃侮欺诒，攩㧙挨抌，亡所不为。商丘开常无愠容，而诸客之技单，怠于嬉笑。遂与商丘开俱乘高台，于众中漫言曰："有能自投下者赏百金。"众皆竞应。商丘开以为信然，遂先投下，形若飞鸟，扬于地，肌骨无毁。范氏之党以为偶然，未讵怪也。因复指河曲之淫隈曰："彼中有宝珠，泳可得也。"商丘开复从而泳之。既出，果得珠焉。众眆同疑。子华昉令豫肉食衣帛之次。俄而范氏之藏大火。子华曰："若能入火取锦者，从所得多少赏若。"商丘开往无难色，入火往还，埃不漫，身不焦。

[①] 晋国非常有权势的家族。战国时期，富有阶层已经兴起，许多富有家族中食养许多学者、剑客和武士。有的家族养了多达三千这样的"食客"，他们获得了极大的政治影响，有时可影响战争的成功和王国的命运。

范氏之党以为有道，乃共谢之曰："吾不知子有道而诞子，吾不知子之神人而辱子。子其愚我也，子其聋我也，子其盲我也。敢问其道。"

商丘开曰："吾亡道。虽吾之心，亦不知所以。虽然，有一于此，试与之言之。曩子二客之宿舍也，闻誉范氏之势，能使存者亡、亡者存；富者贫，贫者富。吾诚之无二心，故不远而来。及来，以子党之言皆实也，唯恐诚之之不至，行之之不及，不知形体之所措，利害之所存也。心一而已。物亡迕者，如斯而已。今昉知子党之诞我，我内藏猜虑，外矜观听，追幸昔日之不焦溺也，怛然内热，惕然震悸矣。水火岂复可近哉？"

自此之后，范氏门徒路遇乞儿马医，弗敢辱也，必下车而揖之。宰我闻之，以告仲尼。仲尼曰："汝弗知乎？夫至信之人，可以感物也。动天地，感鬼神，横六合，而无逆者，岂但履危险，入水火而已哉？商丘开信伪物犹不逆，况彼我皆诚哉？小子识之！"

[《列子》]

杞人忧天

杞国有人忧天地崩坠，身亡所寄，废寝食者；又有忧彼之所忧者，因往晓之，曰："天，积气耳，亡处亡气。若屈伸呼吸，终日在天中行止，奈何忧崩坠乎？"其人曰："天果积气，日月星宿，不当坠耶？"晓之者曰："日月星宿，亦积气[①]中之有光耀者；只使坠，

[①] 中文里"气"意为"苍穹、空气、呼吸、气体以及任何无形的精神力量"。此处译为"gas"更好些，但道家认为宇宙是由一种精神力量形成的。"气"是特别有用的一个字，架构了物质和非物质的桥梁，比如我们在光理论中看到的概念。

亦不能有所中伤。"其人曰:"奈地坏何?"晓者曰:"地积块耳,充
塞四虚,亡处亡块。若躇步跐蹈,终日在地上行止,奈何忧其坏?"
其人舍然大喜,晓之者亦舍然大喜。

长庐子闻而笑之曰:"虹霓也,云雾也,风雨也,四时也,此
积气之成乎天者也。山岳也,河海也,金石也,火木也,此积形之
成乎地者也。知积气也,知积块也,奚谓不坏?夫天地,空中之一
细物,有中之最巨者。难终难穷,此固然矣;难测难识,此固然矣。
忧其坏者,诚为大远;言其不坏者,亦为未是。天地不得不坏,则
会归于坏。遇其坏时,奚为不忧哉?"

子列子闻而笑曰:"言天地坏者亦谬,言天地不坏者亦谬。坏
与不坏,吾所不能知也。虽然,彼一也,此一也。故生不知死,死
不知生;来不知去,去不知来。坏与不坏,吾何容心哉?"

[《列子》]

愚公移山

太行、王屋二山,方七百里,高万仞;本在冀州之南,河阳之
北。北山愚公者,年且九十,面山而居。惩山北之塞,出入之迂也,
聚室而谋,曰:"吾与汝毕力平险,指通豫南,达于汉阴,可乎?"
杂然相许。其妻献疑曰:"以君之力,曾不能损魁父之丘。如太形王
屋何?且焉置土石?"杂曰:"投诸渤海之尾,隐土之北。"遂率子孙
荷担者三夫,叩石垦壤,箕畚运于渤海之尾。邻人京城氏之孀妻有
遗男,始龀,跳往助之。寒暑易节,始一反焉。

河曲智叟笑而止之,曰:"甚矣汝之不惠!以残年余力,曾不能
毁山之一毛,其如土石何?"北山愚公长息曰:"汝心之固,固不可

彻，曾不若孀妻弱子。虽我之死，有子存焉。子又生孙，孙又生子；子又有子，子又有孙，子子孙孙，无穷匮也；而山不加增，何苦而不平？"

河曲智叟亡以应。操蛇之神闻之，惧其不已也，告之于帝。帝感其诚，命夸娥氏二子负二山，一厝朔东，一厝雍南。自此冀之南、汉之阴无陇断焉。

［《列子》］

两小儿辩日

孔子东游，见两小儿辩斗。问其故。一儿曰："我以日始出时去人近，而日中时远也。一儿以日初出远，而日中时近也。"一儿曰："日初出大如车盖，及日中，则如盘盂，此不为远者小而近者大乎？"一儿曰："日初出沧沧凉凉，及其日中如探汤，此不为近者热而远者凉乎？"孔子不能决也。两小儿笑曰："孰为汝多知乎？"

［《列子》］

攫金者

昔齐人有欲金者，清旦衣冠而之市，适鬻金者之所，因攫其金而去。吏捕得之，问曰："人皆在焉，子攫人之金何？"对曰："取金之时，不见人，徒见金。"

［《列子》］

似窃者

人有亡金者，意其邻之子，视其行步，窃金也；颜色，窃金也；言语，窃金也；动作态度无为而不窃金也。俄而抇其谷而得其金，他日复见其邻人之子，动作态度无似窃金者。

[《列子》]

削足适履

郑人有欲买履者，先自度其足，而置之其坐。至之市，而忘操之；已得履，乃曰："吾忘持度。"反归取之。及反，市罢，遂不得履。人曰："何不试之以足？"曰："宁信度，无自信也。"

[《韩非子》]

齐桓公亡冠

齐桓公一日酒醉而亡冠，三日愧而弗见人。管仲曰："此为王辱。何不行惠而去之？"王乃开仓放粮于贫者，三日不息。民乃颂王之德，曰："王何不又亡冠？"

[《韩非子》]

舌存齿亡

常枞有疾，老子往问焉，曰："先生疾甚矣，无遗教可以语诸子弟者乎？"常枞曰："子虽不问，吾将语之。"常枞曰："过故乡而下车，子知之乎？"老子曰："过故乡而下车，非谓其不忘故耶？"常枞曰："嘻，是已。"常枞曰："过乔木而趋，子知之乎？"老子曰："过乔木而趋，非谓敬老耶？"常枞曰："嘻，是已。"张其口而示老子曰："吾舌存乎？"老子曰："然。""吾齿存乎？"老子曰："亡。"常枞曰："子知之乎？"老子曰："夫舌之存也，岂非以其柔邪？齿之亡也，岂非以其刚邪？"常枞曰："嘻，是已，天下之事已尽矣，无以复语子哉。"

［刘向《说苑·敬慎》］

枭将东徙

枭逢鸠，鸠曰："子将安之？"枭曰："我将东徙。"鸠曰："何故？"枭曰："乡人皆恶我鸣，以故东徙。"鸠曰："子能更鸣可矣；不能更鸣，东徙犹恶子之声。"

［刘向《说苑·谈丛》］

狐假虎威

荆宣王问群臣曰："吾闻北方之畏昭奚恤也，果诚何如？"群臣莫对。江乙对曰："虎求百兽而食之，得狐，狐曰：'子无敢食我也，天帝使我长百兽，今之食我，是逆天帝命也。子以我为不信，吾为子先行，子随我后，观百兽之见我而敢不走乎？'虎以为然，故遂与之行。兽见之皆走，虎不知兽畏己而走也，以为畏狐也。今王之地方五千里，带甲百万，而专属之昭奚恤，故北方之畏昭奚恤也，其实畏王之甲兵也，犹百兽之畏虎也。"

[《战国策》]

鹬蚌相争

赵且伐燕，苏代为燕谓赵惠文王曰："吾今来，过易水，蚌方出曝，而鹬啄其肉，蚌合而拑其啄。鹬曰：'今日不再，明日不再，既有死蚌！'蚌亦谓鹬曰：'今日不出，明日不出，即有死鹬！'两者不肯相舍，渔者得而并擒之。今赵且伐燕，燕赵战久则民必惫，吾恐强秦为渔者也。王深思。"赵惠王曰："善。"乃弃战。

[《战国策》]

眇者不识日

生而眇者不识日，问之有目者。或告之曰："日之状如铜盘。"扣盘而得其声，他日闻钟，以为日也。或告之曰："日之光如烛。"扪烛而得其形，他日揣籥，以为日也。日之与钟，籥亦远矣，而眇者不知其异，以其未尝见而求之人也。道之难见也甚于日，而人之未达也无以异于眇。达者告之，虽有巧譬善导，亦无以过于盘与烛也。自盘而之钟，自烛而之龠，转而相之，岂有既乎？故世之道通者，或即其所见而名之，或莫之见而意之，皆求道之过也。

[苏东坡《日喻》]

中国诗人家书

序　言

　　我想，郑板桥（1693—1765）家书和《浮生六记》尽管没有把中国义化理想化，而是按照它在中国实际存在的样子加以描述，但它们却最能表现出中国人的天然性情和处于最佳状态的中国文化的典型精神。因为正是在家书中，人们才可能把自己的真实性情表现出来。《浮生六记》表现了一对中国夫妻是怎样看待失败的，而这些家书则表现了一位中国学者是如何看待成功的。在民主生存的本质宽容和精神旁边，所有关于民主政府政治机器和政党机器的谈论都显得平淡无奇，无关紧要。我们讲到民主时，曾经特别强调政治，就好像国会议员制造了共和国，这个推测完全没有正当根据。很早以前，孔子和整个中华民族就摈弃了这种政治上的强调。我选取郑板桥家书，而没有选取曾国藩家书，是因为前者在数量上要少些，但两个人家书中表现出了同样的精神。曾国藩的家书可以写满两部千页大书。有趣的是，曾国藩这位当时最伟大的将才、最受尊崇的人，其家书曾极大影响了蒋介石的人，还常写家书询问女儿是否学会了做鞋，建议他的官员家属种青菜养家畜。

　　郑板桥在诗、书、画方面同样出色，这是罕见的成就。在这三方面，他形成了无与伦比的风格。儒家学者对他嗤之以鼻，这意味着他非常伟大。郑板桥完全是儒家思想，但他"非同寻常"。他的"非同寻常"有个故事可以作为例证，说他是怎样安排长女的婚姻大事的。郑板桥的女儿已经到了婚嫁年龄，但尚未有婚约。他非常敬重一位学者朋友，后者有个儿子。有一天，晚饭过后，郑板桥对女儿说："跟我走，我带你去一个好地方。"他把女儿带到了那位朋友家里，对她说："待在这儿，做一个好媳妇。"说完便转身走了。郑板桥的非同寻常，还在于他跟那些儒家佩克斯涅夫①式的伪君子不一样，他受不了对人民征收的苛税。郑板桥任山东潍县县令时，有一年收成不好，他便恳求州官救济穷人，这激怒了州官。因此，他便告病假回乡。郑板桥的诗歌运用最朴实的语言，以对穷人和郁闷之人怀有极大的感情而见长。他的诗要是译得好的话，要比这些家书更能生动地展现出他的伟大心灵。他画的竹子和兰花特别著名。

在他为自己诗歌撰写的前言中，他说书中包含了他所有希望发表的东西。"要是在吾身后，有人以吾之名发表之，收录吾对友人之责和社交场合的废言，吾要变作鬼，敲碎他的脑壳。"

总共仅有十六封家书。我略去了第三、四、九、十一和十二封家书，还有第十三封家书的第二后记以及第十六封家书的第一部分，因为对一般读者而言，不易理解他对中国作家和历史人物的批评观点。这些家书中最好的部分是他对待侍仆和穷邻居孩子的态度。这些是精神慈善的定论（尤见第十三、十四封家书）。

---

① 源出英国作家狄更斯小说 *Martin Chuzzlewit* 中的伪善人物。

《板桥家书》

林语堂　英译

一、雍正十年杭州韬光庵中寄舍弟墨

　　谁非黄帝尧舜之了孙，而至于今日，其不幸而为臧获，为婢妾，为舆台、皂隶，窘穷迫逼，无可奈何。非其数十代以前即自臧获、婢妾、舆台、皂隶来也。一旦奋发有为，精勤不倦，有及身而富贵者矣，有及其子孙而富贵者矣，王侯将相岂有种乎！[①] 而一二失路名家，落魄贵胄，借祖宗以欺人，述先代而自大。辄曰："彼何人也，反在霄汉；我何人也，反在泥涂。天道不可凭，人事不可问！"嗟乎！不知此正所谓天道人事也。天道福善祸淫，彼善而富贵，尔淫而贫贱，理也，庸何伤？天道循环倚伏，彼祖宗贫贱，今当富贵，尔祖宗富贵，今当贫贱，理也，又何伤？天道如此，人事即在其中矣。

　　愚兄为秀才时，检家中旧书簏，得前代家奴契券，即于灯下焚去，并不返诸其人。恐明与之，反多一番形迹，增一番愧恧。自我用人，从不书券，合则留，不合则去。何苦存此一纸，使吾后世子孙，借为口实，以便苛求抑勒乎！如此存心，是为人处，即是为己处。若事事预留把柄，使入其网罗，无能逃脱，其穷愈速，其祸即来，其子孙即有不可问之事、不可测之忧。试看世间会打算的，何曾打算得别人一点，直是算尽自家耳！可哀可叹，吾弟识之。

---

① 现已成为谚语："王侯将相岂有种乎！"

二、焦山读书寄四弟墨

僧人遍满天下，不是西域送来的。即吾中国之父兄子弟，穷而无归，入而难返者也。削去头发便是他，留起头发还是我。怒眉嗔目，叱为异端而深恶痛绝之，亦觉太过。佛自周昭王[1]时下生，迄于灭度，足迹未尝履中国土。后八百年而有汉明帝[2]，说谎说梦，惹出这场事来，佛实不闻不晓。今不责明帝，而齐声骂佛，佛何辜乎？况自昌黎辟佛以来，孔道大明，佛焰渐息，帝王卿相，一遵"六经"、"四子"之书，以为齐家治国平天下之道，此时而犹言辟佛，亦如同嚼蜡而已。和尚是佛之罪人，杀盗淫妄，贪婪势利，无复明心见性之规。秀才亦是孔子罪人，不仁不智，无礼无义，无复守先待后之意。秀才骂和尚，和尚亦骂秀才。语云："各人自扫阶前雪，莫管他家屋瓦霜。"老弟以为然否？偶有所触，书以寄汝，并示无方师一笑也。

五、焦山双峰阁寄舍弟墨

郝家庄有墓田一块，价十二两，先君曾欲买置，因有无主孤坟一座，必须刨去。先君曰："嗟乎！岂有掘人之冢以自立其冢者乎！"遂去之。但吾家不买，必有他人买者，此冢仍然不保。吾意欲致书郝表弟，问此地下落，若未售，则封去十二金，买以葬吾夫

---

[1] 公元前 1052 年—公元前 1002 年。时间有问题。

[2] 公元 58 年—公元 75 年，此间第一批佛教和尚来到中国。

妇。即留此孤坟，以为牛眠一伴，刻石示子孙，永永不废，岂非先君忠厚之义而又深之乎！夫堪舆家言，亦何足信。吾辈存心，须刻刻去浇存厚，虽有恶风水，必变为善地，此理断可信也。后世子孙，清明上冢，亦祭此墓，卮酒、只鸡、盂饭、纸钱百陌，著为例。

六、淮安舟中寄舍弟墨

以人为可爱，而我亦可爱矣；以人为可恶，而我亦可恶矣。东坡一生觉得世上没有不好的人，最是他好处。愚兄平生谩骂无礼，然人有一才一技之长，一行一言之美，未尝不啧啧称道。囊中数千金，随手散尽，爱人故也。至于缺厄欹危之处，亦往往得人之力。好骂人，尤好骂秀才。细细想来，秀才受病，只是推廓不开，他若推廓得开，又不是秀才了。且专骂秀才，亦是冤屈，而今世上哪个是推廓得开的？年老身孤，当慎口过。爱人是好处，骂人是不好处。东坡以此受病[①]，况板桥乎！老弟亦当时时劝我。

七、范县署中寄舍弟墨

刹院寺祖坟，是东门一枝大家公共的，我因葬父母无地，遂葬其傍。得风水力，成进士[②]，作宦数年无恙。是众人之富贵福泽，我一人夺之也，于心安乎？不安乎？可怜我东门人，取鱼捞虾，撑船结网；破屋中吃秕糠，啜麦粥，搴取荇叶蕴头蒋角煮之，旁贴荞麦

---

① 苏东坡总忍不住要嘲笑当时掌权的王安石，因而被放逐到南方。
② 成功通过国家考试的人，相当于现在的博士学位，但可比博士受推崇多了。

锅饼，便是美食，幼儿女争吵。每一念及，真含泪欲落也。汝执俸钱南归，可挨家比户，逐一散给。南门六家，竹横港十八家，下佃一家，派虽远，亦是一脉，皆当有所分惠。骐骥小叔祖亦安在？无父无母孤儿，村中人最能欺负，宜访求而慰问之。自曾祖父至我兄弟四代亲戚，有久而不相识面者，各赠二金，以相连续，此后便好来往。徐宗于、陆白义辈，是旧时同学，日夕相征逐者也。犹忆谈文古庙中，破廊败叶飕飕，至二三鼓不去；或又骑石狮子脊背上，论兵起舞，纵言天下事。今皆落落未遇，亦当分俸以敦夙好。凡人于文章学问，辄自谓己长，科名唾手而得，不知俱是侥幸。设我至今不第，又何处叫屈来？岂得以此骄倨朋友！敦宗族，睦亲姻，念故交，大数既得；其余邻里乡党，相赒相恤，汝自为之，务在金尽而止。愚兄更不必琐琐矣。

八、范县署中寄舍弟墨第二书

吾弟所卖宅，严紧密栗，处家最宜，只是天井太小，见天不大。愚兄心思旷远，不乐居耳。是宅北至鹦鹉桥不过百步，鹦鹉桥至杏花楼不过三十步，其左右颇多隙地。幼时饮酒其傍，见一片荒城，半堤衰柳，断桥流水，破屋丛花，心窃乐之。若得制钱五十千，便可买地一大段，他日结茅有在矣。吾意欲筑一土墙院子，门内多栽竹树草花，用碎砖铺曲径一条，以达二门。其内茅屋二间，一间坐客，一间作房，贮图书史籍、笔墨砚瓦、酒董茶具其中，为良朋好友、后生小子论文赋诗之所。其后住家，主屋三间，厨屋二间，奴子屋一间，共八间。俱用草苫，如此足矣。清晨日尚未出，望东海①一片红霞。薄暮斜阳满树，立院中高处，便见烟水平桥。家中宴客，墙外人亦望见灯火。南至汝家百三十步，东至小园仅一水，实为恒便。

或曰：此等宅居甚适，只是怕盗贼。不知盗贼亦穷民耳，开门延入，商量分惠，有什么便拿什么去；若一无所有，便王献之青毡，亦可携取质百钱救急也。吾弟当留心此地，为狂兄娱老之资，不知可能遂愿否？

十、范县署中寄舍弟墨第四书

十月二十六日得家书，知新置田获秋稼五百斛，甚喜。而今而后，堪为农夫以没世矣！要须制碓，制磨，制筛箩簸箕，制大小扫帚，制升斗斛。家中妇女，率诸婢妾，皆令习春揄蹂簸之事，便是一种靠田园长子孙气象。天寒冰冻时，穷亲戚朋友到门，先泡一大碗炒米送手中，佐以酱姜一小碟，最是暖老温贫之具。暇日咽碎米饼，煮糊涂粥，双手捧碗，缩颈而啜之，霜晨雪早，得此周身俱暖。嗟乎！嗟乎！吾其长为农夫以没世乎！

我想天地间第一等人，只有农夫，而士为四民之末②。农夫上者种地百亩，其次七八十亩，其次五六十亩，皆苦其身，勤其力，耕种收获，以养天下之人。使天下无农夫，举世皆饿死矣。吾辈读书人，入则孝，出则弟，守先待后，得志泽加于民，不得志修身见于世，所以又高于农夫一等。今则不然，一捧书本，便想中举、中进士、做官，如何攫取金钱、造大房屋、置多田产。起手便错走了路

---

① 郑板桥的家乡在福建东部的兴化，靠近海岸。

② 郑板桥此处颠倒了中国传统的分类，即士、农、工、商。

头，后来越做越坏，总没有个好结果。其不能发达者，乡里作恶，小头锐面，更不可当。夫束修自我者，岂无其人；经济自期，抗怀千古者，亦所在多有。而好人为坏人所累，遂令我辈开不得口；一开口，人便笑曰："汝辈书生，总是会说，他日居官，便不如此说了。"所以忍气吞声，只得挨人笑骂。

工人制器利用，贾人搬有运无，皆有便民之处。而士独于民大不便，无怪乎居四民之末也！且求居四民之末而亦不可得也！

愚兄平生最重农夫，新招佃地人，必须待之以礼。彼称我为主人，我称彼为客户，主客原是对待之义，我何贵而彼何贱乎？要体貌他，要怜悯他；有所借贷，要周全他；不能偿还，要宽让他。尝笑唐人《七夕》诗，咏牛郎织女，皆作会别可怜之语，殊失命名本旨。织女，衣之源也；牵牛，食之本也。在天星为最贵，天顾重之，而人反不重乎？其务本勤民，呈象昭昭可鉴矣。

吾邑妇人，不能织绸织布，然而主中馈，习针线，犹不失为勤谨。近日颇有听鼓儿词，以斗叶为戏者，风俗荡轶，亟宜戒之。

吾家业地虽有三百亩，总是典产，不可久恃。将来须买田二百亩，予兄弟二人，各得百亩足矣，亦古者一夫受田百亩之义也。若再求多，便是占人产业，莫大罪过。天下无田无业者多矣，我独何人，贪求无厌，穷民将何所措足乎！或曰：世上连阡越陌，数百顷有余者，子将奈何？应之曰："他自做他家事，我自做我家事，世道盛则一德遵王，风俗偷则不同为恶。"亦板桥之家法也。

十三、潍县署中与舍弟墨第二书

余五十二岁始得一子，岂有不爱之理！然爱之必以其道，虽嬉戏玩耍，务令忠厚悱恻，毋为刻急也。平生最不喜笼中养鸟，我图愉悦，彼在囚牢，何情何理，而必屈物之性以适吾性乎！至于发系蜻蜓，线缚螃蟹，为小儿顽具，不过一时片刻便折拉而死。夫天地生物，化育劬劳，一蚁一虫，皆本阴阳五行之气绌缊而出。上帝亦心心之爱念。而万物之性，人为贵，吾辈竟不能体天之心以为心，万物将何所托命乎？蛇蚖蜈蚣、豺狼虎豹，虫之最毒者也，然天既生之，我何得而杀之？若必欲尽杀，天地又何必生？亦唯驱之使远，避之使不相害而已。蜘蛛结网，干人何罪，或谓其夜间咒月，令人墙倾壁倒，遂击杀无遗。此等说话，出于何经何典？而遂以此残物之命，可乎哉？可乎哉？我不在家，儿子便是你管束。要须长其忠厚之情，驱其残忍之性，不得以为犹子而姑纵惜之。家人儿女，总是天地间一般人，当一般爱惜，不可使吾儿凌虐他。凡鱼飧果饼，宜均分散给，大家欢嬉跳跃。若吾儿坐食好物，令家人子远立而望，不得一沾唇齿；其父母见而怜之，无可奈何，呼之使去，岂非割心剜肉乎！夫读书中举，中进士，做官，此是小事，第一要明理做个好人。可将此书读与郭嫂、饶嫂听，使二妇人知爱子之道，在此不在彼也。

书后又一纸

　　所云不得笼中养鸟，而予又未尝不爱鸟，但养之有道耳。欲养鸟莫如多种树，使绕屋数百株，扶疏茂密，为鸟国鸟家。将旦时，睡梦初醒，尚辗转在被，听一片啁啾，如《云门》《咸池》之奏；及披衣而起，颒面漱口啜茗，见其扬翚振彩，倏往倏来，目不暇给，固非一笼一羽之乐而已。大率平生乐处，欲以天地为囿，江汉为池，各适其天，斯为大快。比之盆鱼笼鸟，其巨细仁忍何如也！

十四、潍县寄舍弟墨第三书

富贵人家延师傅教子弟，至勤至切，而立学有成者，多出于附从贫贱之家，而己之子弟不与焉。不数年间，变富贵为贫贱，有寄人门下者，有饿殍乞丐者。或仅守厥家，不失温饱，而目不识丁。或百中之一亦有发达者，其为文章，必不能沉着痛快，刻骨镂心，为世所传诵。岂非富贵足以愚人，而贫贱足以立志而浚慧乎！

我虽微官，吾儿便是富贵子弟，其成其败，吾已置之不论；但得附从佳子弟有成，亦吾所大愿也。至于延师傅，待同学，不可不慎。吾儿六岁，年最小，其同学长者当称为某先生，次亦称为某兄，不得直呼其名。纸笔墨砚，吾家所有，宜不时散给诸众同学。每见贫家之子，寡妇之儿，求十数钱，买川连纸钉仿字簿，而十日不得者，当察其故而无意中与之。至阴雨不能即归，辄留饭；薄暮，以旧鞋与穿而去。彼父母之爱子，虽无佳好衣服，必制新鞋袜来上学堂，一遭泥泞，复制为难矣。

夫择师为难，敬师为要。择师不得不审，既择定矣，便当尊之敬之，何得复寻其短？吾人一涉宦途，即不能自课其子弟。其所延师，不过一方之秀，未必海内名流。或暗笑其非，或明指其误，为师者既不自安，而教法不能尽心；子弟复持藐忽心而不力于学，此最是受病处。不如就师之所长，且训吾子弟之不逮。如必不可从，少待来年，更请他师；而年内之礼节尊崇，必不可废。

十五、潍县寄舍弟墨第四书

凡人读书，原拿不定发达。然即不发达，要不可以不读书，主意便拿定也。科名不来，学问在我，原不是折本的买卖。愚兄而今已发达矣，人亦共称愚兄为善读书矣，究竟自问胸中担得出几卷书来？不过挪移借贷，改窜添补，便尔钓名欺世。人有负于书耳，书亦何负于人哉！

昔有人问沈近思侍郎，如何是救贫的良法？沈曰：读书。其人以为迂阔，其实不迂阔也。东投西窜，费时失业，徒丧其品，而卒归于无济，何如优游书史中，不求获而得力在眉睫间乎！信此言，则富贵；不信，则贫贱，亦在人之有识与有决并有忍耳。

十六、潍县署中与舍弟第五书

写字作画是雅事，亦是俗事。大丈夫不能立功天地，字养生民，而以区区笔墨供人玩好，非俗事而何？东坡居士刻刻以天地万物为心，以其余闲作为枯木竹石，不害也。若王摩诘、赵子昂辈，不过唐、宋间两画师耳！试看其平生诗文，可曾一句道着民间痛痒？设以房、杜、姚、宋在前，韩、范、富、欧阳在后，[①]而以二子厕乎其间，吾不知其居何等而立何地矣！门馆才情，游客伎俩，只合剪树枝、造亭榭、辨古玩、斗茗茶，为扫除小吏作头目而已，何足数哉！何足数哉！愚兄少而无业，长而无成，老而

---

① 前四人是唐朝著名的好宰相，后四位是宋朝著名的宰相。

穷窘，不得已亦借此笔墨为糊口觅食之资，其实可羞可贱。愿吾弟发愤自雄，勿蹈乃兄故辙也。古人云："诸葛君真名士。"名士二字，是诸葛才当受得起。近日写字作画，满街都是名士，岂不令诸葛怀羞，高人齿冷？

鲁迅醒世语

序 言

　　讨论或评价一位 1936 年才去世的当代作家不容易，但谈论上帝更难。而对当今中国的左翼作家而言，鲁迅就是上帝。要是鲁迅的魂灵有知的话，他对这一地位是否感到高兴，对熟悉鲁迅高度复杂思想的人而言，这可不是一个简单问题。不管怎么说，他讲了这样一句警世语："待到伟大的人物成为化石，人们都称他伟人时，他已经变成了傀儡了。"我想，用英语讨论一个中国上帝根本无甚害处，因为这位上帝不懂英语。在《中国的智慧》这本集子中收录鲁迅的一个短集，理由非常明显，因为他是中国文化中最辛辣的讽刺作家之一，连这么一篇短短的选文就可以表明现代中国的心态和气质。在鲁迅短小精悍的醒世语背后，可以一窥中国在反抗过去的斗争中透现出来的巨大精神和心理波澜。鲁迅代表着反抗文学，而这本身就是生命的迹象。

　　在下面的选文中，我没有抽取他对无产阶级文学和阶级斗争的直接论述，因为了解苏联思想的西方学生对此相当熟悉，因而我更为关注在他的生活警言方面。也不能忘记的是，他在读者身上产生的魅力是因为他的风格、辛辣的讥讽和偶尔的睿智。而作为无产阶级文学理论的旗手，他对于中国古代文学的论述、他不断的反抗呐喊以及他不折不扣的马克思文学功能观都被人迫切地、毫无批判地被尊奉为圣经。他的中国文化观似乎浅薄且不健康，尤其是在那场洞开了左翼人的视野，使其看到中国古代理想的内心力量的五年战争之后，更因如此；鲁迅把古书称为毒药，不让他们去碰，一个激进年轻的中国愿意接受他的话，必须把这些视为反抗时代的必要阶段。在它背后，人们看到一种令人心痛的悔恨精神，最好之处是，看到了一股毫无疑问的改革热情。毕竟，中国在接受现代世界过程时有点儿平和懒散。由于这个缘故，鲁迅把自己全部的恶毒话语都指向了那些保留中国民族遗产的人，因为正如在现实环境中看到的那样，正是这些人妨碍了改革之路。然而，战争和迁移内陆正在向年轻的中国灌输古代中国之事，其方式是"批评家"和"讽刺家"做不到的。因为中国的农民力量无疑正是儒家道德的力量。

鲁迅与其称为"文人"，不如号为战士。我总是认为，他看到或想象自己面孔青肿、脚步踉跄时是最快乐的时候。正是他毫不妥协、富有挑战的战斗精神才如此使读者感受到他的魅力，因为公众总是热爱一个好战士。鲁迅在厦门大学教书时，曾看到一头猪正用背蹭一棵与爱情和浪漫有关联的大树，他便忍不住蹲下来要打那头猪。一位朋友问他为何如此，他也不解释。下面是他写作风格和个人精神的特点："我的可恶有时自己也觉得，即使我的饮酒，吃鱼肝油，以望延长我的生命，倒不尽是为了我的爱人，大大半乃是为了我的敌人。——给他们说得体面一点，就是敌人罢——要在他的好世界上多留一点缺陷。……"

以下是鲁迅的典型风格：

"走'人生'的长途，最易遇到的有两大难关。其一是'歧路'，倘是墨翟先生，相传是恸哭而返的。但我不哭也不返，先在歧路头坐上，歇一会儿，或者睡一觉，于是选一条似乎可走的路再走，倘遇见老实人，也许夺他食物来充饥，但是不问路，因为我料定他并不知道的。如果遇见老虎，我就爬上树去，等它饿得走去了再下来。倘他竟不走，我就自己饿死在树上，而且先用带子缚住，连死尸也决不给他吃。但倘若没有树呢？那么，没有法子，只好请它吃了，但也不妨也咬它一口。其二便是'穷途'了，听说阮籍先生也大哭而回，我却也像在歧路上的办法一样，还是跨进去，在刺丛里姑且走走。但我也并未遇到全是荆棘毫无可走的地方过，不知道是否世上本无所谓穷途，还是我幸而没有遇着。"

"鲁迅"是他的笔名，他的真名叫周树人。正是因为与其说他是"文人"，倒不如说他是战士，因而在读他的著述时，人们不断会嗅到血腥、炮火、汗水和眼泪。正如德国诗人海涅（1797—1856）一样，他的棺中应该放上一把剑，勿放笔。他的思想结构相当简单：所有属于中国古代文化的东西都是腐臭有毒的，卢卡斯基关于文学的所有说法都是完美的。他建议中国青年"要少——或者竟不——看中国书，多看外国书。"他把中国古书比作"毒草"或"砒霜"，说读这些书让他困乏。他说"中国书虽有劝人入世的话，也多是僵尸的乐观；外国书即使是颓唐和厌世的，但却是活人的颓唐和厌世。"他提倡废除中文写作，相信"中国文法的欧化"，赞成模仿外国语法。他敦促年轻人崇拜达尔文和易卜生，而不是孔子和关羽，祭祀阿波罗，而不是瘟神。这些思想令人难以置信地幼稚，看不出来是东方或是西方的东西。这些思想受到非常严肃地对待，"左翼教授们"建议中国青年不要读中国古书，而他们自己却偷偷去读来提高自己的风格，就像知晓怎样对待砒霜的药师们，这是确凿的事实。这种自我欺骗今天正在上演。然而，中国需要一个像鲁迅这样的人把成千上万的中国人从四千年来的自负、懒散和积累下来的沉睡中唤醒起来。也许，中国仍需更多的鲁迅。但是倾听鲁迅并接受他的思想的年轻中国是这样的中国：不再自负，而是谦卑并渴望从西方学习。
谦卑是智慧的肇始。

鲁迅醒世语

林语堂　英译

1. 曾经阔气的要复古，正在阔气的要保持现状，未曾阔气的要革新。

2. 与名士交谈，最好是偶尔装做不懂的样子。你要是懂得太少，就会被人瞧不起；你要是懂得太多，就会遭人嫌；你要是偶尔地不懂，那就再好不过了。

3. 自称盗贼的无须防，得其反倒是好人；自称正人君子的必须防，得其反则是盗贼。

4. 被我自己所讨厌的人们所讨厌的人，我有时会觉得他就是好人物。

5. 耶稣说，富人进天国，比骆驼钻针眼要难得多，他得通过客西马尼①。如今，西方的富人崇拜耶稣，穷人得通过客西马尼。

6. 资产阶级爱听丑闻，尤其是他们认识的人的丑闻。

7. 称为神的和称为魔的战斗了，并非争夺天国，而在要得地狱的统治权。所以无论谁胜，地狱至今也还是照样的地狱。

8. 我想，希望是本无所谓有，无所谓无的。这正如地上的路；其实地上本没有路，走的人多了，也便成了路。

9. 所谓"和平"，不过是两次战争之间的时日。

10. 知晓很多话题的人容易浅薄，只知一个话题的人容易固执。

11. 女人具有母亲的天性和孩童的天性，而没有妻子的天性。女人的妻子天性是她的母亲天性和孩童天性的结合。

---

① 耶路撒冷附近的一个花园，《圣经》中耶稣蒙难的地方。

12. 蜜蜂的刺，一用即丧失了它自己的生命；犬儒的刺，一用则苟延了他自己的生命。

13. 我原以为被判死刑或监禁的人是因为有罪，如今才知道他有罪是因为他遭人嫌。

14. 我所憎恶的太多了，应该自己也得到憎恶，这才还有点像活在人间。

15. 义和团运动时期，天津有一个恶棍，为人扛件行李总是索要两个铜板。即便行李很轻，他也要两个铜板。即便人家不想让他扛，他还是要两个铜板。这个恶棍的行为可恶，但他执着的精神着实令人钦佩。要求女权亦是如此，要是有人说，"这过时了"。你会说，"我要女权"。要是有人说，"这不值得"。你还会说，"我要女权"。要是有人说，"别着急。等经济体制变了，一切都会好了"。你的回答还是，"我要女权"。

16. 中国人的性情是总喜欢调和，折中的。譬如你说，这屋子太暗，须在这里开一个窗，大家一定不允许的。但如果你主张拆掉屋顶，他们就会来调和，愿意开窗了。

17. 中国人的对付鬼神，凶恶的是奉承，如瘟神和火神之类，老实一点的就要欺侮，例如对于土地或灶君。待皇帝也有类似的意思。

18. 中国各处是壁，然而无形，像"鬼打墙"般，使你随时能"碰"。愿与这些壁相碰而不觉得疼的人胜利。

19. 我常常认为该把新法律用于新人，旧法律用于旧人。满族王朝的旧官们要是犯了法，我们该用板子打他们的屁股。

20. 中国的文化，都是侍奉主子的文化，是用很多的人的痛苦换来的。无论中国人，外国人，凡是称赞中国文化的，都只是以主子自居的一部分。

21. 人往往憎和尚，憎尼姑，憎回教徒，而不憎道士。懂得此理者，懂得中国大半。

22. 那些懂旧文学的人偏爱一个办法。引进一个新思想，他们称之为"异端"，要竭尽全力消除之。这个新思想经过努力抗争，终于赢得一席之地的时候，他们发现"这个思想跟孔夫子的教导一样"。他们反对一切舶来品，说这会"把中国人变成野蛮人"。然而，这些野蛮人成为中国的统治者的时候，他们发现这些"野蛮人"也是黄帝的子孙。

23. 中国人对于异族，历来只有两样称呼：一样是禽兽，一样是圣人。

24. 中国人上了台，确保别人对他毫无办法时……就成了独裁者，中庸对他们毫无用处。他们开始谈论"中庸"时，是知晓自己需要平庸。他们倒霉时，就开始说"命运"。就连做了奴才也很心满意足，发现自己与天地完全和谐。

25. 谁说中国人不善于改变呢？每一新的事物进来，起初虽然排斥，但看到有些可靠，就自然会改变。不过并非将自己变得合于新事物，乃是将新事物变得合于自己而已。

26. 中国一度反对佛教。然而，（宋）理学家开始谈论沉思冥想，和尚开始写诗，这时候，发现"三大教出自一源"的时机便成熟了。

27. 保存我们，的确是第一义。只要问他有无保存我们的力量，不管他是否国粹。

28. 我们目下的当务之急，是：一要生存，二要温饱，三要发展。苟有阻碍这前途者，无论是古是今，是人是鬼，是《三坟》《五典》（相传三皇五帝时的遗书），百宋千元（清代藏书家所藏宋版元版的古籍），天球河图（相传古雍州所产的美玉和相传伏羲时龙马

348 · 中国印度之智慧：中国的智慧 |
The Wisdom of China and India: The Wisdom of China

从黄河负出的图），金人玉佛，祖传丸散，秘制膏丹，全都踏倒他。

29. 与其崇拜孔丘关羽，还不如崇拜达尔文易卜生；与其牺牲与瘟将军五道神，还不如牺牲于 Apollo。

30. 我们中国的最伟大最永久，而且最普遍的艺术就是男人扮女人。……男人扮女人的最佳之处是台下的男人看到男人在扮女人，而台下的女人则看到女人被男人扮。

31. 谈论和写作是失败者的标记。与邪恶势力斗争的人没有时间做这些，成功人士则沉默不语。

32. 我们此后实在只有两条路：一是抱着古文而死掉，一是舍掉古文而生存。

33. 至于幼稚，尤其没有什么可羞，正如孩子对于老人，毫没有什么可羞一样。幼稚是会生长，会成熟的，只是不要衰老、腐败就好。

34. 人的灵魂的最大判官同时也是它的辩护者。坐在审判席上的判官历数灵魂犯下的罪行，而辩护者则竭尽全力美化灵魂的优点。判官暴露灵魂的肮脏，辩护者显露肮脏中的美好。用这种办法，可以把人的灵魂深处揭示出来。

35. 先前的文学，就像观看大火从地下喷出；当今的文学，作家自身被火烤了，自己肯定会深刻地感受到。他要是深刻感受到了，注定是要参加社会斗争的。

百句谚语

序　言

下面收集的谚语选自于一本廉价的"流行"书。该书为一位无名氏所著，这位作者太没名气了，签名也不让人有什么神秘感。书中有游戏、谜语、笑话、怪诗和逸事。书名叫《一夕谈》，是一位"喷喷先生"所著，"呸呸先生"修订。从书中的证据来看，似乎写于十七世纪。

因而非常有必要先说几句这位喷喷先生的崇高德行。喷喷先生只是继承了民间文学智慧的传统，像本杰明·弗兰克林一样，自己创作了一些极棒的谚语。这些谚语的背后是老子的精妙和深邃，孔子的常识、韩非子的精明务实，杨朱强烈的愤世嫉俗，佛家和尚的超俗宽广和中国诗人的温柔快乐论，在精神上交织一起，代表着中国各个时代的智慧。这些谚语似乎让我们透过一位中国学者小屋的窗口一窥现实生活。因为中国早些时期的文学始于一种对道德寓意的惊人喜爱（见《左传》和《战国策》）。几百年来，每位学者都乐意把道德真理记下来，或者对之赋予全新的诠释，不管这一真理从前被人多么频繁地评注过。一种意义上，中国文学里撒满了谚语和道德格言。尤其从宋朝开始，相当多的作家开始有意识地撰写人性和人类生活的警句书籍和评述。这些警句受到佛教观念的深化和唐诗的锤炼，表现出了一种形式和表达上的独特雅致，带有诗文措辞的一切精妙。十六、十七世纪是所谓小品或随笔这种文体的黄金时代，陈继儒、屠隆、张潮等文人突然产生了一大批优秀之作。我在《生活的艺术》中已经翻译了《张潮的警句》（约为原书的一半），现在的这些则更像谚语。

我选取的这百句谚语显然非常流行，许多是从我知晓的出处挑选出来的。但这些谚语也以另一种独特的意义流行。它们代表着在中国家庭里总是可以见到的对幅上的常见内容，类似于半个世纪以前美国人家里常常在客厅或卧室里悬挂《圣经》箴言的习俗。换言之，这些是中国人称其为佳句的俗语，他们打心眼里本能地赞同。有些已经用作了对幅，而且几乎所有这些谚语都可用作此类目的。几乎所有这些谚语都以对偶的形式出现，这种形式在"唐诗"里得到了极致的发挥，其中，八行诗句的中间四行必须是两个对偶的形式。优美的诗行应该是流行的，因为像谚语一样，除了思想之外，每一行完美的诗句还应拥有旋律以及逼真的表述。

因此，在一本游戏、谜语和玩笑的廉价书里看到这样的崇高德行谚语，着实令人感到非常独特，但并非不可理解。如今，人们要是在《纽约世界电讯》年历上看到这样的谚语，会感到奇怪。但在《穷理查德年历》上看到这些内容，一点没必要感到吃惊。这就是过去的世界和现在的世界的区别，简朴智慧的世界与考证确凿、系统罗列、索引清楚、绝对正确的神圣事实的世界的区别。这些事实是我们今天的上帝，几乎是我们拥有的全部。

这些箴言中往往有一种玩世不恭的意味，但这不算是一个过失。一位理想主义者变得不再拥有理想主义了，他对社会是一个危险。但玩世不恭者抛掉了玩世不恭，他就是地球上最善良的人之一。读了这些谚语，诸位可以更好地欣赏游戏、玩笑和谜语。

百句谚语

林语堂　英译

1. 轻易相识的男女是廉价的情人，容易结交的朋友不是终生朋友。

2. 拥有心态平和而不极端，会加深平和的感觉；享受人生乐趣而不过火，会加大乐趣的滋味。

3. 桑蚕作茧留在里面，它是在作茧自缚；蜘蛛织网待在外面，它获得身心自由。

4. 聪明的人用眼睛说话，浅薄之人用耳朵听话。

5. 忍小辱，免大辱；吃小亏，免大亏。交往交易，失必有得。

6. 英雄有铁石心肠和冰冷面孔，美人有如花容貌和香甜笑容。同样为人，行为不同。

7. 天才加上慢脾气，成就伟人物；指挥加上平和心，成就真智慧。

8. 要是武士不摆军人的架势，学者无有学究的迂腐，名山隐士没有云雾的感觉，和尚不带香坛的味道，这个世界就完美之极了。

9. 不要向狰狞沉默之人敞开胸膛，在饶舌傻瓜面前说话要当心。

10. 不要对失败者大谈成功，成功不要忘记以前的失败。

11. 避开小人，但不要与他为敌；接近君子，但不要对他唯唯诺诺。

12. 对社会无用而摆出一副愤世嫉俗的面孔，此人怕见真英雄；无能而要坐高位，此人在平庸之友中才安全。

13. 头脑成为身体奴隶的人就像笨重缓慢的牛马，身体牺牲给名望的人就像关在笼子里的野鸡野鹅。

14. 真正的英雄坚定自己的本性，控制自己的情感；模仿者炫耀自己的才能，动辄大发雷霆。

15. 喜欢用文章骂人的人就像一个女巫婆，喜欢用文章阿谀奉承的人就像一个算卦人。

16. 古人把自己的过失归罪于天，今人则归罪于地，这就是他们换祖宗坟地的缘故。

17. 私家花园应有质朴的野味；它要是只是雍容华贵的耀眼，其俗气会把人憋死。

18. 谁都难免阿谀奉承，因而奉承之术肯定不同；敲诈勒索之辈数不胜数，因而流言蜚语难以阻挡。

19. 世界是一座大旅店，不要专找静谧的休憩之地。所有的人都是你的亲戚，因而期待他们带来的麻烦。

20. 让爱持续很长时间最难，因而爱得炽烈之人最终被治愈了爱；人性是永恒的，因而遵循天性之人最终保有了本性。

21. 病床之前方显健康之福，失去和平之时方显和谐家庭之福。

22. 人都有缺钱的时候。认识不到贫苦的意义，也是富有之人和成功人士的过失。而且，穷人多英雄，应该做的事是睁大眼睛，敞开胸怀。

23. 节俭是正直的辅助，忠诚使人拥有稳健的性格。

24. 承受恐惧之人的侮辱，算不上真有耐心；承受不惧之人的侮辱，才算真正有耐心。

25. 不会享受快乐时光的人，终究算不上幸运；谁能感受到至上快乐，就是真正有修养的学者。

26. 看透名利财富，获得小休息；参透生生死死，获得大安息。

27. 不在浪头上游水，风暴就打不到你的胸膛。

28. 以成为喜，以败为苦，是环境的产物。这样的人如何成为自己的主宰？

29. 愚蠢使人避免错误，悠闲给人许多特权。

30. 灾难源于仇恨，好运来自善心。

31. 像积累财富一样积累知识，像寻求官衔荣耀一样寻求道德善，像呵护妻儿一样爱护父母，像关心你自己的官职一样关心国家。

32. 目光短浅之人心胸不会开阔，精神狭隘之人不可能轻松迈大步。

33. 给我物品，损伤我的精神；给我名望，戕害我的生命。

34. 不要因小小的争吵而对近亲冷淡，不要因最近的争执而忘记从前的善行。

35. 心满意足地自负的时候，会讲不真实的话；极为生气发怒的时候，会讲出冒犯礼貌的话语。

36. 行为坚定，性情从容；严于律己，宽以待人。

37. 上帝让我倒霉，我以慷慨之心面对之。上帝让我劳作，我以随和之心面对之。上帝给我考验和逆境，我以大道理解之。

38. 富裕时不节俭，短缺时就后悔；少年不读书，老大徒伤悲；酒醉时胡说八道，酒醒时后悔莫及；健康时不知道休息，病在床头方觉悔。

39. 喜欢传播秘密之人，不该把秘密告诉他；喜欢批评之人，不能把事交付他。

40. 让大脑忙着成就事情，把心胸放开理解事情。

41. 贫士若不能以钱财助人，偶尔用一两句忠言把人从愚昧状态中唤醒，或是使人摆脱麻烦，这也是一种美德。

42. 真正有才能之人当面显示自己的才能，快乐之人把自己的才能隐藏起来。

43. 谦卑是好事，然而过分谦卑近乎于不老实；沉默是美德，但不该有的沉默属于欺诈行为。

44. 行恶而恐人知，此为恶中尚有善种；为善而急于为人所知，此乃善中仍有恶根。

45. 不自尊之人会招来耻辱，不留意自身之人会导致灾难，不自满之人将会发展，不肯定自己正确之人会学到很多东西。

46. 人不该错过生病的滋味，也不该错过贫困的体验。

47. 听到虚假的流言蜚语就生气，此人会惹人说三道四；听到好话就欢天喜地，此人会引来阿谀奉承之辈。

48. 有时想想生病的时候，人的世俗野心就小了些；有时想想死亡的事情，人的宗教情愫就会变丰富了些。

49. 大危机或困难之时，可以看到人的境界；好运或灾难之时，可以看到人的心灵的伟大渺小；满意或生气之时，可以看到人的涵养程度；在接受或拒绝行动进程之时，可以看到人的判断力。

50. 上帝要给人灾难时，要先给此人一点好运气，让他得意扬扬，看看他是否能够正确对待之；上帝要给人恩赐时，要先给此人一点灾难，看他能否正确看待之。

51. 才能通过个人力量而提高，性格通过意志而坚强。

52. 吵闹之人缺乏平静的判断力，羞怯之人没有优越感，放纵欲望之人不会有慷慨行为，饶舌之人没有稳健的大脑，英勇无畏的人高雅不起来。

53. 善于判断之人通过其所见纠正其所闻，不善于判断之人通过其所闻弄糟了其所见。

54. 聪明之人常常担忧，忠实之人常常工作过头。

55. 伪君子的哭泣使人相信他，女人和懦夫的哭泣使人对他们产生同情。

56. 用容貌挑逗的女子不贞洁，用知识调情的学者不诚实。

57. 小人谋划伤害君子，心肠凶残，精心谋划，行动坚定，因此君子在劫难逃。君子打算惩罚小人，心肠善良，计划不周，不走极端，因而他自己往往成为受害者。

58. 积累财富者，物质富有，精神贫瘠；知足常乐者，物质贫瘠，精神富有。

59. 富人的美德是给予，穷人的美德是不乞讨，位居高位之人的美德是以谦卑的态度对待下人，位居低位的人的美德是能够参透生活。

60. 只要双方悔过，没有解决不了的争吵；只要双方相互吸引，没有结不成的友谊；只要双方都发脾气，厄运在所难免。

61. 大吹大擂的人不忠实，油嘴滑舌的人不老实。

62. 骄傲的精神、骑士的精神和美丽的精神充满香气，即便它们的骨头已经腐烂；冷静超脱的话语、睿智的话语和魅力的话语很有分量，尽管它们的容器很小。

63. 文学的力量就是这样：写到快乐，使人跳舞；写到悲伤，使人哭泣；写到隐退，使人超脱；写到爱情，使人温柔；写到危险，使人发抖；写到制怒，使人谨慎；写到愤慨，使人把手放在剑上；写到激励行动，使人放下笔；写到高处，使人高耸入云；写到低处，使人滚落山崖。文学摇晃我们的心灵，使我们头晕目眩，但这些跟添枝加叶毫无关系。

64. 在所有美好的东西中，只有学习是不带邪恶的美好东西；热爱山水是不带邪恶的美好东西；欣赏月亮、微风、花儿和竹子是不带邪恶的美好东西；坐得笔直，沉默不语，是不带邪恶的美好东西。

65. 美酒消愁，最好是在微醉的时候；心情放松地吟诗，最好的诗行则不请自来。

66. 居住山中有四条规则：树木不排行，岩石不归类，住房不豪华，人心不雕琢。

67. 应该看水中花影、月下竹影和门屏后的美人影子。

68. 悠闲不能强调效果。追求奇装异服、异国食物以及日常器皿的质量，这是追求悠闲的不洁和腐败之虫。

69. 待在山里是一件美事，但最轻微的超脱把它变成了集市；欣赏古画是高雅的嗜好，但最轻微的占有欲把人变成了商贾；美酒诗歌提供了快乐机会，但最轻微的失去自由把它们变成了地狱；慷慨热情是一种宽宏大量的习惯，但周围要满是庸人，则又像陷入了苦海。

70. 要是有人收藏了上万珍本书，用珍贵的锦缎捆扎，用罕见的香熏使其充满芳香，而他本人住在苇席遮挡的土房子里，纸糊的窗子土泥墙，一辈子穿着简朴的棉衣，那可以说这人是世上罕见之人。

71. 把对个人的憎恶隐藏在酒杯里，把对人类的同情隐藏在诗歌中。

72. 在我们的浮生之中，太阳和月亮就像子弹一样呼啸穿梭而过；只有睡眠担得起我们寿命的延长。各种事务像厚厚的灰尘一样四处飘荡，侵蚀着我们的生命；只有睡眠才可解决燃眉之急。每天从早到晚的大鱼大肉，使我们的食欲全无；只有睡眠提供了短暂斋戒的机会。纷争和冲突打搅了我们的和平；只有睡眠才为我们恢复了短暂的黄金时代。至于在睡眠中看到新奇的东西，譬如到外国旅游，没有双腿也能走路，没有翅膀也能飞翔，也为我们提供了一个小小的仙境。

73. 走访名山就像读珍本书一样，要是累了，一次就走几步，心情好的时候走几百英里。不要按照行程表，而是在赏心悦目的地方停留。

74. 雪后去看李子花，下霜时去赏菊花，下雨时来照料兰花，风中倾听竹叶摇动，这些是质朴之人的悠闲之乐，对学者们也是最具意义的时刻。

75. 茶泡好了，香炉散发出了幽香，友人来访，真是一种快乐；鸟儿啁啾，花瓣飘落，即使独居的灵魂也会感到满足。

76. 手捧书，燃着香，此刻尘世俗务都已履行。窗外，花瓣坠落，月亮爬上了松树梢，突然寺庙钟声响起。推开窗子，看到银河，此景胜于白昼。

77. 房子不独处，思想不会走远；面孔没有悲哀的神色，思绪不会很深。

78. 关上房门，生活闲散，一年到头与散发着霉味的书籍相处；偶遇老友，高谈阔论，一直聊到深夜。

79. 他们说醉汉身上有魔鬼，诗人身上有鬼魂；我想这些人完全掌握了自己，神灵移动时，他们给它们完全的自由。

80. 春天，乘坐一叶小舟，顺着小溪漂流，即使最俗的人也会感到自由解放；一个人雨夜喝着酒，倾听着外面的雨声，即使最顽强的心灵也会感动。

81. 我们该把宇宙的微风和闪亮的月光抛向何处？抛在酒杯和诗袋里。我们该怎样摆脱不断变化的情感？关上房门，高枕无忧。

82. 有时，飘着零星小雨，栽竹子；关上大门，悠闲地照料花儿；拿起笔来，悠闲地寻找从前文章的错误；汲取春天的水，泡几坛应季茶。

83. 零星小雨中，悠闲地翻开一本书；迎着微风，独自演奏弦乐。

84. 只观花开花败，休论他人好坏。

85. 路上红尘，河里白沫，绕着南城飘动；万花中皎洁的月光，松树中清淡的微风，别忘了在北房里好好小憩一番。

86. 住在山里比住在城里有八大好处：无严格的传统，无陌生来访者，无酒肉烂醉，无争财之斗，无须考虑人心的奸诈，无是非的争争吵吵，无人催着索要文稿，没有对官方的流言蜚语。

87. 雨停了，空气清新，事务很少，心绪安静，倾听邻居的笛声追着清淡的白云和渺茫的小雨，余音缭绕，每个音符似乎都停留下来渗透到你的灵魂之中。

88. 野天鹅在空中鸣叫，山云触到了塔顶，千山招呼着雨儿，躺在沙发上午睡，梦里也有吟诗。

89. 宁可被世人嘲笑，也不能被造物主愚弄；宁可被君子打搅，也不与小人为伍。

90. 我们要是真能赋予自己财富和贫困，那么上帝就控制不了；我们的幸福和失望要是看别人怎么说，那么制造流言蜚语的人就可以随心所欲了。

91. 贫困并不是耻辱。耻辱在于没有雄心的贫困；卑微的地位并不是蔑视的原因。蔑视属于位居卑微地位而无能力之人；年老并不是遗憾的原因，遗憾人老了，白活一生。死亡并非悲伤的原因，悲伤一个人去世了，而对世界没什么贡献。

92. 只要我有两条腿，只要我有一双眼，无论走到何处，我都是山川风雨的主人。

93. 无论何时做事，都要让朋友没有遗憾，让敌人没有快乐。

94. 一种本领使人有谋生手段，能力太多使人成为奴隶。

95. 诗歌带来精神的愉悦，美酒带来灵魂的愉悦。如果因写诗而妒忌名望，因喝酒而陷入醉醺醺的聚会，这两者怎会取悦精神或灵魂？

96. 嘴里不要谈论随心所欲的看法，眼角上不要挂着悲伤，这是人的仙境；在该栽花植竹的地方栽花植竹，养鱼与家禽以嗜己好，这是住在山里的经济学。

97. 观赏美人就像观赏美丽的云彩一样，人的世俗情感就会淡些；倾听笛子的歌声就像倾听流水的声音，那有什么害处呢？

98. 金钱有时候可以挡住麻烦，金钱太多则会滋生麻烦。

99. 愚蠢的儿子败不了家，败家的是聪明的儿子。

100. 英雄可能愿意失去世界，但不愿意失去自己的爱妾和骏马。

主要参考书目

1. 《尚书译注》，李民，王建撰，上海古籍出版社，上海，2000

2. 《孟子解读》，王其俊著，泰山出版社，济南，2004

3. 《墨子校释》，王焕镳著，浙江文艺出版社，杭州，1984

4. 《中庸》，徐超今译，何百华英译，《孔子文化大全》编辑部编，济南，1992

5. 《诗经全译注》，樊树云译注，黑龙江人民出版社，哈尔滨，2003

6. 《孟姜女万里寻夫集》，路工编，上海出版公司，上海，1955

7. 《浮生六记》，（清）沈复著，俞平伯校点，人民文学出版社，1980，北京

8. 《林语堂文选》，张明高、范桥编，中国广播电视出版社，北京，1990

9. 《列子译注》，王力波著，黑龙江人民出版社，哈尔滨，2003

10. 《中国古代十大志怪小说赏析》，叶桂刚、王贵元主编，北京广播学院出版社，北京，1992

11. 《郑板桥家书评点》，陈书良、周柳燕评点，岳麓书社，长沙，2004

图书在版编目（CIP）数据

中国的智慧/林语堂著;杨彩霞译 . —长沙:湖南文艺出版社,2016.9（2020.5 重印）
（中国印度之智慧）
书名原文 : The Wisdom of China and India: The Wisdom of China
ISBN 978-7-5404-7713-4

Ⅰ . ①中… Ⅱ . ①林… ②杨… Ⅲ . ①中华文化—研究 Ⅳ . ① K203

中国版本图书馆 CIP 数据核字（2016）第 183372 号

著作权合同登记号:图字 18-2016-151

上架建议：名家经典 · 文化

The Wisdom of China and India: The Wisdom of China
By Lin Yutang
This edition arranged with Curtis Brown Group Ltd.
through Andrew Nurnberg Associates International Limited

ZHONGGUO DE ZHIHUI
中国的智慧

作　　者：林语堂
译　　者：杨彩霞
出 版 人：刘清华
责任编辑：薛　健　刘诗哲
监　　制：蔡明菲　潘　良
特约策划：李　荡
特约编辑：苗方琴
版权支持：辛　艳
营销支持：李　群　杨清方
装帧设计：利　锐
出版发行：湖南文艺出版社
　　　　　（长沙市雨花区东二环一段 508 号　邮编：410014）
网　　址：www.hnwy.net
印　　刷：嘉业印刷（天津）有限公司
经　　销：新华书店
开　　本：880mm×1230mm　1/32
字　　数：290 千字
印　　张：12
版　　次：2016 年 9 月第 1 版
印　　次：2020 年 5 月第 3 次印刷
书　　号：ISBN 978-7-5404-7713-4
定　　价：39.80 元

质量监督电话：010-59096394
团购电话：010-59320018